요시다 슈이치 吉田修一 1968년 나가사키(長崎) 현에서 태어나 호세이(法政)대학 경영학부를 졸업했다. 1997년 《최후의 아들》로 등단해 제84회 문학계 신인상을 수상했다. 2002년 《퍼레이드》로 제15회 야마모토슈고로 상을, 같은 해 《파크 라이프》로 제127회 아쿠타가와 상을 수상하면서 대중성과 작품성을 두루 갖춘 재능 있는 작가로 급부상했다.

그 외 작품으로는 아쿠타가와 상 후보작으로 선정된 《파편》《돌풍》《열대어》와 《캐러멜 팝콘》《동경만경》《랜드마크》《첫사랑 온천》 등이 있다.

옮긴이 이영미 아주대학교 국어국문학과를 졸업하고 일본 와세다대학교 대학원 석사과정을 수료했다. 현재 일본문학 전문 번역가로 활동하고 있다. 옮긴 책으로 《공중그네》《면장 선거》《캐러멜 팝콘》《동경만경》《수요일 아침 오전 3시》 등이 있다.

AKUNIN
by YOSHIDA Shuichi

Copyright©2007 YOSHIDA Shuichi
All rights reserved.
Originally published in Japan by The Asahi Shimbun Company, Tokyo.
Korean translation rights arranged with The Asahi Shimbun Company, Japan
through THE SAKAI AGENCY and BOOKCOSMOS AGENCY.

Korean translation copyright©2007 by EunHaeng NaMu Publishing Co.

이 책의 한국어판 저작권은 북코스모스 에이전시를 통한 저작권자와의 독점 계약으로 도서출판 은행나무에 있습니다. 저작권법에 의해 한국 내에서 보호를 받는 저작물이므로 무단전재와 복제를 금합니다.

악인 惡人

요시다 슈이치 장편소설ー이영미 옮김

은행나무

차례

제1장 · 그녀는 누구를 만나고 싶어 했나 …… 7
제2장 · 그는 누구를 만나고 싶어 했나 …… 97
제3장 · 그녀는 누구를 만났는가 …… 189
제4장 · 그는 누구를 만났는가 …… 283
제5장 · 내가 만난 악인 …… 377

옮긴이의 말 …… 476

제 1장·그녀는 누구를 만나고 싶어 했나

그녀는 누구를 만나고 싶어 했나

263번 도로는 후쿠오카(福岡) 시와 사가(佐賀) 시를 잇는 총 길이 48킬로미터 국도로, 세후리(脊振) 산지의 미쓰세(三瀨) 고개를 타넘으며 남북으로 뻗어 있다.

기점은 후쿠오카 시 사와라(早良) 구 아라에(荒江) 교차점. 이렇다 할 특징이 없는 교차점이지만, 1960년대 중반부터 후쿠오카 시의 베드타운으로 발전해온 지역답게 주변에는 중·고층 맨션이 늘어서 있고, 바로 옆 동쪽에는 거대한 아라에 단지가 있다. 또한 사와라 구는 후쿠오카의 문교지구(文敎地區)이기도 해서 후쿠오카대학을 비롯한 유명 학교들이 여기저기 흩어져 있고, 학생들이 많이 살아서 그런지 교차로를 오가는 사람들과 정류장에서 버스를 기다리는 사람들은 나이 든 사람까지도 생기발랄한 인상을 풍기는 듯했다.

아라에 교차점을 기점으로 사와라 가도라고도 불리는 263번 국도가 곧장 남쪽으로 나 있다. 그 일대부터 평탄했던 길이 완만하게 경사를 이루기 시작하고, 스가(須賀) 신사 앞에서 오른쪽으로 크게 커브를 돌면 도로변 민가는 줄어들고 새로 만든 아스팔트와 가드레일만이 길을 인도하는 미쓰세 고갯길이 시작된다.

이곳 미쓰세 고개는 예로부터 괴이한 소문이 끊이질 않는다. 오래된 소문으로는 에도시대 초기 산적 소굴이 있었다는 이야기와 사가 기타가타초(北方町)에서 일곱 명의 여자를 살해한 범인이 이곳으로 숨어들었다는 쇼와 괴사건이 있다. 그리고 최근에 담력을 시험할 요량으로 이 고개로 드라이브를 하러 오는 젊은이들 사이에 유명한 것은 전에 이곳에 있었던 '티롤마을'이라는 숙박시설에서 손님 하나가 미쳐, 같이 묵었던 다른 손님을 살해했다는 이야기다.

미심쩍긴 하지만 실제로 귀신을 봤다는 증언도 있고, 목격 지점으로는 후쿠오카와 사가 현의 경계인 미쓰세 터널 출구 부근이 자주 입에 오르내린다.

미쓰세 터널은 '메아리 로드'라 불리는 유료도로인데, 급커브와 급경사가 많은 고갯길의 겨울철 교통난을 해소하기 위해 1979년에 사업화해 7년 후인 1986년에 개통했다.

일반 자동차가 편도 250엔, 대형차도 870엔이므로 나가사키─후쿠오카 구간을 달리는 운전자들은 돈과 시간을 저울질해보고, 고속도로를 이용하지 않고 이 고개를 넘는 사람도 적지 않다.

실제로 나가사키에서 고속도로를 이용해 하카타(博多)까지 가려면 승용차로도 편도 3,650엔이 드는데, 이 고갯길을 선택하면 터널 이용료를 내고도 1,000엔 가까이 절약할 수 있다.

그러나 대낮에도 울창한 나무들이 자동차도로를 양쪽에서 에워싸서 왠지 으스스한 데다, 밤에는 아무리 속도를 내도 마치 손전등 하나에 의지해 산길을 터벅터벅 걸어가는 기분에 사로잡히게 된다. 그런데도 나가사키에서 출발한 자동차가 절약하기 위해 이 고개를 넘는 경우, 나가사키—오무라(大村)—히가시소노기(東彼杵)—다케오(竹雄)로 이어지는 '고속 나가사키' 자동차도로의 '사가야마토(佐賀大和)' 인터체인지에서 빠져나온다.

그리고 동서로 달리는 나가사키 자동차도로와 이곳 '사가야마토' 인터체인지 부근에서 교차하는 길이 바로 후쿠오카 시 사와라 구를 기점으로 미쓰세 고개를 넘어온 263번 국도다.

2002년 1월 6일까지 이 미쓰세 고개는 고속도로 개통으로 오래전에 버려진 고갯길에 지나지 않았다.

그러나 규슈 북부에서는 좀처럼 볼 수 없는 눈이 내린 그해 1월초, 혈관처럼 전국으로 뻗어 있는 수많은 도로 중, 후쿠오카와 사가를 잇는 263번 국도, 그리고 사가와 나가사키를 잇는 '고속 나가사키' 자동차도로가 피부에 도드라진 핏줄처럼 도로 지도 표면으로 떠올랐다.

그날, 나가사키 교외에 사는 젊은 토목공이 후쿠오카 시내에 살던 보험설계사 이시바시 요시노(石橋佳乃)를 목 졸라 죽이고 시체를 유기한 용의자로 나가사키 현 경찰에 체포된 것이다.

규슈에서는 보기 드문 눈이 내려, 미쓰세 고개가 폐쇄된 한겨울 밤의 일이었다.

JR 구루메(久留米) 역 근처에 있는 이발소 '이시바시'의 주인, 이시바시 요시오(佳男)는 2001년 12월 9일 일요일, 휴일인데도 아침부터 손님 하나 없는 가게 앞에 흰 가운 차림으로 나가 호객행위라도 하듯 북풍이 부는 거리를 바라보고 있었다. 아내 사토코(里子)가 차려준 점심을 가게 한구석에서 먹은 지 한 시간이 지났는데 카레 냄새는 아직도 가게 밖에까지 떠다녔다.

　가게 앞에서 JR 구루메 역이 건너다 보였다. 역 앞 로터리에는 한 시간 전부터 손님을 기다리는 택시 두 대가 서 있다. 요시오는 한산한 역 풍경을 볼 때마다 가게가 JR이 아니라 니시데쓰(西鐵) 구루메 역 앞에 있었다면 손님이 조금은 많지 않았을까 하는 생각을 한다. 실제로 후쿠오카 시내와 이곳 구루메를 잇는 두 노선은 거의 평행으로 달리는데, JR 특급이 편도 1,320엔에 26분이 걸리는 데 반해, 니시데쓰 급행은 시간은 42분이나 걸리지만 차비는 절반도 안 되는 600엔에 후쿠오카 시내로 나갈 수 있다.

　16분이라는 시간을 택할 것인가, 720엔이라는 돈을 택할 것인가. 요시오는 해가 갈수록 쓸쓸해지는 JR 구루메 역을 바라볼 때마다 사람들은 16분이라는 시간을 쉽사리 720엔에 팔아버리는구나, 하는 생각이 들었다. 물론 모두가 그런 건 아니다. 예를 들면 똑같은 '이시바시' 성씨라도 이곳 구루메가 세계에 자랑하는 브리지스톤 창업자인 이시바시 가문 사람들은 소중한 시간을 그런 잔돈푼과 바꿀 리 없다. 그러나 이 고장에 그런 사람은 기껏해야 한 줌에 불과할 뿐이고, 섣달 일요일 오후에 가게 앞에서 손님을 기다리는 자신과 마찬가지로 지역 주민 대부분은 역이 다소 멀더라도 후쿠오카로 나갈 때는 차비가 싼 니시데쓰 역으로 향한다.

요시오는 언젠가 심심풀이로 JR과 니시데쓰 차비로 계산을 해본 적이 있다. 16분을 720엔이라 치면 일흔 살까지 사는 인간의 가치는 과연 얼마나 될까 궁금해서였다. 계산기를 두드려 맨 처음 나온 금액을 보고는 계산이 잘못된 줄 알았다. 합계가 16억엔에 달하는 금액이었기 때문이다. 그런데 허둥지둥 다시 계산을 해봐도 역시 똑같은 금액만 나왔다. 사람의 일생이 16억 엔. 내 일생, 16억 엔.

심심풀이 삼아 두드려본 계산기 금액일 뿐, 아무 의미 없는 숫자에 불과했지만, 그 금액은 손님 발길이 뜸해져가는 이발소 주인 이시바시 요시오를 잠시나마 행복한 기분에 젖게 해주었다.

요시오에게는 올봄에 단기대학을 졸업하고 후쿠오카 시내에서 보험설계사 일을 시작한 요시노라는 외동딸이 있다. 같은 후쿠오카 현이고 성과급 제도도 믿을 만한 게 못 되니 대학 다닐때처럼 집에서 니시데쓰로 출퇴근하라고 2주에 걸쳐 반대했지만, "임대료 보조도 있고, 집에서 다니면 일도 열심히 안 하게 될거야"라고 고집을 부리며 끝내 회사에서 임대한 직장 근처 아파트로 이사해버렸다.

그것이 원인이라고 할 순 없겠지만, 요시노는 하카타로 이사한 후로는 거의 집에 들르지 않았다. 주말에 집에 오라고 전화해도 고객과 약속이 있다면서 매정하게 거절했고, 아무리 그래도 이번 설에는 오겠지 싶었는데 어제 아내에게 "요시노가 이번 연말연시에 회사 동료들이랑 오사카 가서 집에 못 온다네요"라는 말을 들었다.

"오사카? 거긴 뭣 하러!"라며 요시오가 아내에게 고함을 쳤다. 그러나 아내도 이미 예상했다는 듯 "왜 나한테 화풀이에요? 유니버설인가 뭔가 하는 데 간답디다"라고 대답하더니 서둘러 부엌으로 들어가 둘이 먹을 저녁식사를 준비하기 시작했다.

"이봐, 그렇게 중요한 일을 왜 이제 말하는 거야?"

요시오가 아내의 등에 대고 또다시 소리를 질렀지만, 아내는 냄비에 간장을 부으며 "요시노도 이제 사회인이에요. 제대로 쉬지도 못하는 것 같던데 연휴라도 자유롭게 해주면 좋잖아요"라고 조용히 대답했다.

처음 만났을 때는 미스 구루메에 뽑힐 정도로 괜찮은 여자였지만, 요시노를 낳은 후 차츰 지방이 붙더니 지금은 그 옛날의 흔적조차 찾아볼 수 없다.

"당신은 대체 언제부터 알고 있었던 거야?"

그렇게 소리친 순간, 딸랑 하고 가게 문이 울렸다. 요시오는 혀를 차며 가게로 나갔다. 아내는 아무 대답도 안 했지만, "아빠한테는 비행기 티켓 예약할 때까지 비밀이야"라고 전화로 이러쿵저러쿵 부탁하는 딸에게 "알았다, 알았어"라고 성가신 듯 대꾸했을 아내의 모습이 눈에 선했다.

가게로 들어온 손님은 얼마 전까지 엄마 손에 이끌려 오던 이웃에 사는 초등학생인데 옛날 장군 복장을 한 인형처럼 귀엽지만, 어릴 때 엄마가 많이 안아주질 않았는지 웃음이 나올 만큼 뒤통수가 절벽이었다.

그래도 이 아이처럼 근처 이발소에 다닐 때는 그나마 다행이다. 중학교, 고등학교로 올라가면서 멋 내는 데 눈을 뜨면, 머리를 기르고 싶네, 저 이발소에서 자르면 촌스럽네 하며 멀리하고, 어느 날 보면 주말에 니시데쓰를 타고 예약해둔 하카타의 유명 미장원에 가서 커트를 한다.

며칠 전 요시오가 시내 이발소·미장원 조합 모임에서 그런 얘기를 꺼내자, 옆에서 소주를 마시던 미용실 리리의 여주인이 "남자애들은 그나마 낫지. 여자애들은 중학생이 다 뭐야, 요즘엔 아예 초등학생 때부터 하카타 살롱에 다닌다니까"라며 끼어들었다.

"너도 어릴 때부터 되바라졌잖아. 요즘 애들 탓할 입장은 아닐텐데."

동갑내기라 요시오가 허물없이 농담을 던졌다.

"우리 때는 하카타에 살롱 같은 것도 없었어. 헤어롤이니 세팅기니 들고 두 시간, 세 시간 거울 앞에 서 있었던 거지."

"세이코는 커트였지?"

요시오가 웃으며 말하자, 옆에서 술을 마시던 몇몇 사람도 "그게 벌써 20년 전 얘기로군"하며 술잔을 들고 대화에 끼어들었다.

세대로 치면 요시오 일행이 조금 위지만, 마쓰다 세이코(松田聖子, 일본의 유명 여가수—역주)는 분명 이 고장 둥지를 떠나 멀리날아간 사람이다. 1980년대 초, 그 당시를 돌이켜보면 지금은 생기를 잃어버린 구루메 거리가 그녀의 맑고 투명한 노랫소리를 타고 다시금 반짝반짝 되살아날 것 같았다.

요시오는 젊었을 때, 딱 한 번 도쿄에 가본 적이 있다. 당시에 결성했던 형편없는 로커빌리 밴드 일행과 함께 포마드를 듬뿍 처바르고 야간열차에 올라 하라주쿠 '보행자천국'을 견학하러갔던 것이다.

첫날은 그저 수많은 사람들에 압도당할 뿐이었지만, 이틀째에는 조금 익숙해졌는지 정신을 차려보니 촌놈의 열등감과 초조함으로 '보행자천국'에서 춤추는 청년들에게 싸움을 걸고 있었다. 그러나 규슈 사투리로 시비를 걸자 도쿄 젊은이들이 얼굴색 하나 변하지 않고 "야, 거치적거리니까 좀 비켜줄래?"라고 말하던 일을 또렷이 기억한다. 그리고 또 하나, 여행 안내책자에 나온 바를 찾으며 롯폰기를 걷고 있을 때였는데 드럼을 맡았던 마사가쓰가 "그나저나 마쓰다 세이코는 정말 대단하다. 구루메에서 나서 이런 데서 성공을 이뤄내다니"라고 나지막이 중얼거리던 절절한 목소리를 요시오는 아직도 잊지 못한다. 돌이켜보니 그 여행에서 돌아오자마자 아직 혼인신고도 하지 않았던 사토코에게서 요시노를 임신했다는 말을 들었던 것 같다.

가게 앞에 나가 손님을 기다린 효과가 있었는지 그날 저녁 무렵이 되자 갑작스레 손님이 몰려들었다. 첫 손님은 현청에 다니다 작년에 정년퇴직한, 이웃에 사는 남자였다. 퇴직금과 연금 덕분에 노후 걱정이 없는지 최근 한 마리에 10만 엔이나 한다는 미니추어 닥스훈트를 세 마리나 사들였고 이발하러 올 때도 양팔에 개 세 마리를 안고 왔다.

시끄러운 개 세 마리를 가게 앞에 묶어두고 숱 없는 남자의 머리칼을 자르고 있는데, 역시 근처에 사는 중학생이 들어왔다. 인사도 없이 가게로 들어오더니 뒤편 의자에 앉자마자 들고 온 만화책에 푹 빠져들었다. 요시오는 잠시 아내를 불러낼까 망설이다가 닥스훈트 주인이 곧 끝나갈 무렵이라 "금방 끝나니까 잠깐만 기다려라"라고 무뚝뚝한 소년에게 말을 건넸다. 아내는 요시오와의 결혼을 계기로 하카타에 있는 학원에 다니며 이용사 자격증을 땄고, 이발소를 하나 더 낼 꿈도 꾸었다. 그러나 80년대 경기는 곧바로 그늘을 드리웠고, 3년 전 친정어머니가 뇌혈전으로 돌아가시자 "다른 사람 머리를 만지면 왠지 시체 만지는 기분이에요"라고 방정맞은 소리를 꺼내더니, 요즘은 아예 가게에 들어오려고도 하지 않았다. 손님은 꼭 몰려서 온다더니 정년퇴직한 손님의 수염을 손질하는 중에 세 번째 손님이 들어섰다. 하는 수 없이 가게 안쪽에 대고 아내를 불러 일을 시키려 했지만 "지금 손을 놓을 수가 없어요"라는 언짢은 목소리만 들려왔다.

"손을 못 놓다니 그게 뭔 소리야? 손님 기다리시잖아."

"아이 참, 막 새우 다듬기 시작했단 말이에요."

"새우는 나중에 다듬어도 되잖아!"

"그래도 지금 해버려야……."

아내의 말이 채 끝나기도 전에 요시오는 이미 속으로 포기했다. 거울 속에서 작년에 현청을 퇴직한 남자가 겸연쩍은 듯 미소를 지었다. 아마 전에도 그런 모습을 본 적이 있을 것이다.

"미안하다, 애야. 잠깐만 기다리렴."

요시오가 등 뒤에 있는 중학생에게 말을 건넸다. 중학생은 관심도 없는 듯 정신없이 만화책만 읽었다.

"참 나, 이발사 마누라 주제에 아무 쓸모도 없으니, 원."

가위를 고쳐 쥔 요시오가 혀를 차며 투덜거리자, 거울 속에서 시선이 마주친 손님이 "……우리 집도 똑같아요. 내가 잠깐 개 산책만 부탁해도 '당신은 집안일이 얼마나 힘든지 알기나 해요! 내가 가정부인 줄 알아요!'라면서 버럭 화부터 낸다니까"라며 혀를 쏙 내밀었다.

요시오는 손님 이야기에 맞장구를 치듯 미소를 짓긴 했지만, 연금 생활자가 부탁하는 개 산책과 이발사 아내에게 손님 머리를 잘라달라고 부탁하는 것은 차원이 다른 이야기라고 생각했다.

웬일인지 그 후에도 손님 발길이 끊이질 않았다. 가게 문을 닫는 일곱 시까지 흰머리 염색을 하러 온 손님까지 포함해 여덟

명. 거의 한 달에 한 번 꼴인 단골손님이 한꺼번에 몰려온 것처럼 눈코 뜰 새 없이 바빴다. 아내를 부르려 했지만 새우를 다 다듬은 아내는 시장을 본다며 쏜살같이 나가버렸다.

그날 요시오는 마지막 손님을 배웅하고 바닥에 떨어진 머리칼을 청소하면서 날마다는 아니어도 적어도 일주일에 한 번쯤은 이런 날이 있으면 좋겠다고 생각했다. 계속 서서 하는 일이라 다리와 허리에도 한계가 왔지만, 금고 대신 쓰는 낡은 가죽 지갑이 천 엔짜리 지폐로 꽉 들어찬 감촉은 어느덧 십 년 이상 경험해보지 못한 느낌이었다.

가게를 닫고 거실로 들어가자, 아내가 딸과 전화 통화를 하고 있었다. 반드시 일주일에 한 번, 일요일 밤에 연락하기로 한 약속은 그나마 간신히 지키고 있었다. 그러나 요시오는 딸과 이야기를 나누는 아내를 바라보면서 전화 내용이 아니라 전화 요금에 더 신경이 쓰였다. 몇 달 전, 딸은 PHS(일본의 간이형 발신전용 개인 휴대통신 시스템 — 역주)를 해약하고 휴대전화를 새로 샀다. 집전화가 있으니 그것을 쓰라고 누차 타일렀지만, 딸은 손안에 있는 게 편하다며 매번 휴대전화로 전화를 걸었다.

* * *

그때 요시오의 외동딸 이시바시 요시노는 후쿠오카 시 하카타 구 치요(千代)에 있는, '헤이세이생명'에서 임대한 아파트 '페어리 하카타'의 방에서 "단골손님이 미니추어 닥스훈트를 데려왔는데 어찌나 귀엽던지"라는 엄마의 말에 건성으로 대답 하며 매니큐어를 고쳐 바르는 중이었다.

페어리 하카타에는 원룸이 30개쯤 있는데 모두 헤이세이생명에 근무하는 보험설계사 여직원들이 살고 있었다. 회사에서 직접 관리하는 기숙사와는 달라서 식당이나 기숙사 규칙 같은 건 없었지만, 근무 지구는 달라도 같은 회사에서 일하는 사람들끼리라 서로 베란다 너머로 대화를 나눴고, 정원의 작은 정자에서는 매일 밤 캔주스를 손에 들고 모여든 몇몇이 떠들썩하게 웃음꽃을 피웠다.

회사 보조금은 3만 엔, 거주자는 거기에 3만 엔을 보태서 임대료를 지불한다. 방에는 조그마한 욕실과 부엌도 딸려 있어서 식비를 절약하기 위해 누군가의 방에 모여 공동으로 저녁식사를 준비하는 사람도 많았다.

요시노는 좀처럼 끝날 기미가 보이지 않는 엄마의 개 이야기에 진력이 나서 "엄마, 나 친구들이랑 저녁 먹으러 나가야 해"라며 말을 끊었다.

엄마는 전화했을 때 이미 물어봤으면서도 딸이 저녁을 아직 안 먹었다는 걸 그제야 알았다는 듯 "어머, 그랬나? 미안, 미안" 하며 사과하더니 "잠깐 기다려. 아빠 바꿔줄게"하고 일방적으로 수화기를 놓고 멀어져갔다.

요시노는 성가시다고 생각하면서 베란다로 나갔다. 2층 베란다에서 정원의 정자가 내려다보였고, 그 추운 날씨에도 몇몇이 담소를 나누는 모습이 보였다. 그중에는 나카마치 스즈카(仲町鈴香)라는 사이타마(埼玉) 출신 여자가 있었는데, 사투리를 안 쓰는 게 퍽이나 자랑스러운지 떠나갈 듯한 목소리로 시시한 텔레비전 드라마 얘기를 떠들어대고 있었다.

요시노가 베란다에서 다시 방으로 들어오는데 "여보세요"하는 아빠 목소리가 들렸다.

"나, 지금 친구들이랑 밥 먹으러 나가야 되는데."

요시노가 견제하듯 말했다. 그러나 아빠도 딱히 할 말은 없었는지 평소처럼 장사가 안 된다는 푸념도 늘어놓지 않고 "그래. 조심해서 다녀와라. ……그건 그렇고 일은 좀 어떠냐?"라며 오랜만에 기분 좋게 말을 건넸다. 요시노는 "일? 그냥 그렇지 뭐. 무턱대고 달려든다고 계약해줄 리도 없으니까"라고 짧게 대답하고 "아무튼 나 지금 나가야 해. 그럼"하며 전화를 끊었다.

그것이 부모와의 마지막 통화인 줄도 모른 채.

아파트 현관에서 한참 기다리고 있으니 사리(沙里)와 마코(眞子)가 발걸음을 맞추듯 계단을 내려왔다. 근무 지구는 서로 다르지만 페어리 하카타에서 요시노가 가장 친하게 지내는 두 사람이었다.

키가 크고 마른 사리와 조금 작고 통통한 마코가 나란히 계단을 내려오자, 똑같을 게 분명한 계단 간격이 달라 보였다.

그날 오후에도 셋이서 덴진(天神)에 있는 백화점을 돌아다녔지만, 저녁 먹기에는 조금 이른 것 같아 일단 아파트로 돌아왔다.

계단을 내려온 사리는 낮에 미쓰코시 티파니에서 산 오픈하트 귀걸이를 하고 있었다. 사리는 2만 엔쯤 하는 그 귀걸이를 사기 위해 매장에서 무려 한 시간 가까이나 망설였다.

기다리다 지친 요시노가 가격을 물어보며 이것저것 다른 상품을 만지작거리는 사리에게 "망설여질 때는 유행 안 타는 기본 스타일이 제일이라니까"라고 말참견을 하고 말았다.

요시노는 계단을 내려온 사리의 귀걸이를 아무 일도 없었다는 듯 칭찬해주면서 왠지 위화감이 느껴지던 부츠를 고쳐 신었다. 벌써 뒤축이 다 닳고 지퍼가 고장 나기 직전이었다. 옆에 선 두 사람도 비슷한 부츠를 신고 있었다.

다시 일어선 요시노가 "어디로 갈까?"라고 묻자, 좀처럼 자기 의사를 표현하지 않는 마코가 "군만두 어때?"라고 말했다.

"그래, 만두 괜찮겠다."

사리가 곧바로 찬성을 하더니 요시노에게 동의를 구하는 시선을 던졌다.

요시노는 손에 들고 있던 휴대전화를 아빠가 졸업선물로 사준 루이비통 카바스 피아노에 넣은 뒤, 같은 메이커 지갑을 꺼내 만 엔이 채 안 되는 돈을 확인하며 한숨을 내쉬었다.

"나카스(中洲)까지 나가려고? 귀찮지 않니?"

요시노가 대꾸하자, 그 말투에서 뭔가를 알아차렸는지 "무슨 약속이라도 있어?"라고 사리가 물었다. 요시노는 애매하게 고개를 갸웃거렸다.

"혹시 마스오(增尾)?"

사리가 반은 놀라고 반은 의심스러운 듯한 목소리로 요시노의 얼굴을 들여다보며 소리쳤다. 요시노는 "어어, 왜?"라며 질문을 얼버무리고는 "근데 오늘은 잠깐만 볼 거야"라고 빠른 말투로 대답했다.

"그럼, 만두는 안 되겠네?"

옆에서 마코가 끼어들었다. 그 말투가 너무도 절박해서 요시노는 자기도 모르게 웃음이 나왔다.

페어리 하카타에서 지하철 '치요 현청 입구' 역까지는 걸어서 3분도 채 안 걸린다. 그렇지만 가는 길이 울창한 히가시 공원 옆으로 나 있어서 낮에는 괜찮지만 밤에는 되도록 혼자 다니지 말라는 안내문이 지역 게시판에 붙어 있었다.

히가시 공원은 후쿠오카 현청에 병설된 공원인데 13세기 겐코(元寇, 원나라의 일본 침입 — 역주) 당시, 이세(伊勢) 신궁에서 몸을 던져 국난을 대신하려는 기원을 올린 일로 유명한 가메야마(龜山) 천황과 니치렌종(日連宗, 일본 불교 종파의 하나 — 역주)의 시조인 니치렌 선사의 동상이 서 있다. 드넓은 부지에는 에비스(칠 복신의 하나. 오른손에 낚싯대, 왼손에 도미를 안은 바다·어업·상가의 수호신 — 역주) 신을 모신 도카에비스(十日惠比壽) 신사와 겐코 사료관 건물들이 띄엄띄엄 서 있지만, 해가 지고 나면 공원 전체는 울창한 숲으로 변해버린다.

요시노는 역으로 가는 길에 며칠 전에 온 마스오 게이고(增尾
佳吾)의 문자를 사리와 마코에게 보여주었다.

'유니버설 스튜디오, 나도 가고 싶다! 근데 연말연시에는 엄
청 붐벼. 그럼, 난 이만 잔다. 잘 자.'

사리와 마코는 교대로 문자를 읽더니 역시 교대로 몸부림을
치듯 한숨을 내쉬었다.

"어머머, 이거 유니버설 스튜디오 같이 가자는 뜻 아니니?"

천성이 순수해서 그런지 문자를 읽고 난 마코가 부러운 듯 요
시노에게 말했다. "그런 건가?"라며 요시노가 애매하게 미소를
짓자 "요시노가 가자고 하면 마스오도 절대 거절하지 않을 거
야"라며 사리까지 끼어들었다.

마스오 게이고는 난세이가쿠인(南西學院)대학 경제학부 4학
년이었다. 그의 부모는 유후인(湯布院)에서 온천 여관을 경영하
는 듯했고, 하카타 역 앞의 널찍한 맨션에 살면서 아우디 A6를
몰고 다녔다. 요시노와 사리, 마코는 지난 10월 중순에 덴진에
있는 바에서 마스오를 알게 되었다. 셋이 우연히 들어간 바였는
데 안쪽에서 요란하게 떠들어대던 마스오 일행이 말을 걸어와
밤 열두 시가 다 될 때까지 다트를 하며 놀았다.

그날 밤, 마스오가 요시노에게 연락처를 물었던 것은 사실이
다. 그러나 그 후 그와 몇 차례 데이트를 했다는 요시노의 말은
거짓말이었다.

"이따 마스오 만날 거지? 그때 같이 가자고 해보면 어떨까?"

조금 전 "누구 만나?"라고 물었을 때 요시노가 대충 얼버무린 탓인지, 두 사람은 요시노가 마스오를 만나는 걸로 받아들인 모양이었다.

요시노는 사리의 시선을 피하며 "오늘은 정말 아주 잠깐만 볼 거야"라고 같은 말을 되풀이했다.

세 사람의 구두 소리가 고요한 히가시 공원의 어둠 속으로 빨려들어갔다.

역에 도착할 때까지 세 사람은 줄곧 마스오 게이고 이야기만 했다. 연예인으로 치면 누구를 닮았다는 둥, 인터넷에서 찾아보니 그의 부모가 경영하는 여관에 노천탕이 딸린 별채가 있다는 둥.

덴진의 바에서 알게 되었을 때, 마스오가 세 사람 중 자기에게만 연락처를 물었다는 게 요시노는 무척이나 자랑스러웠다. 그런 자긍심에 그만 "혹시 마스오한테 문자 왔니?"라고 묻는 사리에게 "응, 왔어. 이번 주말에 만날 거야"라고 순간적으로 거짓말을 해버렸다. 그 주말에 요시노는 두 사람에게 옷과 헤어스타일 체크까지 받고, 아파트에서 성대한 배웅을 받았다. 순간적으로 내뱉은 사소한 거짓말이 돌이킬 수 없는 상황을 만들어버려 요시노는 그날 니시데쓰를 타고 집에 들러 시간을 때워야 했다.

그러나 덴진 바에서 만난 후, 연락이 전혀 없었던 것은 아니다. 이쪽에서 먼저 보내긴 했지만 꼬박꼬박 답장이 왔고 '유니버설 스튜디오 가보고 싶다'라고 요시노가 문자를 보내면 '나도 열라 가고 싶다!' 라고 '!' 까지 붙여서 답장을 보냈다. 그러나 단지 그뿐, '그럼, 같이 갈래?' 라는 말로 이어지지는 않았다. 몇 번인가 문자를 주고받은 건 사실이지만, 덴진 바에서 만난 후로 요시노는 단 한 번도 마스오 게이고를 만난 적이 없었다.

나카스에 있는 군만두 가게에 들어가서도 마스오 이야기는 계속 이어졌다. 테이블에는 닭날개찜과 감자샐러드 그리고 메인 요리인 만두가 놓여 있었다. 생맥주를 마시면서 마코는 남자친구가 생긴 요시노를 순수한 마음으로 부러워했고, 사리는 질투 섞인 말투로 바람피우지 않게 조심하라고 충고했다.

"요시노, 시간 괜찮아?"

마코의 말에 요시노가 가게 벽시계를 쳐다보니 시계바늘은 기름기 낀 유리 속에서 아홉 시를 가리키고 있었다.

"괜찮아. 오늘은 그쪽도 나랑 헤어진 후에 친구들이랑 약속 있다고 했으니까 아주 잠깐만 볼 거야"라고 요시노가 대답했다. 마코는 그 말을 듣자마자 "어머 세상에, 잠깐이라도 봐야 한다는 거네"라며 한숨을 내쉬었다.

요시노는 마코의 착각을 정정하지도 않고 "나도 내일 일해야 되잖아"라며 어깨를 움츠렸다.

그날 밤, 요시노가 정작 만날 약속을 했던 사람은 마스오 게이고가 아니었다. 마스오에게서 좀처럼 연락이 오지 않아 조바심이 난 나머지 장난삼아 등록한 만남 사이트에서 알게 된 남자 중 한 사람이었다.

✦ ✦ ✦

요시노가 사리, 마코와 나카스에서 군만두를 먹으며 마스오 게이고 이야기에 푹 빠져 있을 무렵, 그 남자는 15킬로미터쯤 떨어진 미쓰세 고개 커브 길에서 급하게 핸들을 꺾으며 자갈이 깔린 갓길에 차를 세웠다. 너무 버림받은 고갯길이라 국도라고 부르기도 어색했다.

넘어선 흰 차선이 자동차의 할로겐 라이트에 비치는 순간, 꿈틀거리는 백사(白蛇)처럼 보였다. 백사는 미쓰세 고개를 결박하듯 길게 뻗어 있었다. 꽁꽁 묶인 미쓰세 고개가 몸을 비틀어대는 바람에 산의 나뭇잎들이 흔들리는 것 같았다.

그 고갯길 뒤로는 칠흑 같은 어둠 속에 입을 빠끔히 벌린 미쓰세 터널 출구가 멀리 보인다. 반대로 고개를 내려가면 눈 아래로 하카타 거리의 불빛이 차츰 넓어진다.

갓길에 정차한 자동차의 할로겐 라이트가 흙먼지와 앞쪽 덤불을 푸르스름하게 비췄다. 나방 한 마리가 빛 속을 가로질러 날아갔다.

사가야마토 인터체인지에서 이곳까지는 커브가 심한 고갯길이 이어졌다. 그 때문에 핸들을 꺾을 때마다 대시보드에 넣어둔 십 엔짜리 동전이 좌우로 움직였다.

그 동전은 고갯길에 들어서기 전에 들른 주유소에서 받은 거스름돈이었다. 평소에는 3,000엔이나 3,500엔씩 금액에 맞춰

급유하는데, 자동차 밖에 서 있는 여종업원이 예뻐서 자기도 모르게 허세를 부리며 "하이옥탄 가득"이라고 말해버렸다. 금액은 5,990엔이었다. 천 엔짜리로 지불하고 나자, 그의 지갑에는 달랑 5천 엔짜리 지폐 한 장만 남았다.

주유소 여자는 굵직한 노즐을 두 손으로 들어 주유구에 넣었다. 남자는 사이드미러로 그녀의 모습을 물끄러미 바라보았다. 주유하는 동안, 여자는 차 앞으로 달려와 큰 가슴을 들이밀며 앞 유리창을 닦아주었다. 12월 초순, 밤바람은 차갑고 여자의 볼은 발갛게 얼어 있었다. 살풍경한 전원을 내달리는 도로변, 오직 그곳에만 대낮처럼 밝은 주유소가 덩그맣게 서 있었다.

"일요일엔 친구들이랑 저녁 약속이 있어서 늦은 시간이면 몰라도……."

"난 늦어도 상관없어."

"그렇지만 아파트 통금시간이 열한 시까진데……."

며칠 전, 전화로 들었던 요시노의 목소리가 되살아났다.

남자는 대시보드 속에 든 십 엔짜리 동전을 꺼내 청바지 주머니에 찔러 넣었다. 손가락 끝에 단단해진 성기가 스쳤다. 요시노 생각을 했던 건 아닌데 고갯길 급커브를 하나하나 정복해가는 사이 어느새 그렇게 된 모양이다.

남자의 이름은 시미즈 유이치(清水祐一)였다. 나가사키 시 교외에 사는 스물일곱 살의 토목공으로, 지난달 두 번 만난 후로 좀처럼 연락이 닿지 않던 이시바시 요시노를 만나러 가는 길이었다.

요시노와 약속한 시각인 열 시까지는 고개를 내려가는 시간을 계산에 넣어도 아직 여유가 있었다. 장소는 지난번 그녀를 차로 바래다줬던 시내 히가시 공원 정문 앞. 그날 자동차를 세운 곳에서도 공원 안에 우뚝 서 있는 거대한 동상이 보였다.

유이치는 자동차 문을 열고 운전석 밖으로 다리만 내밀었다. 차 높이를 낮게 개조했기 때문에 발은 여유 있게 바닥에 닿았다.

담배라도 피우며 잠시 시간을 보낼 수도 있겠지만, 유이치는 담배를 피우지 않는다. 작업 현장에서도 다른 인부들은 휴식시간에 다들 담배를 피우기 때문에 무료해질 때도 많지만, 담배보다는 눈을 감고 조용히 시간을 보내는 편이 기분전환에 훨씬 좋았다.

차 안의 따뜻한 공기가 밖으로 빠져나가는 게 목덜미에 느껴졌다.

멀리 터널 출구가 보였지만, 그 밖에 색을 드러내는 것은 아무것도 없었다. 그러나 고개를 에워싼 어둠에는 갖가지 색깔이 있다. 자줏빛에 가까운 산봉우리의 어둠, 구름에 감춰진 달 언저리의 하얀 어둠, 그리고 바로 앞 덤불을 뒤덮은 시커먼 어둠……. 하나하나 구분해보면 몇 가지 빛깔이 있었다.

한동안 눈을 감았다 떴다 하며 어둠의 차이를 비교하고 있자니 산기슭에서 고갯길로 올라오는 조그만 자동차 라이트가 보였다. 커브를 돌면 사라졌다 다시 다음 커브에서 나타났다. 조그만 불빛으로도 하얀 가드레일과 오렌지색 커브미러를 환하게 비췄다.

바로 그때 터널 쪽에서 경트럭 한 대가 쏜살같이 다가오더니 눈 깜짝할 사이에 유이치 옆을 스쳐 지났다. 그 순간, 강렬한 가축 냄새가 풍겼다. 맑고 차가운 고갯길 밤공기에 난데없이 섞여든 짐승의 악취가 해파리처럼 유이치의 코를 깨물었다.

유이치는 냄새를 피해 서둘러 문을 닫은 후 시트를 젖히고 드러누웠다. 주머니에서 휴대전화를 꺼내봤지만 요시노가 보낸 문자는 없었다. 대신 이미지 파일을 열자 속옷 차림의 요시노가 모습을 드러냈다. 얼굴은 안 찍혔지만, 어깨에 있는 조그만 여드름 하나가 선명하게 찍혀 있었다.

요시노는 이 이미지 하나를 저장하게 해주는 대가로 3천 엔이나 요구했다.

"안 돼, 찍지 마."

하카타 만(灣) 매립지에 세운 러브호텔의 한 객실에서 유이치가 휴대전화 카메라를 들이대자 요시노는 황급히 하얀 셔츠로 가슴을 감췄다. 당황해서 막 입으려던 셔츠를 힘껏 움켜쥐었는지 "아 진짜, 뭐하는 거야, 다 구겨졌잖아!"라며 노골적으로 기분 나쁜 표정을 지었다.

러브호텔 내벽은 콘크리트 위에 그대로 벽지를 바른 것처럼 숨 막히는 방이었다. 세 시간에 4,320엔을 받는 실내에는 싸구려 카펫 위에 철제 세미더블 침대가 놓여 있었고, 베드매트가 있긴 했지만 무슨 영문인지 그 위에 매트보다 한 사이즈 작은 요를 깔아놓았다. 방에는 개폐가 불가능한 새시 창이 있었고, 항구 풍경이 아니라 도시 고속도로 고가가 내다보였다.

"사진 좀 찍게 해줘."

유이치가 포기하지 않고 나지막이 부탁을 하자 "바보 아냐?"라며 요시노가 어이없다는 표정으로 비웃었다. 그보다는 셔츠 주름이 더 신경 쓰이는 듯했다.

"딱 한 장만. 얼굴은 안 찍을게."

유이치가 침대 위에 책상다리를 하고 앉아 간청했다. 힐끔 흘겨본 요시노가 "사진? ……얼마 줄래?"라고 성가시다는 듯 물었다.

유이치는 속옷만 걸친 상태였다. 벗어던진 청바지는 지갑이 든 뒷주머니가 봉긋하게 튀어나온 채로 침대 밑에 떨어져 있었다.

아무 말도 하지 않자 "3천 엔 주면 찍어주지"라고 요시노가 말했다. 요시노가 더는 가슴을 감추지 않자, 하얀 셔츠보다 더 광택이 나는 브래지어에 감싸인 젖가슴이 드러났다.

엄지손가락으로 버튼을 눌렀다. 찰칵 하는 메마른 소리가 울리고, 반라의 요시노 모습이 남았다.

요시노는 곧바로 침대로 뛰어들더니 사진을 보여달라고 졸랐다. 얼굴이 찍히지 않은 것을 확인하고는 "이제 정말 가야 해. 아파트 통금시간 있단 말이야"라며 침대에서 내려가 하얀 셔츠에 팔을 꿰었다.

호텔 주차장에서는 저 멀리 후쿠오카 타워가 보였다. 고개를 쑥 내밀며 바라보는 유이치에게 "아이 뭐해, 늦었다니까"라며 요시노가 재촉을 했다.

"후쿠오카 타워 전망대 가본 적 있지?"라고 유이치가 물었다.

요시노는 귀찮은 듯 "어릴 적에"라고 짧게 대답하며 빨리 차에 타라고 턱짓을 했다. 유이치는 '저거 꼭 등대 같다'라고 말하고 싶었지만, 요시노는 이미 조수석에 올라타 있었다.

◈ ◈ ◈

"이번 설 연휴에 마스오랑 유니버설 스튜디오에 가게 되면 아무래도 2박 정도는 해야겠지?"

요시노가 다 식어버린 군만두 하나를 철판에서 집어 들면서 말했다.

시미즈 유이치와 열 시에 만나기로 약속했는데, 가게 시계는 어느새 열 시를 가리키고 있었다.

"요시노, 오사카 가본 적 있니?"

생맥주를 두 잔이나 마시고 얼굴이 벌겋게 달아올라 묻는 마코에게 "나? 아니"라며 요시노가 고개를 저었다.

"나도 없어. 사촌이 살긴 하는데."

마코는 평소 말이 없는 편인데 술에 취하면 말이 많아졌다. 보통 때도 혀가 짧은 느낌이지만, 취하면 마치 어리광을 부리는 목소리처럼 변해서 남자들과 미팅을 할 때는 살짝 눈에 거슬리는 존재였다.

"난 해외에 나가본 적도 없고……."

방석 위에서 다리를 뻗고 테이블에 팔꿈치를 괴면서 하는 마코의 말에 요시노는 "나도 해외는 못 가봤어"라고 대답했다. "사리는 하와이도 가봤다는데."

마코는 화장실에 간 사리의 빈 방석으로 시선을 떨어뜨리며 딱히 부러워하는 기색도 없이 중얼거렸다.

마코의 그런 욕심 없는 태도에 요시노는 이따금 신경이 곤두섰다. 마코가 자기 이야기를 할 때면 '어차피 난'이라는 상투어가 늘 따라붙는 듯한 느낌을 떨쳐버릴 수가 없었다.

요시노와 마코 그리고 화장실에 간 사리는 아파트에서 각별히 사이좋게 지내는 그룹으로, 늘 함께 다닌다. 가끔 누군가의 방에 모여 저녁밥을 지어 먹기도 하고, 정원 정자를 점령하고 해가 다 지도록 웃음꽃을 피울 때도 있다. 세 사람 다 영업 실적이 그다지 좋지 않다는 점도 그들의 유대를 깊게 해주었다. 갓 입사했을 때는 기가 센 요시노와 사리 둘이서 매달 영업 실적을 다투기도 했는데, 둘 다 친척과 지인들의 계약이 바닥나자 순식간에 의욕을 잃어버렸다. 그래서 요즘은 원래부터 영업 능력이 없었던 마코를 포함해 영업소 조회에만 참석한 후, 무작정 방문하는 의미 없는 영업 같은 건 시도하지도 않고 영화를 보러 가는 일도 많았다.

굳이 말하자면 성격이 느긋한 마코가 쿠션 역할을 하며 요시노와 사리를 이어주는 셈이었다.

"있지, 마코, 혹시 마스오랑 유니버설 스튜디오에 가게 되면 너도 같이 갈래?" 요시노가 말했다.

화장실에 간 사리는 아직 돌아오지 않았다.

"나도?"

테이블에 턱을 괴고 있던 마코는 조금 놀랐는지 턱에서 손을 뗐다.

"마스오한테 친구 한 명 데리고 오라고 해서 넷이 가자. 그런 데는 여럿이 가는 게 더 재밌잖아?"

요시노와 마스오 사이에 유니버설 스튜디오에 가자는 약속 같은 건 없었지만, 요시노는 공상 속 계획에 타인을 끌어들임으로써 공상이 현실로 바뀌어가는 듯한 달콤한 흥분을 맛보고 싶었는지도 모른다. 막상 그때가 되면 '마스오가 갑자기 급한 일이 생겨서 못 간대. 티켓 아까우니까 우리 둘이라도 가자'고 말을 바꾸면 된다. 물론 마스오와 둘이 가는 게 가장 좋겠지만, 설령 그 상대가 마코라도 요시노는 이번 설 연휴에 유니버설 스튜디오에 꼭 가보고 싶었다.

"그럼 사리한테도 같이 가자고 해야 하지 않을까?"

마코가 불안한 듯 요시노의 눈을 들여다보았다.

"으음, 실은 마스오가 사리를 좀 불편해하는 것 같아서."

요시노는 일부러 목소리를 낮췄다.

"정말? 바에서는 사이 좋아 보이던데."

"사리한테는 비밀이야. 가엾잖아."

진지한 척하는 요시노의 말에 마코가 심각한 표정으로 고개를 끄덕였다.

물론 마스오가 사리를 싫어한다는 말은 새빨간 거짓말이었다. 그러나 요시노는 뭐든 곧이곧대로 받아들이는 마코에게 별 생각 없이 거짓말을 하고 그 반응을 즐기곤 했다.

 아다치 마코(安達眞子)는 구마모토 현 히토요시(人吉) 시 출신이다. 중고차 영업사원인 아버지와 그 영업소에서 아르바이트를 하던 어머니 사이에 태어난 외동딸로, 부부 금슬이 좋은 가정에서 성장한 소녀답게 직장은 어디까지나 결혼 전까지의 임시방편이고 단기대학을 졸업하자마자 결혼하고 싶다는 꿈을 품었다. 어릴 때부터 스스로 친구를 고르는 게 아니라 항상 누군가에게 선택되기를 기다리는 성격이었다. 그런 까닭에 고등학교 졸업 후 후쿠오카에 있는 단기대학에 가기로 결정하자, 아는 사람이 없는데도 무작정 돌진해버렸고, 그 결과 여고에서 에스컬레이터를 타듯 자동적으로 진학한 단기대학에서는 외톨이가 되고 말았다. 히토요시로 돌아가버릴까도 생각했지만, 가장 중요한 직장이 없었다. 하는 수 없이 헤이세이생명에 취직해 회사에서 임대한 아파트로 이사한 후, 어렵사리 사귄 친구가 요시노와 사리였다. 고등학교 시절 친구들과 비교하면 두 사람 다 화려한 편이지만, 그래도 마코는 결혼 상대가 생길 때까지 외롭지 않겠다고 마음을 놓았다.

 "아 참, 지난번에 아파트 정원에서 나카마치 스즈카가 날 부르더라."

 마코가 작은 그릇에 찰싹 달라붙은 감자샐러드의 오이를 능숙한 젓가락질로 집으면서 문득 떠오른 듯 말했다.

"언제?"

요시노는 정원에서 뽐내듯 도쿄 말투로 떠들어대는 스즈카를 떠올리고 살짝 얼굴을 찡그리며 물었다.

"사흘 전에. '사리 씨한테 마스오랑 요시노 씨가 사귄다는 말을 들었는데, 그 말 사실이에요?'라고 묻던데. 나카마치 스즈카의 친구가 마스오랑 같은 대학에 다닌다면서?"

마코는 별 관심 없는 말투로 감자샐러드에 든 오이를 사각사각 씹으며 말했다.

"그래서 넌 뭐라고 했어?"

요시노가 침착한 척하며 되물었다.

"'아마 그럴 거예요'라고 했는데……."

요시노의 말투가 싸늘하게 느껴졌는지 마코는 겁을 먹은 듯 오이를 씹던 턱을 멈췄다.

때마침 1층 화장실에 갔던 사리가 돌아왔다.

"어? 뭐야? 무슨 얘긴데?"

사리가 부츠를 벗으며 물었다.

이 가게처럼 신발을 벗고 들어가는 가게에는 대개 화장실 갈 때 쓰는 고객용 슬리퍼를 따로 준비해두지만, 사리는 반드시 자기 신발을 신고 화장실에 갔다. 결벽증 때문에 다른 사람과 신발을 같이 신는 게 불쾌하다고 하지만, 요시노는 그녀의 말이 줄곧 의심스러웠다. 요시노는 또다시 감자샐러드로 젓가락을 가져가는 마코를 바라보면서 "나카마치 스즈카, 그 애가 마스오를 좋아하는 것 같아. 그래서 나한테 라이벌 의식을 가진 모양이야"라고 말했다.

순간적으로 튀어나온 거짓말이었지만, 그 말이 뜻하지 않은 견제가 되어줄 것 같았다. 만에 하나 스즈카가 마스오와 같은 대학에 다니는 친구에게서 뭔가를 알아내더라도 지금 꾸며낸 거짓말이 스즈카의 진실을 질투에서 비롯된 억지로 바꿔줄 것이다.

부츠를 벗고 테이블로 돌아온 사리가 "정말?"이라며 요시노가 꾸며댄 말에 곧바로 걸려들었다. 그리고 사리의 이런 점이 요시노에게는 도무지 결벽증으로 보이지 않았다. 요시노가 아파트 방에서 빵을 먹고 있으면 "한 입만 줘"라며 바로 손을 내밀었고, 손수건을 며칠씩 쓰기도 했다. 사리는 고등학교 내내 사귄 남자친구가 있다고 하는데, 실은 그건 거짓말이고 아직 처녀가 아닐까 하고 요시노가 마코에게 말했던 적도 있었다.

실제로 스물한 살인 사리는 아직 남자와 같이 밤을 보낸 일이 단 한 번도 없다. 요시노와 마코에게는 '단기대학 때는 아무도 안 사귀었지만, 고등학교 때 농구부 남자애와 3년 동안 사귀었다'고 꾸며댔다. 사리가 말한 남자는 분명히 학교에 존재했지만, 그는 사리가 아닌 다른 여자애와 3년간 사귀었다. 자신의 과거를 아는 사람이 없는 후쿠오카에 온 것을 계기로 3년간의 짝사랑을 날조하고, 체육대회 때 둘이 찍은 단 한 장뿐인 사진을 요시노와 마코에게 보여줬던 것이다.

마코는 그 사진을 보고 "와아, 잘 생겼다"라며 소박한 탄성을 내질렀다. 그리고 그 한마디는 사리에게 거짓과 현실의 경계를 잃어버리게 했다.

마코가 "너무 멋져, 다리도 길고 눈도 예쁘고 이도 하얗고"라는 칭찬을 늘어놓을 때마다 사리는 마치 자기 자신이 칭찬을 받는 듯한 착각에 빠져들곤 했다. 사실 그의 그런 점들이 좋아서 줄곧 좋아했는데, 마치 자기가 그런 남자에게 3년 내내 사랑받은 것 같은 기분에 빠져들었던 것이다.

페어리 하카타는 물론, 직장에도 고등학교 시절의 사리를 아는 사람은 아무도 없었다. 자기만 입을 다물면 옛날의 모습은 얼마든지 바꿀 수 있었다. 사리는 이곳 후쿠오카에서 이상적인 자신을 만들어내는 데서 기쁨을 발견했다.

그러나 바보스러울 정도로 순박한 마코는 속일 수 있지만, 그 옆에는 늘 의혹에 찬 시선을 보내는 요시노가 있었다. 체육대회 때 찍은 사진을 처음 보여줬을 때도 순진하게 탄성을 지르는 마코 옆에서 요시노가 "얘, 전화라도 해보자"라고 말했다.

물론 사리는 이미 헤어진 사이라며 허둥지둥 거절했지만, "그쪽은 아직 널 좋아할지도 모르잖아. 네가 후쿠오카로 떠나오는 바람에 울며불며 헤어진 거 아냐? 전화하면 좋아하지 않을까?"라며 끈질기게 물고 늘어졌고, 어쩔 줄 몰라 하는 사리를 보며 회심의 미소를 짓는 것 같았다.

그런 일도 있어서 그런지 사리는 요시노와 단 둘이 있으면 이따금 숨이 막히는 느낌이 들었다. 마코와 둘이 있을 때는 자기가 주인공이 될 수 있지만, 요시노와 단 둘이 있으면 마치 짝퉁 명품을 몸에 두른 듯한 꺼림칙한 기분이 들었다. 그래도 행여 거리에서 남자들이 말을 걸어오면 소극적인 마코와는 즐길 수 없지만, 요시노와 함께라면 맛있는 음식을 얻어먹고 노래방에 가서 실컷 놀다가 "아파트 통금시간이 있어서"라고 거짓말을 꾸며대고 재빨리 꽁무니를 빼는 대담함을 발휘할 수 있었다.

그들은 마지막으로 1인분을 더 주문한 만두를 눈 깜짝할 사이에 먹어치웠다. 4인분이나 깨끗이 비웠으니 한 사람당 열세 개를 먹은 셈이었다.

요시노가 테이블 아래로 다리를 쭉 뻗더니 "아, 너무 먹었나 봐. 가까스로 1킬로그램 뺐는데"라며 야단스럽게 배를 쓰다듬었다. 요시노를 따라 자세를 흐트러뜨린 사리와 마코 역시 배가 꽉 찼는지 '후우' 하고 큰숨을 내쉬었다.

요시노가 계산서 금액을 셋으로 나누는데 "정말 괜찮아? 벌써 열 시 반인데"라며 마코가 벽시계를 올려다봤다.

순간, 요시노는 뭐가 괜찮으냐는 건지 몰라 "뭐가?"라고 되묻고 말았다.

"뭐라니, 마스오……"라며 마코가 고개를 갸웃거렸다.

요시노는 그제야 퍼뜩 생각이 떠올랐다. 두 사람은 자기가 곧 마스오를 만나러 갈 거라고 오해하고 있었던 것이다.

"아, 으응. 이제 정말 가야겠다"라며 요시노가 서두르는 시늉을 했다. 마치 정말로 마스오와 곧 만나기라도 할 것처럼. 실은 열 시가 되었을 때, 요시노는 유이치에게 '조금 늦어'라고 문자를 보낼까 했는데, 때마침 나카마치 스즈카 험담에 열중하는 바람에 연락을 못 했다.

유이치가 만나고 싶다고 끈질기게 매달려서 어쩔 수 없이 한 약속이었다. "지난번 그 돈, 주고 싶어"라고 유이치가 말했다. 정말 그것뿐이라면 5분이면 충분하다.

계산서에 적힌 금액을 정확하게 삼등분으로 나눈 요시노는 두 사람에게 금액을 말해주었다. 만두가 1인분에 470엔, 감자샐러드가 520엔, 닭날개, 정어리구이에 생맥주까지 총액은 7,100엔이었다. 한 사람당 2,366엔. 금액을 말하자 사리와 마코가 지갑에서 1엔도 틀리지 않게 자기 몫을 테이블 위에 내놓았다. 두 사람이 돈을 꺼내는 동안, 요시노는 핸드백에서 휴대전화를 꺼내 문자 온 게 없는지 확인했다. 수신 문자가 몇 개 있었지만 만나기로 약속한 유이치가 보낸 것은 없었고, 마스오가 보낸 것도 물론 없었다.

※ ※ ※

약속한 시각 열 시에서 5분이 지나자 시미즈 유이치는 요시노에게 문자를 보낼까 말까 망설였다.

히가시 공원 앞에 주차시킨 자동차 시동은 이미 멈춰, 한 시간에 200엔인 가로수길 주차장에 늘어선 다른 차들과 마찬가지로 며칠 동안이나 그곳에 서 있는 것처럼 보였다.

바로 옆에 JR 요시즈카(吉塚) 역이 있지만, 밤 열 시가 지난 공원 옆 도로는 오가는 차들이 적었고, 간혹 커브를 돌아오는 택시 라이트가 주차장에 늘어선 차들을 비출 뿐이었다.

라이트에 비친 차 운전석 어디에서도 인기척은 느껴지지 않았다. 공원 정문 바로 앞에 세운 차 운전석에만 현장에서 그을린 유이치의 얼굴이 떠올랐다.

요시노는 틀림없이 "히가시 공원 정문 앞에서"라고 말했다. 친구들과 저녁 약속이 있긴 한데 열 시쯤에는 돌아올 거라고. 유이치는 공원을 한 바퀴 돌아볼까 생각했지만, 공원 뒤편 좁은 길을 빠져나오는 데만 3분 이상 걸린다. 그 사이 요시노가 역에서 나오면 안 왔다고 오해할지도 모른다.

유이치는 막 돌리려던 키에서 손을 뗐다. 시동을 끈 지 5분이 더 지났는데도 미쓰세 고개를 넘어온 차체의 열기가 여전히 시트 밑에서 올라와 엉덩이로 전해졌다. 할로겐 라이트의 푸르스름한 빛 속에만 존재했던 고갯길. 마치 그 빛 속으로 파고들듯 액셀러레이터를 밟고 뒷바퀴를 미끄러뜨리며 커브를 돌았다. 전방을 비추는 푸르스름한 빛 덩어리는 아무리 쫓아도 계속 앞으로 도망쳐갔다.

유이치는 한밤중에 고갯길을 달릴 때마다 언젠가는 자기 차가 그 빛 덩어리를 붙잡을 수 있지 않을까 하는 공상을 한다. 빛 덩어리를 붙잡은 차는 순식간에 그곳을 뚫고 나가고, 뚫고 나간 그 앞에는 여태껏 본 적 없는 광경이 펼쳐진다. 그러나 유이치는 그 광경이 어떤 것인지 도무지 상상할 수 없었다. 옛날에 영화에서 본 지중해라는 유럽의 푸른 바다나 역시 영화에서 본 은하 같은 갖가지 광경을 떠올려보지만, 아무래도 이거다 싶은 장면은 없었다. 영화나 텔레비전에서 본 것에 의지하지 않고 혼자 힘으로 상상해본 적도 있지만, 그러면 곧바로 눈앞이 새하얘지면서 자동차 라이트가 만든 빛 덩어리 같은 걸 통과할 수 있을 리가 없다는 생각이 들었다.

유이치는 눈을 감고 조금 전 지나온 고갯길, 그리고 빛으로 넘쳐나는 덴진 거리를 떠올려보았다.

약속한 시간보다 15분이나 지나 있었다. 지금 바로 요시노가 나타난다 해도 그리 긴 얘기를 할 수 없지만, 무슨 이야기가 하고 싶은지 스스로에게 물어봐도 아무 말도 떠오르지 않았다.

공원 옆 인도를 지나는 사람은 한 사람도 없었다. 도로를 달리는 자동차도 없었다. 30분 정도 여유만 있으면, 차 안에서 요시노에게 그곳을 애무해달라고 할 수 있다. 물론 처음에는 싫다고 하겠지만, 강제로라도 키스를 퍼붓고 그리고 가슴을 어루만지면······.

고갯길을 내려오자마자 자동판매기에서 산 우롱차 페트병을 단숨에 마셔버려서 그런지 유이치는 갑자기 요의를 느꼈다.

거리 어디에도 인기척은 없었다. 바로 옆에 공원 화장실이 있긴 하지만, 지난번에 요시노를 이곳까지 태워다주고 눈에 띈 공중 화장실에서 소변을 보는데 언제 나타났는지 젊은 남자가 등 뒤에 서더니 옆 소변기가 비어 있는데도 이쪽이 소변을 다 볼 때까지 꼼짝 않고 그 자리에 서 있었다. 그러면서도 말 한마디 걸지 않아서 유이치는 소변을 보는 둥 마는 둥 서둘러 지퍼를 올리고 도망치듯 공중 화장실을 나와버렸다.

차로 돌아가면서 몇 번이나 뒤를 돌아봤지만, 남자가 따라 나오는 기척은 없었고 점점 더 기분만 나빠졌다.

휴대전화를 열자, 5분이 더 지나 있었다. 설마 요시노가 바람을 맞힐 것 같진 않았지만 불안한 마음에 차에서 내려 밖으로 나왔다.

줄곧 차 안에 있어서 잘 몰랐는데 고갯길의 냉기가 도심 거리까지 내려앉은 듯 싸늘한 밤이었다. 허리를 쭉 펴며 심호흡을 하자 차가운 공기가 목구멍에 걸렸다. 멀리 보이는 덴진 쪽 하늘은 자줏빛으로 물들어 있었다.

유이치는 불현듯 요시노가 아침까지 자기와 함께 있으려나 하는 생각이 들었다. 나가사키에서 여기까지 찾아온 성의를 생각해서 지난번에 갔던 러브호텔에 갈 마음이 있는 건 아닐까. 그런 생각이 들자 20분이나 지각하는 것도 이해가 되었다. 그러나 오늘밤은 하카타 러브호텔에서 묵을 수는 없다. 내일은 아침 일곱 시부터 일을 시작하기 때문이다.

가드레일을 넘은 유이치는 길거리에 아무도 없는 것을 확인한 후, 공원 산울타리에 서서 볼일을 봤다. 거품이 이는 소변은 이불을 덮듯 산울타리를 적시더니 칠칠치 못하게 발밑으로 번져 왔다.

　　　　　　　　　　※ ※ ※

"전에 저기 만남다리에서 말 걸었던 남자들 있었지. 요시노, 기억나니?"

요시노는 등 뒤에서 말을 건네는 사리에게 "언제쯤?"이라고 물으며 뒤를 돌아다봤다.

나카스의 군만두 가게를 나온 세 사람은 강물 위에 네온 불빛을 반사시키는 나카(那珂) 강변을 따라 서둘러 지하철역으로 걸어가고 있었다.

"올 여름쯤."

요시노 옆으로 다가온 사리가 휘황한 강 위에 걸린 '하카타 만남다리'로 시선을 돌렸다.

"그런 일이 있었나?"

"그 왜, 오사카에서 출장 왔다던 두 사람."

사리가 거기까지 말하자 "아아"라며 요시노가 고개를 끄덕였다. 분명 올 여름 무렵, 덴진에서 식사를 하고 돌아가는 길에 다리를 건너는데 "노래방 안 갈래요?"라며 허물없이 말을 건넨 젊은 남자들이 있었다. 두 사람 다 말쑥한 양복 차림새였고 외모도 꽤 괜찮았지만, 마코가 많이 취해서 그때는 깨끗이 거절했다.

"그때 싫다는데도 끝까지 명함까지 건네줬던 거 기억나? 어제 우연히 그 명함이 나왔는데, 그 사람들 오사카 텔레비전 방송국에 다니더라."

사리의 말을 들은 요시노가 "말도 안 돼. 정말?"이라며 흥미를 보였다.

"그래서 말인데, 내가 혹시 직장을 바꾸면 매스컴 쪽이 좋을 것 같아서 연락해볼까 생각중이야."

"길거리에서 작업 건 사람한테?"

요시노가 사리의 말을 듣고 코웃음을 쳤다. 단기대학 출신인 사리가 매스컴, 그것도 텔레비전 방송국 같은 데 취직될 리가 만무했다.

다리를 건너는 중에 사리가 "그건 그렇고 얼마 전 솔라리아 옆 공원에서 말 걸었다는 남자는 어떻게 됐니?"라며 화제를 바꿨다.

"솔라리아?"라고 요시노가 되묻자 "응, 나가사키에서 놀러왔다던 사람, 뭐였더라, 아무튼 멋진 자동차 끌고 왔다며"라고 말했다.

요시노가 지금 만나러 가는 유이치였다. 요시노는 "아아"라고 이야기를 끝맺듯 대답하고는 마코 쪽을 힐끔 쳐다봤다.

사실은 만남 사이트에서 알게 되었지만, 사리에게는 덴진 공원에서 말을 건 남자라고 말해두었기 때문이다.

사이트에서 알게 된 후 2주 정도 문자를 주고받다가 유이치와 처음 만난 장소가 솔라리아 정문 앞이었다. 유이치는 나가사키에 살아서 그런지 '솔라리아'라는 유명한 패션빌딩을 몰랐다.

"덴진에 와본 적 없다는 뜻?"이라고 요시노가 묻자 "차로 몇 번 가보긴 했지만, 길거리 돌아다닌 적은 없어"라고 대답했다. 순간 만나기 싫다는 생각도 들었지만, 전날 받은 사진이 의외로 괜찮아서 솔라리아 위치를 자세히 설명해주기로 했다.

약속한 날, 솔라리아에 도착하자 그로 보이는 키 큰 남자가 현관 옆 쇼윈도에 기대서 있었다. 솔직히 보내준 사진보다 훨씬 핸섬했다.

요시노는 잠시 문자와 전화로 주고받은 이야기를 떠올리며 이럴 줄 알았으면 좀 더 솔직하게 대할걸 그랬나 하고 후회했다. 약간 두근거리는 마음으로 남자 앞에 서자, 남자도 갑자기 다가온 요시노를 보고 당황했는지 기어드는 듯한 나직한 목소리로 중얼거렸다.

"네? 뭐라고요?"라고 요시노가 되묻자, 또다시 우물우물 뭐라고 중얼거렸다.

요시노는 남자가 긴장한 탓이라고 생각하고 "응? 뭐라구요?"라며 일부러 그의 팔을 건드리며 미소 띤 얼굴로 올려다봤다.

"나, 레스토랑 같은 데 잘 몰라."

남자가 작은 목소리로 말했다.

"그런 건 아무 데나 상관없는데."

요시노가 웃는 얼굴로 대답하자, 그제야 남자의 표정이 살며시 누그러졌다.

그러나 첫 만남이라 긴장한 탓이라고 생각했던 남자의 말투는 시간이 지나도 그대로였다. 요시노의 질문에 웅얼웅얼 대답은 하는데, 도무지 한 번에 알아들을 수가 없었다. 처음 만나서 긴장한 게 아니라 평상시 남자의 말투인 듯했다.

"같이 있으면 나도 모르게 짜증이 나."

요시노가 지하철로 향하는 계단을 내려가며 나란히 걷는 사리와 마코에게 침을 내뱉듯 말했다.

"그래도 잘 생겼잖아."

그런데도 여전히 부러운 듯 목소리를 높이는 마코에게 "외모는 괜찮은데 말하는 게 영 재미없어. 게다가 난 마스오가 있잖아"라고 대답했다.

"하긴 그렇지. ······그건 그렇고 왜 남자들은 요시노한테만 접근할까?"

마코의 말에 한동안 침묵을 지키던 사리가 "근데 마스오랑 만난 지 얼마 안 됐는데 어떻게 다른 사람 만날 생각이 들지?"라며 혐오감 섞인 말투로 끼어들었다.

요시노는 붐비는 지하철 손잡이를 붙들고 창에 비친 사리와 마코에게 말했다.

"······차는 개조한 스카이라인 GT-R 몰고 다니고, 키는 아마 마스오보다 클 거야. 근데 대화를 나눠보면 너무 재미없어. 게

다가 어쩐지 머리도 나쁠 것 같고."

"몇 번이나 만났는데?"

마코가 차창을 향해 물었다.

"두세 번쯤 되나?"라고 요시노도 차창을 향해 대답했다.

"그래도 요시노 만나려고 나가사키에서 후쿠오카까지 오는 거잖아."

"한 시간 정도 걸린대."

"그거밖에 안 걸려?"

"그 사람 속도 엄청 내거든."

"같이 드라이브했단 얘기네?"

"글쎄, 그걸 드라이브라고 해야 하나…… 모모치(百道) 쪽 조금 돌아봤어."

차창으로 주고받는 두 사람의 대화를 조용히 듣고 있던 사리가 목소리를 낮추더니 "모모치? 혹시 하얏트 같은 데 갔던 거 아냐?"라며 요시노의 옆구리를 찔렀다.

"설마, 그런 데 갈 리가 있니."

요시노는 일부러 어느 쪽으로도 해석할 수 있는 대답을 했다.

실제로 갔던 곳은 모모치의 하얏트가 아니라, 하카타 만 매립지에 세운 'DUO2'인가 하는 싸구려 러브호텔이었다.

처음으로 유이치와 솔라리아에서 만나기로 약속한 날, 만나자마자 근처 피자 레스토랑으로 들어갔다. 유이치라는 남자는 뭘 하든 자신감이 없는지 바쁘게 움직이는 웨이트리스조차 제대로 못 불렀고, 웨이트리스가 요리를 잘못 내왔을 때도 허둥대기만 할 뿐 불평 한마디 못했다. 그런 태도를 볼 때마다 덴진 바에서 다트를 하며 놀던 마스오의 모습만 자꾸 떠올랐다.

페어리 하카타에 막 입주했을 무렵, 요시노는 한동안 '만남 사이트'에 푹 빠져들었다. 아직 사리, 마코와 친해지기 전이라 밤에 아파트 방에서 혼자 지내는 게 따분해서 문자를 주고받는, 이른 바 문자친구를 열 명 넘게 만들었다. 그들은 하나같이 자기를 만나고 싶어 했다. 한밤중에 방에 앉아 만나자는 요청을 거절하는 답장을 보내고 있노라면 마치 자신이 무척이나 바쁘고 인기 많은 여자인 것 같은 기분에 사로잡혔다. 실제로는 아직 낯선 하카타 거리 한구석에서 바쁘게 엄지손가락을 움직일 뿐이었지만.

사리, 마코와 친해지면서 요시노가 문자친구와 보내는 혼자만의 시간은 사라졌다. 그런데 올 10월 마스오를 만나 연락처를 가르쳐줬는데도 좀처럼 문자가 오지 않아 조바심이 난 나머지 자기도 모르게 또다시 사이트에 등록한 것이다. 그 결과, 사흘 만에 백 통 가까운 문자가 왔다. 물론 개중에는 스트레이트로 원조교제를 원하는 사람도 있었지만, 우선 연령별로 나누고 그 다음은 문자 투로 '연령 사칭'을 가려낸 후 적당한 몇 사람에게만 답장을 보냈다.

그중 한 사람이 시미즈 유이치였다. 보내온 문자에 '자동차에 관심 있다' 라고 씌어 있었다. 요시노는 그 무렵 마스오가 몰고 다니는 아우디 조수석에 탄 자신의 모습을 상상하는 데 여념이 없었다. 아직 만나자는 문자도 안 왔는데 마스오와 어디에 갈까, 차 안에서 누구의 CD를 들을까, 하염없이 그런 몽상에만 빠져 지냈다. 어쩌면 그것이 백 통 가까운 문자 중에서 무심코 유이치의 문자에 끌리게 된 이유인지도 모른다.

약속 장소에서 처음 유이치를 본 순간 '지금은 누구와도 사귈 마음이 없다' '남자친구는 있지만, 요즘 좀 삐걱거린다'고 되는대로 전화 통화를 하고 문자를 보낸 자신의 행동이 조금 후회되기도 했지만, 시간이 지날수록 어딘지 모르게 주뼛거리는 유이치의 태도가 자꾸만 눈에 거슬렸고, 게다가 겨우 입을 열었나 싶으면 예외 없이 자동차 얘기뿐이라 솔직히 '이건 꽝이네'라고 마음속으로 투덜거렸다.

요시노는 단순히 드라이브만 하고 싶었던 건 아니다. 누구나가 선망하는, 예를 들면 마스오 게이고 같은 남자의 차에 타고 시원스레 하카타 거리를 내달리고 싶었다. 그런 시선으로 보면 나가사키에서 토목공으로 일한다는 유이치의 울툭불툭 뼈가 불거진 손도 야성적인 게 아니라 단지 혹사당한 노동자의 손에 불과했다.

나카스 강 역에서 두 번째 역인 치요 현청 입구에서 지하철을 내린 요시노 일행은 좁은 계단을 올라 시민체육관 뒤편으로 나왔다. 한적한 지역은 절대 아니지만, 현청을 중심으로 한 이 일대는 밤, 특히 주말 밤이 되면 마치 꿈속으로 들어서는 거리처럼 고요히 가라앉는다.

"어디서 만나기로 했어?"

앞에서 걸어가던 마코가 물어서 요시노는 잠시 망설이다 "으음, 요시즈카 역 앞"이라고 거짓말을 했다. 설마 두 사람이 몰래 뒤쫓아 오진 않겠지만, 마스오를 만날 거라고 거짓말을 했기 때문에 엉겁결에 경계심이 앞섰다.

"역까지 혼자 괜찮겠어?"

어스름한 공원 옆을 걸어서 그런지 마코가 걱정해주었다.

"응, 괜찮아."

요시노가 웃는 얼굴로 고개를 끄덕이자 "그럼, 우린 먼저 들어갈게"라며 서둘러 사리와 모퉁이를 돌았다.

유이치와 약속한 공원 정문까지는 어스름한 그 길을 조금 더 걸어가야 했다.

가로등 아래 우체통이 있는 모퉁이에서 두 사람과 헤어진 요시노는 조금 빠른 걸음으로 걷기 시작했다. 모퉁이를 돌아 페어리 하카타로 향하는 두 사람의 발소리가 한동안 등 뒤에서 들려왔지만, 그 소리도 차츰 멀어지고 어느새 좁은 인도에는 자기 발소리만 울려 퍼졌다.

어느새 열 시 46분이었다. 그러나 얘기는 3분이면 끝난다. 일부러 시간까지 내서 나가사키에서 와준 건 미안하지만, 약속한 1만 8천 엔을 오늘밤에 꼭 갚고 싶다고 끈질기게 매달린 건 그쪽이었다. 만날 시간 없으니 송금해달라고 부탁했음에도 불구하고.

공원 옆으로 난 길로 차츰 멀어져 가는 요시노의 발소리는 마코와 사리 등 뒤로도 울려 퍼졌다. 앞에는 황황히 불을 밝힌 페어리 하카타 입구가 보였다.

"요시노, 정말 금방 돌아올까?"

멀어지는 발소리에 힐끔 뒤를 돌아보며 마코가 말했다. 그 말에 이끌리듯 사리가 뒤를 돌아보자, 흑백사진 같은 거리에 덩그러니 서 있는 빨간 우체통만 도드라져 보였다.

"요시노가 진짜 마스오 만나러 간 것 같니?"

난데없이 사리의 입에서 그런 말이 흘러나왔다.

"무슨 소리야? ……그럼 요시노가 어디 갔는데?"

마코가 평소와 다름없이 무사태평하게 고개를 갸웃거렸다.

"난 아무래도 요시노랑 마스오 관계가 믿기질 않아."

"그래도 요시노, 요즘에 자주 데이트하러 나가는걸?"

"그렇지만 둘이 같이 있는 걸 본 적도 없잖니? 지금도 어쩌면 편의점에나 갔을지 모르지."

사리의 말을 듣고 마코는 "설마"하며 웃어넘겼다.

❖ ❖ ❖

자동차 실내등을 켠 유이치는 룸미러를 자기 쪽으로 휙 돌렸다. 어두운 차 안에 자신의 얼굴만이 흐릿하게 비쳤다.

유이치는 목을 좌우로 움직이고 손으로 머리를 매만졌다. 고양이털처럼 가늘고 부드러운 머리칼이 울툭불툭한 손가락 사이로 미끄러지듯 빠져나갔다.

작년 초봄, 유이치는 태어나서 처음으로 염색을 했다. 맨 처음에는 검은색과 별 차이가 없는 갈색이었지만, 현장 동료들이 못 알아봐서 다음에는 용기를 내 조금 더 밝은 갈색으로 했고, 그 다음은 좀 더 밝은 색, 그 다음은 더 밝아져서 1년 후인 지금은 거의 금발에 가까운 색으로 변했다.

서서히 색을 바꿔서 그런지 주위에서도 유이치의 금발을 놀리는 사람도 없었다. 언젠가 현장 주임 노사카(野坂)가 "야, 네 머리는 언제 금발이 됐냐?"라고 웃었을 뿐이다. 매일 밖에서 일하는 구릿빛 피부에는 금발이 의외로 잘 어울렸는지도 모른다.

유이치는 화려한 것을 좋아하는 성격은 결코 아니었지만, 유니쿠로(일본의 저가 캐주얼 브랜드— 역주) 같은 데 작업용 트레이닝복을 사러 가면, 자기도 모르게 빨강이나 핑크에 손길이 갔다. 차를 몰고 가게로 향할 때는 검은색이나 베이지처럼 때가 잘 안 타는 색을 살 작정이었지만, 막상 가게로 들어가 갖가지 색깔의 트레이닝복 앞에 서면 거의 무의식적으로 빨강이나 핑크를 손에 들고 말았다.

금방 더러워질 게 뻔하다고 생각하면 할수록 왠지 모르게 자꾸만 빨강이나 핑크색 트레이닝복으로 손길이 갔다.

유이치 방에 있는 낡은 서랍장을 열면, 화려한 색깔의 트레이닝복과 티셔츠가 그득했다. 모두 목덜미는 해지고, 옷자락 실도 풀리고, 옷감도 낡아 얇아졌지만, 그런데도 묘하게 색깔이 밝은 탓인지 마치 적막해진 유원지 같은 인상을 풍겼다.

그래도 오랫동안 입은 트레이닝복과 티셔츠는 땀이나 지방 흡수가 좋았다. 입으면 입을수록 마치 아무것도 걸치지 않은 것 같은 해방감을 맛볼 수 있었다.

머리를 매만진 유이치는 허리를 곧추세우며 룸미러로 얼굴을 가까이 댔다. 눈이 약간 충혈되긴 했지만, 요 며칠 부풀어 올랐던 미간의 여드름은 사라지고 없었다.

유이치는 고등학교를 졸업할 때까지 그야말로 머리에 빗질이라곤 해본 적도 없을 것 같은 소년이었다. 운동부도 아니면서 근처 단골 이발소에서 어릴 때부터 몇 개월에 한 번씩 머리를 바짝 자르곤 했다. 공업고등학교에 막 진학했을 무렵, 이발소 주인이 "유이치도 슬슬 이렇게 해달라, 저렇게 해달라 까다롭게 주문하겠지"라는 말을 한 적이 있다. 가게의 널찍한 거울에는 아직 사내가 안 된, 키만 훌쩍 커버린 소년의 모습이 비쳤다.

"뭐든 주문 있으면 말해라"라고 이발소 주인이 말했다. 자비로 엔카 레코드를 제작하고 그 포스터를 가게 벽에 붙여놓은 남자였다. 주문이 있으면 말해도 된다고 했지만 솔직히 유이치는 무엇을 어떻게 주문하면 좋을지 몰랐다. 어디를 어떻게 커트하면 어떻게 되고, 어떻게 된다고 한들 그것이 또 어찌 되는 건지 알 수 없었다.

결국 유이치는 고등학교를 졸업한 후에도 그 이발소에 다녔다. 졸업 후, 작은 건강식품 회사에 취직했지만 얼마 지나지 않아 그만두고, 한동안 집에서 빈둥거리다 고등학교 동창생 권유로 노래방에서 아르바이트를 하게 되었다. 그러나 그 가게도 반년쯤 지나 망해버려 주유소에서 수개월, 편의점에서 수개월, 일자리를 여기저기 바꿨고, 어느 날 정신을 차렸을 때는 스물세 살이나 되어 있었다.

지금 근무하는 토건업체에서 일하게 된 것은 그 무렵이었다. 사원이라기보다는 일일 고용직에 가까웠지만, 업체 사장이 유이치의 친척이라 보통 수준보다 조금 낮게 일당을 책정해주었다.

그 토건업체에서 근무한 지 어느새 4년째가 되었다. 일은 힘들지만, 날이 맑으면 일하고 비가 오면 쉬는 불안정함이 자신에게 잘 맞는 것 같다고 유이치는 생각했다.

공원 앞 도로를 지나는 자동차 수는 점점 더 줄어들었다. 방금 전 젊은 커플이 두 대 앞에 주차했던 자동차를 타고 떠나버린 기척이 아직도 그 장소에 남아 있는 것처럼 고요하기 이를 데 없는 거리였다.

어두운 공원 옆 거리를 별반 서두르는 기색도 없이 걸어오는 요시노의 모습이 보인 것은 바로 그때였다. 유이치는 차 실내등 밑에서 손톱에 낀 때를 빼내고 있었다.

몇 미터 간격으로 늘어선 가로등 아래로 요시노의 모습이 또렷하게 드러났다 사라지고, 또다시 가로등 아래에서 모습을 드러냈다.

유이치는 가볍게 클랙슨을 울렸다. 순간 요시노가 흠칫 놀라며 걸음을 멈췄다.

※ ※ ※

2001년 12월 10일, 월요일 아침, 후쿠오카 시 하카타 구에 있는 페어리 하카타 302호실에서 다니겐 사리(谷元沙里)는 웬일로 자명종 시계가 울리기 5분 전에 저절로 눈이 떠졌다. 워낙 아침잠이 많아서 가고시마 시내에 있는 부모님 집에 살 때는 아침마다 엄마가 짜증을 낼 정도였고, 집을 떠나 하카타에서 생활하게 된 후에도 엄마는 전화를 할 때마다 "너, 아침에 제대로 일어나긴 하니?"라는 말부터 물었다.

아침잠이 많은 것은 밤에 잠이 쉬이 들지 않는 까닭도 있었다. 아침이 힘들어서 늘 일찍 잠자리에 들지만, 이불 속으로 들어가 눈을 감으면 그날 학교에서 친구와 했던 이야기가 떠올랐고, 그 때는 이렇게 말했으면 좋았을걸, 그때는 먼저 교실로 돌아갔으면 됐을 텐데, 하고 별스런 일도 아닌데 무심코 이런저런 생각을 떠올리게 되는 것이다. 그러나 그 정도뿐이면 그나마 대수로울 일도 아니겠지만, 사리의 경우에는 일상의 자잘한 일들을 후회 하다가는 자기도 모르게 어떤 정경을 떠올리며 상상에 빠지게 되는 것이다.

그 정경을 한마디로 표현하기는 어렵다. 중학교에 갓 입학했을 무렵, 그 정경은 이불 속에 들어가서도 좀처럼 잠들지 못하는 사리의 머릿속에 어느새 침입해 들어왔고, 그 후로는 아무리 떨쳐내려 해도 자기 전에는 반드시 떠올랐다.

언제 적 시대인지도 모른다. 쇼와 초기, 아니면 훨씬 전? 어쨌든 그 정경 속에서 사리는 늘 작은 방에 틀어박혀 있고, 손에는 어떤 여배우 사진이 들려 있다. 사진은 여배우가 그 당시 양장 차림을 한 브로마이드일 때가 있는가 하면, 여배우가 주연인 듯한 영화를 홍보하는 신문에서 오려낸 기사일 때도 있다. 사리는 그 여배우가 누군지 모른다. 그러나 그 공상 속에서 자신은 그 사람이 누구인지 알고 있었고, 이유는 알 수 없지만 아랫입술을 깨물 정도로 그녀에게 질투심을 느꼈다.

작은 방에 난 격자창으로는 벚나무 가로수 아래로 씩씩하고 경쾌하게 걸어가는 젊은 군인들 모습이 보일 때가 있는가 하면, 눈싸움을 하며 노는 아이들 목소리가 멀리서 들려오는 일도 있었다.

공상 속에서 사리는 늘 '이곳에서 벗어날 수만 있다면' 하는 갑갑한 마음에 사로잡혀 있었다. 그곳에서 벗어날 수만 있다면 여배우 대신 자기가 영화에 출연할 수 있다는 것도 알고 있었다. 그 공상에 스토리는 없다. 달리 등장인물이 있는 것도 아니다. 오로지 사리의 분신과도 같은 주인공의 감정만이 잠들지 못하는 사리에게 전해졌다.

자명종 시계가 울리기 직전, 사리는 이불 속에서 손을 뻗어 알람을 껐다. 울리지도 않은 알람소리가 들려오는 것 같았다. 베갯머리에 둔 휴대전화를 열어 요시노에게 아무 연락이 없는 걸 확인했다.

사리는 이불 속에서 나와 커튼을 열었다. 3층 창밖으로 아침 햇살이 쏟아지는 히가시 공원이 내다보였다.

어젯밤, 사리는 열두 시가 되기 직전에 요시노에게 휴대전화를 걸었다. 이미 돌아왔을 거라 생각했지만, 요시노는 전화를 받지 않았다.

사리는 음성사서함 서비스로 넘어간 전화를 끊고, 베란다로 나가서 바로 아래층에 있는 2층 요시노 방을 내려다봤다. 불이 꺼져 있었다. 마스오 게이고를 만나고 이미 돌아왔다면 너무 빨리 잠든 셈이었다.

사리는 잠시 망설이다 이번에는 마코에게 연락을 했다. 그녀는 곧바로 전화를 받았지만, 이를 닦는 중인지 알아듣기 힘든 목소리로 "여보세요?"라고 말했다.

"저어, 요시노 아직 안 들어왔지?"하고 사리가 물었다.

"요시노?"

"금방 돌아올 것처럼 말했잖아. 그런데 휴대전화를 안 받아."

"샤워라도 하는 모양이지."

"방에 불도 꺼져 있는데?"

"그럼 마스오랑 같이 있는 거 아냐?"

성가셔하는 기색이 역력한 마코의 목소리에 사리는 일단 "그렇겠지?"라고 동의했다.

"곧 들어오겠지. 무슨 할 말이라도 있어?"

마코가 묻는 말에 "아니, 그런 건 아닌데……"라고 대답하고 전화를 끊었다.

별다른 용건이 있었던 건 아니지만, 어두운 공원 쪽으로 걸어가던 요시노의 발소리가 불현듯 되살아나며 귓전에 울렸다. 보통 때는 그대로 잊어버리는데 샤워를 하고 이불 속에 들어 가서도 왠지 자꾸만 신경이 쓰였다. 성가시게 구는 건 알지만, 다시 한 번 요시노 휴대전화로 연락을 해봤다. 그런데 이번에는 전원이 꺼졌는지 신호음도 울리지 않고 곧바로 음성사서함으로 바뀌어버렸다. 그 순간 하카타 역 앞에 있다는 마스오 게이고의 맨션이 눈앞에 떠올랐다. 사리는 자신이 바보 같다는 생각에 휴대전화를 머리맡에 던져버렸다.

그날 아침, 사리가 하카타 역 앞에 있는 하카타 영업소로 출근한 것은 가까스로 지각을 면하는 여덟 시 반이 거의 다 되어서였다. 페어리 하카타에서 직선으로 1킬로미터 정도 거리라 사리는 늘 자전거를 이용하는데, 아파트 자전거 주차장에서 막 자전거를 타려는 순간, 늘 지하철로 조난(城南) 영업소로 출근하는 마코가 나타나더니 "오늘, 하카타 영업소에 볼일이 있는데"라고 해서 이왕이면 함께 지하철을 타고 가기로 했던 것이다.

사리가 역으로 향하면서 "그건 그렇고, 요시노한테 무슨 연락 있었니?"라고 물었다.

"요시노? 안 들어왔어?"

마코는 늘 그렇듯 태평한 말투로 되물었다.

"휴대전화에는 연락 없었어."

"그럼, 어제 마스오 집에 자러 갔다가 오늘 거기서 직접 출근하는 거 아닐까?"

신기하게도 태평스러운 마코의 말을 듣다 보면 정말 그럴지 모른다는 생각이 들곤 했다. 두 사람은 이야기도 하는 둥 마는 둥 서둘러 지하철역으로 달려갔다.

가까스로 시간 안에 도착해 조회를 끝내고 나자, 영업부장이 자그마한 응접실에 있는 텔레비전을 켰다. 평소 부장이 텔레비전을 켜는 일이 없었기 때문에 그 자리에 있던 직원들이 일제히 그쪽으로 시선을 돌렸다.

"미쓰세 고개에 무슨 사건이 있었던 모양이야."

텔레비전을 켠 부장이 직원들을 돌아보며 입을 열었다. 직원 몇몇은 이미 알고 있는지 영업소 한쪽 구석에서 소곤거리는 목소리가 들렸고, 다른 몇몇 사람은 텔레비전 쪽으로 다가갔다.

아침 햇살이 들이비치는 널찍한 창에는 아직까지 칠석제 장식물이 그대로 걸려 있었고, 마치 그곳에만 여름의 무더위가 되돌아온 것처럼 보였다.

사리는 종이상자에 든 판촉용품 숫자를 세고 있는 마코에게 "마코, 그거 살 거야? 너무 비싸지 않니?"라고 말을 건넸다.

"새로운 게 나오나 봐. 그래서 이건 30퍼센트나 깎아준대."

종이상자 안에는 귀엽지도 않은 고객 선물용 봉제 토끼인형이 가득했다.

"그런 거 준다고 계약해줄 사람도 없잖니?"

그렇게 말하는 사리에게 "그래도 일단 인형이라도 달라는 사람도 있으니까"라고 마코가 진지하게 대답했다.

응접실 텔레비전 앞에 모여든 몇몇 사람들 사이에서 "말도 안 돼. 끔찍하다"라는 목소리가 들린 것은 바로 그때였다.

굳이 말하자면 절박함도 느껴지지 않았고 왠지 맥이 풀린 것 같은 목소리라 사리는 별 생각 없이 텔레비전 쪽으로 시선을 돌렸다.

평상시에는 지역 방송국 와이드쇼에서 시내 쇼핑가 세일 정보 같은 걸 소개하는 시간대였지만, 오늘 아침 선반 위에 놓인 텔레비전에는 미간을 잔뜩 찌푸린 젊은 리포터가 산길을 배경으로 서 있었다.

"미쓰세 고개에서 시체가 발견됐대."

텔레비전 앞에 있던 한 사람이 딱히 대상도 없이 뒤를 돌아다보며 말했다.

그 소리에 이끌리듯 텔레비전에서 떨어져 있던 사람들이 하나둘 자리에서 일어나 텔레비전 쪽으로 다가갔다.

"오늘 아침, 젊은 여성의 시신이 발견된 곳은 이 앞에 보이는 벼랑 밑입니다. 현재는 경찰에서 로프를 쳐둔 상태라 이 이상 접근할 수 없지만, 여기서 봐도 알 수 있듯이 상당히 경사가 급한 벼랑에서 시신이 발견된 것입니다."

리포터는 지금 막 현장에 도착했는지 거친 숨을 몰아쉬며 거의 외치듯 소리를 높였다.

순간 좋지 않은 예감에 휩싸인 사리가 옆에 있는 마코에게 시선을 돌렸다. 그러나 마코는 텔레비전이 아니라 종이상자 속 인형을 추려내는 데 여념이 없었다.

"저기……."

사리가 말을 건네자 마코는 인형을 보여 달라고 재촉하는 걸로 착각하고 손에 들고 있던 제일 작은 토끼를 사리 쪽으로 내밀었다.

"그게 아니라, 저기"라며 사리가 은근히 조바심을 내며 텔레비전 쪽으로 턱짓을 했다. 마코도 천천히 텔레비전으로 시선을 돌렸다.

"……현재, 신원은 아직 확인되지 않은 상황입니다. 관계자의 말에 따르면, 추측건대 시체가 유기된 것은 오늘 새벽, 사망 후 적어도 여덟 시간에서 열 시간이……."

리포터의 설명을 거기까지 들은 마코가 시선을 되돌렸다. 사리는 마코의 입에서 나올 말을 거의 공포에 가까운 심정으로 기다렸지만, 약간 표정이 굳은 마코 입에서 나온 말은 "미쓰세 고개라는 데 유령도 나오지?"라는 엉뚱하기 짝이 없는 소리였다.

"그게 아니라, 좀!"이라며 사리가 버럭 소리를 질렀다. 찬찬히 설명하면 마코도 분명히 말귀를 알아듣겠지만, 왠지 그 말을 입에 담기가 망설여졌다.

"응? 왜?"

마코는 또다시 종이상자 속에 든 인형으로 손을 뻗었다.

"요시노, 출근했겠지?"

사리는 가까스로 그 말을 꺼냈다. 그러나 마코에게는 여전히 말뜻이 전해지지 않은 모양인지 "물론 했겠지"라며 태평하게 대답했다.

"연락이라도 해볼까?"

사리가 불안한 기색으로 텔레비전 쪽으로 시선을 돌리자, 마코는 그제야 겨우 말귀를 알아들었는지 "설마, 마스오 집에서 출근했을 거야, 틀림없어"라며 어이없다는 듯 말했다.

무슨 말이든 대꾸하고 싶었지만, 또다시 인형으로 손을 뻗는 마코를 바라보고 있자니 자기 생각이 지나친 것 같다는 느낌이 들었다.

"그래도 걱정되면 연락해보지 그래?"

"그렇지만……."

"그럼 내가 해볼까?"

마코가 성가시다는 듯 자기 핸드백에서 휴대전화를 꺼냈다.

"음성사서함이네."

마코는 그렇게 말하더니 "여보세요? 요시노, 이거 들으면 연락 좀 줘"라고 메시지를 남기고 전화를 끊었다.

"영업소로 걸어보면 어떨까?"라고 사리가 말했다.

"아무 일 없이 출근했을 거라니까 그러네."

마코는 말은 그렇게 하면서도 요시노가 근무하는 덴진 지구 영업소로 전화를 걸었다.

"여보세요? 조난 영업소의 아다치 마코입니다. 이시바시 요시노 씨 계십니까?"

거기까지 말한 뒤 마코는 휴대전화를 귀에 댄 채 또다시 종이 상자 속으로 손을 집어넣었다.

잠시 후 몸을 일으킨 마코가 "네. 어? 그래요. 아, 네. 네"라며 밝은 목소리로 대답했다.

전화를 끊은 마코가 멍한 표정으로 사리를 쳐다봤다.

"출근 안 했대?"라고 사리가 물었다.

"으응, 오늘 아침에는 회사 출근 전에 주요 고객 미팅이 잡혀 있다고 칠판에 적어둔 모양이야. 얼마 전에 요시노가 영업하러 들어갔다던 찻집 주인 아닐까?"

만약 그때 페어리 하카타에 같이 사는 나카마치 스즈카가 말을 걸지 않았으면 이야기는 그쯤에서 끝났을지도 모른다고 사리는 생각했다.

모두 자기 자리로 일하러 돌아갔고, 인형을 세던 마코도 자기 영업소로 돌아갈 채비를 하고 있었다.

"으으 끔찍해. 전에 미쓰세 고개로 드라이브 간 적도 있는데."

사건을 전하는 텔레비전에 눈길을 준 채로 나카마치 스즈카가 과장되게 몸을 떨어대며 말했다.

스즈카는 같은 지구 담당자이긴 하지만 별로 사이가 좋지도 않은데 스스럼없이 말을 걸곤 했다. 마코는 그리 심한 정도는 아니지만, 유난히 스즈카를 싫어하는 요시노는 "난 바로 그런 점이 도무지 맘에 안 들어"라며 몸서리를 쳤다.

"저어, 나카마치 씨."

텔레비전을 곁눈으로 쳐다보면서 사리가 말을 건넸다.

"나카마치 씨, 난세이가쿠인대학에 다니는 마스오 게이고라는 사람 알죠? 혹시 연락처도 알아요?"

사리의 질문에 스즈카가 약간 경계를 하며 "마스오? 왜요?"라고 되물었다.

"요시노가 그 사람 집에 놀러갔는데 휴대전화를 해도 연락이 안 돼서요. 혹시 알면 가르쳐줬으면 해서."

스즈카는 사리의 말을 조금의 표정 변화도 없이 들었다.

"나야 직접은 모르죠. 내 친구가 마스오라는 사람이랑 좀 아는 사이일 뿐이지."

"그 사람이 마스오 씨 연락처 모를까요?"

"글쎄, 어떨지……."

사리는 그렇게 대답하는 스즈카의 표정을 보며 협력해줄 것 같지 않다는 느낌을 받았다.

옆에서 두 사람 이야기를 멍하니 듣고 있던 마코가 "난 그만 가볼게"라며 종이상자 뚜껑을 닫았다. 바로 그때 텔레비전 화면에 첫 번째 목격자라는 노인이 나타나 리포터의 질문에 대답하기 시작했다. 무슨 일인지 갑자기 텔레비전을 지켜보던 몇몇 사람이 깔깔거리며 웃는 소리가 들렸다.

노인의 코털이 희한하게 길었던 모양이다. 웃음소리 덕분에 왠지 모를 긴장감이 감돌던 아침 영업소에는 평소와 같은 한가하고 편안한 분위기가 되살아났다.

"짐칸 끈이 풀린 것 같아서 바로 저기 커브에서 차를 세웠슈. 그리고 차에서 내려 별 생각 없이 벼랑 아래를 내려다봤는디, 나무 밑동에 뭐가 걸려 있는 것 같더라고. 그래서 찬찬히 살펴봤는디⋯⋯ 아이고, 을매나 놀랬는지 몰러유."

• • •

그날, 나카마치 스즈카가 미쓰코시 앞에 있는 찻집에 도착한 것은 오전 열 시를 지난 시각이었다. 오랜만에 계약이 성사될 듯싶은 고객과 약속이 잡혀 있었는데 보험료만 치면 그다지 고가 상품은 아니었지만, 이 일이 잘 되면 그 고객이 사촌 부부도 소개해주기로 되어 있었다.

약속한 열 시 반까지는 시간이 꽤 남아 있었다. 스즈카는 난세 이가쿠인대학에 다니는 쓰치우라 요스케(土浦洋介)라는 친구에게 전화를 걸었다. 물론 연락이 안 된다는 요시노가 걱정되어서는 아니다. 이번 일로 전부터 마음에 두었던 마스오 게이고에게 다가갈 수 있는 기회가 생기지 않을까 하는 기대 때문이었다.

쓰치우라는 스즈카와 같은 사이타마 출신으로 고등학교 동창생이다. 쓰치우라가 고등학교를 졸업한 후, 인연도 연고도 없는 후쿠오카의 사립대학에 진학했을 때, 주위 친구들은 "왜 하필 규슈 같은 데로"라며 어이없어 했지만, 유일하게 스즈카만은 '이왕이면 학창시절 몇 년 동안이라도 아무도 모르는 곳에서 살아보고 싶다'는 쓰치우라의 심경에 왠지 모를 공감을 느꼈다.

도쿄 교외에 있는 단기대학을 졸업한 후, 물론 그를 좇아 후쿠오카에 온 건 아니지만, 도쿄에서 좀처럼 일자리가 구해지지 않아 지쳐가던 스즈카 귓전에 그의 말이 되살아난 것은 사실이다.

2년 후이긴 하지만, 후쿠오카로 온 스즈카는 쓰치우라와 자주 만나게 되었다. 육체적인 관계가 전혀 없는 건 아니지만, 서로가 서로를 연인이라고 생각하지는 않았다.

스즈카가 전화를 걸자, 쓰치우라는 아직 자고 있었는지 "여, 여보세요?"라며 잠이 덜 깬 짜증스러운 목소리를 냈다.

"아직 자는 거야?"

"스즈카? 지금 몇 시야?"

"벌써 열 시가 넘었어. 오늘 수업 없니?"

말을 주고받을수록 쓰치우라의 목소리에서 졸음기가 가셨다. 깨워서 미안하다고 짧게 사과한 후 "그건 그렇고, 쓰치우라 1년 선배 중에 마스오 게이고라는 사람 있지?"라며 본론으로 들어갔다.

"마스오?"

"그 왜, 전에 덴진 바에서 한잔할 때 봤던 사람 있잖아."

"아, 마스오 선배. 그런데 왜?"

"혹시 그 사람 연락처 알아?"

"연락처?"

그렇게 묻는 쓰치우라의 목소리에 살짝 질투가 배어 있어서 스즈카는 내심 기분이 좋았다.

"으응, 실은 회사 동료가 마스오라는 사람이랑 사귀는 모양인데 어젯밤부터 연락이 안 된대. 그래서 혹시 연락처 아나 해서."

스즈카가 가능한 한 사무적인 말투로 묻자 "몰라. 1년 선배에다 나 같은 놈이랑 어울려 다닐 사람도 아니야, 그 사람"이라며 쓰치우라가 자조하듯 대답했다.

"그럼 몰라? 연락처?"

"모른다니까. ……아 참, 이삼 일 전에 그 선배 소문은 들었다. 이유는 잘 모르겠는데 그 사람 지금 행방불명이라던데." "행방불명?"

"응. 모두들 재미있어하면서 장난스럽게 말은 하던데, 요 며칠 맨션에도 없고 부모님 댁에 간 것도 아닌 모양이야."

"그래서? 행방불명이라고?"

"음, 하긴 혼자 훌쩍 여행이라도 떠났을지 모르지. 유후인인가 어딘가의 여관집 도련님이니 돈도 있을 테고."

스즈카는 길거리에서 우연히 마스오 게이고와 마주친 적이 세 번 있었다. 정말로 우연일 뿐이지만, 세 번째에는 묘한 인연이 있는 게 아닐까 하는 생각까지 들었다.

쓰치우라의 말투가 너무 태평해서 스즈카는 '혼자 떠난 여행'이라는 말을 무심코 믿어버릴 지경이었다.

"어제 우리 회사 동료랑 근처에서 만날 약속을 했다던데."

"어제? 하긴, 행방불명은 소문일 뿐인지도 모르지. 있는 거 아닐까, 자기 집에?"

쓰치우라의 단정적인 말을 들으니 침대에서 장난치는 마스오 게이고와 요시노의 모습이 떠올랐다.

스즈카는 덴진 바에서 그를 처음 본 순간 한눈에 반해버렸다. 그러나 쓰치우라와 그의 친구들에게 갖가지 소문을 전해듣는 사이, 자기는 도저히 미치지 못할 사람이라고 포기하게 되었다.

페어리 하카타 정원에서 마스오 게이고와 요시노가 사귀는 것 같다는 얘기를 나누는 사리와 마코의 대화를 들었을 때, 스즈카는 솔직히 그 말이 믿기질 않았다. 그때까지 들어온 마스오 게이고의 소문은 학교 최고의 유명인에 걸맞게 지역 방송국 아나운서와 데이트를 한다는 등의 화려한 이야기뿐이었다.

그런데 그런 마스오 게이고가 페어리 하카타에서도 중상 정도밖에 안 되는 이시바시 요시노와 사귄다는 것이다.

◆ ◆ ◆

오전 중에 주요 계약자들의 수금을 마친 사리는 불안한 마음을 억누르며 하카타 영업소로 향했다.

계약자들의 집을 돌면서 요시노에게 여러 번 문자를 보냈지만 역시 답장은 없었고, 휴식시간에 걸었던 전화도 곧바로 음성사서함으로 바뀌어버렸다.

물론 요시노에게 무슨 일이 생겼다고 확신하는 건 아니지만, 아침에 영업소에서 미쓰세 고개 사건을 보도하는 와이드쇼를 본 후로 왠지 모르게 마음이 불안했다.

영업소로 돌아오자마자 요시노가 근무하는 덴진 영업소로 전화를 걸었다. 제발 있어주길 바라는 심정과 있을 리가 없다는 심정이 뒤섞인 마음으로 전화번호를 누르려 하자 손가락 끝이 바르르 떨렸다.

전화를 받은 중년 여성은 아침과 마찬가지로 요시노의 부재를 알렸다.

"오늘은 고객과 미팅을 하고 열한 시에 출근하는 걸로 되어 있는데요. 어머나? 그런데 아직 안 왔네."

사리는 전화를 끊고 점심시간 무렵의 썰렁한 사무실을 둘러봤다. 바로 눈앞에 영업부장 책상이 보였고, 부재를 알리는 표찰이 세워져 있었다. 그 표찰을 보는 순간, '아, 그렇지, 덴진 영업소에 다시 한 번 연락해서 요시노네 전화번호를 물어봐야겠다'는 생각이 떠올랐다.

바로 그때 응접실 쪽에서 텔레비전 소리가 들렸다. 뒤를 돌아보니 직원 두세 명이 열심히 텔레비전을 들여다보고 있었다. 화면은 미쓰세 고개에서 발생한 사건 속보인 듯했다.

사리는 텔레비전 소리에 이끌리듯 응접실로 들어갔다. 사리의 구두 소리에도 뒤를 돌아보는 사람 하나 없었다.

시신 발견 현장인 깊숙한 낭떠러지를 촬영하는 헬리콥터의 소음에 뒤섞여, 리포터가 피해자 여성의 특징을 새된 목소리로 전하고 있었다.

"사리……."

사리는 텔레비전 앞에서 목소리가 난 쪽으로 시선을 돌렸다. 텔레비전 화면에 정신이 팔려 마코가 거기 있는 것도 몰랐다.

"요시노한테 연락 왔어?"

마코가 물었다. 걱정스럽다기보다 이미 슬픔에 젖은 듯한 표정이었다.

사리가 고개를 젓자 "저, 저거"라며 마코가 손가락으로 텔레비전을 가리켰다.

깊은 낭떠러지 영상이 피해자 여성의 특징을 나타내는 일러스트로 바뀌어 있었다. 헤어스타일, 옷차림, 체형 모두 어젯밤 헤어질 때 요시노의 차림새 그대로였다.

사리는 텔레비전 앞에서 마코의 손을 잡아끌어 조금 떨어진 곳으로 이동했다. 마코는 오전 중에 자기 영업소에서 텔레비전을 보다가 너무 무서워서 자기도 모르게 사리가 근무하는 영업소로 온 듯했다.

"누군가에게 알리는 게 좋지 않을까?"라고 사리가 말했다.

"알리다니, 누구한테?"라고 마코가 불안한 듯 되물었다.

"우선 영업부장님과 상의해볼까? 아 참, 너 요시노 부모님 댁 연락처 알지?"

"그래 맞다, 집에 갔을지도 몰라."

마코가 안심이 된 듯 고개를 끄덕이더니 서둘러 핸드백에서 휴대전화를 꺼냈다.

사리는 요시노의 집으로 전화를 거는 마코와 텔레비전에 비친 미쓰세 고개 영상을 번갈아 쳐다보았다.

"여보세요? 저어, 아다치 마코라고 하는데요, 요시노 씨 계신가요?"

신호음을 꽤 오래 기다린 후에야 마코가 허둥지둥 말문을 열더니 사리 쪽으로 힐끔힐끔 시선을 던졌다.

"아, 아니 저야말로 늘 신세가 많습니다. ……아, 아니, ……아뇨, 아, 네. 아니……."

한동안 상대의 말에 맞장구를 치던 마코가 갑자기 휴대전화를 귀에서 떼더니 송화구를 손으로 막고 "어떡해? 요시노가 어젯밤 안 들어왔다고 말해도 되나?"라며 사리에게 휴대전화를 내밀었다.

난데없이 그렇게 물으면 곧바로 대답이 나올 리 없었다. 그러나 그 말을 전하지 않으면 이야기를 계속할 수 없을 것 같기도 했고, 그렇다고 아직 무슨 일이 났다고 확인된 상태도 아니었기 때문에, 금방이라도 요시노가 돌아오면 부모님에게 외박 사실을 전한 꼴이 된다.

"요시노가 오늘 오후에 집에 간다고 해서 전화했다고 해. 어쩌면 곧 이쪽으로 돌아올지도 모른다고."

사리는 순간적으로 떠오른 거짓말을 마코에게 시켰다. 마코가 눈앞에서 그 말을 전화기에 대고 되풀이했다. 마코의 말을 듣고 있자니 모든 게 자신들의 지나친 생각일지도 모른다는 느낌도 들었다.

전화를 끊은 마코가 "혹시 사무실에 오거든 연락하라고 전해달래"라고 꽤 느긋한 말투로 말했다.

사태가 급변한 것은 30분 후, 나카마치 스즈카가 영업소로 돌아왔기 때문이다.

사리와 마코는 그 후로도 줄곧 사건을 보도하는 와이드쇼를 보며 영업부장이나 경찰에 알리는 게 나을까, 아니면 요시노가 돌아오기를 좀 더 기다려보는 게 나을까 결론도 안 나는 의논을 반복할 뿐이었다.

영업소로 돌아온 나카마치 스즈카를 발견한 사리가 재빨리 말을 걸었다.

"마스오 게이고 연락처 아는 사람 있었어요?"

스즈카는 텔레비전으로 눈길을 보내면서 달리듯 다가왔다.

"아니 그게, 마스오가 최근 이삼 일 동안 행방불명이라던데."

상상도 못한 스즈카의 대답에 사리와 마리는 엉겁결에 서로의 얼굴을 마주보며 "행방불명?"이라고 동시에 입을 열었다.

"응. 물론 본인이 아니라 마스오를 아는 사람의 아는 사람한테 들은 애기긴 한데, 최근 이삼 일간 연락이 전혀 안 돼서 모두 찾는 중이래요. 그렇다고 그걸 행방불명이라고 해야 할지 어떨지, 어디로 여행을 갔을지도 모르고……."

"말도 안 돼!"

소리를 높인 것은 마코였다. 사리는 마코의 말에 이어 "어젯밤, 공원에서 요시노랑 만나기로 했다니까요!"라고 덧붙였다.

"이시바시 씨랑 아직도 연락이 안 돼요?"

스즈카가 사건을 보도하는 텔레비전 쪽으로 시선을 돌리며 물었다.

사리와 마코는 "아직"이라며 동시에 고개를 저었다.

"일단 누구에게든 알리는 게 좋지 않을까요? 물론 마스오가 행방불명이라는 얘기는 과장된 소문일 뿐이고, 어젯밤에 이시바시 씨랑 만날 약속을 했을지도 모르지만……."

여느 때보다 친절하게 대해주는 스즈카의 태도에 사리는 마치 등을 떠밀리는 기분이 들었다.

"경찰?"이라고 물으며 사리가 고개를 갸웃거리자 "일단 이시바시 씨가 소속된 영업소 부장님이 낫지 않을까요? 전화로 말고 직접 가는 게 좋을 것 같아요"라고 스즈카가 대답했다.

사리와 마코는 마치 스즈카 손에 이끌리듯 영업소를 나왔다.

요시노가 근무하는 덴진 영업소까지는 택시로 몇 분 거리였다. 그곳에도 역시 텔레비전이 켜 있었고, 몇몇 사람들이 도시락을 먹으며 사건 보도를 지켜보고 있었다.

세 사람은 서로 등을 떠밀듯 하며 덴진 지구 영업부장, 데라우치 고로(寺內吾郞) 앞에 섰다.

사리는 의자에 앉아 잠시 졸고 있던 데라우치 고로에게 간추린 이야기를 들려주었다. 물론 절반은 기우일 뿐이고 확실치 않은 정보라는 식으로.

그러나 피해자의 특징이 요시노와 비슷하다는 말을 하는 순간, 데라우치의 얼굴색이 순식간에 바뀌었다.

데라우치 고로는 헤이세이생명 덴진 영업소의 부장이 된 지 4년째가 되어간다. 지구 채용으로 입사한 후 20년간 죽기 살기로 일에 매달린 결과 힘겹게 얻어낸 것이 종업원 56명인 후쿠오카에서 두 번째로 큰 영업소의 부장 자리였다.

데라우치는 다리가 약간 불편해서 오른발을 끌듯이 걷긴 하지만, 영업에 지장을 초래할 정도는 아니었다. 회사 안에서 걸어 다닐 때는 꽤 느려 보이는데, 반대로 고객을 확보하는 후각은 남달리 예민해서 젊은 시절에는 퇴직할 것 같은 여직원을 설득해 그녀의 고객을 챙겼고, 현재의 간부 자리도 그런 식으로 손에 넣었다는 소문도 있었다.

부장이 되었을 때, 데라우치는 마음가짐을 바꾸기로 결심했다. 이제 더 이상 계약 한 건에 연연해할 필요도 없으니 앞으로는 필사적으로 돈벌이에 매달리기보다는 자기 딸보다도 어린 직원들에게 좋은 아버지 같은 역할을 해주기로 마음먹었다.

실제로 젊은 여직원들의 이야기에는 늘 귀를 기울여주었다. 대화를 많이 나눌수록 끈끈한 유대 관계가 형성될 거라고 믿기도 했다. 그러나 젊은 여직원들이 들고 오는 문제는 인생이나 연애에 관해 한수 배우려는 상담이 아니라, "○○씨가 내 고객에게 추파를 던졌다" "친척들이 피하기 시작했다"는 지난 20년간 자기도 신물이 날 정도로 경험했고 더 이상 보기도 듣기도 싫은 고민뿐이었다.

그래도 데라우치가 부장이 된 지난 3년간 덴진 영업소는 비약적으로 성과를 높였다. 이전 부장은 히스테릭해서 어렵사리 들어온 직원들이 연수기간도 견뎌내지 못하고 그만두었는데, 사원을 순환시켜서 신규 고객을 늘리는 이런 업계에서는 고객보다 먼저 영업사원들의 기를 살리는 일이 무엇보다 중요했다.

봄에 입사한 다니겐 사리와 아다치 마코에게 같이 입사한 이시바시 요시노가 어젯밤부터 연락이 안 된다, 게다가 미쓰세 고개에서 발견된 피해자와 비슷한 것 같다는 보고를 들었을 때, 데라우치가 맨 처음 느낀 감정은 어렴풋한 분노였다. 사건이나 범인에 대한 분노가 아니라, 덴진 영업소의 평판이 떨어질지도 모른다는 데에, 또한 이시바시 요시노의 고객을 챙기기 위해 얼마간 쟁투가 벌어질지 모른다는 것에, 그리고 동료가 사건에 휘말렸는지도 모르는데 절박감이라고는 찾아볼 수 없는 여직원들에 대한 분노였다.

데라우치는 사리의 이야기가 끝나자, 먼저 헤이세이생명 후쿠오카 지점으로 전화를 걸었다. 전화를 받은 눈치 없는 여직원에게 자기도 모르게 "잔말 말고 빨리 총무부장이나 바꿔!"라며 난폭하게 고함을 쳤다.

데라우치에게 사정을 들은 총무부장은 "그, 그럼 이, 일단 경찰에……"라고 더듬거리며 대답했다. 아직 피해자가 이시바시 요시노라고 밝혀진 것은 아니었지만, 데라우치가 거의 확실하다는 식으로 보고한 탓인지, 명확한 지시도 없이 가능하면 데라우치에게 떠맡기고 싶어 하는 눈치가 역력했다.

데라우치는 전화를 끊고 책상 맞은편에 멍하게 서 있는 세 사람을 올려다봤다.

"일단 경찰에 연락해보자고"라고 말하자, "네? ……아, 네"라며 세 사람은 불안한 듯 고개를 끄덕였다.

"어제부터 연락이 안 된다며? 텔레비전에 나온 피해자와 비슷한 옷을 입었다면서?"

데라우치가 소리치듯 말했다. 서로 몸을 기대듯 서 있던 세 사람이 겁을 집어먹고 동시에 고개를 끄덕였다.

110번으로 건 전화는 사건을 담당하는 부서로 돌려졌다. 처음 전화를 받은 여자가 매우 정중해서 그랬는지, 이어서 전화를 받아 상세한 상황 설명을 요구하는 남자 형사의 어조가 조금은 고압적으로 느껴졌다.

그러나 전화기 너머의 부산스러움은 그대로 느껴졌다. 스피커로 듣는 건지, 동시에 수화기 여러 대로 듣는 건지, 아무튼 데라우치는 자신의 목소리를 많은 사람이 듣고 있는 듯한 느낌이 들었다.

경찰 지시에 따라 데라우치는 택시를 불렀다. 사리 일행도 동행하고 싶다고 했지만, 만에 하나 시신을 확인해야 할 경우를 생각해 일단은 혼자 가보겠다고 설득시켰다.

경찰서에 도착해 이름을 밝히자, 곧바로 5층 수사본부로 안내되었고, 조금 전 전화 통화를 한 형사가 나왔다. 데라우치는 키가 큰 형사에게 준비해온 사원증과 명함부터 내보이고, 등을 떠밀리듯 시체보관소로 향했다. 가는 도중, 형사는 덴진 영업소와 페어리 하카타의 상세한 위치를 물었다.

텔레비전이나 영화에서 본 것과 똑같은 체험이었다. 방에는 향이 피워져 있고, 형사가 짐짓 무게를 잡으며 덮여 있던 연녹색 시트를 걷었다.

틀림없었다. 거기에는 올봄에 갓 입사한 이시바시 요시노가 누워 있었다.

"틀림없습니다."

데라우치는 말을 삼키듯 그렇게 말했다. 그러면서도 텔레비전이나 영화에서 본 대사를 자연스럽게 내뱉는 스스로에게 놀랐다.

"교살(絞殺)당했습니다."

형사의 말에 데라우치는 요시노의 목으로 시선을 옮겼다. 하얀 목덜미에 자주색 멍 자국이 남아 있었다.

요시노가 영업소에서 웃던 모습, 아침 조회 시간에 맞춰 간신히 뛰어 들어오던 모습이 떠올랐다. 50명이 넘는 사원 중 한 사람의 얼굴을 이리도 선명하게 기억하고 있다는 사실이 스스로도 놀라울 정도였다.

※ ※ ※

데라우치가 시신을 확인하고 있을 무렵, 이시바시 요시노의 아버지 요시오는 그곳으로부터 30킬로미터쯤 떨어진 구루메 시내에 있는 자택 거실에서 늦은 점심을 먹은 후, 방석을 베개 삼아 벌렁 드러누워 있었다.

누워 있는 자리에서는 정기휴일인 월요일의 가게 실내가 내다보였다. 불 꺼진 가게 안에는 출입구 유리창으로 햇살이 비쳐 들었고, 흰 페인트로 쓴 '이발소 이시바시'라는 글자가 콘크리트 바닥에 그림자를 드리우고 있었다.

아버지가 운영하던 이 가게를 이어받게 된 것은 요시노가 태어나고 얼마 지나지 않았을 때였다. 그때까지는 나쁜 친구들과 어울려 밴드 활동으로 세월을 보내고 부모에게 돈을 타내 놀러만 다녔는데, 아내 사토코의 설득으로 이발소 수업을 시작했던 것이다. 아버지는 요시노가 초등학교에 들어가던 해에 뇌일혈로 세상을 떠났다. 어머니는 그보다 10년 앞서 돌아가셨기 때문에 근처 아파트에 살던 요시오 가족은 아무도 없는 이 집으로 이사를 했다. 요시오는 가끔 혹시 그때 사토코가 요시노를 임신하지 않았다면 어떻게 됐을까 하는 생각을 한다. 그러나 그런 생각을 해본들 지금과 다른 인생이 떠오르는 것도 아니었다. 요시오는 어릴 때부터 아버지 직업을 싫어했다. 그런 직업을 요시노가 생겼다는 이유로 하는 수 없이 이어받은 것이다. 어떤 의미에서는 딸을 위해 시작한 일이었다. 그런데 최근 들어 그 딸이 자신의 일을 은근히 싫어하는 게 피부로 느껴졌다.

멍하니 어두운 가게 안을 바라보고 있는데 "그 녀석, 집에 올까요?"라며 아내가 부엌에서 말을 건넸다. 점심 무렵이 지나 회사 동료에게서 그런 전화가 걸려온 모양이다.

"보나마나 또 보험 들 만한 사람이나 소개시켜달라겠지……."

딸은 싫어하겠지만, 딱히 할 일도 없으니 니시데쓰 역까지 마중이나 나갈까 하는 생각을 했다.

경찰에서 전화가 왔을 때, 요시오는 꾸벅꾸벅 졸고 있었다. 전화를 받은 아내가 "네, 네에. 그렇습니다. 네. 그런데요"라고 대답하는 목소리를 꿈을 꾸듯 듣고 있었다. 그런데 "여, 여보!"라고 부르는 아내의 절박한 목소리에 순식간에 잠이 달아나버렸다. 멀리서 들려오던 목소리가 바로 옆에서 울려 퍼졌다.

돌아눕자 수화기를 손으로 막은 아내가 마치 요시오를 짓밟을 듯이 내려다보고 있었다.

"여보, ……이것 좀, 무슨 일인지 몰라도…… 경찰에서……."

띄엄띄엄 끊어지는 아내의 말을 듣고 "경찰?"하며 요시오가 몸을 일으켰다. 무선전화기를 든 아내의 손이 희미하게 떨렸다.

"경찰이 무슨 일로?"

요시오는 아내가 건네는 수화기에서 몸을 뒤로 젖히며 물었다.

"글쎄, 당신이 물어봐요. 난 대체 무슨 소린지······."

아내의 눈에서 초점이 사라졌다. 얼굴에서 순식간에 핏기가 가시는 모습이 또렷이 보였다.

아내의 손에서 수화기를 빼앗은 요시오는 "여보세요!"라고 소리를 지르듯 전화를 받았다.

수화기에서 들려온 여자 목소리는 사무적이진 않았지만, 너무 작아서 잘 들리지 않았다. 귀에 댄 전화기는 작년에 요시노가 골라서 산 무선전화기였다. 처음 샀을 때부터 통화에 잡음이 섞여 도무지 마음에 안 들었는데 "전파 때문이야, 다 그래"라는 요시노의 말에 어느덧 1년 가까이 참아가며 쓰는 중이었다. 그런데 오늘따라 그 잡음이 유독 귀울림처럼 신경에 거슬렸다.

"뭐? 뭐요?"

요시노가 사건에 연루되었으니 곧바로 경찰서로 와서 신원을 확인해주기 바란다는 전화 상대에게가 아니라 그 말을 방해하는 잡음에 되묻는 것 같았다.

전화를 끊자 아내는 옆에 주저앉아 있었다. 멍하다기보다 뭔가를 포기한 듯한 표정이었다.

"당장 가보자고!"

요시오는 주저앉은 아내의 손을 잡아끌었다.

"말이 되는 소릴 해야지! 회사 부장 따위가 어떻게 몇 십 명이

나 되는 사원들 얼굴을 일일이 기억해!"

 기겁을 해 앉아 있는 아내의 팔을 요시오가 강제로 잡아끌었다. 요시노를 낳은 후 서서히 살집이 붙기 시작한 아내의 엉덩이가 낡은 다다미 위에 미끄러졌다.

 "오늘 온댔지! 요시노는 오늘 집에 올 거야!"

※ ※ ※

 경찰서에서 신원 확인을 마친 데라우치가 덴진 영업소로 연락을 한 것은 오후 세 시가 지났을 때였다. 데라우치를 배웅한 뒤 불안한 마음으로 그가 돌아오기만을 기다리던 영업소 직원들은 사리를 중심으로 응접실에 모였고, 텔레비전을 에워싸고 사건을 보도하는 프로그램을 찾아 바쁘게 채널을 돌리고 있었다.

 데라우치의 전화를 받은 직원의 목소리가 울려 퍼지자 가장 먼저 달려간 사람은 사리였다. 그 뒷모습을 바라보면서 마코는 자기도 모르게 '아, 역시 요시노가 살해됐구나……'라는 직감이 들었다.

 곧바로 수화기를 건네받은 사리가 "네에!"하고 비명을 내질렀다. 텔레비전 앞에 있던 몇몇 사람의 시선이 일제히 마코에게 쏠렸고, 마코의 입에서는 "세상에, 역시……"라는 기어들어갈 듯한 목소리가 새어나왔다.

 데라우치와 통화를 한 사리는 수화기를 내려놓자마자 감전이라도 당한 듯 이야기를 시작했다. 반드시 전해야 할 말들이 너무 많아서 그 말들이 한꺼번에 입 밖으로 터져 나오는 것 같았다.

피해자는 역시 요시노였다, 목이 졸려 살해당했다, 데라우치가 돌아올 때까지 대기하라는 얘기까지 헐떡이듯 전하는 사리를 보면서 마코의 몸은 소리가 날 정도로 심하게 떨리기 시작했다. 옆에 선 누군가가 "괜찮아?"라며 어깨를 감싸주었지만, 그 사람이 누군지 쳐다볼 수조차 없었다. 평상시에는 횅뎅그렁한 분위기를 풍기는 오후 시간의 영업소가 몹시도 갑갑하게 느껴졌다. 숨을 쉬고 싶었지만 이미 누군가가 공기를 다 빨아들인 것처럼 힘껏 들이마셔도 공기가 몸 안으로 들어오지 않았다. 눈앞에서는 사리가 계속 이야기를 하고 있었지만 그 목소리도 들리지 않았다. 저마다 한마디씩 했지만, 물속에 빠진 사람처럼 모두들 입만 뻐끔뻐끔 움직였다. '누구든 울어!'라고 마코는 마음속으로 외쳤다. 지금 누군가 울어주면 자신도 곧바로 따라 울 수 있다. 울음이 터지면 분명 숨도 편히 쉴 수 있을 것이다.

"지금 경찰이 온대! 어제, 요시노랑 어디서 어떻게 헤어졌는지 상세하게 설명하래!"

마치 협박을 하는 것 같은 사리의 목소리에 마코는 간신히 고개를 끄덕였다. 자기도 모르는 새에 의자에서 일어서 있었다. 무릎이 덜덜 떨렸다. 발밑이 아득히 멀었다. 마치 자기가 아주 높은 곳에 서 있는 것 같았다.

요시노와 사리는 서로 경쟁하는 구석이 있는 것 같다고 마코는 생각했다. 물론 직접 말다툼을 벌이는 일은 없었지만, 자기를 가운데 두고 상대를 헐뜯는 것 같았다.

예를 들면 요시노는 만남 사이트 같은 데서 알게 된 상대와 간혹 데이트를 한다는 사실을 마코에게는 자랑스러운 듯 알려주면서도 "이 얘기, 사리한테는 절대 비밀이야"라며 사리에게 알려지는 걸 꺼렸다. 마코가 보기에는 가끔 남자와 식사하는 정도인데 뭘 그리 숨길까 하는 생각이 들었지만, 요시노에게는 즐겁지만 부끄럽기도 한 일인지 그런 약점을 사리에게 드러내고 싶어 하지 않았다.

페어리 하카타에 막 이사했을 무렵 "요시노는 구루메 산다면서? 성이 이시바시면 혹시 브리지스톤 사장이랑 친척이니?"라고 사리가 농담 반으로 물은 적이 있다. 그때 마코는 요시노 집이 이발소를 한다는 걸 알고 있었기 때문에 당연히 부정할 거라 생각했는데, "어? 우리? 먼 친척인가 봐"라며 시치미 뗀 얼굴로 대답했다.

"정말?"

물론 사리는 비명처럼 소리를 내질렀다. 그 소리에 놀란 요시노가 "그, 그런데 정말 아주 먼 친척이야"라며 허둥지둥 말을 덧붙였다.

사리가 자리를 비우자 "우리 집 이발소 한다는 말, 아무한테도 하면 안 돼"라고 요시노가 말했다. 순간, 한마디 대꾸해주고 싶었지만 눈앞에 비친 요시노의 얼굴이 너무나 포악해서 어렵게 생긴 친구를 잃을까 두려운 마음에 마코는 "응, 알았어"라며 조용히 고개를 끄덕일 수밖에 없었다.

요시노가 왜 그런 거짓말을 하는지 이해할 수 없었다. 어렵게 셋이 사이가 좋아졌는데 뭣 때문에 그런 거짓말을 지어내는지 도무지 이해할 수 없었다.

자세한 사람 수까지는 모르지만, 요시노에게는 항상 적어도 너덧 명의 문자친구가 있었다. 요시노는 가끔 사리가 없을 때 남자들이 보낸 문자를 마코에게 보여주었다.

"이것 좀 봐, 완전 기분 나쁘지?"라면서 보여주는 문자에는 '사진 고마워! 열라 예뻐! 한 시간 내내 사진만 본다!'라는 정말로 기분 나쁜 내용도 많았다.

요시노는 사이트를 통해 알게 된 남자 세 사람, 아니 네 사람 정도는 실제로 만난 게 분명했다.

문자로 사귄 남자와 만나면 요시노는 늘 마코에게 보고했다. 하지만 상대가 몇 살쯤이고 무슨 일을 하는 사람이며 어떻게 생겼는지 가르쳐주는 게 아니라, "유명한 철판구이 가게에서 1만 5천 엔이나 하는 텐더로인 스테이크를 사주더라" "그 사람 말이야, BMW 몰고 다니는 거 있지" 등, 상대 남자의 부속품 같은 것들에 대한 얘기뿐이었다.

마코는 그런 이야기를 늘 말없이 들었다. 부럽다는 생각은 단 한 번도 안 들었다. 처음 만나는 상대와 식사를 해봐야 긴장만 될 테니, 자기는 그보다는 방에서 책이나 읽는 게 더 낫다고 생각했다. 그런 까닭에 마코는 요시노의 이야기를 듣는 게 고통스럽지는 않았다. 마치 자기와는 거리가 먼 청춘을 요시노가 대신 즐기는 듯한 기분까지 들었다.

"사리는 어젯밤에 요시노가 만나러 간 사람이 마스오가 아닐 것 같다고 했지만, 전 요시노가 마스오 게이고라는 사람을 만나러 갔다고 생각합니다."

페어리 하카타 현관홀에서 개별적으로 행한 경찰 조사에서 마코는 그렇게 대답했다.

"……마스오 게이고라는 사람 행방을 며칠 전부터 알 수 없다는 이야기는 나카마치 스즈카 씨한테 들었어요. 그렇지만 연락을 취하려면 방법은 얼마든지 있고, 혹시 마스오 게이고라는 사람에게 무슨 사정이 생겨서 어젯밤에 잠깐이라도 만나려고 했을 지도 모르고……."

마코는 이야기를 하면서도 조금은 후회가 되었다. 젊은 형사가 "이시바시 요시노 씨에 관해 아는 게 있으면 뭐든 말씀해주십시오"라고 부탁했을 때, 무심코 실은 사리와 사이가 좋은 편이 아니었다는 얘기, 문자친구가 많았다는 얘기까지 해버려 요시노의 인상을 나쁘게 만들어버린 것 같은 기분이 들었기 때문이다.

현관홀에는 젊은 형사와 마코뿐이었다. 아니, 간혹 제복을 입은 경찰관들이 다급한 듯 젊은 형사에게 보고하러 오기도 했지만, 비닐 레이스 테이블보가 덮인 유리 테이블에 마주앉은 사람은 마코와 젊은 형사뿐이었고, 형사와 얼굴을 맞대고 이야기를 나누는 것은 태어나서 처음 경험하는 일이었다. 젊은 형사의 오른쪽 눈썹 옆에는 조그맣게 꿰맨 상처가 있었다. 상박부 근육이 불거져 양복에 주름이 잡혔다.

"이시바시 요시노 씨 문자친구에 대해 좀 더 자세히 들려주실 수 있을까요?"

지난달 초였던가, 아침부터 차가운 비가 내리던 일요일이었다. 그리 많이 쏟아지지는 않았지만, 마코가 사는 3층 베란다에서 내려다보면 거리의 모든 소리를 빨아들이듯 내리고 있었다.

비 내리는 경치를 바라보고 있는데 요시노가 방으로 찾아와 편의점에 같이 가자고 했다. 편의점 정도는 혼자 다니면 좋을 텐데 하는 생각이 들었지만, 그런 말을 하면 껄끄러워질 테고 그렇다고 "할일이 좀 있어"라고 거짓말을 지어내 거절할 만한 일도 아니었다.

우산을 쓰고 요시즈카 역 앞의 편의점으로 향하며 물웅덩이를 피해 걷고 있는데 "이것 좀 볼래?"라며 요시노가 휴대전화를 내밀었다. 거기에는 낯선 젊은 남자의 사진이 있었는데, "최근에 문자 주고받기 시작한 사람이야"라고 요시노가 말했다.

마코는 빗방울이 떨어진 액정화면으로 시선을 던졌다. 잘 찍힌 사진은 아니었지만, 야성적이라고 해야 할까, 거무스름한 피부에 콧날이 오뚝하고 이쪽을 향해 던지는 시선이 왠지 모르게 쓸쓸해 보여서 무심코 빨려들 것 같은 멋진 남자였다.

"어때?"하고 묻는 요시노에게 "엄청 멋진 거 아냐?"라고 마코가 순진하게 대답했다.

솔직히 그런 남자를 사귈 수 있다면 만남 사이트도 나쁘지 않겠다는 생각까지 들었다.

마코의 평가에 만족한 듯 보이는 요시노가 "그렇긴 한데 더 만날 생각은 없어. 난 마스오가 있잖아"라며 보란 듯이 거칠게 휴대전화를 덮었다.

"더 만날 생각이 없다니……, 그럼 벌써 만났어?"라고 마코가 물었다.

"지난 일요일."

"어머? 정말?"

"솔라리아 앞 공원에서 남자가 말 걸었다고 했던 거……."

요시노가 거기까지 얘기하자, 마코가 "어머머!"하고 소리를 질렀다.

"사리한테는 비밀이다. 실은 그게 남자가 우연히 작업 걸어온 게 아니라, 만날 약속을 했던 거야, 이 사람이랑."

"그랬구나……."

마코는 만남 사이트에서 남자 만나는 게 그렇게 부끄러우면 그만두면 될 텐데 하는 생각이 들었다. 자기 스스로도 부끄럽다고 여기는 주제에 자랑하듯 남자 사진을 보여주는 요시노의 성격을 도무지 이해할 수 없었다.

"얼굴은 괜찮은데 말하는 게 진짜 재미없는 데다 같이 있어도 전혀 즐겁질 않아. 직업도 육체노동 쪽이라 신통찮고."

요시노는 우산을 접고 편의점으로 들어가면서도 남자 이야기를 계속했다.

딱히 사고 싶은 물건이 있었던 것도 아닌데 마코는 편의점 안으로 들어가는 순간 단것이 먹고 싶어졌다.

"……섹스만이라면 괜찮겠지만."

요시노가 갑가기 귓가에 대고 속삭였을 때, 마코는 막 딸기 푸딩으로 손을 뻗으려던 찰나였다.

"어?"

마코는 자기도 모르게 주위를 두리번거렸다. 다행히 과자 코너에 다른 손님은 없었고, 점원 두 사람은 카운터에서 택배를 보내는 할머니에게 매달려 있었다.

"으이구, 섹스는 괜찮다고."

요시노가 나지막한 목소리로 마코에게 속삭이더니 의미 깊은 미소를 지으며 눈앞에 있는 에클레어로 손을 뻗었다.

"그럼 벌써…… 했다는 뜻? 처음 만난 날에?"라며 마코가 눈을 휘둥그레 떴다.

요시노는 에클레어 몇 종류를 차례로 집어 들어 살펴보면서 "그야, 뭐 그것 때문에 만나는 거니까"라며 정나미 떨어지게 웃어댔다.

"근데 너무 잘하는 거 있지. 나도 모르게 소리가 나올 정도라고 할까, 마치 침대 위에서 자유자재로 조종당하는 느낌이야. 손가락 움직임이 너무 부드럽고 능숙해서 분명히 위를 향해 누워 있었는데 정신을 차려보면 어느새 엎드려 있고, 등과 엉덩이에서 그의 손가락 움직임이 느껴지는 거야. 온몸에서 힘이 다 빠져버린다고 할까, 나는 힘을 주려고 하는데 그 사람 손이 무릎을 스치는 순간 다리에서 힘이 다 빠져버려. 보통 때는 소리 내는 거 조금 쑥스러워하는데 그 사람 앞에선 하나도 안 부끄러운 거 있지. 맘껏 소리 낼 수 있어. 그런데 소리를 내면 낼수록 내 몸은 내 뜻대로 움직이질 않고, 좁은 호텔 방인데도 드넓은 공간에 덩그러니 놓여 있는 기분이 드는 거야. 나, 남자 손가락을 그렇게 정신없이 빨아본 건 난생 처음이었어."

장소도 안 가리는 요시노의 파렴치한 이야기를 마코는 주위를 살피며 듣고 있었다. 마음속으로는 요시노의 이야기를 거절하면서도 애무하는 손길로부터 도망치듯 하얀 시트 위를 기어가는 자신의 모습이 떠올랐다. 그리고 그런 자신의 살갗에 조금 전 요시노가 보여준 사진 속 남자의 손길이 느껴지고 '안 참아도 돼'라는 만난 적도 없는 남자의 목소리가 들려왔다.

편의점 밖, 비에 젖은 거리 풍경은 묵직했다. 방금 전까지 남자와의 행위를 부끄러워하는 기색도 없이 떠들어댄 요시노는 카운터에서 계산을 끝내고 나자, 최근에 본 〈배틀 로얄〉이라는 영화의 폭력신이 너무 잔인해서 기분이 상했다며 전혀 다른 이야기를 꺼내기 시작했다.

"그럼, 그 사람이랑 더 만날 생각이 없는 거야?"라고 마코가 물었다.

순간, 요시노의 눈에 심술궂은 기색이 비치더니 "응, 혹시 괜찮으면 마코한테 소개시켜줄까?"라고 말했다.

당황한 마코가 "아, 아냐, 말도 안 돼"라며 거절했다. 조금 전 요시노의 이야기를 들으며 상상에 빠져버렸던 추태를 들켜버린 것만 같았다.

마코는 요시노가 여자로서 자기를 우습게본다는 것을 은연중에 느끼고 있었다. 스무 살이 되도록 남자를 사귀어본 적도 없고, 사리처럼 그런 사실을 숨기려 들지도 않았기 때문에 세 사람 중 경험이 가장 풍부한 요시노에게 우습게보이는 건 어쩔 수 없는 일이었다.

그러나 지금까지는 남자 이야기를 아무리 들어도 요시노에게 열등감을 느낀 적은 없었다. 만남 사이트에서 알게 된 남자들과의 데이트 이야기도 마스오 게이고와의 교제 이야기도 어쩐지 멀고 먼 텔레비전 드라마를 보는 듯해서 부러울 이유도 경멸할 이유도 없었다. 그런데 처음으로 마코의 마음속으로 요시노의 남자가 침입해 들어왔다. 요시노의 남자관계 따위는 한 귀로 듣고 흘려버리면 그만일 텐데, 비 내리는 날 편의점에서 자기도 모르게 본 적도 없는 남자에게 애무당하는 자신의 모습을 상상해버렸고, 실제로 그의 애무를 받은 요시노가 부러웠고, 마스오 게이고라는 남자가 있는데도 만남 사이트에서 알게 된 남자와 처음 만난 날 그런 짓을 했다는 요시노를 마음 깊은 곳에서 천박한 여자라고 멸시했다. 그러나 멸시하는 마음이 들면 들수록 자신이 혹시 그런 여자가 되고 싶어 하는 건 아닐까 하는 생각에 불안해졌다.

자기는 요시노처럼 만남 사이트까지 이용해가며 남자를 만나고 싶어 하는 여자가 아니다. 그렇다고 사리처럼 행동으로 옮기지도 못하고 괴로워하면서 그렇게 행동하는 요시노를 뒤에서 나쁘게 말하는 여자도 아니다.

가능하다면 구마모토 출신 남자와 결혼해서 언젠가는 구마모토에 행복한 가정을 꾸리고 싶다. 바라는 건 오로지 그것뿐인데 요시노의 남자에게 애무받는 자신을 상상하는 순간, 마치 그 꿈은 깨지기 위해 존재하는 것 같은 기분이 들어 당혹스러웠다.

"저어……."

오른쪽 눈썹 옆에 자그맣게 꿰맨 상처가 있는 형사가 마코의 얼굴을 들여다봤다.

현관홀에는 강한 저녁 햇살이 들이비쳤다. 자동 현관문에 보이지 않는 틈새라도 있는지 바람이 휘몰아치며 휘, 휘 기분 나쁜 소리를 냈다.

마코 이야기를 듣는 형사와는 별개로 경찰관 대여섯 명이 아까부터 2층 요시노의 방과 현관 사이를 바삐 오갔다.

요시노의 방에 있던 물건을 종이상자에 담아 운반할 때마다 요시노가 정말 살해당했다는 실감이 들었지만, 마코는 그 소식을 먼저 들은 사리처럼 큰 소리로 울부짖으며 주저앉을 수도 없었다. 물론 슬프지 않아서는 아니다. 그런데도 도무지 눈물이 나 오지 않았다.

"그럼, 이시바시 요시노 씨에게 직접 얘기를 들은 사람은 그 세 사람뿐인가요?"

젊은 형사의 질문에 마코는 화들짝 놀라며 제정신을 차리고 "아, 네에. 네"하고 고개를 끄덕였다.

"작년 여름쯤에 두 사람, 그리고 가을이 끝나갈 즈음에 한 사람. 여름에 만났던 남자들은 두 사람 다 후쿠오카 사람으로 밥을 사주거나 옷을 사주는 남자들이었고, 연령은 모르지만 꽤 연상인 것 같다?"

"네, 그렇습니다."

"그리고 가을이 끝나갈 무렵에 들은 사람이 사가에 사는 남성으로 이쪽은 대학생, 가끔 드라이브를 했다는 얘긴가요?"

"네, 그렇게 들었습니다."

"다른 사람은 없습니까?"

"네. 확실하게 기억나는 건 세 사람뿐이에요. 그 밖에도 들은 이야기가 더 있을지는 몰라도……. 물론 문자 교환만 한 사람이라면 훨씬 많겠죠."

마코는 거기까지 단숨에 말한 후, 자신은 요시노의 수사에 협력하는 것일 뿐 요시노를 나쁘게 말하는 것은 아니라고 마음속으로 스스로를 위로했다.

"흐음, 당신 말고 이시바시 요시노 씨가 그런 이야기를 할 만한 사람이 또 있습니까?"

젊은 형사의 기다란 손가락 끝으로 건강해 보이는 손톱이 보였다. 버릇인지 손톱 끝을 안쪽으로 힘 있게 눌러 깊은 손톱 흔적을 남겼다.

"저한테만 얘기했을 거예요."

마코가 대답했다.

"자 그럼, 반복되는 얘기입니다만, 아직도 이시바시 요시노 씨가 어젯밤에 마스오 게이고라는 사람을 만나러 갔다고 생각합니까?"

한숨을 크게 내쉬는 형사에게 마코가 "사리는 의심하는 것 같지만, 그건 사실일 겁니다"라며 힘 있게 고개를 끄덕였다. "그렇습니까……."

"그 후에 다른 사람에게 끌려갔을지는 몰라도……."

"물론 그쪽도 조사할 겁니다."

단호하게 말을 자르는 형사를 보며 마코는 자기가 괜한 소리를 한 것 같아 곧바로 고개를 숙였다.

"아무래도 마스오 게이고라는 사람을 만났다는 말이 맞을 테죠. 행방도 묘연하다고 하니……."

형사가 서툰 글씨가 적힌 수첩으로 시선을 떨어뜨렸다.

"……알겠습니다. 미안합니다, 이것저것 물어봐서."

갑작스러운 형사의 말에 마코는 엉겁결에 '네? 벌써 끝난 건가요?' 라고 물을 뻔했다. 마코의 그런 심정도 몰라주고 서둘러 자리에서 일어선 형사는 "어이!"하며 현관문에 서 있는 경찰관을 불렀다.

"저어……"하고 마코가 입을 열었다.

"네?"

"이제 다 끝난 건가요?"

"아아, 네에. 시간을 많이 뺏어서 정말 죄송합니다. 친구 분이 그런 일을 당해 경황도 없으실 텐데."

복도로 들어가자 다음 조사 순서를 기다리는지 나카마치 스즈카가 울먹이는 눈동자로 서 있었다. 마코는 아무 말 없이 그녀를 스쳐 지났다.

엘리베이터에 올라탄 순간, 마코는 왜 그 말을 안 했을까 하는 생각이 들었다. 물론 그는 이번 사건과는 관계없을 거라 생각했다. 그러나 요시노가 만남 사이트에서 알게 된 남자들 중 마코가 아는 사람은 한 사람 더 있었다. 그런데 도저히 그 남자에 관한 말은 젊은 형사에게 꺼낼 수가 없었다. 그 말을 하면 자기도 요시노 같은 부류의 여자로 보일 것 같았다. 만남 사이트 같은 데서 남자를 구하는 여자의 친구. 그렇게 보이기 싫어서 젊은 형사에게 말할 수 없었다.

그 판단이 향후 수사 방향을 크게 빗나가게 할 거라는 사실도 모른 채.

제2장·그는 누구를 만나고 싶어했나

그는 누구를 만나고 싶어 했나

2001년 12월 10일, 월요일 이른 아침, 나가사키 교외에서 철거 업체를 운영하는 야지마 노리오(矢島憲夫)는 주행거리 20만 킬로미터를 넘긴 낡은 왜건을 마치 자기 몸을 다루듯 운전하며 어젯밤부터 상태가 안 좋은 목을 가다듬었다.

간단히 말하면 담이 걸린 느낌이지만, 아무리 기침을 해봐도 좀처럼 뚫리질 않았고 무리하게 기침을 하면 오히려 구토 증세가 올라오며 시큼한 위액이 입 안에 번졌다.

어젯밤 잠자리에서 구역질을 하자 아내 미치요(實千代)가 "입 좀 헹궈보지 그래요?"라고 말을 건넸다. 그러나 양치는 이미 시도해봤기 때문에 "에이 빌어먹을, 안달할 거 없어!"라며 딱히 누구에게랄 것도 없이 버럭 소리를 질렀다.

노리오는 평상시처럼 교차로에서 왼쪽으로 핸들을 꺾었다. 아내가 룸미러에 매달아놓은 부적이 이리저리 흔들렸다.

이 교차로는 꽤나 그로테스크한 형태를 하고 있다. 마치 거인이 만든 널따란 도로와 소인들이 만든 좁다란 골목길이 교차하는 것처럼 보인다.

널찍한 국도 쪽에서 달려가자면, 오른편으로 직각으로 꺾이는 L자형 도로밖에 안 보인다. 그러나 실제로는 L자형 커브로 보이는 도로 앞으로 좁은 길이 뻗어 있고, 국도와 평행으로 달리는 수로에 작은 다리가 걸려 있다. 그리고 바로 그 수로가 1971년에 매립이 완료되어 앞바다 섬과 육지가 연결될 때까지의 해안선이었다.

육지와 이어진 섬에는 조선소의 거대한 독(dock)이 있다. 이것이 거인의 도로다. 그리고 해안선을 빼앗긴 옛 어촌에는 아직도 좁은 길이 나 있다.

국도에서 좁은 도로로 직진한 노리오는 잠긴 목을 신경 쓰면서도 능숙하게 핸들을 꺾으며 안쪽 길로 들어섰다.

왼쪽에 보이는 교회는 아침 햇살을 받아 스테인드글라스를 반짝였다. 좁은 도로를 달려 바다 기척이 느껴지는 곳까지 다가가자 언제나처럼 화려한 트레이닝복을 입은 시미즈 유이치가 졸린 얼굴로 서 있었다.

노리오는 그 앞에 왜건을 세웠다. 난폭하게 문을 연 유이치는 "안녕하세요?"라고 나직하게 인사를 하더니 뒷좌석에 올라탔다. 노리오는 "응"하고 짧게 대꾸하고 곧바로 액셀러레이터를 밟았다.

매일 아침 노리오는 여기서 유이치를 태우고, 고가쿠라(小ヶ倉)에서 또 한 사람, 그 앞의 도마치(戸町)에서 한 사람, 차례차례 작업 인부를 태우며 나가사키 시내에 있는 현장으로 향한다. 짧

은 인사를 건넨 후 평상시와 다름없이 입을 다문 유이치에게 노리오가 액셀러레이터를 밟으며 "또 수면 부족이냐?"라고 말을 건넸다.

"……어제도 밤늦게까지 차 몰고 다녔지?"

노리오의 말에 유이치가 룸미러 속에서 힐끔 고개를 쳐들더니 "아뇨"라고 짧게 대답했다.

오전 여섯 시에 나와야 하는 게 젊은 유이치에게는 무척 고통스러운 일이라는 건 알지만, 3분 전에 간신히 이불 속에서 나온 것 같은 헝클어진 머리와 마치 눈곱이 들러붙은 것 같은 눈꺼풀을 보면 자기도 모르게 잔소리를 하고 싶어진다. 아무 관계 없는 타인이라면 그렇게까지 답답할 일도 아니겠지만, 유이치 할머니는 노리오의 이모였고, 노리오의 외동딸 히로미(廣美)와 유이치는 엇비슷한 나이의 육촌형제 사이였다.

유이치의 집이 있는 골목길 막다른 곳을 빠져 나오면 근처 주민들이 공동으로 사용하는 자그마한 주차장이 있다. 낡은 왜건과 경자동차 속에서 유이치가 소중하게 몰고 다니는 하얀 스카이라인만이 마치 갓 뽑은 새 차처럼 찬란한 아침 햇빛에 반짝였다.

유이치는 중고 주제에 2백만 엔이 넘는 차를 7년 할부로 구입했다고 했다.

"좀 싼 걸로 사라고 수도 없이 말했는데, 끝내 그게 좋다면서 말을 안 듣더라고. 하긴, 차가 크면 할아버지 병원에 모시고 갈 때도 편하긴 하지."

유이치의 할머니 후사에(房枝)는 기뻐하는 건지 걱정스러운 건지 알 수 없는 표정을 지으며 그렇게 말했다.

후사에와 지금은 거의 누워 지내다시피 하는 남편 가쓰지(勝治) 사이에는 시게코(重子), 요리코(依子)라는 두 딸이 있다. 큰딸 시게코는 나가사키 시내에서 화려한 제과점을 운영하는 남자와 가정을 이뤘고, 지금은 두 아들 모두 대학에 보내고 부부끼리만 산다. 후사에 말에 따르면 '걱정할 게 없는 딸'이다. 한편, 둘째 딸 요리코는 유이치의 엄마인데, 이쪽은 도무지 마음을 놓을 수가 없다. 젊은 시절 시내 카바레에서 함께 근무하던 남자와 결혼해서 곧바로 유이치를 낳은 것까지는 문제가 없었는데, 유이치가 초등학교에 들어갈 무렵에 그 남자가 집을 나가 행방을 감춰 버리는 바람에 하는 수 없이 유이치를 데리고 친정으로 돌아왔고, 그 후 유이치를 후사에에게 떠맡긴 후 집을 나갔다. 지금은 운젠(雲仙)에 있는 큰 여관에서 종업원 일을 하고 있는 듯한데, 유이치에게는 그런 부모에게 끌려 다니느니 조선소에서 오랫동안 근무한 할아버지, 할머니 밑에서 성장한 게 결과적으로 더 낫다고 노리오는 생각했다. 그래서 유이치가 중학교에 들어갈 무렵, 그들이 유이치를 양자로 올리겠다는 말을 꺼냈을 때 노리오는 누구보다 흔쾌히 찬성했다.

유이치는 조부모의 양자가 되면서 당시 성이었던 혼다(本多)에서 시미즈로 성이 바뀌었다.

이듬해 정월이었던가, 노리오가 세뱃돈을 건네며 "어떠냐? 혼다 유이치보다는 시미즈 유이치가 더 멋있지?"라고 농담 삼아 물어보자, 그 무렵부터 차와 오토바이에 관심이 많았던 유이치는 "아뇨, HONDA가 멋져요"라며 다다미 위에 로마자를 써 보였다.

거인국과 소인국을 강제로 꿰매놓은 것 같은 교차로까지 되돌아와 좀처럼 변하지 않는 신호를 기다리는데 "당숙, 오늘 오전 중에 양생(養生, 콘크리트 치기가 끝난 다음 온도·하중·충격·오손·파손 등의 유해한 영향을 받지 않도록 충분히 보호 관리하는 것을 일컫는 말 ― 역주) 거적 걷어버릴 거죠?"라고 유이치가 뒷좌석에서 말을 걸었다.
"오후부터 해도 돼. 다 걷어내는 데 얼마나 걸릴 것 같니?"
"정면 부분 남겨둘 거면 한 시간이면 될 것 같은데……."
그 시각, 반대편 차선은 조선소로 향하는 자동차들로 정체되었고, 차 안에는 애써 하품을 참아내는 남자들이 타고 있었다.
신호가 바뀌자 노리오가 액셀러레이터를 밟았다. 너무 세게 밟았는지 뒤에 쌓아둔 공구상자가 요란한 소리를 냈다.
유이치가 창을 열었는지 바로 옆 바다 냄새가 차 안으로 밀려들었다.
"어제는 뭐했니?"
노리오가 룸미러 너머로 말을 건네자 "왜요?"라고 묻는 유이치의 표정에 갑자기 긴장이 감돌았다.

노리오는 유이치 일보다는 또다시 입원해야 한다는 가쓰지에 관해 물어볼 작정이었지만, 유이치가 과잉반응을 보여서 "어, 또 차 몰고 먼 데까지 돌아다녔나 해서"라며 이야기를 맞춰주었다.

"어제는 아무 데도 안 갔어요"라고 유이치가 나지막이 대답했다.

"그 차, 리터당 얼마나 달리냐?"

화제를 바꾸는 노리오의 질문을 성가셔하는 듯한 유이치의 표정이 룸미러에 비쳤다.

"10킬로미터는 달릴 테지?"

"그렇게 못 달려요. 도로에 따라 다르긴 하지만 7킬로미터 달리면 잘 달리는 거죠."

말투는 퉁명스러웠지만 차 이야기를 할 때만큼은 유이치의 표정도 생생하게 살아났다.

이제 막 여섯 시를 넘긴 시각이었지만, 시내로 향하는 차들이 벌써부터 정체 기미를 보이기 시작했다. 30분만 더 늦으면 시내로 들어가기 전에 완전히 정체에 걸리고 만다.

그 도로는 나가사키 반도를 남북으로 달리는 유일한 해안가 국도로, 시내와 반대 방향으로 반도를 따라 내려가면 앞바다에 폐허가 된 군함이 보인다. 여름에는 시민들로 붐비는 다카하마(高浜), 와키미사키(脇岬) 해수욕장이 있고, 마지막에는 가바시마(樺島)의 아름다운 등대에 다다른다.

"그건 그렇고 할아버지는 좀 어떠시냐? 몸이 또 안 좋아지셨다면서?"

시내를 향해 국도를 달리면서 노리오가 뒷좌석에 앉아 있는 유이치에게 물었다.

대답이 없어서 "……또 입원하시니?"라고 노리오가 물었다.

"오늘, 일 마치고 제가 차로 모셔다드릴 거예요."

창밖을 내다보며 대답하는 유이치의 목소리가 바람에 흩날렸다.

"미리 말하지 그랬어. 병원부터 들렀다 현장으로 와도 되는데."

틀림없이 후사에가 그렇게 하라고 시켰을 테지만, 생판 남처럼 대하는 것 같아서 노리오가 한마디를 했다.

"늘 다니는 병원이라 밤에도 괜찮대요."

유이치가 후사에의 변명을 대변하듯 대답했다.

유이치의 할아버지인 가쓰지가 심한 당뇨를 앓기 시작한 지 어느덧 7년째가 된다. 나이 탓도 있겠지만, 아무리 병원에 다녀도 몸 상태는 좋아질 기미가 보이지 않았고, 노리오가 한 달에 한 번 병문안을 갈 때마다 얼굴색은 점점 더 까맣게 변해갔다.

"내 딸이 못난 탓이긴 하지만, 유이치가 같이 살아서 정말 다행이야. 유이치가 없으면 할아버지 병원 오가는 것도 여간 힘든 일이 아닐 텐데."

요즘 후사에는 노리오의 얼굴을 볼 때마다 약한 속내를 털어놓는다. 젊은 유이치가 실제로 도움이 많이 되긴 할 테지만, 후사에가 그런 말을 할수록 젊고 말수가 적은 유이치가 노부부에게 꼼짝없이 얽매여 있는 듯한 느낌을 떨쳐낼 수 없었다. 게다가 유이치가 사는 마을에는 독거노인이나 연세 많은 부부가 많아서 거의 유일한 존재라고 할 수 있는 젊은이 유이치는 자기 조부모뿐 아니라 다른 노인들이 병원에 오갈 때도 부탁받는 일이 많았고, 부 탁을 하면 불평 한마디 없이 차에 태워 모셔다드린다고 했다.

아들이 없는 노리오는 유이치를 아들처럼 여겼다. 대출까지 받아가며 분에 넘치는 차를 샀다고 해서 듣기 싫은 소리도 했지만, 어렵게 산 차가 병원을 오가는 노인들을 실어 나르는 데 쓰인다고 생각하니 조금은 안쓰러운 마음도 들었다.

다른 젊은이들과는 달리 유이치는 늦잠 자는 일도 없이 성실하게 일했다. 그렇지만 유이치가 대체 무슨 즐거움으로 사는지 노리오로서는 이해가 되지 않았다.

그날, 노리오는 평상시처럼 유이치를 포함한 작업 인부 세 사람을 차례로 태우고 지난달부터 일을 시작한 나가사키 시내에 있는 현장으로 향했다.

유이치를 제외하면 왜건에 탄 사람은 노리오를 비롯해 구라미(倉見), 요시오카(吉岡) 모두 50대 후반이다. 그래서 현장에 도착하기 전 아침 이동 시간에는 "어이쿠, 무릎이야" "아이고, 마누라가 어찌나 코를 골아대는지"등의 살림 냄새가 묻어나는 이야기만 담배 연기처럼 차 안에 자욱하다.

노리오는 물론이고 구라미와 요시오카도 유이치가 말이 없는 사람이라는 걸 잘 알기 때문에 지금은 거의 말을 걸지 않는다. 유이치가 갓 들어왔을 때는 같이 경정(競艇)에 가자고도 하고, 도자(銅座)에 있는 술집에 데리고 가기도 하면서 나름대로 유이치를 귀여워해 주려 애썼지만, 경정에 데려가도 경주권도 사지 않고, 술집에 데려가도 노래 한 곡 안 부르는 유이치를 보며 "요즘 젊은 애들은 같이 놀아도 도무지 신이 안 나"라며 지금은 두 사람 다 완전히 정을 떼버렸다.

"야, 유이치! 왜 그래? 얼굴이 퍼렇게 질렸잖아."

별안간 소리를 지르는 구라미의 목소리에 놀란 노리오가 엉겁결에 급브레이크를 밟았다. 차는 시내로 들어서기 직전이었고, 해안선에 늘어선 창고 사이로 아침 햇살이 쏟아지는 항구가 보이는 언저리였다.

노리오가 재빨리 룸미러로 시선을 돌리자, 한동안 존재를 잊을 정도로 얌전하게 있던 유이치가 핏기가 가신 얼굴을 창에 붙이고 있었다.

"왜 그래? 속이 안 좋니?"

노리오가 말을 건네자, 유이치 뒤에 앉아 있던 요시오카가 "토할 것 같니? 창문 열어, 창!"이라고 소리치며 허둥지둥 몸을 내밀어 창을 열려고 했다. 유이치가 그의 손을 힘없이 밀쳐내며 "아뇨, 괜찮아요"라고 작은 소리로 대답했다.

얼굴색이 너무 나빠서 노리오는 일단 갓길에 차를 세웠다. 덮칠 듯이 쫓아오던 트럭이 비명처럼 클랙슨을 울리며 추월해갔고, 그 풍압에 왜건이 흔들렸다.

차를 세우자, 유이치는 굴러 떨어지듯 차 밖으로 나가더니 배를 움켜쥐고 엎드려 두세 번 구역질을 했다. 그러나 위에서는 아무것도 나오지 않는지 고통스러운 숨소리만 이어졌다.

"아직 술이 안 깼지?"

왜건 창문으로 얼굴을 내민 요시오카가 유이치의 등에 말을 건넸다. 유이치는 보도블록에 손을 짚은 채 몸을 떨듯이 고개를 끄덕였다.

● ● ●

저녁 해에 물든 커튼을 손가락으로 살며시 들춘 쓰루다 고키(鶴田公紀)는 아래 내려다보이는 거리를 훔쳐보았다. 12층 창밖으로 오호리(大濠) 공원이 한눈에 내려다보였다. 도로에는 하얀 왜건 두 대가 나란히 세워져 있었고, 그중 한 대에 조금 전까지 이 방에 있었던 젊은 형사가 올라타는 중이었다.

부모님이 대학과 가까운 맨션을 사주셨을 때, 쓰루다는 이곳 전망이 마음에 들지 않았다. 바깥 풍경을 내다볼 때마다 자기 자신이 돈이나 좀 있는, 아무 쓸모 없는 도련님이라는 생각이 들었기 때문이다.

침대 옆 디지털시계는 어느새 다섯 시 5분을 나타내고 있었다. 형사가 난폭하게 문을 노크한 시각이 네 시가 지났을 때이니,

막 잠이 깬 상태에서 30분 이상 형사의 질문에 답을 한 것이다.

쓰루다는 흐트러진 침대에 앉아 미지근해진 페트병 물을 한 모금 마셨다.

난데없이 들이닥친 형사가 마스오 게이고를 쫓고 있다는 걸 이해할 때까지 쓰루다는 무척 무뚝뚝하게 대답했다. 새벽까지 비디오를 봤기 때문에 끈질기게 노크를 해대는 소리에 화가 치밀었고, 그런 기분은 틀림없이 얼굴에도 드러났을 것이다. 별로 나이 차이도 안 나 보이는 젊은 형사가 신분증을 보여주더니 "잠깐 여쭤볼 게 있습니다"라고 말했을 때, 보나마나 아래에 있는 오호리 공원에 치한이라도 나타났을 거라 생각했다.

"마스오 게이고 씨와 사이가 좋다고 들었습니다만."

젊은 형사가 그 말을 꺼낸 순간, 쓰루다는 게이고가 치한 짓이라도 했나 하는 생각이 들었다. 어디 술집에서 만난 여자를 성폭행이라도 한 모양이라고. 머릿속에 떠오른 게이고의 얼굴은 치한보다는 성폭행이라는 말에 더 어울렸다.

간신히 잠이 깬 쓰루다 앞에서 젊은 형사가 사건 개요를 들려주기 시작했다.

미쓰세 고개. 이시바시 요시노. 시체. 교살. 마스오 게이고. 행방불명.

이야기를 듣는 사이, 무릎에서 힘이 빠졌다. 게이고는 성폭행 정도가 아닌 엄청난 일을 저지르고 도주중이었다. 자기도 모르게 바닥에 주저앉을 듯 비틀거리는 쓰루다에게 "아직 확실한 건 아무것도 없습니다. 단지 혹시 행방을 알고 있나 해서……"라고 형사가 말했다.

최근에 게이고에게 연락이 없었나?

쓰루다는 잠이 덜 깬 몽롱한 머리를 가볍게 두드리며 기억을 되살렸다. 눈앞에는 메모지와 펜을 든 형사가 물끄러미 자기 대답을 기다리고 있었다.

"저어……."

쓰루다는 형사의 낯빛을 살피듯 입을 열었다.

"저, 뭐라고 해야 좋을지…… 최근 이삼 일 동안 그 녀석과 연락이 안 됩니다. 아니, 실은 모두 재미있어하면서 행방불명이니 뭐니 수군거리는데 어디로 훌쩍 여행이라도 떠난 것 같은데요."

쓰루다는 단숨에 거기까지 말하고는 다시 형사의 낯빛을 살폈다.

"네에, 그런 것 같더군요. 그럼, 마지막으로 대화를 나눈 게 언제였죠?"

형사는 얼굴색 하나 변하지 않고 대꾸하며 펜으로 수첩을 탁탁 두드렸다.

"마지막이요? 으음, 분명히 지난주……."

쓰루다는 기억을 더듬었다. 게이고와 전화로 주고받은 대화 내용은 떠오르는데 그게 무슨 요일인지 기억나지 않았다.

전파 상태가 좋질 않아 목소리가 잘 안 들렸다. "어디야?"라고 쓰루다가 묻자, 게이고는 "지금, 산속이다"라며 웃었다.

별다른 용건은 없었다. 게이고는 다음 주 시험이 몇 시부터인지 묻고 싶었던 것 같다. 분명 전날 밤에 비디오로 〈분닥 세인트〉라는 영화를 보았다. 게이고에게 막 그 얘기를 하려는데 전화를 끊어버렸다.

쓰루다는 급히 방으로 돌아가 비디오가게 영수증을 확인하고 "지난주 수요일입니다"라고 현관에 있는 형사에게 말했다.

게이고가 놀러오면 쓰루다는 자기가 좋아하는 영화를 강제로 보게 할 때가 있다. 게이고는 영화에는 흥미가 없어서 도중에 잠들어버리거나 돌아가는데, 쓰루다가 장래 영화를 찍고 싶어 하는 꿈에는 관심이 있어서 나중에 공동제작을 하자며 이야기꽃을 피웠다.

게이고는 영화 이야기를 하자며 쓰루다를 밤거리로 자주 불러냈다. 그런데 막상 나가보면 영화 이야기는 뒷전이고 가게에 있는 여자들을 집적거리느라 정신이 없었다. 같은 남자가 봐도 매력이 있는 게이고에게 여자들은 쉽게 걸려들었다. 마침내 여자를 꼬여 쓰루다가 있는 곳으로 돌아오면 "이 녀석, 내년에 영화 찍을 거야"라고 적당히 말을 지어내 분위기를 고조시켰다. 그런데 게이고가 작업을 거는 여자는 '전혀'라고 해도 좋을 만큼 매력이 없었다. 언젠가 게이고에게 물어보자 "난 말이야, 왠지 싼티 나는 여자를 보면 꼴리거든"이라며 웃었다.

쓰루다는 젊은 형사의 입에서 나온 이시바시 요시노라는 이름을 들어본 기억이 났다.

물론 맨 처음 "미쓰세 고개에서 이시바시 요시노라는 여성의 시신이 발견되었습니다"라는 형사의 말을 들었을 때는 낯선 여자라고 할까, 어느 영화에선가 봤던 얼어붙은 백인여자의 시체 영상이 떠올랐지만, '이시바시 요시노'라는 이름이 형사의 입에서 여러 차례 반복되는 사이, 석 달 전쯤 덴진 다트바에서 게이고가 말을 걸었던 보험설계사 이름이라는 걸 생각해냈다.

그날 밤, 쓰루다도 그 가게에 있었다. 다른 사람들과 함께 다트를 던지며 시끄럽게 떠들어대진 않았지만, 카운터 구석에 앉아 바텐더를 상대로 에릭 로메르 영화에 관한 얘기를 나누고 있었다.

이시바시 요시노와 그녀의 두 친구가 "노래방 가자"는 게이고 일행에게 "기숙사 통금시간이 있어서"라며 거절하고 돌아가려 할 때, 쓰루다는 로메르의 〈여름 이야기〉가 최고라고 우겨대는 젊은 바텐더에게 "아냐, 〈클레르의 무릎〉이 최고지"라고 대꾸 하는 중이었다.

게이고가 카운터까지 요시노 일행을 쫓아오더니 쓰루다 바로 뒤에서 그중 한 사람에게 "연락처 좀 줄래? 다음에 밥이라도 먹으러 가자"라며 작업을 걸었다.

뒤를 돌아보니 솔직히 별 볼일 없는 여자였다. 여자는 망설임 없이 연락처를 알려주었다.

여자들이 계단을 올라가자 경박한 웃음소리를 내며 "안녕. 또 보자"라고 한동안 배웅하던 게이고가 카운터로 돌아와 바텐더에게 맥주를 주문하면서 여자 연락처가 적힌 컵받침을 보여주었다. 거기에 이시바시 요시노의 이름이 적혀 있었다.

쓰루다가 그 이름을 기억할 수 있었던 것은 영화연구회 동아리에 '이시바시 리노(石橋里乃)'라는 후배와 한 글자만 다른 이름이었기 때문이다.

쓰루다는 바텐더에게 맥주를 받아든 게이고에게 "내가 아는 이시바시가 몇 배는 더 예쁘다"라고 말했다.

게이고는 쓰루다의 말 따윈 관심도 없다는 듯, 컵받침을 손가락으로 돌리면서 "글쎄, 내 취향은 저런 여자라니까. 뭐랄까, 왠지 한 꺼풀 덜 벗겨진 느낌 안 드냐? 보란 듯이 루이비통 핸드백 들고 새치름하게 굴지만 어딘가 촌티가 흐르잖아. 아마 싸구려 구두 신고 논두렁 걸어가는 여잘 보면 난 절대 못 참고 덮칠 거다"라며 웃었다.

대학에서 게이고와 막 사귀었을 무렵, 취미도 성격도 전혀 다른 그와 묘하게 죽이 맞는다는 게 쓰루다 자신도 무척이나 신기했다. 둘 다 유복한 가정에서 자라서 그런지 다른 학생들과 달리 어딘지 모르게 느긋한 구석이 있었다. 게이고가 철부지 주연 스타라면, 자신은 그를 유일하게 잘 다룰 수 있는 예술가 기질을 타고난 영화감독이라고 할 수 있었다.

언젠가 게이고와 함께 나가하마(長浜)에 있는 포장마차로 라면을 먹으러 간 적이 있다. 때마침 그가 새 차를 막 뽑은 무렵이라 조금이라도 시간이 나면 운전을 하고 싶어 했던 것 같다.

붐비는 포장마차에서 라면을 먹고 있는데 "너희 아버지는 바람 같은 거 피우는 스타일이니?"라고 뜬금없는 질문을 했다.

"왜?"

"아니, 그냥 어떤가 해서."

쓰루다의 아버지는 후쿠오카 시를 중심으로 임대 빌딩을 많이 가지고 있다. 모두 할아버지에게 물려받은 건물이라 아들인 쓰루다 눈에도 남는 건 시간과 돈뿐인 아버지였고 존경스럽다고 말하긴 어려웠다.

"글쎄, 아무래도 전혀 안 피운다고 할 순 없겠지……. 그렇긴 해도 기껏해야 술집 여자들이랑 가끔 노는 정도 아닐까?"라고 쓰루다가 말했다.

"흐음."

자기가 먼저 물었으면서 게이고는 별다른 관심도 보이지 않고, 아직 꽤 많이 남아 있는 라면 그릇에 반으로 부러뜨린 나무 젓가락을 집어던졌다.

"너희 아버지는?"

쓰루다가 별 생각 없이 묻자, 낡을 대로 낡은 플라스틱 컵에 든 물을 마신 게이고가 "우리? 알잖아, 우린 오래 전부터 여관 하는 거"라고 내뱉듯 말했다.

"여관 하는 게 어떻다고?"

"여관에는 여종업원이 많지."

게이고가 의미심장한 미소를 지어 보였다.

"난 어릴 때부터 여러 번 봤다. 아버지가 여관 종업원들을 데리고 안쪽 방으로 들어가는 모습. 어땠을까? 그 여자들, 싫었을까? ……그랬겠지, 분명히 싫어했겠지. 그런데 말이다, 내 눈에는 그렇게 안 보이더라."

포장마차를 나오면서 게이고는 가게 주인에게 "잘 먹었습니다. 근데 맛은 영 아니네요"라고 말했다.

그 순간, 포장마차에 있던 손님들의 손동작이 일시에 멈췄다. 껄끄러운 분위기였다. 그러나 쓰루다는 게이고의 그런 점이 좋았다. 실제로 그곳은 관광객을 상대로 돈만 많이 받는 포장마차였다.

※ ※ ※

야지마 노리오는 넓적한 드럼통에 담긴 물로 손가락 새에 낀 때를 열심히 벗기고 있는 유이치의 뒷모습을 담배를 피우며 바라보고 있었다.

드럼통은 콘크리트 반죽할 때 쓰는 것이라 담수가 들어 있다 해도 씻은 손이 마르면 살갗에 뱀 같은 무늬가 드러난다.

어느덧 저녁 여섯 시가 지나고, 작업장 여기저기에서 각 그룹 인부들이 돌아갈 채비를 하기 시작했다. 조금 전까지 외벽을 허물던 중장비도 지금은 한곳에 얌전히 모여 있다.

원래 산부인과 병동이었던 이 건물도 작업을 시작한 지 어느덧 나흘 째, 건물 3분의 2가 무참히 허물어졌다. 현장이 이렇게 큰 경우, 노리오 회사는 하청을 받아 일하는 입장이 된다. 회사에도 15미터 중장비 기계 한 대가 있긴 하지만, 3층이나 되는 철근 건물은 한 대 가지고는 감당할 수가 없으니 큰 철거회사의 하청을 받을 수밖에 없다.

노리오는 드럼통 물에 씻은 손을 목에 건 수건으로 닦기 시작한 유이치에게 "너도 슬슬 중장비 면허라도 따두는 게 어때?"라고 말을 건네며 피우던 담배를 재떨이에 비벼 껐다.

노리오의 말에 뒤를 돌아다본 유이치가 "아, 네"라며 전혀 그럴 생각이 없는 것처럼 대답하더니 수건으로 얼굴을 벅벅 문질렀다. 문지르면 문지를수록 얼굴에 묻은 때는 더 두드러져 보였다.

"다음 달에 일주일 정도 쉬어도 되는데, 면허 따러 가볼래?"

노리오의 말에 가고 싶다는 뜻인지 가고 싶지 않다는 뜻인지, 유이치는 입을 내밀며 살며시 고개를 끄덕였다. 노리오는 유이치가 먼저 그런 말을 꺼내주기를 줄곧 기다렸지만, 아무리 기다려도 유이치가 적극적으로 나오는 일은 없었다.

작업용 고무장갑을 자기 가방에 넣는 유이치에게 "그건 그렇고 속은 좀 나아졌니?"라고 노리오가 말을 건넸다. 오늘 아침, 차 안에서 느닷없이 얼굴색이 변해 토하려 했던 것에 비하면, 현장에 도착해서는 평상시와 다름없이 일에 임했다. 그러나 늘 싸오는 도시락에는 거의 손도 대지 않았다는 것을 노리오는 알고 있었다.

"오늘 집에 가면 곧바로 할아버지 모시고 병원으로 갈 거지?"
라고 노리오가 물었다.

"아마 밥 먹고 갈 거예요."

먼지가 뒤섞인 한풍 속에서 가방을 품에 안고 일어선 유이치가 나직이 대답했다.

노리오는 평상시처럼 구라미와 요시오카, 그리고 유이치를 왜건에 태웠다.

저녁 해로 발갛게 물든 나가사키 만을 바라보며 국도를 달리는데 여느 때와 마찬가지로 구라미가 소주 한 컵을 들이켜기 시작했다.

"30분이면 집에 도착할 텐데 그것도 못 참아?"

노리오가 코끝에 스치는 소주 냄새에 얼굴을 찡그렸다.

"일 끝나기 한 시간 전부터 참았는데 어떻게 30분이나 더 참아." 구라미가 멋쩍은 듯 웃으며 흘러넘칠 것 같은 소주잔에 입을 갖다 대자, 수북한 다박수염이 맑은 액체에 젖어들었다.

창을 열었는데도 소주와 마른 흙냄새가 차 안 가득 번졌다.

"참, 어제 후쿠오카 미쓰세 고개에서 여자가 살해됐다던데."
창밖을 바라보던 요시오카가 문득 생각이 떠오른 듯 말했다.

"보험 영업하는 여자인 모양인데, 그런 일을 당하면 부모 심정이 오죽할까."

비슷한 나이의 딸이 있는 구라미가 소주에 젖은 손가락을 핥으며 말했다. 내연의 처와 단 둘이 사는 요시오카는 피해자의 부모 심경까지 헤아릴 수는 없는지 "미쓰세라면 예전에 내가 트럭 운전할 때 자주 다니던 길인데"라고 이야기를 바꿨다. 요시오카가 자세한 이야기를 하진 않지만, 동거녀는 이미 10년 넘게 같이 살면서도 전남편과 호적 정리를 하지 않은 듯했다.

"유이치, 너도 미쓰세 고개 쪽으로 드라이브 자주 가지?"

요시오카가 말을 건네자, 맨 뒤에 앉아 있던 유이치가 창밖에서 차 안으로 시선을 돌렸다. 그 모습이 룸미러에 비쳤다.

시내로 향하는 반대 차선이 막히기 시작했다. 온종일 조선소에서 일한 남자들의 차가 염주 알처럼 줄줄이 도로에 이어져 있었다. 저녁 해를 받은 남자들의 얼굴은 왠지 반야면(般若面)처럼 무서워 보였다.

"그치? 미쓰세 고개로 드라이브 자주 가지?"

대답이 없는 유이치에게 요시오카가 다시 한 번 물었다.

"미쓰세…… 별로 안 좋아해요. 밤에 달리면 기분 안 좋아요."

나지막하게 대답하는 유이치의 말이 왠지 핸들을 쥔 노리오의 귓전에 오래도록 남았다.

구라미와 요시오카를 차례로 내려준 후, 노리오는 유이치의 집으로 차를 몰았다.

국도에서 좁은 도로로 들어가면 건물 앞 표찰이 사이드미러에 닿을 것 같은 좁은 길이 항구 쪽으로 구불구불 이어진다. 해안선 대부분을 매립지로 빼앗긴 뒤, 가까스로 남겨진 작은 항구에는 소형 어선 몇 척이 정박되어 있었다. 파도막이 둑을 둘러친

만 안쪽은 물살이 고요했고, 어선을 묶어둔 밧줄이 이따금 생각이 난 것처럼 삐걱대는 소리만 주위에 울려 퍼졌다.

항구 주변에는 셔터를 내린 창고 몇 개가 있었다. 언뜻 보기에는 어업 관련 창고처럼 보이지만, 안에는 '페론'이라 불리는 경기용 보트가 수납되어 있다.

이 지역은 페론 인기가 높아서 매년 여름마다 각 지구 대항 대회가 열린다. 십여 명의 남자들이 일제히 노를 젓는 모습이 날래고 씩씩해서 해마다 수많은 관객이 모여들었다.

"내년에도 페론 나갈 거지?"

노리오가 반쯤 셔터가 올라가 있는 창고를 보며 유이치에게 물었다. 유이치는 벌써부터 짐을 무릎에 올리고 차에서 내릴 채비를 하고 있었다.

"연습은 언제부터 시작하니?"

룸미러 너머로 물어보자 "늘 하던 대로 하겠죠"라고 유이치가 대답했다.

유이치가 고등학생 시절 처음으로 페론에 참가했을 때, 노리오가 지구 리더를 맡았다.

연습 중에 투덜투덜 불평을 해대는 다른 소년들과 달리 묵묵히 노를 젓는 것까진 좋았는데, 유이치는 한도를 모르고 연습을 한 탓에 손바닥 피부가 다 벗겨져서 결국 대회 당일에는 쓸모가 없었다.

그로부터 10년 가까이 흘렀지만, 유이치는 매년 페론 대회에

참가했다. "좋으냐?"라고 물으면 "그냥 그래요"라고 대답하면서도 매년 연습이 시작되면 누구보다 먼저 창고 앞에 모습을 드러냈다.

"잠깐 들렀다 가야겠다."

노리오가 유이치의 집 앞에 차를 세우고 시동을 끄며 말했다. 차에서 내리던 유이치가 노리오 쪽으로 힐끔 시선을 던졌다.

"몇 시쯤에 할아버지 모시고 병원 갈 거니?"라고 노리오가 다시 물었다.

"저녁밥 먹고."

유이치가 나지막이 중얼거리며 차에서 내렸다.

유이치를 따라 현관으로 들어서자, 병자가 있는 집 특유의 냄새가 풍겼다. 유이치가 같이 살긴 하지만, 본래 노부부가 사는 집이라 안으로 한 발짝을 들여놓았을 뿐인데도 시야에서 모든 빛깔이 사라져버린 듯한 감각에 사로잡혔다. 더럽긴 해도 유이치가 벗어던진 빨간 운동화만이 유일하게 그곳에 선명한 색을 남겼다.

"이모님!"

노리오는 후다닥 마루로 걸어가버리는 유이치를 어이없는 표정으로 쳐다보면서 안쪽에 대고 소리쳤다.

신발을 벗는데 "아이고, 노리오가 왔나? 어쩐 일이래?"하고 유이치에게 묻는 후사에의 목소리가 들렸다.

"이모부님, 오늘 병원에 가신다면서요?"

신발을 벗고 마루로 올라서자 부엌에 있던 후사에가 나오며 "엊그제 퇴원한 것 같은데 또 입원이야"라며 목에 두른 수건에 젖은 손을 닦았다.

"유이치한테 들었어요……."

노리오는 스스럼없이 마루로 걸어가 가쓰지가 누워 있는 방의 미닫이문을 열었다.

"이모부님, 또 입원하신다면서요? 병원보다 집이 낫지 않으세요?"

미닫이문을 여는 순간, 희미하게 대소변 냄새가 풍겼다. 다다미로 비쳐드는 가로등 불빛이 낡은 다다미 위에 점멸하는 형광등 불빛과 뒤섞였다.

"병원에 가면 집에 가고 싶다고 하고, 집으로 데려오면 병원이 낫다고 하니, 대체 어느 장단에 춤을 춰야 할지, 원."

후사에가 푸념을 늘어놓으며 형광등을 다시 켰다. 가쓰지의 탁한 기침 소리가 이불 속에 자욱했다.

노리오는 베갯머리에 내려앉아 이불을 거칠게 걷어냈다. 딱딱해 보이는 베개 위에 검버섯투성이인 가쓰지의 얼굴이 놓여 있었다.

"이모부님."

노리오가 말을 건네며 가쓰지의 이마에 손을 올렸다. 자기 손이 뜨거웠는지 순간적으로 깜짝 놀랄 만큼 이마가 차가웠다.

"유이치는?"

가쓰지가 가래 끓는 목소리로 물으며 이마에 올린 노리오의 손을 뿌리쳤다.

바로 그때 유이치가 계단을 올라가는 발소리가 들리며 집 전체가 흔들렸다.

"유이치한테만 너무 기대시면 안 돼요."

노리오는 누워 있는 가쓰지뿐만 아니라, 등 뒤에 서 있는 후사에도 들으라는 식으로 말했다.

"기대긴 뭘 기댄다고 그래."

형광등 아래에서 후사에가 입을 삐죽 내밀었다.

"물론 안 그러실 테지만, 유이치도 젊은 사내놈이잖아요. 이모부님, 이모님 시중만 들다 손자며느리도 못 보면 어쩌시려고 그래요."

노리오는 짐짓 농담하는 투로 말을 받았다. 그제야 굳었던 후사에의 표정이 조금은 부드러워졌다.

"그렇긴 한데, 솔직히 유이치가 없으면 이모부는 목욕탕도 제대로 못 드나드셨을 거야."

"그런 일은 홈헬퍼한테 부탁하면 될 텐데."

"모르는 소리, 홈헬퍼 부르는데 돈이 얼마나 드는지 알기나 해?"

"비싸요?"

"그걸 말이라고 해. 저기 사는 오카자키(岡崎) 할머니도……."

후사에가 거기까지 말했을 때, 가쓰지가 이불 속에서 "시끄러워!"라고 버럭 소리를 지르더니 고통스러운 듯 기침을 해댔다.

"죄, 죄송해요."

노리오는 얼른 이불을 가볍게 토닥거리고 일어서서 후사에 등을 떠밀며 방을 나왔다.

부엌의 도마 위에는 싱싱해 보이는 방어가 올려져 있었다. 젖은 도마 위에 검붉은 피가 번져 있었다. 천장을 향해 뜬 눈과 반쯤 벌린 입이 뭔가를 호소하는 듯 보였다.

"그건 그렇고, 어제 유이치 늦게 들어왔죠?"

부엌칼을 든 후사에의 등에 대고 노리오가 별 생각 없이 물었다. 오늘 아침, 현장으로 향하는 길에 갑자기 얼굴색이 변해 차에서 뛰어내려 구역질을 하던 모습이 떠올랐기 때문이다.

"글쎄, 잘 모르겠는데. 나갔다고 하던가?"

"웬일로 아침까지 술이 안 깬 것 같던데요."

"술이 안 깨? 유이치가?"

"오늘 아침에 갑자기 얼굴이 퍼렇게 질려서는……."

"에이그, 어디서 술이라도 마셨나보네, 차도 있는데."

후사에가 익숙한 솜씨로 부엌칼을 놀리며 방어를 손질했다. 부엌칼이 우둑우둑 소리를 내며 뼈를 잘랐다.

"자네, 안사람한테 방어 한 마리 갖다 주지 그래. 오늘 아침에 어협 모리시타 씨가 줬는데 우린 먹을 사람이 유이치뿐잖아." 후사에가 부엌칼을 쥔 채로 돌아서더니 식탁 밑을 가리켰다. 젖은 부엌칼에 맺힌 물방울 하나가 검게 윤이 나는 마룻바닥으로 떨어졌다.

식탁 밑을 내려다보니 발포 스티로폼 케이스에 방어 한 마리가 들어 있었다.

후사에가 준 방어를 케이스째 현관으로 옮긴 노리오는 계단을 올라 2층으로 향했다. 올라가자마자 유이치 방문이 나온다.

노크하는 게 겸연쩍어서 노리오는 "어이"하는 소리를 내며 문을 열었다.

목욕탕으로 갈 참이었는지 팬티 차림으로 서 있던 유이치가 열어젖힌 문에 거의 부딪힐 뻔했다.

"지금 목욕하게?"

얇은 피부막이 단단한 근육을 덮은 듯한 유이치의 상반신을 바라보며 노리오가 말했다.

"……목욕하고, 밥 먹고, 병원."

유이치가 고개를 끄덕이며 밖으로 나가려 했다. 노리오는 유이치가 지나갈 수 있게 비켜주었다.

같이 내려갈 생각이었는데 방바닥에 '크레인 면허'라고 쓰인 팸플릿이 떨어져 있는 게 눈에 띄었다.

"오호, 면허 딸 생각은 있었던 모양이지?"

대답도 없이 곧장 계단을 내려가는 발소리가 크게 울렸다. 노리오는 별 생각 없이 방으로 들어가 바닥에 떨어져 있는 팸플릿을 주워들었다. 계단을 내려간 유이치의 발소리가 마루 안쪽으로 멀어져 갔다.

노리오는 오래 써서 폭삭 내려앉은 방석에 앉아 방 안을 한 바퀴 둘러보았다. 낡은 흙벽에는 노랗게 바랜 셀로판테이프에 자동차 포스터 몇 개가 붙여져 있었고, 바닥에도 역시 자동차 관련 잡지가 여기저기 쌓여 있었다.

정말이지 그것 말고는 아무것도 없는 방이었다. 젊은 여자 포스터도 없고, 텔레비전이나 카세트라디오도 없었다.

언젠가 후사에가 "유이치 방은 여기가 아니라 자동차야"라는 말을 했는데 방을 직접 보니 후사에의 말이 과장이 아니라는 걸 실감할 수 있었다.

노리오는 대충 넘겨보던 팸플릿을 던지고 낮은 테이블 위에 올려둔 급여봉투를 집어 들었다. 지난주에 자기 손으로 건넨 봉투인데, 손을 대는 순간 안이 텅 비어 있다는 걸 알아차렸다.

봉투 옆에 주유소 영수증이 있었다. 무심코 손에 들고 보니 5,990엔이라고 적힌 금액 밑에 사가야마토 지명이 찍혀 있었다.

"어제네."

노리오는 영수증에 찍힌 날짜를 중얼거렸다. 그러고는 곧바로 "어, 어제는 멀리 안 나갔다더니"라며 고개를 갸웃거렸다.

* * *

후사에는 도마 위에서 방어 대가리를 밀어냈다. 쿵 하는 묵직한 소리를 울리며 싱크대에 떨어진 생선 대가리가 반쯤 입을 벌린 채 배수구로 미끄러졌다.

발소리에 뒤를 돌아다보니 팬티 차림의 유이치가 테이블에 있던 어묵 하나를 입에 물고 목욕탕으로 향했다.

"노리오 벌써 갔니?"

후사에가 유이치의 등에 대고 물었다.

우적우적 어묵을 씹으며 돌아본 유이치가 말없이 자기 방을 가리켰다.

"네 방에서 뭘 해?"

"글쎄."

유이치가 고개를 갸웃거리며 목욕탕 문을 열었다. 나무틀에 유리를 끼운 문이 얇은 함석처럼 요란한 소리를 냈다.

탈의실이 따로 없어서 유이치는 그 자리에서 팬티를 쓱 벗어 던지고, 몸을 떨며 목욕탕으로 뛰어 들어갔다. 하얀 엉덩이가 잔상처럼 날렵하게 사라져갔다.

곧이어 닫힌 문이 금방이라도 깨질 듯 요란한 소리를 냈다.

후사에는 칼을 고쳐 잡고 방어 몸통을 자르기 시작했다.

계단을 내려오는 발소리와 함께 "이모님, 그만 가볼게요"라는 노리오의 목소리가 들렸을 때, 후사에는 냄비 안에 된장을 풀고 있었다. 손을 뗄 수 없어서 "그래, 또 오시게"라고 대답만 했다.

문틀이 안 맞는 현관문이 덜컥덜컥 소리를 내더니 집 전체를 흔들듯 문이 닫혔. 멀어져가는 노리오의 발소리가 사라지자 부엌에는 냄비 끓는 소리만 남았다.

'고요하기도 하지'하고 후사에는 생각했다. 거의 잠만 자다시피하지만 남편이 있고, 나이는 먹었지만 자신도 있다. 게다가 한창 때인 유이치가 바로 옆 목욕탕에 들어가 있는데도 집 안은 무서울 정도로 고요했다.

구수한 된장 냄새를 맡으며 후사에가 목욕탕에 있는 유이치에게 말을 건넸다.

"오늘 아침까지 술이 안 깼다며?"라고 묻자, 대답 대신 첨벙거리며 탕에서 나오는 물소리만 들렸다.

"어디서 술 마셨니?"

대답 없이 물 끼얹는 소리만 들려왔다.

"차 몰고 나가서 위험하게 술은 왜 마셔."

후사에는 더 이상 대답을 기대하지 않았다.

끓어 넘칠 것 같은 냄비 불을 끄고, 더러워진 도마에 생선 접시로 물을 끼얹었다.

목욕탕에서 나온 유이치가 바로 먹을 수 있게 방어회를 수북이 담고, 오후에 튀겨놓은 스리미(으깬 생선살—역주)를 곁들여 식탁에 올려놓았다. 밥솥을 열자 마침 뜸이 잘 들어서, 선뜩한 부엌에 짙은 수증기가 피어올랐다.

남편이 병으로 드러눕기 전에는 매일같이 아침에 세 컵, 저녁에 다섯 컵 분량의 쌀을 씻어 밥을 지었다. 두 남자의 위를 만족시키기 위해 15년 내내 쌀을 씻어온 듯한 느낌마저 든다.

유이치는 어릴 때부터 밥을 잘 먹었다. 단무지 몇 조각만 있어도 수북이 담긴 밥을 거뜬히 먹어치울 정도로 갓 지은 밥을 좋아했다.

음식은 먹는 대로 다 몸으로 갔다. 중학교에 입학했을 무렵부터 유이치의 키가 아침마다 쑥쑥 자란 것 같은 착각이 들 정도였다.

후사에는 자기가 만들어준 음식을 먹고 한 소년이 어엿한 남자로 성장해가는 모습을 조금은 멋쩍어하면서도 감탄하는 심정으로 지켜봤다.

아들이 없어서이기도 하지만, 딸들을 키울 때는 맛볼 수 없었던 뭔가를, 여자의 본능 같은 것을 손자를 키우면서 느꼈다.

물론 처음에는 친엄마인 둘째딸 요리코를 생각해서 은연중에 조심스러운 면도 있었다. 그러나 요리코가 아직 초등학생인 유이치를 남겨두고 남자와 함께 모습을 감춘 후로는 이제부터 자기 손으로 유이치를 키울 수 있다는 마음에 딸의 부정을 한탄하면서도 한편으로는 힘이 솟는 느낌도 들었다. 후사에는 이제 곧 예순 살이 된다.

남편에게 버림받은 요리코에게 이끌려 이 집에 왔을 때 유이치는 엄마를 믿지 못하는 것 같았다. 입으로는 "엄마, 엄마"하며 어리광을 부렸지만, 그 눈은 이미 요리코를 보고 있지 않았다.

그 당시 후사에는 요리코의 눈을 피해 손자인 유이치에게 남몰래 옛날 사진을 보여주며 "엄마보다 할머니가 더 예쁘지?"라고 농담 삼아 물어본 일이 있었다.

농담이라 생각하면서도 서랍에서 먼지 쌓인 결혼식 앨범을 꺼내며 왠지 긴장했던 기억이 있다.

유이치는 펼쳐준 사진을 한동안 말없이 쳐다봤다.

아이의 자그마한 뒤통수를 내려다보는 사이, 불현듯 자신이 어처구니없는 짓을 하는 것 같은 생각이 들었다.

후사에는 부랴부랴 앨범을 덮고 "할머니가 예쁠 리가 있나, 아이~ 창피해요, 창피해"라며 나잇값도 못하고 얼굴을 붉혔다.

후사에는 누워 있는 남편의 베갯머리에 앉아 입원용 가방에 속옷과 세면도구를 챙겨 넣었다. 처음 입원할 때 산 인조가죽 가방인데, 어차피 한 번 쓰고 말 거라며 싸구려 물건을 골랐다. 그런데 입원과 퇴원은 반복되었고, 이제는 솔기까지 터지기 시작했다.

"차랑 후리카케(생선가루·김·깨·소금 등을 섞어서 만든 가루 모양의 식품. 밥에 뿌려서 먹음—역주)는 내일 내가 들고 갈게요." 입안이 말랐는지 소리를 내며 침을 삼키는 남편에게 후사에가 말했다.

"유이치는 벌써 밥 먹었나?"

느릿느릿 돌아누운 남편이 기듯이 이불 속에서 나와 후사에가 들고 온 쟁반으로 다가갔다.

"방어회 드실 거면 좀 가져올까요?"

삶은 야채와 죽뿐인 쟁반을 내려다보며 한숨을 내쉬는 남편을 보고 후사에가 서둘러 말을 건넸다.

"회는 됐어. 그보다 병원 간호사들에게 좀 챙겨주지 그래?"

남편이 희미하게 떨리는 손으로 젓가락을 쥐었다.

"챙겨주라니, 뭘요?"

"뭐긴 뭐야, 돈밖에 더 있어?"

"돈이요? 요즘 세상에 그런 걸 받는 간호사가 어딨어요."

후사에는 여느 때와 다름없이 단박에 퇴짜를 놓으면서도 바로 이런 점이 남편, 아니 남자들의 나쁜 점이라는 생각이 들어 은근히 부아가 났다. 체면 차리는 거야 좋지만, 그런 돈이 하늘에서 거저 떨어지는 줄 아는 모양이다.

"요즘은 그런 거 받는다고 더 잘해주지도 않아요. 성실하게 일 잘하고 있는데 그런 걸 주면 오히려 바보 취급이나 당하지."

후사에는 거기까지 말하고 "으" 하는 소리와 함께 자리에서 일어섰다. 요즘에는 조심하지 않으면 일어설 때 무릎에 통증이 느껴진다.

후사에는 등을 구부정하게 말고 죽을 떠먹는 남편을 내려다봤다. 그 등에 1년 전 남편을 잃은 오카자키 할머니 목소리가 겹쳐졌다.

"두 달에 한 번 연금이 들어올 때마다 '아, 그 양반은 죽었지' 하는 생각이 든다우."

후사에는 맨 처음 그 말을 들었을 때 오카자키 할머니도 나름대로 남편을 사랑했구나, 하고 생각했다. 그러나 남편이 건강을 잃고 나날이 쇠약해지는 모습을 지켜보면서 그 말에 전혀 다른 의미가 있었다는 것을 깨달았다. 부부 중 어느 한쪽이 먼저 세상을 떠나면 생활비 역시 절반이 사라져버리는 것이다.

목욕을 마친 유이치가 의자에 책상다리를 하고 앉아 밥을 떠 넣고 있었다. 배가 몹시 고팠는지 된장국도 안 먹고, 방어회 한 점에 밥 두세 숟가락을 게 눈 감추듯 밀어 넣었다.

"무 된장국도 있는데."

후사에가 말을 건네며 엎어둔 그릇을 들어 된장국을 따라주었다.

국을 건네주자 뜨거운데도 손으로 그릇을 들고 소리를 내가며 맛있게 들이켰다.

"할머니도 같이 가는 게 좋겠니?"

후사에가 의자에 앉아 턱에 밥알 하나를 붙인 유이치에게 물었다.

"안 가도 돼요. 5층 간호사 센터로 모시고 가면 되죠?"

유이치가 규슈 특유의 달콤한 회 간장에 고추냉이를 풀었다.

"일곱 시부터 주민회관에서 모임이 있다더라. 전에 말했던 건강식품 설명회인데…… 아니, 뭐 살 맘은 없고. 얘기만 듣는 건 공짜라니까."

후사에가 찻주전자에 보온병 물을 따랐다. 물이 얼마 없는지 두세 번 누르자, 꾸르륵꾸르륵 듣기 싫은 소리를 냈다.

더운 물을 더 채워두려고 의자에서 일어섰을 때였다. 방금 전까지 회와 스리미 튀김을 맛있게 먹던 유이치가 별안간 "우욱" 하는 신음소리를 냈다.

"왜 그래?"

후사에가 허둥지둥 유이치 등 뒤로 돌아가서 넓은 등을 세게 두드렸다.

목에 뭐가 걸린 줄 알았는데 유이치는 후사에를 밀어제치듯 자리를 박차고 일어서더니 입을 틀어막은 채 화장실로 뛰어갔다.

후사에는 너무 놀라 꼼짝도 못하고 그 자리에 서 있었다.

곧이어 화장실에서 토하는 소리가 들렸다. 후사에가 재빨리 식탁 위의 회와 스리미 튀김 냄새를 맡아보았지만 음식이 상한 건 아니었다.

한참 동안 고통스럽게 구역질을 한 후에야 유이치가 퍼렇게 질린 얼굴로 밖으로 나왔다.

"왜 그래?"

후사에가 얼굴을 들여다보려 하자, 유이치가 어깨를 밀쳐내며 "아무것도 아냐. ……목에 뭐가 걸렸어요"라며 뻔히 보이는 거짓말을 했다.

"목에 걸렸는데 토하긴……."

후사에가 바닥에 떨어진 젓가락을 집어 들었다. 눈앞에 유이치의 다리가 보였다. 목욕탕에서 나온 지 얼마 안 돼서 춥지도 않을 텐데 다리가 미세하게 떨리고 있었다.

투덜거리면서도 이불 속에서 나와 옷을 갈아입은 남편을 유이치가 차에 태워 병원으로 데리고 갔다. 50미터 앞에 있는 주차장까지 못 걸어갈 정도는 아닐 테지만, 남편은 현관 앞에 차를 대라고 명령했고, 유이치는 성가신 표정을 지으면서도 순순히 차를 가지러 갔다.

유이치가 뒷좌석에 가방을 던진 후, 의자를 다시 펴자 남편은 심기가 불편한 표정으로 조수석에 올라탔다. 후사에는 운전석으로 돌아가는 유이치에게 "수간호사가 없으면 이마무라 씨라는 간호사가 담당이야"라고 일러주었다.

낡은 민가가 늘어선 어두운 골목길에 유이치의 하얀 자동차는 어울리지 않았다. 스테레오인지 라디오인지 몰라도 차 안에 켜진 가느다란 불빛이 제철을 잊은 반딧불처럼 보였다.

후사에가 조수석 문을 닫자, 차는 곧바로 출발했다. 그 순간 멀리서 들려오던 파도소리가 자동차 엔진 소리에 파묻혔다.

후사에는 골목길을 빠져 나가는 차를 배웅하고 서둘러 부엌으로 들어와 뒷정리를 했다. 정리를 끝마친 후 여기저기 전깃불을 끄고, 슬리퍼를 신고 주민회관으로 향했다.

바람은 차가웠지만 바다는 잔잔했다. 달빛은 항구에 묶어둔 어선을 비췄고, 머리 위에서는 이따금 전깃줄이 바람에 휘청대는 소리가 났다.

띄엄띄엄 가로등이 서 있는 해안벽에서 주민회관으로 향하는 오카자키 할머니의 모습을 발견한 후사에는 걸음을 재촉했다.

달빛이 비치는 자그마한 항구의 안벽을 느릿느릿 걸어가는 노파의 뒷모습은 으스스해 보이기도 하고 우스꽝스러워 보이기도 했다.

"할머니도 지금 가시나 봐요."

옆으로 다가서며 말을 건네자, 쇼핑카트를 지팡이 삼아 걷던 할머니가 걸음을 멈추더니 "아아, 후사에 씨네"라며 고개를 들었다.

"지난번에 받은 한방약, 드셔보셨어요?"라고 후사에가 물었다.

느릿느릿 다시 걷기 시작한 오카자키 할머니가 "응, 몸이 좀 좋아진 것 같어"라고 대답했다.

"그렇죠? 저도 반신반의하며 먹어봤는데 약 먹은 다음 날 아침부터 몸이 가볍더라고요."

한 달 전쯤부터 마을의 자그마한 주민회관에서 제약회사가 주최하는 건강 세미나가 열리고 있었다. 본사는 도쿄에 있다고 했다.

관심은 없었지만, 부녀회장이 하도 권해서 후사에도 매번 참석했다.

안벽을 걸어가자 바다를 지나온 한풍에 몸 구석구석까지 통증이 느껴졌다. 한풍에 뒤섞인 항구 특유의 물 냄새가 감각이 사라져버린 코끝을 간질였다.

후사에는 쇼핑카트를 밀고 가는 오카자키 할머니에게 조금이라도 찬바람이 덜 가게 하려고 일부러 바다 쪽에 서서 걸었다.

"아 참, 유이치한테 쌀 부탁을 또 해도 될라나…… 댁네 시장

볼 때 사다줘도 되는데."

주민회관이 보이는 언저리에서 오카자키 할머니가 말했다.

"아이고, 좀 일찍 말씀하시지, 다녀온 지 얼마 안 됐는데."

후사에는 오카자키 할머니의 등을 떠밀듯이 주민회관으로 향하는 골목길로 들어섰다.

"그 뭐냐, 다이마루스토어에 배달시켜도 되긴 허는데, 10킬로그램에 4,000엔씩이나 받으면서 배달료로 300엔을 더 챙겨가더라고."

"10킬로그램에 4,000엔이요? 다이마루스토어에서 사면 안 되겠네요. 차 가지고 할인매장에 가면 거의 절반 가격에 살 수 있어요."

후사에는 돌계단에 발을 얹은 오카자키 할머니에게 손을 내밀었다. 할머니가 후사에의 손목을 꼭 쥐고 돌계단을 올라갔다.

"그야, 알지. 허지만 우린 댁처럼 차 몰고 쌀 사러 갈 만한 사람이 없잖어."

"그런 말씀 마세요. 그 정도는 언제든 부탁하셔도 돼요. 우리도 어차피 유이치에게 부탁해서 시장을 봐오잖아요. 이왕 나가는 길이니 대수로울 것도 없어요."

경사진 짧은 계단을 오르면 막다른 곳에 마치 신사(神社)처럼 문을 세운 주민회관이 나온다. 회관 안에서 실내 형광등 불빛을 받으며 이쪽을 내려다보는 그림자가 보였다.

"아직 쌀은 좀 있죠?"라고 후사에가 물었다. 마지막 계단에 올라선 오카자키 할머니가 "닷새나 엿새 정도는 괜찮을 거 같 어"라고 걱정스러운 목소리로 중얼거렸다.

"당장 내일이라도 유이치한테 다녀오라고 할게요."

후사에의 그 말에 겹쳐지듯 주민회관 쪽에서 "오카자키 할머니 일행이시죠? 오시느라 수고 많으셨습니다"라는 목소리가 들렸다.

이쪽을 바라보던 그림자는 건강 세미나의 강사를 맡은 쓰쓰미시타(堤下)라는 의학박사였고, 목소리와 함께 통통하게 살이 찐 남자가 뛰어내려왔다.

"한방약은 드셔보셨죠?"

쓰쓰미시타의 말에 오카자키 할머니가 힘겹게 허리를 펴고는 반가운 표정으로 미소를 지었다.

쓰쓰미시타에게 등을 떠밀려 주민회관으로 들어서자, 이미 모여 있는 이웃 주민들이 여기저기 방석을 늘어놓고 담소를 나누고 있었다.

후사에는 오카자키 할머니 것까지 방석 두 개를 챙겨서 부녀회장 사나에(早苗) 옆에 자리를 잡고, 만나자마자 한방약 덕분에 잠잘 때 발이 안 시리더라는 대화를 주고받는 사나에와 오카자키 할머니의 이야기에 귀를 기울였다.

쓰쓰미시타가 종이컵에 담긴 뜨거운 차를 들고 다가왔다. 후사에는 "아이고, 이거 미안해서 어쩌나, 남자를 부려먹다니"라고 미안해하면서도 쟁반에 올려진 종이컵을 받아들었다.

"할머니, 거짓말 아니죠? 그거 먹으면 목욕탕에서 나온 후에도 후끈후끈하죠?"

쓰쓰미시타가 오카자키 할머니의 어깨를 주무르며 옆에 앉았다.

"그러게 말이여, 정말 후끈후끈하더라고. 약 받을 때는 속는 것 같더니만."

오카자키 할머니가 큰 소리로 말하자, 여기저기에서 "누가 아니래요"라고 맞장구를 치며 웃어댔다.

"할머니들 속이자고 이 짧은 다리로 죽자 살자 여기까지 왔겠습니까?"

짧은 다리를 쭉 뻗고 버둥거리는 쓰쓰미시타의 모습에 또다시 왁자그르르 웃음이 퍼졌다.

한 달 전쯤부터 시작한 주민회관 건강 세미나에서 60세 이후의 건강관리에 관한 이야기를 들려주는 사람이 바로 중년의 의학박사인 쓰쓰미시타였다.

처음에는 부녀회장의 권유에 싫은 내색을 보였던 후사에였지만, 자신의 단점을 드러내 농담까지 섞어가며 설명하는 쓰쓰미시타의 이야기가 재미있어서 오늘은 점심때부터 이 시간을 기대했을 정도다.

"자, 슬슬 시작해볼까요?"

자리에서 일어선 쓰쓰미시타가 실내 여기저기 흩어져 앉은 마을 노인들에게 말을 건넸다. 개중에는 반주로 소주라도 마시고 왔는지 얼굴이 불콰해진 할아버지도 보였다.

"오늘은 혈액순환에 관한 얘기를 해보죠."

쓰쓰미시타의 맑은 목소리가 실내에 울려 퍼졌다. 작은 단상으로 올라가는 쓰쓰미시타를 좇는 모두의 표정은 무대로 올라가는 만담가라도 기다리는 듯 벌써부터 희색을 띠기 시작했다.

단상 옆에는 요즘에는 페론 대회에서나 쓰는, 풍어를 기원하는 깃발이 걸려 있었다.

・・・

야간의 병원에는 독특한 공기가 떠다닌다. 무겁고 쓸쓸하기만 한 게 아니다. 물론 그렇다고 밝고 즐거운 것도 아니다.

그날 밤, 가네코 미호(金子美保)는 대합실 벤치에 앉아 병실에서 들고 온 잡지를 펼쳤다.

아직 여덟 시도 안 되었지만 외래접수 카운터 조명이 꺼진 대합실은 어스름한 형광등 불빛 아래로 낡은 벤치가 늘어서 있다.

낮 동안 이곳에 백 명도 넘는 사람들이 차례를 기다렸다는 게 믿기지 않을 만큼 비좁다.

사람들 모습이 사라진 후, 야간 대합실에 남겨진 것은 낡은 벤치와 화려한 페인트로 바닥에 표시해놓은 각 병동으로 향하는 화살표뿐이다.

핑크색 화살표는 산부인과, 노란색 화살표는 소아과, 하늘색 화살표는 뇌신경외과. 어스름한 형광등 불빛 아래로 컬러풀한 화살표만이 화려하게 도드라져 보였다. 컬러풀한 화살표만이 그 곳과 어울리지 않고 겉돌았다.

이따금 입원 환자들이 잰걸음으로 홀을 가로질러 담배를 피우러 나갔다. 아홉 시가 되면 정문 현관이 잠겨서 흡연 장소로 나갈 수 없기 때문이다. 방울방울 떨어지는 링거를 매단 링거대를 밀며 나가는 사람, 소변 통을 한 손에 들고 나가는 사람, 목발을 짚고, 휠체어를 타고 모두들 오늘의 마지막 한 모금을 위해 밖으로 나갔다. 같은 병실에 있는지 초로의 남자와 청년이 야구 이야기를 나누며 걸어갔다. 휠체어에 탄 여자는 휴대전화로 남편과 이야기를 나누며 밖으로 나갔다.

모두들 각자의 병과 상처를 안고 찬바람이 부는 실외 흡연실로 향했다.

대합실 안쪽으로 시선을 던지자, 낮에는 줄곧 켜두는 대형 텔레비전 앞에 오늘밤에도 머리를 붉게 물들인 노파가 유모차를 곁에 두고 외따로 앉아 있었다. 딱히 하는 일은 없었지만, 이따금 생각이 난 듯 유모차를 흔들어주기도 하고, 안에 있는 사내아이에게 "왜? 왜 그래?"라며 상냥하게 말을 건넸다.

유모차에는 소아마비에 걸린 사내아이가 타고 있었다. 유모차에 태우기에는 조금 큰 아이인데 프릴이 달린 유모차 밖으로 비틀린 손발이 삐져나와 있었다.

노파는 매일 밤 이 시각이 되면 대합실로 나온다. 이곳에 와서 대답도 없는 아이에게 말을 건네고, 고통을 호소하는 비틀린 몸을 부드럽게 주물러주었다.

병실에는 젊은 엄마들밖에 없을 거라고 미호는 생각했다. 무슨 사정이 있는지는 모르지만, 젊은 엄마들에게 둘러싸인 병실에서는 마음이 편치 않아 머리를 붉게 물들인 할머니가 아이를 데리고 매일 밤 이곳으로 나올 거라고.

미호는 흡연실로 나가는 입원 환자들과 사내아이를 달래는 노파의 목소리를 들으며 잡지를 들척였다.

병동 레크리에이션 룸에 비치된 두 달 전 여성잡지지만, 가부키 배우와 여배우의 결혼 소식을 실은 화보 페이지부터 한 장씩 차근차근 읽어나갔다.

담당 간호사가 급하게 엘리베이터에서 내린 것은 3분의 1쯤 페이지를 넘겼을 때였는데, "어머, 가네코 씨"라고 아는 척을 해서 미호는 고개를 살짝 숙이며 인사했다.

가까이 다가온 간호사가 잡지를 들여다보며 "병실에서는 잡지도 느긋하게 못 읽죠?"라며 얼굴을 찡그렸다.

"아니, 그런 건 아니고 온종일 병실에만 있으니까 좀 우울해서……."

"오늘 아침에 모로이 선생님한테 얘기 들으셨죠?"

"네. 내일 검사 결과가 좋으면 목요일에 퇴원할 수 있다는데."

"정말 잘 됐어요. 입원했을 때랑은 완전 딴사람이에요."

사흘간 고열이 계속된 것은 2주 전쯤의 일이다. 열은 있었지만 어렵게 오픈한 가게를 쉴 수도 없는 노릇이라 무리라는 걸 알면서도 일을 계속했다. 갑자기 현기증이 나서 쓰러졌을 때, 다행히 단골손님 한 분이 있어서 곧바로 구급차를 불러주었다.

검사 결과 과로라는 진단이 나왔다. 폐렴으로 확산되는 중이라는 말도 들었다. 자그마한 일품 요릿집이긴 했지만, 피로가 누적된 모양이었다.

가까스로 개업을 했는데 겨우 2개월 만에 휴업. 미호는 스스로 생각해도 지나치게 운이 없는 것 같았다.

자리에서 일어선 간호사가 이번에는 대합실 한쪽에 있는 노파와 얘기를 나눴다.

"마모루는 좋겠네, 할머니가 늘 옆에 계셔서."

간호사가 유모차에 탄 남자아이에게 상냥하게 건네는 말이 고요한 대합실에 울려 퍼졌다. 마치 그녀의 말에 대답이라도 하듯 바로 옆에 있는 자동판매기가 윙 하고 모터 소리를 내며 돌아가기 시작했다.

미호는 병실로 돌아가려고 잡지를 덮고 벤치에서 일어섰다. 바로 그 순간, 자동문이 열리며 차가운 바람이 불어닥쳤다. 미호는 담배를 피우러 나갔던 사람일 거라 생각하며 별 생각 없이 시선을 돌렸다.

큰 키에 머리를 금발로 물들인 청년이 느릿느릿 걷는 노인의 몸을 부축하며 들어왔다. 낡은 핑크색 트레이닝복이 묘하게 금발 머리와 잘 어울렸다.

금발 청년은 발아래만 쳐다보며 걸었다. 노인의 걸음을 조금이라도 편하게 해주고 싶은지 겨드랑이 아래로 넣은 청년의 팔에 힘이 잔뜩 들어가 있었다.

미호는 무심코 두 사람을 쳐다보면서 앞서 걸어가 엘리베이터 앞에 섰다. 올라가는 버튼을 누르자 곧바로 문이 열렸다.

입구에서 느릿느릿 걸어오는 두 사람을 기다릴 생각이었다. 안으로 들어가 열림 버튼을 누르고 기다리자 커다란 기둥 그늘에서 두 사람이 모습을 드러냈다.

그 순간이었다.

미호는 재빨리 열림 버튼에서 손을 떼고 손가락이 삘 정도로 힘을 주며 옆에 있는 닫힘 버튼을 눌렀다.

문은 소리도 없이 스르르 닫혔다. 닫히기 직전, 고개를 쳐든 금발 청년의 얼굴이 보였다.

틀림없었다. 노인의 몸을 부축한 청년은 시미즈 유이치가 분명했다.

미호는 올라가기 시작한 엘리베이터 안에서 자기도 모르게 뒷걸음질을 치다 벽에 등을 부딪혔다.

벌써 2년이나 지난 이야기지만, 당시 유이치는 미호가 일하던 패션헬스(일본의 윤락업체 — 역주)에 매일같이 찾아와 미호를 지명했다.

나가사키 시내 최고 번화가에 갓 오픈한 가게였다. 1층에는 게임센터가 있고, 길 맞은편에는 강이 흘렀다. 강변도로에서 간호사나 여고생 분장을 한 캬바쿠라(카바레와 클럽의 합성어. 단란

주점 비슷한 일본의 술집 — 역주) 여자들이 늘어서서 호객 행위를 하는 일대였다.

결코 이상한 행위를 강요하는 손님은 아니었지만, 결국은 그에게서 도망치기 위해 그 가게를 그만둔 것이나 다름없다. 무서워졌다고 표현할 수밖에 없다. 그런 가게에서 만났는데도 유이치는 자기를 너무나 평범하게 대했고, 그런 점이 차츰 무섭게 느껴졌던 것이다.

5층에 도착한 엘리베이터에서 내려, 미호는 주위를 살피며 병실로 돌아갔다. 이미 병문안 온 사람은 돌아간 듯했고, 좌우에 세 개씩 배열된 침대는 미호의 침대만 커튼이 젖혀 있었다.

미호는 자기 침대로 들어가자마자 커튼을 쳤다. 옆 침대에서는 벌써 잠들었는지 요시이 할머니의 나지막한 숨소리만 들렸다.

미호는 커튼으로 둘러친 침대에 앉아 "무서워할 거 없어. 그래, 무서워할 게 뭐 있어"라고 자기 자신에게 중얼거렸다.

시미즈 유이치가 처음 가게에 온 것은 분명 일요일이었다.

주말은 아침 아홉 시부터 영업을 시작하는 가게였는데, 그 시간대라면 얼마든지 핑계거리를 만들 수 있는 유부남 손님들이 많았다.

평상시처럼 대합실에서 고객이 지목을 했고, 매니저가 미호를 부르러 왔다. 막 출근한 미호는 서둘러 오렌지색 네글리제로 갈아입고 개별 룸으로 향했다.

다섯 개 정도 늘어선 개별 룸의 제일 안쪽 방문을 열자, 다다미 두 장쯤 되는 비좁은 실내에 키 큰 남자가 서 있었다.

미호는 미소를 지으며 자기소개를 하고, 몹시 어색해하는 젊은이의 등을 떠밀어 작은 침대에 앉혔다.

그 시각에 오는 손님은 대개 변명부터 시작하는 게 일반적이다. 가장 많은 변명은 "어제 철야를 해서 한숨도 못 자고 이리로 왔다"는 말인데, 미호에게는 아무래도 상관없는 일이지만, 남자 입장에서는 아침 일찍 일어나 그런 가게에 온 자기 자신이 한심스럽게 여겨지는 모양이었다.

침대에 앉은 유이치는 좁은 실내를 두리번거리며 살펴보았다. 이런 곳은 처음이라고 고백이라도 하는 듯한 태도였다. 가게 매뉴얼대로 샤워실로 이끌자 "목욕은 하고 왔는데요……"라며 불안한 표정을 지었다.

더러운 몸을 만지게 하려는 손님으로 보이진 않았고, 실제로 유이치의 머리에서는 샴푸 향이 풍겼다.

"그렇지만 그게 룰이에요, 미안."

미호는 유이치의 손을 끌고 좁은 복도를 지나 샤워실로 향했다. 샤워실이라고 해봐야 너무 좁아서 두 사람이 들어가면 자연스레 몸이 닿았다.

유이치에게 옷을 벗으라고 시키고, 미호는 손가락 끝으로 물 온도를 조절했다.

뒤를 돌아보니 팬티 차림으로 가랑이를 가리고 선 유이치가 어디에 시선을 둬야 할지 몰라 이리저리 실내를 두리번거렸다.

"팬티 입은 채 샤워하려고?"

미호가 미소를 짓자, 잠시 망설이던 유이치가 팬티를 획 잡아내렸다. 팬티 고무줄에 걸린 페니스가 아랫배를 퉁기며 소리를 냈다.

그 무렵, 미호에게는 나이 든 손님만 이어졌다. 상대를 고를 수 있는 직업은 아니지만, 솔직히 발기시키는 데에도 땀을 뻘뻘 흘려야 하는 손님만 이어지자, 깨끗이 단념하려 해도 자기 인생에 혐오감을 느끼지 않을 수 없었다.

미호는 유이치의 손을 끌고 미지근한 샤워기 아래 세웠다. 더운물은 어깨에서 가슴팍을 지나 통증이 느껴질 만큼 발기한 유이치의 페니스를 적셨다.

"오늘, 쉬는 날?"

스펀지에 거품을 내 유이치의 등을 닦아주며 미호가 물었다. 잔뜩 긴장해 있는 유이치를 조금이라도 풀어주고 싶었다.

"혹시 아직 학생?"

등의 비누거품을 씻어내며 물어보자 "아뇨, 일해요"라고 유이치가 간신히 대답했다.

"운동했죠? 근육이 울퉁불퉁하네."

별 관심은 없었지만 미호는 이야기를 이어가기 위해 유이치의 몸을 칭찬했다.

유이치는 거의 입을 열지 않고, 자기 몸을 어루만지는 미호의 손만 뚫어져라 응시했다. 너무도 심각한 눈빛으로.

미호가 거품이 인 성기를 만지려 하자, 몸을 웅크리며 뒤로 물러났다.

조금이라도 건드리면 참지 못하고 사정해버릴 것처럼 유이치의 페니스는 잔뜩 성나 있었다.

"부끄러워할 거 없어요. 여긴 그런 거 하는 데잖아."

미호가 어이없어하며 미소를 짓자, 유이치가 미호의 손에서 샤워기를 빼앗더니 몸에 남아 있는 비누거품을 직접 씻어냈다.

바짝 마른 수건으로 몸을 닦아주고, 유이치에게 먼저 방으로 가 있으라고 했다. 목욕탕을 쓴 후에는 반드시 수건으로 물기를 깨끗이 닦아내는 게 규칙이었다.

청소를 마치고 방으로 돌아가자, 목욕수건을 허리에 감은 유이치가 자기 옷을 움켜쥔 채 서 있었다.

"이 지역 사는 사람인가?"라고 미호가 물었다.

그때까지 고객에게 사적인 질문을 한 적이 없었는데 자기도 모르게 입술이 움직였다.

유이치는 잠시 주저하다가 미호가 들어본 적도 없는 교외 마을 이름을 댔다.

"난 반년 전쯤 여기 와서 잘 모르는데."

미호의 말을 들은 유이치의 표정이 살짝 흐려졌다.

미호는 유이치의 등을 떠밀어 침대에 눕혔다. 목욕수건을 걷어내자, 으르렁대는 듯한 페니스가 모습을 드러냈다.

솔직히 한 번 스쳐갈 손님일 뿐이라고 생각했다. 샤워실에서 방으로 이동해 단 3분 만에 끝나버렸고, 미호가 남은 시간에 한 번 더 해줄 수 있다고 했는데도 유이치는 허둥지둥 옷을 챙겨 입고 나가버렸다.

아무리 그런 곳이 처음이라고 해도 조금도 즐거워 보이지 않았고, 자신이 쏟아낸 것을 티슈로 닦아주는 것도 기다리지 못하고 마지막 순간까지 불편해하는 것 같았다.

그런데 유이치는 이틀 후에 또다시 가게에 나타났고, 파일도 보지 않고 곧바로 미호를 지명했던 것이다.

매니저의 호출을 받고 개별 룸으로 들어가자, 이제는 조금 익숙해졌는지 유이치가 침대에 앉아 기다리고 있었다. 첫날과는 달리 평일 밤인데도 가게는 무척 붐비는 중이었다.

"어머, 또 오셨네."

미호가 형식적인 미소를 지어보이자, 유이치가 고개를 살짝 끄덕이더니 손에 들고 있던 종이봉투를 내밀었다.

"이게 뭘까?"

미호는 무슨 이상한 도구라도 들어 있는 게 아닐까 경계를 하며 봉투를 받아들었다.

받아든 순간, 엉겁결에 비명을 지를 뻔했다. 예상과는 달리 종이봉지가 뜨뜻미지근했기 때문이다.

"고기만두?"

미호는 반사적으로 집어 던지려던 종이봉지를 간신히 움켜잡았다.

"나한테?"

미호가 묻자 유이치가 살며시 고개를 끄덕였다.

선물을 들고 오는 손님이 전혀 없는 건 아니지만, 먹는 걸, 그것도 쿠키나 초콜릿이 아니라 아직 뜨거운 음식을 받는 건 처음 있는 일이었다.

어안이 벙벙한 미호에게 "별로 안 좋아해요? 고기만두?"라고 유이치가 물었다.

"아니, 좋아해요"라고 미호가 서둘러 대답했다.

유이치는 미호의 손에서 종이봉지를 빼앗더니 자기 무릎 위에 펼쳤다. 잠시 간장소스를 담을 용기를 찾는 몸짓을 보였지만, 좁디좁은 패션헬스 룸에 그런 게 있을 턱이 없었다.

종이봉지를 뜯는 순간, 창문도 없는 방 안에 고기만두 냄새가 가득 찼다. 얇은 벽 너머에서 천박한 남자 웃음소리가 들렸다.

유이치는 그때부터 사흘이 멀다 하고 가게로 찾아왔다.

미호가 교대 근무로 쉴 때에는 다른 사람을 지명하지도 않고 어깨를 늘어뜨린 채 그냥 돌아간다고 매니저가 말해주었다.

솔직히 미호는 자기가 좋다고 뻔질나게 찾아오는 유이치를 이해할 수 없었다. 처음 왔을 때에도 정해진 코스대로 서비스했을 뿐이고, 유이치를 특별히 즐겁게 해준 일도 없었다. 아니, 좀 더 정확히 말하면 샤워를 마친 후 고작 3분 만에 끝나버린 유이치는 도망치듯 방을 나가버렸다.

그런데 이틀 후, 홀연히 가게로 찾아왔고 선물로 '고기만두'

까지 사들고 왔다.

두 사람은 비좁은 패션헬스 개별 룸 침대에서 아직 따끈따끈한 고기만두를 먹었다.

대화를 많이 주고받는 것도 아니었다. 미호가 무슨 질문을 해도 유이치는 조용히 한마디 정도 대답할 뿐이었고, 유이치 쪽에서 뭘 물어오는 일도 없었다.

"일 마치고 오는 길?"

"응."

"이 근처에서 일해?"

"일하는 데는 여기저기. 공사 현장이니까."

유이치는 반드시 집으로 돌아가 목욕을 하고 깨끗한 옷으로 갈아입은 후에 가게를 찾았다.

"여기 샤워 시설 있으니까 그냥 와도 되는데."

미호의 말에 유이치는 아무 대답도 하지 않았다.

그날 고기만두를 먹고 나서 샤워실로 데리고 갔다. 처음 왔을 때처럼 주뼛거리지는 않았지만, 거품이 묻은 성기를 만지려 하자 또다시 몸을 빼며 피했다.

유이치가 늘 선택하는 것은 인기가 가장 좋은 '40분·5,800엔' 코스였다. 샤워하는 시간을 빼면 방에서 둘이 보내는 시간은 30분도 채 안 되지만, 손님이 원하는 일을 하기에는 그 정도 시간으로도 충분했다.

시간이 남으면 손님들은 대개 또다시 요구했다. 시간이 다 찰

때까지 뭔가를 해주기를 바라는 탐욕이었다. 그러나 유이치는 샤워가 끝나면 눈 깜짝할 새에 끝내버렸다. 미호가 손을 뻗어도 성기도 못 스치게 했고 팔베개를 하고 함께 천장 바라보는 걸 좋아했다.

수월한 손님이었다. 회를 거듭할수록 미호도 차츰 익숙해져 팔베개에 누워 꾸벅꾸벅 조는 일까지 생겼고, 언제부터인가 말 없는 유이치에게 스스럼없이 신상 이야기를 털어놓게 되었다.

유이치는 고기만두에 이어 케이크를 사들고 왔다. 올 때마다 먹을 것을 들고 와서 비좁은 방에서 함께 먹었다. 차츰 익숙해진 미호도 유이치가 오면 샤워 먼저 하는 게 아니라 차가운 홍차나 커피를 내놓았다.

유이치가 집에서 도시락을 싸온 것은 다섯 번째인가 여섯 번째로 가게를 찾은 어느 휴일 오후였던 것 같다.

여느 때와 다름없이 뭔가를 사들고 왔을 거라 생각하며 유이치가 건넨 종이봉지를 열자, 안에는 스누피 그림이 그려진 3단 도시락이 들어 있었다.

"도시락?"

엉겁결에 탄성을 지른 미호 앞에서 유이치가 멋쩍어하며 뚜껑을 열었다.

첫째 칸에는 계란말이, 소시지, 닭튀김 그리고 감자샐러드가 들어 있었다. 아래 칸을 열어보니 가득 담은 밥 위에 정성스레 색색으로 나누어 후리카케를 뿌려놓았다.

도시락을 건네받은 순간, 유이치 여자친구가 유이치에게 만들어준 도시락을 자기에게 들고 왔을 거라고 생각했다. 그러나 "이걸 어떻게?"라고 미호가 묻자, 유이치가 쑥스러운 듯 아래를 내려다보며 "별로 맛없을지도 몰라"라고 중얼거렸다.

"……설마 직접 만든 건 아니겠지?"

무심코 그렇게 묻는 미호의 손에 유이치가 나무젓가락을 갈라 쥐어주었다.

"닭튀김은 어젯밤에 할머니가 만든 건데……."

미호는 기가 막힌 표정으로 유이치를 쳐다봤다. 유이치는 시험 결과를 기다리는 아이처럼 미호가 도시락 먹기만을 기다렸다. 유이치가 조부모와 셋이 산다는 이야기는 들어서 알고 있었다. 물론 손님의 가정 환경 같은 건 되도록 알고 싶지 않았기 때문에 그 이상은 묻지 않았다.

"이거 정말 직접 만들었어?"

미호가 탄력 있게 부풀어 오른 계란말이를 젓가락으로 집었다. 입 안에 넣자 부드러운 단맛이 감돌았다.

"내가 설탕 넣은 계란말이를 좋아해서."

변명을 하는 듯한 유이치에게 "나도 계란말이는 단 게 좋은데"라고 미호가 대답했다.

"감자샐러드도 맛있어."

봄날 야외공원도 아니었다. 그곳은 창문 하나 없는, 티슈 통만 그득히 쌓인 패션헬스의 개별 룸이었다.

그날부터 유이치는 가게에 올 때마다 손수 만든 도시락을 싸 왔다.

미호도 교대 근무를 물어보면 순순히 가르쳐주었고, "제일 배가 고플 때는 아홉 시쯤일까"라며 자기도 모르는 새에 유이치의 도시락을 기대하게 되었다.

"누구한테 배운 건 아닌데 어느 날 만들게 됐어. 할머니가 생선 으깨는 모습을 지켜보는 게 좋아. 설거지는 싫지만……."

유이치가 화려한 네글리제 차림으로 도시락을 먹는 미호를 바라보며 말했다.

유이치의 도시락은 정말 맛이 좋아서 "지난번 톳나물 또 만들어줘"라고 미호가 요구하는 일도 많았다.

도시락을 먹고 나면 유이치는 팔베개를 하고 나란히 누워 있길 좋아했다.

원래는 샤워를 하는 게 규칙이었지만, 어느새인가 아무렇지도 않게 규칙을 무시하게 되었다.

미호는 그날 반찬에 대한 품평을 늘어놓으면서 유이치의 성기를 만지작거렸다. 돈까지 따로 챙겨받고 있으니, 도시락에 대한 고마움이 어딘지 모르게 배어 있었다.

"시미즈는 밖에서 만나자는 말은 안 하네."

남은 시간 5분을 알리는 알람이 울린 후였다. 미호의 손은 여전히 유이치의 팬티 속에 들어 있었고, 유이치의 손가락은 바쁘게 미호의 유두를 애무했다.

"단골손님이 되면 거의 다 그런 소릴 하던데. 다음에는 밖에서 데이트하자고."

유이치가 대답을 하지 않아서 미호가 다시 물어보았다. 순간, 유두를 만지작거리던 유이치의 손가락이 갑자기 멈췄다.

"그러자고 하면 밖에서 만난단 소리야?"

살기 어린 목소리였다. 입이 아니라 마치 손가락이 말을 하는 것처럼, 통증은 없었지만 유두를 세게 움켜쥐었다.

미호는 몸을 비틀며 "아냐, 안 만나. 뭐 하러 만나겠어"라며 침대에서 나왔다. 그 순간 유이치가 팔을 세게 움켜잡았다.

"난 여기서만 만나도 돼"라고 유이치가 말했다. "여기서는 누구한테도 방해 안 받고 줄곧 둘이만 있을 수 있잖아"라고.

"줄곧은 무슨, 40분뿐이지"라며 미호가 웃었다. 유이치가 심각한 표정을 짓더니 "그럼 다음부터는 한 시간 코스로 할게"라고 말했다.

처음에는 농담인 줄 알았다. 그러나 유이치의 눈빛은 너무나 진지했다.

소등 시간이 되어 간호사가 병실 불을 끄러 왔다.

침대에 누워 천장을 바라보며 유이치를 떠올리던 미호는 병실 전깃불이 꺼지자마자 침대를 빠져 나갔다.

입구 쪽 침대에만 아직 스탠드가 켜져 있었다. 마치 어두운 병실 안에 그곳에만 유일하게 시간이 흐르는 것 같았다. 커튼에 책

읽는 사람 그림자가 흐릿하게 비쳤다. 책을 읽는 사람은 시내 단기대학에 다니는 여학생인데 어릴 때부터 신장이 안 좋았는지 피부가 조금 거무스름했다. 그러나 사랑스러운 미소를 보면 그녀가 가족들에게 사랑을 듬뿍 받으며 성장했다는 게 느껴졌다.

미호는 슬리퍼 소리가 나지 않게 조심하며 병실에서 나와 엘리베이터로 향했다. 복도에는 욕실과 화장실 방향을 표시한 오렌지색 비닐 테이프가 붙어 있었다.

들것도 싣는 널찍한 엘리베이터에 올라타자, 자기가 내려가는 게 아니라 병동 전체가 올라가는 듯한 감각에 사로잡혔다. 1층 대합실에는 아직도 유모차에 탄 사내아이를 달래는 노파가 있었지만, 고요히 가라앉은 모습 그대로였고 자동판매기 소리만이 나지막이 울려 퍼졌다.

이제 와서 유이치를 만나 무슨 할 말이 있는 건 아니다. 유이치의 마음을 짓밟은 건 결국 자기 자신이고, 얼굴을 마주할 자격도 없다는 건 알고 있다. 병문안 오는 사람도 거의 없이 2주 가까이 병원 생활을 하다 보니 마음이 약해졌는지도 모른다.

그렇지만 조금 전 노인의 몸을 부축하며 이곳으로 들어온 유이치에게 무슨 말이든 건네고 싶었다. 잔혹하게 이별을 해버린 유이치의 입에서 '지금은 평범한 여자와 사귀고 있고, 잘 지낸다'는 말이라도 듣는다면 그때의 자신의 행동을 용서받을 수 있을 것 같은 마음도 들었다.

패션헬스에서 알게 된 여자인데도 유이치는 같이 살자며 작은 아파트까지 얻었다.

멍하니 유모차의 사내아이를 어르는 할머니를 보고 있는데 갑자기 이쪽으로 시선을 돌린 노파가 "여긴 조용해서 마음이 안정되네요"라고 말을 건넸다. 이곳에서 여러 번 마주쳤지만, 말을 건네는 것은 처음이었다.

이제 곧 유이치를 만날 생각에 긴장해 있던 미호는 뭔가에 이끌리듯 노파 쪽으로 다가갔다.

유모차의 사내아이를 가까이에서 보는 것은 처음이었다. 멀리서 볼 때도 상상은 했지만, 사내아이의 몸은 생각보다 훨씬 더 비틀려 있었고 힘없는 사시 눈동자는 초점 없이 허공을 헤맸다.

"마모루."

미호가 사내아이의 가느다란 팔을 어루만졌다.

옆에 있는 노파가 이름을 어떻게 알았나 하고 의아한 표정을 지었다.

"조금 전에 간호사가 그렇게 불렀죠?"

미호가 서둘러 설명하자, 이내 흐뭇한 표정을 지으며 노파는 "우리 마모루는 인기가 많네, 모두 마모루를 알아요"라며 땀이 밴 사내아이의 이마를 어루만졌다.

"이렇게 주물러주면 통증이 좀 덜한 모양이에요."

노파가 축 늘어진 사내아이의 어깨를 주물러주며 말했다. 자동판매기가 나직한 소리를 내며 돌아갔다.

이런저런 말들이 떠올랐지만 왜 그런지 입 밖으로 나오지 않았다. 미호는 노파 옆에 앉아 유모차에서 삐져나온 사내아이의 팔과 다리를 주물러주었다.

엘리베이터가 열리고 유이치가 내린 것은 바로 그때였다. 옆에 노인은 없었고, 청바지 주머니에 양손을 찔러 넣은 유이치의 표정은 언짢아 보였다.

유이치는 힐끔 이쪽으로 시선을 돌렸지만, 미호를 알아보지 못한 듯 이내 시선을 거두고 걷기 시작했다.

"시미즈!"

미호는 용기를 내어 문이 잠길 시간이 다 된 입구를 향해 걸어가는 그의 등에 대고 불렀다. 순간, 흠칫 놀라며 걸음을 멈춘 유이치가 경계하듯 뒤를 돌아보았다.

미호는 벤치에서 일어나 유이치를 똑바로 쳐다보았다.

방금 전까지 주무르던 사내아이의 다리가 미호의 넓적다리에 살며시 스쳤다. 조금 더 주물러달라고 보채듯 사내아이의 다리가 움직였다.

눈이 마주친 순간, 유이치의 몸에서 힘이 쭉 빠지는 것 같았다. 미호는 무심코 손을 앞으로 뻗었다. 그러나 손을 뻗는다고 닿을 만한 거리도 아니었다.

미호는 급히 유이치에게 다가갔다. 유이치의 얼굴이 순식간에 퍼렇게 질리는 게 확연히 드러났다.

"괘, 괜찮아?"

미호가 유이치의 팔을 붙들었다. 조금 전까지 사내아이의 가느다란 팔을 주물러서 그런지, 순간 그 감촉의 차이에 소름이 돋았다.

"조금 전에 할아버지 모시고 오는 거 보고 여기서 기다렸어"라고 미호가 말했다.

순간적으로 그 노인을 데려다주러 온 게 아니라, 혹시 유이치 본인이 아픈 게 아닌가 하는 생각까지 들었다.

"일단 저기 좀 앉을까?"

미호가 팔을 끌자 유이치는 도망치듯 급히 몸을 돌렸다.

"이제 와서 새삼스레 사과할 생각은 없어. 이미 2년도 더 된 얘기니까……. 그냥 오랜만에 시미즈 얼굴을 보니까 반가워서……."

무심코 바짝 다가서버린 거리를 벌리듯 미호가 말했다. 핏기가 가셨던 유이치의 얼굴에 조금씩 혈색이 되살아났다.

"미안해, 불러 세워서."

미호가 사과했다.

지금은 평범한 여자와 잘 지낸다. 유이치에게 그런 말을 듣고 싶어서 말을 걸었을 뿐이다. 그러나 자기 얼굴을 보는 순간 유이치는 하얗게 질려버렸다.

아무래도 유이치는 아직 용서하지 않은 것 같았다. 이제는 시간이 흘렀다며 아무렇지 않게 말을 거는 것은 배신한 쪽의 무책임한 행동이라는 걸 미호는 새삼 깨달았다.

"나, 좀……."

유이치가 말하기 곤란한 듯 입구 쪽으로 시선을 돌렸다. 미호는 순순히 팔을 놓아주며 "응, 미안, 괜히 말 걸어서"라고 사과했다.

유이치가 아직 자기에게 마음이 있을 거라는 생각은 전혀 없었다. 그렇긴 하지만 유이치의 태도는 지나치게 차가웠다.

유이치는 마치 도망이라도 치듯 병원을 빠져나갔다. 주차장으로 향하는 유이치의 모습이 달빛에 비쳤다. 바로 앞에 있는 주차장으로 가는 것뿐인데, 미호의 눈에는 그가 아주 멀고 먼 곳으로 가는 것처럼 보였다. 밤의 저 너머에 또 다른 밤이 있다면 그는 그곳을 향해 걸어가는 것 같았다.

유이치의 뒷모습은 주차장으로 사라졌다. 2년 만의 재회 같은 건 없었다는 듯 그는 뒤 한 번 돌아보지 않았다.

　　　　　　　　　　● ● ●

미쓰세 고개 사건으로부터 사흘이 지났다.

그날도 텔레비전 와이드쇼는 일제히 미쓰세 사건을 보도하느라 여념이 없었다.

채널을 어디로 돌려도 낯익은 캐스터와 리포터들이 한겨울 고갯길 영상을 배경으로 얼굴을 찡그리며 범인을 향한 증오를 토로했다.

와이드쇼 보도는 대체로 이런 내용이었다.

후쿠오카 시내의 생명보험회사에 근무하는 21세 여성이 누군가에 의해 살해된 후 미쓰세 고개에 유기되었다.

여성은 그날 밤 열 시 30분쯤, 회사 아파트 근처에서 동료들과 헤어진 후, 걸어서 3분 정도 거리인 히가시 공원으로 남자친구를 만나러 간 뒤 연락이 끊겼다.

현재, 경찰은 피해자의 남자친구인 22세 대학생을 중요 참고인으로 수색하는 중인데 친구들의 말에 따르면 최근 삼사 일간 그의 행방을 알 수 없다고 한다.

텔레비전 화면은 사건 경과를 전하는 텔롭 배경으로 냉랭한 고갯길 영상을 깔아 살해당한 피해자의 원통함을 부각시켰다. 이와 대조적으로 '교내 최고 인기' '고급 외제차' '혼자 사는 맨션, 후쿠오카 노른자위 땅' 등, 행방불명된 대학생의 상황을 전할 때에는 화려한 덴진이나 나카스 일대 영상을 흘려보냈다.

사건 해설자들은 거의 모두 행방불명된 대학생이 범인이라 여기는 듯했고, 그런 뉘앙스는 와이드쇼를 보는 시청자에게도 확연히 전해졌다.

후쿠오카 시내에서 입시학원 강사로 일하는 하야시 간지(林完治)는 마멀레이드를 바른 토스트가 식는 것도 모르고 뚫어져라 텔레비전 화면을 응시하고 있었다.

오후 세 시, 수업에 지각하지 않으려면 슬슬 나가야 할 시각인데도 좀처럼 의자에서 일어설 수 없었다.

하야시 간지가 이 사건을 안 것은 이틀 전, 오늘과 마찬가지로 점심이 지나 일어나서 곧바로 켠 텔레비전을 통해서였다.

처음에는 '흠, 미쓰세라……'하며 태평하게 보았지만, 피해자의 사진을 본 순간, 마시던 오렌지주스가 목에 걸리고 말았다.

하야시는 정신없이 휴대전화 내력을 확인했다. 시간적으로 보아 남아 있을 가능성은 거의 없었지만, 그녀가 보낸 문자가 딱 하나 남아 있었다.

'지난번에는 맛있는 거 사줘서 잘 먹었어요. 아주 즐거웠어요. 그런데 그때 얘기한 대로 다음 달에 도쿄로 전근을 가게 돼서 이젠 못 만날 것 같네요. 타이밍이 안 좋아 정말 미안해요. 너무 고맙고요. 바이바이. 미아가.'

하야시 간지의 휴대전화에 남아 있는 것은 그녀가 보낸 마지막 문자, 결국 더 이상 연락하지 말라는 이별의 메시지였다. 그보다 전에 주고받은 많은 문자들은 이미 지워졌지만, 이시바시 요시노, 즉 미아와 만났던 날의 기억은 아직도 선명하다.

약속 장소였던 후쿠오카 돔 호텔 로비에는 넓은 홀을 에워싸듯 긴 벤치들이 놓여 있었는데, 대부분 가족 단위 손님들이 점령하고 있어서 빈자리가 거의 없었다.

미아는 약속 시간보다 10분 정도 늦게 나타났다. 휴대폰으로 미리 받아본 사진보다는 조금 못했지만, 그래도 마흔두 살 독신인 하야시의 눈에는 무당벌레처럼 귀여워 보였다.

미아의 태도는 당당했고, 곧바로 영수증을 내밀며 호텔까지 타고 온 택시비를 청구했다. '멀다'는 말에 '그럼 택시 타고 와'라고 말한 것은 하야시이긴 했지만, 아무리 그래도 인사도 없이 택시비부터 청구하는 모습을 보며 자신들이 어떤 조건 하에 약 속을 했다는 걸 새삼 실감했다.

"시간이 별로 없어요"라는 미아의 말에 예정했던 찻집은 생략하고 곧바로 차를 몰고 근처 러브호텔로 이동했다.

하야시는 첫 경험이 아니었기 때문에 약속한 3만 엔을 먼저 건네고, 곧바로 갑갑하고 비좁은 침대에서 일을 치렀다.

미아도 분명 그러한 만남이 처음인 것 같지는 않았다. 돈을 받 자마자 옷을 벗더니 속옷 차림으로 "마실 거 주문해야겠죠?"라며 프런트로 전화를 걸었다.

풍만한 가슴 아래로 늑골이 도드라졌다. 그러나 하복부에는 부드러워 보이는 군살이 붙어 있었다.

침대에 앉아 프런트로 전화를 거는 미아는 흡사 진짜 창녀처럼 보였다. 지금껏 진짜 창녀를 본 적은 없지만, 하야시에게는 그렇게 보였다.

미아는 침대에서 즐기는 듯 보였다. 살갗과 성기에 감도는 열기도 돈 때문에 연기하는 것으로 보이진 않았다.

아마추어 창녀와 창녀 같은 아마추어는 어느 쪽이 더 에로틱할까 하는 생각이 들었다. 양쪽 다 여자라는 사실에는 변함이 없겠지만, 왠지 무척이나 다를 것 같은 느낌을 떨쳐낼 수 없었다.

미쓰세 고개 살인사건을 전하는 와이드쇼 코너가 끝난 후에야 하야시 간지는 손에 들고 있던 토스트를 접시에 내려놓았다. 토스트에는 겨우 한 입만 베어 문 이 자국이 선명하게 남아 있었다.

자신과 한 번 관계를 맺었던 여자가 누군가에게 살해되었다. 최근 사흘간 머리로는 이해를 하면서도 좀처럼 무거운 마음을 떨쳐낼 수 없었다.

굳이 비교하자면 중학교 시절 동창생이 지역방송 아나운서로 텔레비전에 출연하는 것을 처음 봤을 때 "저런 여자가 텔레비전에 다 나오는군"하며 절반은 코웃음 치면서도 절반은 선망했던 때의 기분에 가깝다. 그러나 미아는 아나운서가 된 게 아니다. 누군가에게 목이 졸려 한겨울 극한의 고개에 버려진 것이다.

아마도 범인은 자기 같은 남자일 게 분명하다. 그녀는 만남 사이트에서 자기와 비슷한 남자를 만났고, 불행하게도 그가 살인마였던 것이다.

범인은 그녀를 아마추어 창녀로 보았을지도 모른다. 창녀 같은 아마추어라고 생각했다면 죽일 마음은 생기지 않았을지도 모른다.

더 이상 꾸물거리다가는 정말로 지각할 것 같아 하야시는 텔레비전을 끄고 넥타이를 매면서 현관으로 향했다. 바로 그 순간 문을 두드리는 소리가 들렸다. 꼭 급할 때만 들이닥치는 택배일 거라 생각하고 무뚝뚝한 목소리로 대답하며 문을 열자, 양복 차림의 두 남자가 벽처럼 가로막아 섰다.

"하야시 간지 씨입니까?"

순간 어느 쪽이 말을 하는 건지 분간할 수 없었다. 두 사람 다

30대 안팎에 짧게 자른 헤어스타일을 하고 있었다.

"아, 네에, 네……."

대답을 하면서도 그 사건 때문이라는 걸 알아차렸다. 텔레비전으로 사건을 알게 된 후로 언젠가 이런 날이 올 거라 각오하고 있었다. 그녀의 휴대전화를 조사하면 자기 이름을 알아내는 건 일도 아닐 것이다.

"실은 좀 물어볼 게 있어서……."

마치 두 사람이 동시에 말을 하는 것 같았다. 하야시는 "네, 알고 있습니다"라고 조용히 고개를 끄덕인 후, "아니, 그런 뜻이 아니라"라고 허둥지둥 말을 덧붙이며 "미쓰세 고개 사건 때문이죠?"라고 물었다.

두 사람은 얼굴을 마주보더니 날카로운 시선을 던졌다.

"그녀는 압니다. 그렇지만 전 이번 일과는 아무 관계도 없습니다."

하야시는 형사 두 사람을 안으로 들어오게 하고 문을 닫았다. 좁은 현관에 신발들이 난잡하게 나뒹굴고 있어서 덩치 큰 세 남자는 그것을 밟지 않기 위해 기묘한 자세로 서 있는 꼴이 되었다.

"찾아올지 모른다고 생각했습니다. 휴대전화로 금세 알아낼 수 있겠죠? 저어, 뭐라고 말해야 할지, 그 여자와는 교우 관계 비슷한……."

하야시는 술술 이야기를 시작했다. 사건을 알게 된 후, 만일의 경우를 대비해 어떻게 얘기할 것인지 생각해두었기 때문이다. 깍두기 머리를 한 두 형사는 말없이 이야기를 들으면서도 간혹 얼굴을 마주보았다. 그들의 표정에는 변화가 전혀 없었기 때문에 하야시는 자기 이야기를 믿는 건지 안 믿는 건지 짐작조차 할 수 없었다.

"3개월 전쯤 문자로 알게 되었고, 딱 한 번 데이트를 했습니다. 그것뿐입니다"라고 하야시가 말했다.

물방울 넥타이를 맨 형사가 "데이트?"라며 쓴웃음을 웃었다.

"버, 법률적으로는 아무 문제 없잖습니까. 그녀도 성인이고 서로 합의 하에 만난 건데……. 그, 그리고 돈 문제도 그래요, 주식에서 수익이 조금 나서 그냥 용돈 삼아 건넸을 뿐입니다."

하야시가 침을 튀기며 말했다. 슬쩍 몸을 피한 형사 하나가 발 밑에 있던 더러운 운동화를 밟았다.

"어허, 그렇게 흥분할 거 없어요."

발 디딜 만한 곳을 찾으며 형사가 하야시를 제지시켰다.

하야시는 키 큰 두 형사를 올려다보며 그녀를 만난 몇몇 남자들에게도 이야기를 듣고 다녔을 거라 추측했다.

"용돈 건에 관해서는 나중에 조사하기로 하죠. 그리고 미리 밝혀두지만, 휴대전화 번호로는 문자나 대화 내용까지는 알 수 없어요."

형사는 그제야 신분증을 꺼내더니 하야시 눈앞에 슬쩍 펼쳐 보였다.

"지난 일요일에 어디 계셨습니까? 밤, 열 시경입니다만."

물방울 넥타이를 한 형사가 무슨 까닭인지 눈썹을 손으로 집으며 물었다.

하야시는 마음속으로 '좋았어, 됐어'라고 중얼거리며 안도의 한숨을 크게 내쉬었다.

"그날은 직장에 있었습니다. 학원 강사 일을 하는데요, 수업이 끝난 시각이 열 시 반이었고, 그 후 한 시간 가량 동료들과 겨울방학 보충 커리큘럼을 짠 후 근처 술집에 갔습니다. 가게를 나온 게 세 시 반. 집에 돌아오는 길에 근처 비디오가게에 들렀습니다. 그때 빌린 비디오는 아직 집에 있습니다."

이야기는 10분도 안 돼 끝났다. 형사들이 웃는 얼굴로 인사를 하고 나간 뒤, 하야시는 자기도 모르게 그 자리에 주저앉고 말았다.

일요일 알리바이를 말할 때까지는 당당할 수 있었다. 그러나 "사건이 사건인 만큼 아무래도 직장 쪽에도 확인하게 될 것 같습니다"라는 말을 들은 후에는 "20년 가까이 해온 일입니다. 제 입장에서는 보통 큰 문제가 아닙니다. 부디 비밀리에 수사해주실 수는 없나요? 술집 주인에게 물어보거나 동료에게도 다른 사건 조사인 것처럼 물어봐 주신다거나……"라며 거의 울며 애원하는 꼴이 되었다.

형사들은 알았다는 말도 그렇게는 못 한다는 말도 없이 돌아가버렸다. 자기를 의심하는 것 같진 않았지만, 그렇다고 자기 미래를 걱정해줄 것 같지도 않았다.

형사에게 한 말은 한 치의 거짓도 없는 진실이었다. 그러나 진실을 진실로 전달하는 게 이렇게도 힘든 일인지는 몰랐다. 그럴 바에는 차라리 거짓말을 지어내는 게 훨씬 편할 것 같다고 하야시는 생각했다.

어쨌든 학원으로 간다. 어쨌든 성실하게 일하고, 혹시라도 만일의 사태가 발생하면 두 번 다시 잘못을 저지르지 않겠다고 사죄한다. 그리고 이것만은 맹세코 말할 수 있다. 학원에 다니는 초등학생 여자애들에게 성적 흥미를 느껴본 일은 단 한 번도 없었다.

수많은 말들이 머릿속에 떠올랐지만, 주저앉은 자리에서 좀처럼 일어설 수 없었다.

정확한 숫자는 밝히지 않았지만, 형사들은 그녀와 관계가 있는 몇몇 남자들을 이미 만나봤다고 말했다.

심심풀이 삼아 등록한 사이트에서 알게 된 여자가 어느 날 갑자기 살해되는 바람에 궁지에 몰린 사내들이다. 자기 자신도 그렇지만, 여자를 살해할 마음으로 만난 사람은 아무도 없을 것이다. 그런데도 그녀는 살해당했다.

창녀 하나가 사악한 손님을 만나 살해당했다고 하면 얼마간 틀에 박힌 스토리라는 느낌이라도 있을까. 그러나 살해당한 사람은 창녀가 아니다. 밝히진 않았지만, 견실하게 생명보험 영업을 하며 살았던 젊은 여성이다. 창녀인 척했지만 창녀가 아닌 여자였다.

하야시가 러브호텔의 비좁은 객실에서 "몸이 유연하네"라고 칭찬하자, 요시노는 속옷 차림으로 자랑하듯 상반신을 굽혀 보였다.

"리듬체조부였어요, 전에는 훨씬 더 유연했는데."

하얀 피부 위로 등뼈가 도드라졌다. 그렇게 말하며 이쪽을 바라보던 미소 띤 얼굴은 석 달 후에 살해당할 기미조차 없는 해맑기 그지없는 표정이었다.

※ ※ ※

같은 날 오전, 후쿠오카에서 100킬로미터쯤 떨어진 나가사키 교외에서 시미즈 유이치의 할머니인 후사에는 일주일에 한 번 항구에 들어오는 행상 트럭에서 사온 야채를 아픈 무릎을 참아가며 냉장고에 넣고 있었다.

가지가 싸서 절임이라도 만들까 하고 열 개나 사왔는데, 유이치가 가지 절임은 별로 안 좋아한다는 걸 그제야 떠올리며 후회했다. 1,000엔 정도면 될 거라고 생각했는데 총액이 1,630엔이나 되었다. 30엔은 깎아줬지만, 그래도 주말까지 돈 찾으러 우체국에 안 가도 되겠다고 생각했던 지갑 속이 허전해졌다.

그날도 후사에는 버스를 타고 시내 병원에 입원한 남편 가쓰지를 들여다볼 작정이었다. 가면 매정하게 대하면서도 안 가면 불평을 해대니 결국은 갈 수밖에 없었고, 입원비는 보험으로 처리되어 무료지만 매일 드는 버스비까지 절약할 수는 없는 노릇이었다.

근처 정류장에서 나가사키 역까지 편도 310엔. 역에서 버스를 갈아타고 병원 앞까지 가는 데 180엔. 매일 왕복 980엔씩이나 지출이 생겼다.

일주일 야채 값을 천 엔으로 절약하려 애쓰는 후사에에게 매일 980엔씩 드는 버스비는 편하게 앉아 남의 시중이나 받는 온천 여행이나 다를 바 없었다. 분에 넘치는 사치를 하는 것 같은 가책이 느껴졌다.

후사에는 야채를 냉장고에 넣은 후, 플라스틱 용기에서 매실장아찌 하나를 집어 입에 넣었다.

"아주머니! 계시죠?"

붙임성 있는 미소를 띠며 통통한 경찰관이 안으로 들어왔다.

후사에가 입에서 매실장아찌 씨를 뱉는데 "방금 들었는데 할아버지가 또 입원하셨다면서요?"라고 경찰관이 물었다.

후사에는 손바닥에 씨를 감싸 쥐며 경찰관 옆에 서 있는 양복 차림의 남자에게 시선을 돌렸다. 햇볕에 그을린 피부는 단단해 보였고, 힘없이 늘어뜨린 손가락은 몹시 짧았다.

"이쪽은 경찰본부에서 나오신 하야타 씨. 유이치에게 좀 물어볼 게 있는 모양이에요."

"유이치한테요?"

그렇게 되묻는 후사에의 입 안 가득 매실 향이 번졌다.

평소 동네 파출소에서 차 마시며 이야기할 때는 눈에 띄지도 않던 허리춤에 찬 경찰관의 권총이 후사에의 시선을 사로잡았다.

"지난 일요일 밤에 유이치 어디 안 나갔죠?"

마룻귀틀에 앉은 경찰관이 힘겹게 몸을 비틀며 물었다. 옆에 선 형사가 급히 그의 어깨를 잡으며 "질문은 내가 하지"라고 엄한 표정으로 주의를 주었다.

후사에는 마룻귀틀에 앉은 경찰관에게 바짝 달라붙듯 다가앉았다.

"아, 실은 말이죠, 후쿠오카 미쓰세 고개에서 살해당한 여자가 유이치 친구였던가 봐요."

주의를 받았는데도 경찰관은 후사에에게 이야기를 계속했다.

"네에? 유이치 친구가 살해당했어요?"

마룻바닥에 앉은 채 후사에가 뒤를 돌아보며 소리쳤다. 그 순간 무릎에 통증이 느껴져 "아아야"하고 소리를 냈다.

놀란 경찰관이 후사에의 팔을 잡더니 "조심하세요, 그러다 또 일어서지도 못하게 되면 어쩌려고"라며 부축해주었다.

"유이치 친구라면 중학교 때 친구 말인가요?"라고 후사에가 물었다.

고등학교는 공업고등학교였으니 여자라면 중학교 때일 거라고 생각했다. 그렇다면 이 근처에 사는 아가씨가 살해당했다는 말이다.

"아니, 중학교가 아니라 최근 친구일 텐데."

"최근에?"

후사에는 경찰관의 말을 듣고 화들짝 놀란 듯 소리를 높였다. 자기 손자이긴 하지만 유이치는 걱정스러울 정도로 여자를 사귀는 기미가 느껴지지 않았다. 여자뿐인가, 친하게 지내는 남자 친구도 한두 명밖에 없었다.

양복 차림의 형사가 입이 가벼운 경찰관을 어이없어하며 "질문은 내가 한다고 했을 텐데"라고 얼굴을 찡그렸다.

"한 가지 여쭙겠습니다만, 지난 일요일에 말입니다……."

위압적인 목소리로 묻는 형사의 말이 채 끝나기도 전에 후사에는 "일요일엔 집에 있었던 것 같은데요"라고 대답했다. "야, 역시 있었군요"라며 경찰관이 안심한 듯 또다시 끼어들었다.

"실은 여기 오기 전에 오카자키 할머니를 만났거든요. 유이치가 외출할 때는 늘 차 가지고 나가죠? 오카자키 할머니는 주차장 옆에 살아서 차들이 드나드는 소리가 다 들린다고 전부터 자주 말씀하셨잖아요. 그래서 오카자키 할머니에게 물어봤는데 일요일에 유이치의 차는 계속 주차장에 있었다고 하더라고요."

숨도 안 쉬고 떠들어대는 경찰관의 말을 후사에도 형사도 끊을 수가 없었다. 후사에는 엄격했던 형사의 눈에 어렴풋이 부드러운 빛이 감도는 모습을 놓치지 않았다.

"자네는 조용히 하라고 해도 도통 말을 안 듣는군."

형사가 수다쟁이 경찰관에게 주의를 주었다. 그러나 조금 전과는 달리 그 목소리에 왠지 모를 친근감이 느껴졌다.

"영감이나 나나 일찍 잠들어버려서 잘은 모르지만, 유이치는 일요일에 자기 방에 있었던 것 같은데요"라고 후사에가 말했다.

"오카자키 할머니가 그렇다고 하고, 같이 사는 아주머님도 그렇다고 하면 틀림없겠죠."

경찰관은 후사에가 아니라 형사에게 전하려는 듯 말을 되풀이했다.

"아, 실은……."

경찰관의 말을 이어받듯 마침내 형사가 입을 열었다. 후사에는 손바닥에 쥔 매실장아찌 씨가 신경 쓰여서 은근히 조바심이 났다.

"후쿠오카의 미쓰세 고개에서 발견된 피해자 휴대전화 내역에 댁의 손자분 전화번호가 있어서요."

"유이치 전화번호요?"

"이 댁 손자뿐 아니고 그 여자의 교우관계가 꽤 넓었던 것 같습니다."

"그 아가씨가 이 근처 사람인가요?"

"아니아니, 나가사키가 아니라 후쿠오카 하카타 사람입니다."

"하카타? 유이치가 하카타에 친구가 있다는 말은 안 하던데. 금시초문이에요."

정중하게 설명하면 차근차근 대답해줄 거라 기대했는데, 형사는 그때부터 단숨에 상황 설명을 했다. 유이치가 그날 밤 집에 있었다는 게 확인되자, 굳이 표현하자면 갑작스럽게 방문해서 미안하다고 사죄하는 듯한 말투였다.

죽은 사람은 이시바시 요시노라는 스물한 살의 여성으로 하카타에서 보험 영업을 했던 모양이다. 같은 지역에 사는 친구나 동료 등 꽤 발이 넓은 아가씨로 사건 전 1주일간만 해도 쉰 명 가까운 상대와 문자나 전화를 주고받았다고 했다. 그중에 유이치도 들어 있었던 모양이다.

"손자분이 마지막으로 문자를 보낸 것은 사건 나흘 전, 반대로 그 여성이 유이치 씨에게 마지막 문자를 보낸 것은 그 다음 날입니다. 그런데 그 후에도 열 명 남짓 그녀와 연락을 주고받은 상대가 있습니다."

후사에는 형사의 이야기를 들으면서 살해당했다는 젊은 아가씨의 모습을 상상했다. 교우관계가 넓다는 말만 들어도 유이치와는 인연이 먼 것 같았다. 무서운 사건이 일어난 것은 사실일 테지만, 도무지 유이치와 그 사건을 연관 지을 수는 없었다.

형사의 설명이 한 차례 끝났을 때, 후사에는 멍하니 노리오의 말을 떠올렸다.

사건이 일어난 다음 날, 유이치는 현장으로 가던 중 난데없이 길에서 토했다고 했다. 그제야 후사에의 마음속에 뭔가 짚이는 게 있었다. 그날 아침, 유이치는 그 여자가 살해당했다는 것을 텔레비전이나 어디에서 듣고 이미 알고 있었던 것이다. 그리고 친구를 잃은 슬픔이 바로 구토 증세로 나타났던 것이다.

그것이 20년 가까이 유이치를 길러온 후사에의 직감이었다.

시간이 별로 없는지 형사는 사정 설명을 마치더니 "어쨌든 아 주머니는 걱정하지 않으셔도 됩니다"라고 상냥하게 말을 건넸다.

걱정한 것은 아니지만 후사에는 "아, 네에"라고 얌전하게 고개를 끄덕였다.

"유이치 씨가 일 마치고 돌아오는 게 몇 시쯤인가요?"

형사가 묻는 말에 "평소에는 여섯 시 반쯤이요"라고 후사에가 대답했다.

"그럼, 다른 용건이 생기면 또 연락하겠습니다. 오늘은 이만."

형사의 말을 듣고 후사에는 일단 자리에서 일어서서 "수고하셨습니다"라며 고개를 숙였다. 말로는 다시 연락한다고 하지만, 형사에게 그럴 생각은 전혀 없는 것 같았다.

형사를 배웅하고 다시 마룻귀틀에 앉은 동네 경찰관이 "에고, 깜짝 놀라셨죠?"라며 익살스러운 표정을 지어 보였다.

"유이치가 참고인이라는 말을 처음 들었을 때 저도 얼마나 놀랐는지 몰라요. 마침 그 전화를 받았을 때 오카자키 할머니가 파출소에 계셔서 물었더니 유이치 차는 일요일에 안 나갔다고 하시더군요. 그제야 안심했죠. 실은 우리끼리만 하는 얘긴데, 이미 범인은 밝혀진 것 같더라고요. 그냥 확인 정도만 해두는 걸

거예요."

"어머, 벌써 범인을 찾아냈어요?"

후사에는 과장되게 안심하는 몸짓을 해 보이며 "유이치가 하카타 여자랑 사이가 좋았다는 게 도무지 실감이 안 나네요"라고 덧붙였다.

"뭐 하긴, 유이치도 나이가 꽉 찬 남자니 어쩔 수 없는 일이죠. 그 여자는 아무래도 만남 사이트에서 여러 남자랑 사귄 여자 같더라고요."

"그게 뭔데요?"

"간단히 비유하자면, 펜팔 상대를 구하는 거랑 비슷해요."

"에? 유이치가 하카타 아가씨랑 그런 걸 하는 줄은 몰랐는데."

후사에는 손바닥에 매실 씨가 들어 있다는 걸 떠올리고는 밖으로 휙 내던졌다.

* * *

파친코 '원더랜드'는 큰 도로변에 덩그러니 서 있다. 바닷가 현 도로에서 왼쪽으로 크게 커브를 꺾자마자 거대하고 천박한 간판이 모습을 드러내고, 그 뒤에 버킹검 궁전을 조잡하게 모방한 건물이 서 있다. 건물을 에워싼 드넓은 주차장 입구는 파리의 개선문을 모방해 만들었고, 입구에는 자유의 여신상이 서 있다.

누가 봐도 추악한 건물이지만, 시내 파친코보다 승률이 높아서 주말은 물론 평일에도 설탕에 꼬이는 개미 떼처럼 수많은 차들이 드넓은 주차장을 메운다.

시바타 히후미(柴田一二三)는 2층 슬롯머신 플로어에서 십여 개 남은 코인을 비틀어 짜듯 코인 투입구에 밀어 넣고 있었다. 노리고 있던 기계를 다른 손님이 먼저 차지해버려서 하는 수 없이 선택한 기계라 수중에 있는 코인이 모두 사라지면 그만둘 생각이었다.

30분쯤 전 히후미는 유이치에게 문자를 보냈다.

'지금 원더에 있다. 일 마치고 잠깐 들를래?'라고 보내자, 곧바로 '알았다'는 짧은 답장이 왔다.

히후미와 유이치는 어릴 적 친구로, 전에는 히후미도 부모님과 함께 유이치와 같은 동네에 살았다. 그런데 중학교 졸업을 반년쯤 앞두었을 때 부모님이 작은 집과 땅을 팔았고, 지금은 시내 임대 맨션에 살고 있다.

물론 해안선을 매립지로 빼앗긴 항구 주변 토지가 비싸게 팔릴 리는 없었지만, 당시 히후미의 아버지가 노름빚에 저당을 잡히는 바람에 지금의 방 두 개짜리 맨션으로 야반도주를 하듯 이사했던 것이다.

이사 간 후에도 연락하는 사람은 유이치뿐이었고, 그 후로도 계속 만났다.

유이치는 같이 있어도 농담을 하거나 재미있는 친구는 분명 아니었다. 히후미도 그것은 잘 알지만, 무슨 까닭인지 지금까지

친구 관계가 지속되었다.

3년 전쯤 당시 사귀던 여자친구를 태우고 히라도(平戶)로 드라이브를 다녀오는 길에 갑자기 차가 고장이 나서 멈춰버린 일이 있었다. JAF(일본자동차연맹. 자동차 소유자나 가족이 임의로 입회하여 도로 서비스나 교통 관련 정보를 제공받는 사단법인 조직 — 역주)를 부를 만한 돈도 없어서 몇몇 아는 사람에게 연락을 해봤지만, 바쁘다, 내 알 바 아니다, 라는 식으로 모두 냉담한 반응뿐이었다. 그중, 유일하게 견인 로프를 들고 도우러 와준 사람이 유이치였다.

"미안하다"라고 히후미가 말했다.

유이치는 무표정하게 로프를 묶으며 "어차피 집에서 잠이나 자는데, 뭐"라고 말했다.

견인차에 여자친구를 태울 수는 없어서 유이치 차 조수석에 태웠다.

잘 아는 정비공장까지 가서 차를 맡기고 유이치와는 곧바로 헤어졌다. 유이치의 차를 배웅하는 여자친구에게 "남자 괜찮지?"라고 은근슬쩍 속마음을 떠보자 "차 안에서 한마디도 안 하던데. 고맙다고 인사를 해도 '아, 네'라고 무뚝뚝하게 고개만 끄덕이고…… 왠지 숨 막혀"라며 웃었다. 실제로 그런 남자였다.

마지막 동전 십여 개가 남았을 때, 슬롯머신에서 반응이 오기 시작했다. 히후미는 북적이는 가게 안을 둘러보며 미니스커트

차림으로 커피 서비스를 하는 점원을 찾았다.

입구 쪽으로 고개를 돌리는 순간, 나선계단을 올라오는 유이치 모습이 보였다. 손을 들어 신호를 보내자, 곧바로 알아보고 좁은 통로를 걸어 다가왔다.

현장에서 바로 오는 길이라 더러워진 진남색 니커보커스에 똑같은 진남색의 작업용 방한 점퍼를 걸치고 있었는데, 벌어진 지퍼 사이로 화려한 핑크색 트레이닝복이 살짝 엿보였다.

유이치가 옆자리에 앉더니 1층에서 사들고 온 듯한 캔커피를 땄다.

유이치는 주머니에서 천 엔짜리 한 장을 꺼내더니 아무 말 없이 옆자리에서 슬롯머신을 두드리기 시작했다.

가까이 다가가자 유이치의 땀 냄새가 풍겼다. 여름이 아니라 지독하진 않았다. 흙먼지라고 할까, 시멘트라고 할까, 아무튼 폐건물에 떠다니는 듯한 냄새였다.

"미쓰세 고개에서 사건 난 거 알아?"

유이치가 갑자기 입을 연 것은 눈 깜짝할 사이에 천 엔을 날려버린 후였다.

"여자가 살해당한 것 같던데."

유이치가 옆에 앉자마자 갑자기 상황이 좋아진 히후미는 고개도 안 돌리며 대답했다.

자기가 먼저 물어놓고도 유이치는 늘 그렇듯 입을 다물었다.

"그 여자 만남 사이트 같은 데서 남자들 꽤나 낚은 모양이던

제2장 · 그는 누구를 만나고 싶어 했나 177

데. 오늘 텔레비전에 나오더라."

히후미가 버튼을 누르면서 대화를 이어가자 "금방 찾아내겠지?"라고 유이치가 물었다.

"찾아내다니?"

"……."

"범인 말이냐?"

"……."

"금방 찾겠지. 전화회사 조사하면 통화 내역 같은 건 금세 알아낼 테니까."

그때 히후미는 유이치 쪽을 한 번도 쳐다보지 않고 이야기를 계속했다.

히후미와 유이치는 30분쯤 슬롯을 두드린 후에야 가게를 나왔다. 결국 히후미는 1만 5천 엔, 유이치는 2천 엔을 잃었다.

이미 해는 지고 주차장에는 조명이 훤하게 밝혀져 있었다. 발아래로 두 사람의 그림자가 길게 드리워지며 이따금 주차장에 그어놓은 흰 선과 겹쳐졌다.

유이치와는 달리 자동차에는 전혀 관심이 없는 히후미는 싸구려 경자동차를 타고 다녔다. 차 문을 열자 유이치가 곧바로 조수석에 올라탔다.

히후미는 힐끔 하늘을 올려다봤다. 파도소리가 하늘에서 떨어져 내리는 듯 들려왔기 때문이다. 평상시에는 하늘 가득 별이 총총했는데, 그날은 금성만 외로이 반짝였다. 히후미는 속으로 비라도 오려나 하고 생각했다.

히후미는 바닷가 도로를 달려 유이치의 집으로 향하면서 좀처럼 직장이 안 구해진다고 푸념을 늘어놓았다.

실은 그날도 오전 중에 헬로워크(공공직업안정소 — 역주)에서 시간을 보냈고, 구인공고를 체크하며 낯익은 젊은 여직원에게 "언제 한잔하러 가자"고 작업을 걸었다. 결국은 일도 못 찾고 여자에게도 거절당했지만, 그래도 오전 내내 헬로워크에서 보낸 덕분에 '할 마음만 있으면 일은 얼마든지 있다'는 낙관적인 기분으로 바뀌었다.

라디오에서 흘러나오던 곡이 끝나고, 짧은 뉴스 방송이 시작되었다. 가장 먼저 미쓰세 고개 사건을 보도했다.

조수석에 올라 탄 후로 한마디도 없는 유이치에게 "미쓰세라……"하며 히후미가 말을 건넸다.

밖을 내다보던 유이치가 좁은 차 안에서 몸을 뒤로 젖히며 돌아보았다.

"……기억나지? 내가 전에 거기에서 유령 봤다고 했잖아."

히후미가 급커브에서 핸들을 꺾으며 말했다. 그 반동에 유이치의 몸이 문에 찰싹 달라붙었다.

"전에 하카타에 있는 회사 면접 보고 혼자 미쓰세 고개를 넘어오는데 갑자기 라이트가 꺼졌다고 했던 거 기억 나냐? 잔뜩 겁을 먹고 급히 차를 세우고 시동을 다시 걸려고 하는데, 조수석에 피범벅이 된 남자가 타고 있었다는 얘기. 기억나지?"

느릿느릿 길 한가운데를 달리는 오토바이를 몰아대면서 히후미가 유이치 쪽으로 힐끔 시선을 던졌다.

"그땐 진짜 쫄았다. 시동은 안 걸리지, 조수석에는 피투성이 남자가 앉아 있지, 모르긴 해도 아마 죽어라 비명을 질러대며 키를 돌렸을 거다."

히후미가 자기가 한 이야기에 웃어대자, 유이치가 "빨리, 추월해"라며 앞의 오토바이를 턱짓으로 가리켰다.

그날 밤, 히후미가 미쓰세를 넘은 시각은 저녁 여덟 시를 지난 무렵이었다. 무슨 회사였는지 아무튼 하카타에서 면접을 본 후, 떨어질 게 뻔하다는 낙담한 기분으로 덴진에 있는 패션헬스에 갔다. 굳이 말하자면 회사 면접보다 패션헬스 선택에 힘을 더 쏟은 셈이다.

어쨌든 패션헬스에서 볼일을 치르고 라면을 먹은 후 자동차를 몰고 고갯길로 접어들었다.

아직 여덟 시 무렵인데도 고갯길에는 앞서 달리는 차는 물론, 반대 차선을 지나는 차도 보이지 않았다. 솔직히 자동차 라이트에 파리하게 비치는 덤불과 숲이 너무 으스스해서 이럴 줄 알았으면 절약할 생각 말고 고속도로를 탈걸 그랬다고 후회했다.

혼자뿐인 차 안에서 기분 전환 삼아 소리 높여 노래를 불러도, 그 목소리는 고스란히 주위 숲으로 빨려 들어갔다.

컴컴한 산중에서 유일한 구명줄이라 할 수 있는 라이트 상태가 이상해진 것은 이윽고 고개 정상에 접어들었을 무렵이었고,

히후미는 처음에는 자기 눈이 이상해진 거라고 여겼다.

그런데 바로 그 순간, 깜박이는 라이트 사이로 검은 물체가 휙 지나갔다. 히후미는 기겁을 하며 브레이크를 밟고 흔들리는 핸들에 필사적으로 매달렸다.

라이트가 완전히 꺼져버린 것은 바로 그 순간이었다. 앞 유리 너머는 마치 눈을 감고 있는 것 같은 암흑이었고, 시동이 걸려 있는데도 차를 에워싼 숲에서 들려오는 벌레소리는 귀를 틀어막고 싶을 정도로 요란했다.

에어컨을 최고로 틀어놓았는데도 순식간에 온몸에서 땀이 배어나왔다. 땀이라기보다 온몸에 더운물을 뒤집어쓴 것 같은 느낌이었다.

그 순간, 차체가 크게 한 번 흔들리더니 시동이 꺼졌다. 조수석에서 어떤 기척이 느껴진 것은 바로 그때였다. 공포는 인간의 시야를 좁힌다. 옆으로 고개를 돌릴 수가 없었다. 뒤를 돌아볼 수도 없었다. 오로지 앞만 바라볼 뿐이었다.

다시 걸어보려 했지만, 시동은 걸리지 않았다. 히후미는 비명을 내질렀다. 옆에 뭔가가 있다는 건 안다. 그러나 그것이 무엇인지 알 수 없었다.

"……벌써 그렇게 고통스럽나."

별안간 조수석에서 남자 목소리가 들렸다. 히후미는 자신의 비명소리에 귀를 막았다. 시동은 걸리지 않았다.

"……그래 봐야 소용없어."

옆에서 남자 목소리가 들렸다. 히후미는 도망치려고 문으로 손을 뻗었다.

바로 그때 유리창에 피범벅이 된 남자 모습이 비쳤다. 남자는 이쪽을 물끄러미 쳐다보고 있었다.

◈ ◈ ◈

현관에서 들리는 인기척 소리에 후사에는 힐끗 시계를 쳐다보고, 멍하니 내려다보고 있던 노란 봉투를 허둥지둥 앞치마 주머니에 쑤셔 넣었다. 봉투에는 '영수증 재중'이라고 쓰여 있었다.

후사에는 쏨뱅이 찜을 다시 데우려고 의자에 앉은 채 가스레인지로 손을 뻗어 불을 켰다.

"할머니, 저 왔어요."

명랑한 히후미의 목소리를 들은 후사에는 자리에서 후다닥 일어나 "아이고, 히후미랑 같이 왔구나"라며 마루로 나갔다.

재빨리 신발을 벗은 히후미가 유이치를 밀어제치듯 올라오더니 "할머니, 무슨 냄새가 이렇게 맛있어요?"라며 부엌을 들여다봤다.

"배고프지? 금방 차려줄 테니 유이치랑 같이 먹으렴."

후사에의 말에 신바람이 났는지 히후미는 "그럼요, 그럼요, 먹어야죠"라며 몇 번이나 고개를 끄덕였다.

"파친코했니?"

후사에가 냄비 뚜껑을 닫았다.

"아니, 슬롯. 근데 영 재밀 못 봤어요. 또 잃었어요."

"얼마나?"

후사에의 질문에 히후미가 '1만 5천 엔'이라며 손가락으로 표시를 해 보였다.

후사에는 히후미와 같이 들어온 유이치를 보고 왠지 모르게 마음이 가벼워졌다. 미쓰세 고개에서 발생했다는 사건과 유이치가 전혀 관계가 없는 건 분명하지만, 오후에 찾아온 형사에게

'유이치는 일요일에 안 나갔다'고 순간적으로 거짓말을 해버린 것 때문에 실제로 아무 관련이 없는데도 묘한 응어리가 남아 있었기 때문이다.

유이치가 그날 밤 차를 몰고 외출했던 건 분명하다. 그러나 오카자키 할머니가 "유이치는 안 나갔다"고 증언했으니 나갔다 왔더라도 그리 긴 시간은 아니었을 것이다. 전에 유이치가 남편을 병원에 데리고 갔을 때도 그랬다. 그 할머니는 유이치의 차가 한두 시간 없는 정도로는 외출하지 않았다고 말하는 버릇이 있었다.

"히후미, 일요일에 유이치랑 같이 있었니?"

후사에는 유이치가 2층으로 올라가는 것을 확인하고 나서 물었다.

냄비에 든 쏨뱅이 찜을 들여다보며 "일요일?"하고 고개를 갸웃거리던 히후미가 "아뇨, 같이 안 있었는데…… 아 참, 정비소

갔던 거 아닌가? 자동차 부품인지 뭔지 또 갈아야 한다던데"라고 대답하며 냄비 속으로 손을 들이밀었다.

"아이고, 금방 차려줄 테니 조금만 참아"라며 후사에가 히후미의 손을 밀어냈다. 순순히 손을 거둔 히후미가 "회는 없어요?"라며 냉장고를 열었다.

후사에는 히후미 밥부터 먼저 차려주고 오후에 개둔 빨래를 들고 2층 유이치 방으로 올라갔다.

문을 열자 침대에 드러누워 있던 유이치가 "금방 내려가요"라고 무뚝뚝하게 중얼거렸다.

후사에는 들고 온 빨래를 낡은 서랍장 안에 넣었다.

그 서랍장은 유이치가 엄마와 함께 이 집에 왔을 때부터 쓰던 것으로 손잡이가 곰 얼굴 모양이었다.

"오늘, 경찰에서 찾아왔더라."

후사에는 일부러 유이치의 얼굴을 보지 않고 빨래를 넣으면서 말했다.

"너, 후쿠오카 사는 여자애랑 펜팔 같은 거 했니? 이미 알고 있겠지만, 그 뭐냐, 그 애가 일요일에 죽었다며?"

후사에는 그제야 처음으로 유이치 쪽으로 시선을 돌렸다. 유이치는 머리를 쳐들고 이쪽을 쳐다보고 있었다. 표정은 없었고, 뭔가 다른 생각을 하는 것 같았다.

"너도 알지? 그 애가 그러니까……."

후사에가 다시 그렇게 묻자, "알아요"라며 유이치가 천천히 입술을 움직였다.

"너 그 애랑 만난 적 있니? 아님 펜팔만 했니?"

"왜요?"

"아니, 혹시 만난 적 있으면 장례식 정도는 가보는 게 좋지 않을까 해서."

"장례식?"

"그래. 펜팔만 했으면 그럴 필요까진 없겠지만, 만난 적이 있으면……."

"만난 적 없어요."

이쪽으로 향한 유이치의 양말 바닥이 발가락 형태를 따라 때가 타 있었다. 유이치는 물끄러미 이쪽을 쳐다보았다. 마치 후사에 등 뒤에 서 있는 누군가를 보는 듯한 시선이었다.

"어디 사는 누군지는 몰라도 세상에는 잔혹한 짓을 저지르는 사람도 있는 모양이다. ……경찰 말로는 범인은 이미 찾았다는데, 그 사람이 도주중이라 필사적으로 쫓는 것 같던데."

후사에의 말에 유이치가 벌떡 몸을 일으켰다. 몸무게 때문에 침대 파이프가 삐걱거렸다.

"벌써 범인을 알아냈대요?"

"그래, 경찰관이 그러더라. 그런데 어디로 도망쳐버려서 아직 못 잡았다고."

"혹시 그 대학생?"

"대학생?"

"응, 텔레비전에 나왔잖아요."

물고 늘어지는 듯한 유이치의 말투에 '아, 역시 저 애는 사건을 알고 있었구나'하고 후사에는 확신했다.

"경찰이 정말로 그렇게 말했어요? 그 대학생이 범인이래요?"

유이치가 묻는 말에 후사에는 고개를 끄덕였다. 유이치와 살해된 여자가 얼마나 가까웠는지는 모르지만, 범인에 대한 증오는 충분히 느껴졌다.

"금방 잡히겠지. 아무렴, 더는 도망치기 힘들 거야."

후사에가 달래듯 말했다.

침대에서 일어선 유이치의 얼굴은 붉게 상기되어 있었다. 어지간히 증오심이 불타오르는가 보다 하는 생각도 들었지만, 한편으로는 범인이 밝혀진 사실에 안도하는 것처럼 보이기도 했다.

"그건 그렇고, 너 지난 일요일에 어디 나갔다 왔니? 밤에 훌쩍 나갔었지?"

"일요일?"

"보나마나 또 자동차 정비공장일 테지."

후사에의 단정적인 말투에 유이치가 살며시 고개를 끄덕였다.

"형사가 물어보더라. 그 여자랑 아는 사람은 일단 다 찾아다니는 모양이야. 오카자키 할머니가 유이치는 그날 아무 데도 안 나갔다고 했다고 해서 거짓말할 생각은 없었는데 나도 그렇다고 했어. 오카자키 할머니는 한두 시간 차가 없는 건 외출했다고 생각 안 하시잖니. 그건 그렇고, 목욕 먼저 하고 밥 먹을래?"

후사에는 일방적으로 말을 늘어놓고 대답도 기다리지 않은 채 방을 나왔다. 계단을 내려가며 뒤돌아 2층을 올려다봤다. 남편 가쓰지가 병이 나 입원과 퇴원을 반복하는 지금, 자기가 의지할 수 있는 사람은 오로지 유이치 하나뿐이라는 생각이 문득 들었다. 친딸이라고 해봐야 아버지 병문안도 안 오는 큰딸은 물론이고 유이치 엄마인 둘째딸도 힘이 되어줄 리 만무했다.

계단을 내려온 후사에는 앞치마 주머니에서 노란색 봉투 하나를 꺼냈다. 안에는 영수증 한 장이 들어 있었다.

〈품목 : 한방약 1세트, 합계 : ￥263,500〉

주민회관 건강 세미나 강사였던 쓰쓰미시타에게 "시내 사무실에 가면 한방약을 싸게 살 수 있다"는 말을 듣고, 병원에 있는 남편에게 들렀다 돌아오는 길에 절반은 흥미 삼아 찾아가본 게 어제 일이다.

약을 살 생각은 없었다. 병원과 집을 오가는 데 지쳐서 쓰쓰미 시타에게 재미있는 이야기라도 들을 생각으로 들렀을 뿐이었다. 그런데 폭력적인 말씨를 쓰는 젊은 사내들에게 에워싸여 결국은 계약서에 강제로 사인을 할 수밖에 없었다.

지금은 돈이 없다고 울먹이는 목소리로 호소했지만, 그들은 강제로 후사에를 우체국까지 끌고 갔다. 너무 두려워서 도움을 청할 수도 없었다. 후사에는 사내들의 감시를 당한 채 거의 바닥만 남은 돈을 인출할 수밖에 없었다.

제3장 • 그녀는 누구를 만났는가

그녀는 누구를 만났는가

사가 시 교외, 마고메 미쓰요(馬 光代)는 34번 국도 변에 있는 대형 신사복 매장 '와카바(若葉)' 유리창 너머로 빗속을 달려 가는 자동차들을 내려다보고 있었다.

'사가 바이패스'라 불리는 이 도로는 교통량이 적은 길은 아니지만, 주위 경관이 단조로운 탓인지 마치 몇 분 전에 본 광경이 되풀이되는 느낌을 준다.

미쓰요는 이곳 '와카바'의 판매사원으로 2층 양복 코너를 담당하고 있다.

1년 전까지는 1층 캐주얼 코너를 담당했는데 "캐주얼은 젊은 고객이 많으니 아무래도 고객 상대하는 종업원도 나이가 비슷해야 감각이 맞겠지"라고 매장 점장이 에둘러 말해서 곧바로 그 다음 주부터 2층 양복 코너로 이동했다.

오로지 나이 때문이라면 미쓰요도 반론할 여지가 있을 테지만 '감각'이 문제가 된다면 어쩔 도리가 없다. 사가 시 교외의 대형 신사복 매장, 솔직히 그곳 캐주얼 코너라면 감각이 안 맞는다는 말을 듣는 편이 낫다.

매장에는 일단 젊은이 취향에 맞춰 '유행하는 풍' 청바지나 셔츠도 갖춰두긴 한다. 그러나 '유행하는 것'과 '유행하는 풍'은 역시 뭔가가 다르다. 예를 들면, 전에 하카타의 브랜드숍에서 우리 가게에 있는 셔츠와 거의 똑같은 무늬를 발견했다. 양쪽 다 말 무늬였는데, 우리 가게 말 무늬가 미세하게 큰 느낌이 들었다. 아마 몇 밀리미터 차이일 테지만, 우리 가게 말들이 크다는 이유만으로 몹시 감각이 떨어지는 셔츠가 되어버린 것이다.

근처에 사는 중학생은 그 말 무늬 셔츠를 한껏 들뜬 표정으로 사들고 갔다. 교통법규에 따라 착실하게 노란 헬멧까지 쓰고, 안장 낮은 자전거에 올라 마냥 신이 난 듯 셔츠를 품에 안고 돌아갔다.

점장이 진열을 바꿨을 때 들었던 마음과는 모순되지만, 국도를 달려가는 중학생의 뒷모습을 배웅하고 있자니 "그래, 말이 좀 크면 어때! 가슴 쭉 펴고 당당히 입어!"라고 자기도 모르게 소리치고 싶어졌다.

그럴 때면 미쓰요는 문득 '난 이 고장을 그리 싫어하는 건 아니구나'하는 생각이 들곤 했다.

"마고메 씨! 휴식시간이야."

갑작스레 들려온 소리에 뒤를 돌아보니 매장 주임 미즈타니 가즈코(水谷和子)의 오동통한 얼굴이 양복 진열대 위로 쑥 나와 있었다.

창가에서 바라보니 수많은 양복이 파도처럼 밀려드는 것 같았다.

평일, 게다가 비 내리는 오전 시간에 손님이 올 리 없었다. 간혹 황급히 예복을 사러 뛰어들어오는 손님이 있긴 하지만, 오늘은 근처에 불행한 일도 없는 모양이다.

"오늘도 도시락?"

양복 진열대 사이로 난 미로를 빠져나온 미즈타니에게 "요즘은 도시락 만드는 것 말고는 재미있는 일이 없어서요"라며 웃었다.

매장이 너무 한가해서 평일은 점심시간 전부터 차례로 점심을 먹는다. 휑뎅그렁한 매장을 담당하는 판매원은 세 사람. 평일에는 판매원보다 손님이 많은 경우가 매우 드물다.

"겨울비, 정말 싫다. 대체 언제까지 내릴 작정이지?"

미즈타니가 미쓰요 옆으로 다가와 창에 얼굴을 바짝 댔다. 콧김이 닿은 곳만 뽀얗게 흐려졌다. 실내에 난방은 켜둔 상태지만, 손님이 없어서 늘 뼛속까지 한기가 파고들었다.

"오늘도 자전거로 왔지?"

미즈타니가 묻는 말에 미쓰요는 바로 아래 비에 젖은 넓은 주차장으로 시선을 돌렸다. 옆에 있는 패스트푸드 레스토랑과 공동으로 사용하는 주차장에 자동차 몇 대가 서 있긴 하지만, 모두 패스트푸드 레스토랑을 찾은 차들이기 때문에 이쪽 울타리에는 자신의 자전거 하나만 쓸쓸히 겨울비를 견뎌내고 있었다.

"집에 갈 때까지 안 그치면 차로 바래다줄게."

미즈타니가 미쓰요의 어깨를 두드리며 말하더니 계산대 쪽으로 걸어갔다.

미즈타니는 올해 마흔두 살이 된다. 한 살 위인 남편은 시내 가전제품 대리점 점장인데 일을 마치고 돌아가는 길에 꼭 아내를 태우고 간다. 온순해 보이는 남성으로 20년이나 같이 산 아내에게 아직도 '가즈짱'이라고 부르는 모습이 귀여웠다. 두 사람 사이에는 대학교 3학년인 외동아들이 있다. 미즈타니는 그 외아들을 "히키코모리, 히키코모리(사회생활에 적응하지 못하고 집 안에만 틀어박혀 사는 병적인 사람들을 일컫는 용어 — 역주)"라 부르며 늘 걱정을 한다. 얘기를 들어보면 그다지 심한 건 아니고, 단지 밖에서 노는 것보다 방에서 컴퓨터를 만지작거리는 걸 즐기는 듯했다. 그런데 그녀는 스무 살이 된 아들에게 여자친구가 없는 것을 '히키코모리'라는 '유행하는' 말을 써가며 자기 자신과 세상을 납득시키는 것 같았다.

미즈타니의 아들을 두둔할 생각은 없지만, 실제로 이 지역은 나갈 만한 곳이 별로 없다. 사흘 연속해서 외출하다 보면 반드시 어제 만났던 누군가와 재회한다. 녹화해둔 영상을 되풀이해서 흘려보내는 것 같은 고장이다. 그런 거리보다는 컴퓨터로 드넓은 세계와 접속하는 편이 훨씬 자극적일 게 분명하다.

그날 점심을 일찍 먹은 후 오후 휴식시간까지 매장을 찾은 손님은 세 그룹이었다. 그중 두 그룹은 연배가 있는 부부였는데, 아내는 새 셔츠 따위에는 전혀 관심 없어 보이는 남편의 가슴에

색이나 패턴보다는 가격을 비교하면서 셔츠를 대보았다.

휴식시간 직전에 30대 초반으로 보이는 남자 손님이 왔다. 뭘 물어올 때까지 이쪽에서는 되도록 말을 걸지 않도록 교육받았기 때문에 미쓰요는 진열대에 걸린 양복을 구경하며 걸어가는 남자의 모습을 조금 떨어진 곳에서 바라보고 있었다.

떨어져 있다고는 해도 남자의 넷째 손가락에 낀 결혼반지는 또렷이 눈에 띄었다.

"이 지역에 결혼 적령기 남자가 없는 건 아니야"라고 쌍둥이 여동생 다마요(珠代)가 말했다. "좋은 남자가 있긴 한데, 이미 아내가 있다는 거지"라고.

실은 시내에서 일하는 친구들도 거의 이구동성으로 똑같은 말을 한다. 그러나 대부분은 이미 결혼한 친구들이라 말하는 투는 독신인 여동생과 조금 달라서 "소개시켜주고 싶은데 ○○ 씨, 벌써 결혼했거든⋯⋯ 아깝다"가 된다.

딱히 소개시켜달라고 부탁한 기억은 없지만, 내년이면 서른이 되는 독신녀가 이곳 사가에서 살아가는 데는 아무래도 상당한 인내와 용기가 필요하다.

고등학교 시절 친하게 지냈던 세 친구도 이미 결혼해서 각각 아이가 있다. 그중에는 올해 초등학교에 들어간 아들을 둔 학부형도 있다.

"저어, 여기요."

양복을 고르던 남자 손님이 갑자기 말을 건넸다. 손에는 짙은

베이지색 양복이 들려 있었다.

가까이 다가가 미소 띤 얼굴로 "입어보시겠습니까?"라고 물어보자 "이 양복도 저쪽에 붙어 있는 두 벌에 38,900엔짜리인가요?"라며 천장에 매달아둔 포스터를 손가락으로 가리켰다.

"네, 여기 있는 건 다 똑같아요."

미쓰요가 웃는 얼굴로 탈의실까지 남자를 안내했다.

키가 큰 남자였다. 옷을 다 입고 커튼을 열고 나오자, 무슨 운동이라도 하는지 최근 유행하는 통 좁은 바지 위로 허벅지 근육이 두드러져 보였다.

"좀 작은가요?"

남자가 거울을 향해 물었다.

"요즘 디자인은 대체로 이런 느낌이긴 해요."

바지 밑단을 접어주기 위해 남자 손님 앞에 웅크리고 앉았다. 갓난아기라도 있는지 순간 젖비린내가 풍겼다.

눈앞에는 남자의 큼직한 발이 있었다. 양말을 신었는데도 크고 단단한 발톱 형태가 두드러져 보였다.

불현듯 지금껏 얼마나 많은 남자들 앞에 이렇게 웅크려 앉았을까 하는 생각이 들었다. 양복바지 밑단을 접는 일일 뿐인데도 솔직히 처음 일을 시작했을 때는 남자에게 굴복하는 자세 같아서 마음이 편치 않았다.

웅크리고 앉으면 눈앞에 보이는 건 남자 다리뿐이다. 더러운 양말, 새 양말, 굵은 발목, 가느다란 발목. 긴 다리, 짧은 다리.

남자들의 다리는 몹시 흉악하고 포악해 보이기도 하고, 마음 편히 기댈 수 있을 것처럼 듬직해 보이기도 했다.

스물두세 살 무렵이었을까, 한때는 이렇게 밑단을 접어주는 남자들 중에 미래의 남편이 있을지도 모른다는 묘한 환상을 품은 적이 있다. 지금 생각하면 우스운 이야기지만 당시에는 진심으로 그런 기대를 품었다. 그래서 밑단을 잡아주며 살짝 올려다보면 거기에 미래의 남편 얼굴이 있고, 발밑에 웅크리고 앉은 자신을 부드러운 눈길로 내려다볼 거라는 공상을 모든 손님에게 품어보기도 했다.

돌이켜 생각해보면 그때가 자신의 제1차 결혼 모드였던 것 같다. 그러나 밑단을 접어 올리며 아무리 올려다봐도 거기에는 미래의 남편 얼굴 같은 건 없었다.

밤이 되어도 겨울비는 끊임없이 내렸다.

계산대를 잠그고 휑뎅그렁한 매장을 돌아다니며 불을 끈 후 탈의실로 들어가자 벌써 옷을 다 갈아입은 미즈타니가 "이렇게 비가 오면 자전거는 힘들겠지? 차로 데려다줄게"라고 말을 건넸다.

미쓰요는 탈의실 거울에 비친 자신의 지친 얼굴을 보며 "그럼, 그럴까요?"라고 대답은 하면서도 차로 바래다주면 내일 아침 버스로 와야 한다는 생각에 속으로는 망설여졌다.

직원 출구를 통해 밖으로 나가자, 빗줄기가 드넓은 주차장을 후려치듯 내리고 있었다. 환하게 조명을 밝힌 '와카바'의 큼직한 간판이 젖은 지면에 반사되어 환상적으로 흔들렸다.

클랙슨이 울렸고 미쓰요는 소리가 나는 쪽으로 시선을 돌렸다. 이미 조수석에 아내 미즈타니를 태운 남편의 경자동차가 천천히 다가왔다.

미쓰요는 우산을 펴지 않고 처마 밑에서 뛰어나가 "실례하겠습니다"라고 말하며 뒷좌석에 올라탔다. 불과 몇 초 사이였지만, 목덜미를 적신 빗방울은 통증이 느껴질 만큼 차가웠다.

"수고했어요."

도수 높은 안경을 쓴 미즈타니의 남편이 건네는 인사말에 미쓰요는 "매번 죄송합니다"라고 미안한 마음을 전했다.

수로로 둘러싸인 논 한 귀퉁이에 미쓰요가 사는 아파트가 서 있다. 지은 지 얼마 안 되는 아파트지만 '어차피 언젠가 철거할 테니 돈 들일 필요 없어'라고 말하는 것 같은 외관이었고, 겨울비에 젖은 모습은 평소보다 훨씬 더 살풍경했다.

여느 때처럼 미즈타니 부부는 아파트 앞까지 바래다주었다. 뒷좌석에서 내리자 질퍽거리는 진흙 속으로 운동화가 푹 빠졌다. 미쓰요는 빗속에서 미즈타니의 차를 배웅한 뒤, 흙탕물을 튀기며 아파트 계단을 뛰어올라갔다. 기껏해야 2층이지만 주위가 온통 논이라 계단을 올라가면 전망대에라도 선 것처럼 시원스레 경관이 트였다. 또다시 젖은 흙냄새가 찬바람을 타고 와 코끝을 간질였다.

201호 문을 열자, 안에서 불빛이 새어나왔다.

"어머, 너 오늘 상공회 회식 있다더니?"

미쓰요가 진흙과 비에 젖은 운동화를 벗으며 안쪽에 대고 말을 건넸다. 난로의 석유 냄새와 함께 "의무적으로 참석할 필요는 없다고 해서 안 갔어"라는 여동생 다마요의 목소리가 들려왔다.

거실로 쓰는 다다미 여섯 쪽짜리 공간에서 비를 맞고 온 듯한 다마요가 수건으로 머리를 털고 있었다. 난로는 방금 켰는지 방은 싸늘했고 석유 냄새만 코를 찔렀다.

"옛날에는 남자들한테 술 따라주는 게 끔찍하게 싫었는데, 요즘에는 젊은 애들이 나한테 술을 따라주더라고. 영 마음이 안 편해……."

회식에 참가하지 않은 이유인지, 다마요가 난로 앞에서 푸념을 늘어놓았다.

"뭐 좀 사 왔니?"라고 미쓰요가 등에 대고 물었다.

"아니, 아무것도 못 샀지. 비오잖아."

다마요가 젖은 수건을 던져주었다.

"냉장고에 뭐가 있었나?"

미쓰요가 젖은 수건으로 목덜미를 닦으며 비좁은 부엌에 있는 냉장고를 열었다.

"오늘도 미즈타니 씨가 데려다준 거야?"

"응. 자전거가 없으니 내일은 버스로 출근해야 해."

양배추 반 토막과 돼지고기 삼겹살이 조금 있었다. 그걸 볶고, 우동이라도 만들어야겠다고 생각하고 냉장고문을 닫았다.

"얘, 치마 다 구겨지잖아."

미쓰요는 젖은 채로 다다미에 앉아 있는 다마요에게 주의를 주었다.

"근데 내년에 서른이나 되는 쌍둥이 자매가 이렇게 우동이나 맛있게 후루룩거려도 되나?"

도로로콘부(다시마를 식초에 절여 실처럼 가늘게 썬 식품 — 역주)를 면에 감으며 중얼거리는 다마요에게 시치미(七味. 일곱 가지 향신료를 혼합해 만든 일본의 향신료 — 역주)를 뿌리던 미쓰요가 "너 무 많이 삶아진 것 같다"고 주의를 주었다.

"옛날 같으면, 예를 들어 쇼와 무렵이라면 분명히 주위에서 이상한 눈으로 쳐다봤겠지."

"어째서?"

"그렇잖아, 나이는 먹을 대로 먹은 여자 둘이, 그것도 쌍둥이 자매가 아파트에서 같이 사는데 세상이 입 다물고 가만있을 것 같아?"

긴 머리를 고무줄로 묶은 다마요가 소리를 내가며 우동을 먹었다.

"게다가 이름까지 꼭 만담가 같잖아. 근처에 초등학생들이 있었다면 틀림없이 우릴 '쌍둥이 마녀'라고 소문냈을 거야." 진심인지 뭔지, 다마요는 푸념을 늘어놓으면서도 맛있게 우동을 후루룩거렸다.

"쌍둥이 마녀……."

미쓰요는 웃어넘기면서도 왠지 모를 불안감이 밀려들었지만, 그래도 우동은 계속 먹었다.

임대료 4만 2천 엔짜리 2DK(방 2개에 다이닝룸, 부엌이 달린 집 — 역주)라고 하면 듣기야 그럴듯하겠지만, 다다미 여섯 쪽짜리 방 두 개를 칸막이 문으로만 나눠 배치한 아파트였고, 미쓰요 자매 말고는 모두 어린 아이가 있는 젊은 부부들뿐이었다.

두 사람은 그 지역 고등학교를 졸업하고, 도스(鳥栖) 시에 있는 식품공장에 취직했다. 쌍둥이 자매라고 해서 같은 공장에 취직하란 법은 없겠지만, 몇몇 회사 중 둘 다 붙은 데가 그곳뿐이었다.

업무는 둘 다 생산라인 작업이었다. 3년간 근무하는 동안 담당 구역은 이리저리 바뀌긴 했어도 눈앞에는 늘 수십 만 개의 컵라면이 스쳐 지나갔다.

먼저 싫증을 내고 회사를 그만둔 쪽은 여동생 다마요였고, 근처에 있는 골프장 캐디로 취직했다. 그러나 얼마 안 가 허리를 다쳐서 퇴직했고, 그 후 상공회의소 사무직으로 근무하게 되었다. 다마요가 캐디 일을 그만두었을 무렵, 미쓰요도 식품공장에서 해고되었다. 인원 삭감, 규모 축소로 가장 먼저 잘린 사람이 미쓰요 같은 고졸 여직원들이었다.

공장의 취업 알선으로 신사복 매장 판매원 일을 소개받았다. 고객을 상대해야 하는 일이라 자신 없었지만, 찬밥 더운밥 가릴 입장이 아니었다.

미쓰요가 34번 국도 변에 있는 신사복 매장으로 이직했을 무렵, 둘이서 이 아파트를 얻었다. "부모님 집에 살면 응석만 부리고 결혼도 못 해"라는 다마요에게 거의 강제로 끌려나오다시피 집을 나왔다.

원래 사이가 좋은 자매라 아파트 생활은 별 문제 없이 평탄했다. 부모님도 잔소리 많은 쌍둥이 자매가 나갔으니 이제 장남인 남동생을 장가보낼 수 있겠다며 좋아했다. 그로부터 3년 후 남동생은 부모님 말대로 고등학교 동창생과 결혼했다. 미쓰요 자매보다 세 살 어린 고작 스물두 살의 어린 나이였다. 결혼식에는 벌써 아이를 안고 나타난 남동생 친구들이 여럿 눈에 띄었다. 결혼식은 평범한 교외 메모리얼홀에서 치렀다.

"있지, 오늘 회사 애가 나한테 뭘 물어봤는지 알아?"

우동을 먹고 나서 싱크대에서 설거지를 하는데 다마요가 텔레비전 앞에 드러누워 말을 걸었다.

"'마고메 씨, 이번 크리스마스는 어떻게 보내실 거예요?'라는 거 있지. 열아홉 살짜리 애가 스물아홉인 나한테 어떤 대답을 기대하고 그런 걸 물었을까?"

다이어트 프로그램을 방영하고 있는 텔레비전 앞에서 다마요가 다리를 들어올렸다.

"너, 이번 주에 휴가 내고 어디 여행 간다면서?"

"그렇긴 한데, 크리스마스에 여자들끼리 '시마나미 해안도로 버스투어'라니, 너무 쓸쓸하지 않아? ……아 참, 같이 갈래?"

"됐다. 매일 같이 지내면서 휴일까지 함께 여행을 가다니……
생각만 해도 피곤해."

미쓰요는 스펀지에 세제를 조금 더 묻혔다.

부엌에는 근처 슈퍼마켓에서 받은 달력이 붙어 있었다. 대형 쓰레기 버리는 날짜와 자기 휴일 이외에 다른 일정은 아무것도 적혀 있지 않았다.

크리스마스…….

미쓰요는 스펀지에 거품을 내며 중얼거렸다. 최근 몇 년간 미쓰요는 부모님 댁에서 크리스마스를 보냈다. 결혼하자마자 낳은 남동생 아들이 다행스럽게도 크리스마스가 생일이라 그 명목으로 선물을 들고 찾아갔던 것이다.

자기도 모르는 사이 힘껏 움켜쥔 스펀지에서 새나온 거품이 고무장갑을 타고 미끄러져 내렸다. 한동안 멍하니 내려다보니 고무장갑에서 맨살 팔꿈치로 흘러내린 거품이 서서히 커지더니 그릇이 쌓인 싱크대로 방울방울 떨어졌다. 거품에 젖은 팔꿈치가 가려웠다. 팔꿈치의 가려움이 온몸으로 퍼져가는 것 같았다.

※ ※ ※

삐걱거리는 침대 상태를 확인이라도 하듯 유이치는 수없이 몸을 뒤척였다.

저녁 여덟 시 50분. 잠들기에는 너무 이른 시각이지만, 요 며칠 가능하면 한시라도 빨리 잠들어버리고 싶은 마음에 목욕을 마치고 저녁밥을 먹고 나면 아직 말똥말똥한 눈으로 곧장 침대로 들어갔다.

침대에 눕는다고 곧바로 잠이 오는 건 아니다. 이렇게 수없이 몸을 뒤척이는 사이, 베개 냄새가 신경에 거슬리고, 목덜미를 스치는 담요 보푸라기에 짜증이 났다.

문득 정신을 차려보면 대개 성기를 만지작거리고 있었다. 단단해진 이불 속 성기는 얼굴 옆에 와 닿는 적외선 난로 열기만큼이나 뜨거웠다.

사건이 일어난 지 어느덧 9일이 지났다.

중요 참고인인 후쿠오카 대학생의 행방이 아직까지 밝혀지지 않았다는 뉴스까지 전한 텔레비전 와이드쇼는 요 며칠 미쓰세 사건은 전혀 다루지 않았다.

파출소 경찰관이 후사에게 귀띔해준 대로 경찰은 여전히 행방을 감춘 그 대학생을 쫓고 있다고 생각할 수밖에 없었다.

그 후, 경찰이 유이치에게 연락을 하거나 탐문을 하는 일은 없었다. 수사선상에서 완전히 제외된 듯 아무 일도 일어나지 않았다.

눈을 감으면 미쓰세 고개를 달렸던 그날 밤의 감촉이 아직도 생생하게 손끝에 되살아났다. 핸들을 있는 힘껏 움켜쥐어서 자동차가 커브 길에서 몇 차례나 미끄러졌다. 자동차 라이트는 덤불을 비추고, 새하얀 가드레일이 눈앞에 바짝 덤벼들었다.

또다시 몸을 뒤척인 유이치는 '빨리 잠이나 자'라고 스스로를 타이르듯 냄새 나는 베개에 얼굴을 파묻었다. 땀과 체취와 샴푸가 뒤섞인, 사람을 조바심 나게 만드는 냄새였다.

바닥에 벗어던진 청바지 주머니에서 문자 신호음이 울린 것은 바로 그때였다. 유이치는 잠들어야 한다는 강박 상태에서 해방된 기분으로 재빨리 손을 뻗어 휴대전화를 꺼냈다.

보나마나 히후미일 거라 예상했는데 액정 화면에는 모르는 연락처가 표시되었다.

침대에서 빠져나와 방바닥에 책상다리를 하고 앉았다. 한겨울에도 팬티 하나만 입고 자는 습관이 있어서 적외선 난로 쪽으로 향한 등이 뜨거웠다.

'안녕하세요? 혹시 기억하시나요? 2개월 전쯤 잠깐 문자를 주고받은 사람입니다. 저는 사가 시에 사는 쌍둥이 자매 언니인데, 그쪽과는 그때 등대 얘기를 나눴죠. 벌써 잊으셨나요? 뜬금 없이 문자 보내서 미안해요.'

문자를 다 읽은 유이치는 적외선 난로가 내리쬐는 등을 긁었다. 기껏해야 십여 초뿐인데도 살갗이 탈 듯이 달아올랐다.

책상다리를 한 채 다다미 위에서 위치를 옮겼다. 옆에 있던 바지와 트레이닝복이 무릎에 걸려 따라왔다.

유이치는 문자를 보낸 상대 여자를 기억했다. 2개월 전쯤 만남 사이트에 등록했을 때 받은 대여섯 통의 문자 중 하나를 보낸 사람이었는데, 한동안 문자를 주고받다가 유이치가 드라이브하자는 말을 꺼낸 순간 답장이 뚝 끊겼다.

'오랜만이야. 갑자기 웬일?'

저절로 손가락이 움직였다. 평소 말할 때는 머릿속에 떠오른 말이 입 밖으로 나오기 전에 꼭 뭔가에 걸리곤 하는데 문자를 보낼 때는 손가락 끝에서 술술 말이 흘러나왔다.

'기억해요? 다행이다. 별다른 용건은 없어요. 그냥 갑자기 보내고 싶어서.'

여자가 곧바로 회신을 보냈다. 이름이 생각나진 않았지만, 기억한다 한들 본명이 아닐 게 뻔했다.

'잘 지냈어? 차 산다고 했던 거 같은데 차는 샀나?'라고 유이치가 답장을 보냈다.

'안 샀어요. 변함없이 자전거 출퇴근. 그쪽은 무슨 좋은 일이라도?'

'좋은 일?'

'여자친구가 생겼다거나.'

'아니. 그쪽은?'

'나도. 으음, 그 후에 새 등대에 가봤어요?'

'요즘엔 전혀. 주말에도 집에서 잠만 자.'

'그랬구나. 그게 어디였지? 지난번에 추천해준 그 아름다운 등대?'

'어디 있는 등대? 나가사키? 사가?'

'나가사키. 등대 앞에 전망대가 있는 자그마한 섬이 있어서 그

곳까지 걸어갈 수 있댔죠. 거기서 저녁 해를 바라보면 눈물이 날 만큼 아름답다고.'

'아, 그건 가바시마에 있는 등대야. 우리 집에서 가까워.'

'얼마나?'

'차로 15분에서 20분 정도.'

'그렇구나. 좋은 데 사네.'

'별로 좋은 곳 아니야.'

'그래도 바닷가 아닌가?'

'바다 바로 옆이지.'

'바다 바로 옆이지'라고 입력한 문자를 보낸 찰나, 창밖에서 방파제에 부딪쳐 부서지는 파도소리가 들렸다. 밤이 되면 파도소리는 더욱 높아진다. 파도소리는 밤새껏 들려오며 작은 침대에 잠든 유이치의 몸을 적셨다.

그럴 때면 유이치는 바닷가에 나뒹구는 유목(流木)이 된 것 같은 기분이 들었다. 파도에 휩쓸려갈 것 같으면서도 휩쓸리지 않고, 모래 위로 떠밀릴 듯하면서 떠밀리지 않는다. 유목은 하염없이 모래 위에서 이리저리 나뒹굴 뿐이다.

'사가에도 있을까? 아름다운 등대.'

곧바로 도착한 문자에 '당연히 있지. 사가에도'라고 유이치가 답장을 보냈다.

'있어도 가라쓰(唐津) 쪽이겠죠? 우린 시내라서.'

보내는 한 글자 한 글자에서 리듬이 느껴졌고, 들어본 적도 없는 여자 목소리가 선명하게 귓전을 울렸다.

유이치는 몇 번인가 차로 달려본 적이 있는 사가의 풍경을 떠올려 보았다. 나가사키와는 달리 맥이 빠질 만큼 평탄한 토지였고, 단조로운 도로만 이리저리 뻗어 있을 뿐이다. 앞뒤 어디에도 산이 없었다. 오르막이 심한 언덕길도 없고, 포석이 깔린 골목길도 없었다. 갓 만든 새 아스팔트만 곧게 뻗어 있었다.

도로 양쪽에는 서점과 파친코와 대형 패스트푸드 매장이 늘어서 있다. 모두 다 널찍한 주차장이 있었고, 차들도 많이 주차 되어 있는데 어쩐 일인지 그 풍경 속에 사람의 모습은 보이지 않았다.

유이치는 불현듯 지금 문자를 주고받는 여자가 그곳을 걸어다니겠구나 하는 생각이 들었다. 당연한 일이겠지만, 차 안에서만 경치를 내다보는 유이치는 단조로운 그 거리를 걸어갈 때 풍경은 어떻게 보일지 모른다. 걷고 또 걸어도 풍경은 변하지 않는다. 마치 슬로모션 같은 풍경. 뭍으로 올라오지 못하고 끊임없이 해변을 떠도는 유목을 바라보는 듯한 풍경.

'요즘 아무하고도 말 안 했어.'

아래를 내려다보니 그렇게 씌어 있었다. 받은 내용이 아니라, 자기가 자기 손가락으로 무의식적으로 찍은 문장이었다.

유이치는 얼른 지워버리려다 '일하는 곳과 집만 왕복할 뿐'이라고 덧붙이고, 잠시 망설이다가 보냈다.

지금까지 외롭다고 느껴본 적은 없었다. 외롭다는 게 어떤 건지 몰랐다. 그런데 그날 밤을 고비로 이제는 외로워서 견딜 수가 없었다. 외롭다는 것은 누군가 자기 이야기를 들어주길 간절히 바라는 기분일지도 모른다고 유이치는 생각했다. 지금까지는 누군가에게 하고 싶은 얘기 같은 건 없었다. 그러나 지금 자기에게는 그런 이야기가 있다. 그 이야기를 할 수 있는 누군가를 만나고 싶었다.

※ ※ ※

"다마요! 나, 오늘 좀 늦을지도 몰라."

미쓰요는 이불 속에서 여동생 다마요가 미닫이문 너머에서 출근 준비를 하는 소리를 들으며 말할까 말까 줄곧 망설이던 말을 다마요가 현관에서 신발을 신기 시작했을 때에야 겨우 말했다. "재고 조사?"

현관에서 다마요의 목소리가 들렸다.

"으……음, 아니 그건 아니고, 오늘 쉬는 날이야……. 아무튼 볼일이 좀 있어서 늦을 것 같아."

기듯이 이불 속에서 나온 미쓰요가 미닫이문을 열고 현관 쪽으로 얼굴을 내밀었다. 어느새 신발을 다 신은 다마요가 손잡이로 손을 뻗었다.

"볼일? 무슨 볼일? 몇 시쯤 끝나는데? 저녁 준비 안 해도 된다는 뜻?"

화살처럼 연달아 질문을 퍼부어대는 것치고는 별 관심도 없는 듯 다마요는 문을 열고 한쪽 발을 밖으로 내딛었다.

"일어날 거면 문 안 잠근다. 으이그, 토요일에 웬 출근이람."

다마요는 미쓰요의 대답도 기다리지 않고 문을 닫았다. 미쓰요는 닫힌 문을 향해 "잘 다녀와"라고 소리쳤다.

다마요가 전기 카펫을 켜둔 덕분에 바닥을 기는 손바닥과 무릎에 따끈한 온기가 전해졌다. 미쓰요는 달력을 손에 들고 22라고 적힌 파란색 숫자를 손가락으로 매만졌다.

생각해보면 매장이 바쁜 토요일 일요일 연속으로 휴가를 내는 것은 그때 이후 처음이었다.

지금으로부터 1년 반쯤 전 황금연휴, 하카타에 사는 고등학교 동창 집에 묵으러 갈 예정으로 남아 있던 유급휴가를 냈다. 친구 남편이 주말에 장례식이 있어 고향에 내려간다고 해서 오랜만에 밤새껏 둘이 수다를 떨 계획이었다. 친구의 두 살배기 아들도 한 번 안아보고 싶었다.

덴진 행 버스 승차장은 사가 역 앞에 있다.

그날, 자전거를 타고 역에 도착한 시각은 열두 시 반이 지났을 무렵이었고, 10분 후면 하카타 행 고속버스가 출발할 예정이었다. 친구에게서 "미안, 애가 열이 심해서"라는 전화가 걸려온 것은 버스표를 사기 위해 줄을 서 있을 때였다. 이제 와서 무슨 소리냐고 한마디 쏘아줄 수도 있었지만, 아이가 아프다니 어쩔 수 없는 노릇이었다. 미쓰요는 깨끗이 단념하고 서 있던 줄에서 나와 못내 섭섭한 기분으로 아파트로 돌아갔다.

자기가 타려 했던 고속버스가 젊은 남자에게 납치당했다는 사실을 알게 된 것은 아파트로 돌아와 할일 없어진 유급휴가를 어떻게 보낼까 고민하고 있을 때였다.

틀어놓기만 하고 제대로 보지도 않던 텔레비전 화면에 뉴스 속보가 흘러나왔을 때, 미쓰요는 또 어디서 몇 년 동안이나 감금되었던 소녀가 발견됐나 하고 마음이 덜컥 내려앉았다. 그럴 정도로 그 사건은 소름이 끼쳤다.

그러나 흘러나온 속보는 버스 납치를 알리는 뉴스였다. 미쓰요는 순간, 휴 하고 가슴을 쓸어내렸지만, 곧바로 "뭐?"라고 소리를 질렀다.

화면에는 조금 전에 자기가 타려고 했던 고속버스 이름이 나왔다.

"어? 어어?"

미쓰요는 아무도 없는 방에서 또다시 소리를 질렀다. 허둥지둥 채널을 돌리자, 지금 막 납치당한 버스를 실황 중계하는 특별방송을 시작한 방송국이 있었다.

"거짓말, 말도 안 돼……."

소리를 내면서까지 말할 생각은 없었지만, 저절로 그런 말이 새어나왔다.

헬리콥터의 카메라가 추고쿠(中國) 자동차도로를 질주하는 버스 영상을 포착했다. 화면에는 헬리콥터 굉음에 뒤섞여 "앗, 위 험합니다! 또다시 트럭 한 대를 추월했습니다"라는 흥분한 리포터의 절규가 울려 퍼졌다.

바로 그때 테이블 위에 던져둔 휴대전화가 울렸고, 상대는 하카타의 친구였다.

"너, 지금 어디야?"

다짜고짜 추궁부터 하는 친구에게 "꽤, 괜찮아. 집이야. 집"이라고 미쓰요가 대답했다.

친구도 텔레비전에서 사건을 알게 된 모양이었다. 미쓰요가 포기하고 집으로 돌아갔을 거라고 생각하면서도 만에 하나 그 버스에 타고 있으면 어쩌나 싶어 급히 전화를 걸었던 것 같다. 미쓰요는 휴대전화를 쥔 채로 텔레비전 화면에 빨려들었다. 속도를 높인 버스는 아무것도 모르고 달리는 자동차들 사이를 아슬아슬하게 빠져나가며 추월해갔다.

"나도 저기 탈 뻔했는데. 원래는 저 버스에 타는 거였는데……."

미쓰요는 텔레비전을 바라보며 중얼거렸다.

안심한 친구의 전화를 끊고 나서도 텔레비전에서 눈을 뗄 수 없었다.

아나운서가 고속버스의 정확한 출발 시각과 경로를 설명했다. 틀림없이 자기가 탈 예정이었던 버스였다. 매표소 앞에 줄서 있을 때 밖에 대기하던 버스였다. 바로 앞에 있던 아줌마와 뒤에 서 있던 화려한 여고생들이 타고 간 버스였다.

미쓰요는 버스 납치를 중계하는 화면을 넋이 나간 사람처럼 멍하니 바라보았다.

차 안의 상황은 전혀 알 수 없었지만, 끊임없이 소리를 지르는 아나운서에게 "내 앞에 서 있던 아줌마랑 내 뒤에 있던 여자애들이 거기 탔단 말이야!"라고 소리치고 싶은 심정이었다.

화면에 비치는 것은 무서운 속도로 고속도로를 달려가는 버스의 윗부분뿐이었다. 그런데도 미쓰요는 마치 자신이 그 버스에 타고 있는 듯한 기분에 사로잡혔다. 스쳐 지나가는 창밖의 풍경이 보였다. 통로 맞은편 좌석에는 매표소에서 앞에 서 있던 아줌마가 핏기 없는 얼굴로 앉아 있었다. 조금 떨어진 앞자리에는 뒤에 서 있던 여자애들이 어깨를 기대고 울고 있었다.

버스는 속도를 낮출 기미를 보이지 않았다. 버스는 황금연휴 드라이브를 즐기러 나온 가족 단위 자동차들을 끊임없이 추월해 갔다.

미쓰요는 통로 측 자리에서 창가로 이동하고 싶어 견딜 수가 없었다. 쳐다보지 말라고 경고했지만, 자기도 모르게 앞으로 시선이 향하고 말았다. 운전석 옆에는 젊은 남자가 서 있었다. 손에는 칼을 들었다. 이따금 칼로 좌석 스펀지를 찢으며 까닭을 알 수 없는 비명을 질러댔다.

"버스가! 버스가 휴게소로 들어가고 있습니다!"

리포터의 노성에 미쓰요는 퍼뜩 정신을 차렸다.

버스는 목적지인 덴진을 훨씬 지나 규슈 도로에서 추고쿠 도로로 들어섰다.

경찰차의 유도를 받은 버스가 휴게소 주차장에 정차했다. 그 영상을 텔레비전으로 보고 있는데도 미쓰요의 눈은 어쩐 일인지 버스 안에 있었고, 창밖을 에워싼 경찰관들이 보였다.

"안에, 안에 부상자가 있는 것 같습니다! 칼에 찔려 중상을 입은 것 같습니다!"

리포터의 목소리가 드넓은 주차장 영상에 겹쳐졌다.

옆으로 고개를 돌리면 가슴을 찔린 아줌마가 있을 것만 같았다. 자기 아파트 거실에서 텔레비전을 보고 있다는 건 알지만, 그런데도 미쓰요는 두려워서 고개를 돌릴 수 없었다.

어릴 때부터 자신이 '운이 좋다'고 느껴본 적은 한 번도 없었다. 세상에는 다양한 인간이 있고, 그들을 '운이 좋은 사람'과 '운이 나쁜 사람'으로 나눈다면 자기는 틀림없이 후자일 것이며, 그 후자 그룹을 다시 분류해도 역시 '운이 나쁜 사람'쪽에 속할 것이다. 자기는 그런 인간이라고 생각하며 살아왔다.

어쩌다 낸 유급휴가였지만, 그날과 같은 휴일이라 떠올리기 싫은 기억이 되살아났다.

미쓰요는 기분을 바꿔보려고 창을 열었다. 따뜻한 방 안 공기가 밖으로 휙 빠져나가고, 겨울 햇살을 받은 찬바람이 몸을 어루만지며 안으로 흘러들어왔다.

미쓰요는 몸을 한 번 떨고, 기지개를 활짝 펴며 심호흡을 했다.

골라서 나누면 자기는 분명 운이 나쁜 쪽으로 들어갈 것이다.

미쓰요는 늘 자기는 그런 사람이라고 생각했다. 그런데 그때, 자기는 그 고속버스에 타지 않았다. 간신히 그 버스에 타지 않을 수 있었던 것은 분명 난생 처음으로 좋은 쪽에 선택된 일이었다.

정신을 차려보니 미쓰요는 그런 생각에 빠져 있었다. 눈앞에는 고즈넉한 논 풍경이 펼쳐져 있었다.

미쓰요는 창문을 연 채 겨울 햇살을 받으며 휴대전화를 내려다봤다. 문자를 열자, 어젯밤까지 어느새 수십 통이나 주고받은 기록이 남아 있었다.

사흘 전 용기를 내서 보낸 문자에 시미즈 유이치라는 이름을 가진 남자는 친절하게 대해주었다. 3개월 전, 오랜만에 직장 회식 자리에서 취하도록 마신 날 밤, 장난삼아 만남 사이트라는 곳을 처음 들여다봤다. 이용 방법을 잘 몰라서 신규코너에 들어 있던 나가사키에 사는 그를 선택했다.

나가사키를 선택한 이유는, 사가는 아는 사람일 가능성이 있고, 후쿠오카는 너무 도시적이고, 가고시마나 오이타(大分)는 너무 멀었기 때문이다. 지극히 단순한 이유에서였다.

3개월 전에는 그쪽에서 '만나자'라는 말을 꺼낸 순간, 답장을 보내지 않았다.

사흘 전에도 실제로 만나볼 생각은 전혀 없었다. 그저 잠들기 전에 누군가와 문자로라도 대화를 나누고 싶었을 뿐이다. 그랬는데 문자 교환은 사흘이나 계속되었다. 만날 생각 같은 건 전혀 없었는데, 어느새 만나보고 싶어 견딜 수가 없었다.

그의 어떤 점이 그런 생각을 하게 만들었는지는 몰라도 그와 문자를 주고받다 보면 그날 그 버스에 타지 않은 자신으로 남아 있을 수 있었다. 아무런 확신도 없지만, 지금 용기를 내면 앞으로도 두 번 다시 그런 버스에 타지 않을 수 있을 듯한 기분이 들었다.

'자 그럼, 내일 열한 시에 사가 역 앞에서. 잘 자.'

간단한 내용이었지만 반짝반짝 빛이 나는 것 같았다.

오늘, 나는 그의 차를 타고 드라이브를 간다. 등대를 보러 간다. 둘이서 바다를 향해 선 아름다운 등대를 보러 간다.

◦ ◦ ◦

날이 저물어 어두워지면 형광등을 켠다. 평소 당연하게 하던 일인데 이시바시 요시오에게는 무척이나 특별한 일처럼 느껴졌다.

어두워지면 불을 켠다. 간단한 일이다. 그러나 이 간단한 일을 하기 위해 사람은, 많은 것을 느낀다.

먼저 눈으로 어두워졌다는 걸 감지한다. 어두우면 불편하다고 생각한다. 밝게 하면 불편함이 사라진다. 밝게 하려면 형광등을 켜면 된다. 형광등을 켜려면 방바닥에서 일어나 끈을 잡아당겨야 한다. 그 끈을 잡아당기면, 그곳은 더 이상 어둡고 불편한 장소가 아니다.

요시오는 어스름한 방에서 머리 위 끈을 물끄러미 올려다봤다.

일어서기만 하면 끝날 일인데 형광등 끈은 너무도 멀어 보였다.

방은 어두웠다. 그러나 딱히 하는 일도 없었다. 어두워도 불편을 느끼지 않았다. 불편하지 않으면 형광등을 켜지 않아도 된다. 형광등을 안 켜도 되면 일어설 필요도 없다.

결국 요시오는 다시 방바닥에 벌렁 드러누웠다. 방에는 향냄새가 가득했다. 조금 전 "창문 좀 열어두지 그래?"라고 요시오가 아내 사토코에게 말했다.

"……네에."

아침부터 불단 앞에 앉아 있는 아내가 그렇게 대답한 지 벌써 10분이 지났지만 방석에서 일어설 기미가 보이지 않았다.

어스름한 방 너머로 불 꺼진 이발소 실내가 보였다. 밖에서 달려가는 트럭이 일으킨 바람에 이따금씩 얇은 문이 흔들렸다. 가만히 귀를 기울이면 향과 초 타는 소리까지 들린다.

외동딸 요시노의 장례를 치르고 벌써 며칠이 지났을까. 울며 소리치는 아내를 데리고 장례식장에서 돌아온 게 조금 전 같기도 하고, 요시노와 이별을 고한 게 이미 반년도 더 지난 일처럼 느껴지기도 했다.

지쿠고(築後) 강변에 있는 메모리얼홀에서 치른 장례식에는 사람들이 많이 왔다. 친척, 이웃, 요시오와 사토코의 옛 친구들도 앞장서서 도와주었다. 물론 요시노의 동창생들과 같은 아파트에 사는 동료들도 왔다. 마지막 날 밤에 요시노와 함께 있었다는 동료 두 사람은 헌화할 때 차가워진 요시노의 얼굴을 만지며

"미안해, 미안해. 혼자 보내서 미안해"라며 주위 시선도 아랑곳하지 않고 흐느껴 울었다. 그러나 모두 요시노를 위해 모였으면서 누구도 요시노 이야기를 꺼내지 않았다. 요시노가 왜 그런 일을 당했는지 아무도 입에 담으려 하지 않았다.

메모리얼홀 밖에는 텔레비전 카메라 몇 대가 와 있었다. 물론 경찰도 와 있었고, 수사 상황을 알아내려는 리포터들의 대화가 조문객들의 입에서 입으로 전해졌다.

그날 밤, 요시노와 만나기로 약속했다는 대학생의 행방은 여전히 묘연했다. 단정할 수는 없지만 도주하고 있는 게 사실이라면 그가 범인이 틀림없을 거라고 말하는 경찰관도 있었다.

"대학생놈 하나 못 잡는 게 무슨 경찰이야!"

요시오는 눈물 젖은 목소리로 외쳤다. "이런 데서 향이나 올리지 말고 죽기 살기로 찾아보란 말이야!"라며 끓어오르는 분노에 온몸을 떨었다.

오카야마에서 달려온 숙모님이 "자네 심정이야 오죽하겠나만, 그래도 좀 자둬야지"라고 여러 차례 권해서 장례식장 한쪽 빈 방에 누웠다.

잠이 들 리 없었지만, 혹시라도 그대로 잠들면 모든 것이 꿈으로 변할지도 모른다는 생각에 필사적으로 눈을 감았다.

미닫이문 너머에서는 친척과 친구들이 소곤소곤 대화를 나눴고, 가끔 찰떡 베어 먹는 소리와 캔맥주 따는 소리가 들렸다.

문 너머에서 하는 말을 들으니 아내 사토코는 여전히 요시노가 있는 불단 곁을 떠나지 않고, 누군가 말을 건넬 때마다 울음을 터뜨리는 듯했다.

솔직히 잠이라도 들어버리고 싶었다. 외동딸이 살해당했는데도 강변 메모리얼홀에서 애니메이션 인형 수집이 취미라는 애송이 놈이 붙잡히기만을 기다릴 수밖에 없는 자신이 한심스럽고 분해서 견딜 수가 없었다.

아무리 애를 쓰며 눈을 감아도 칸막이 너머에서 소곤소곤 속삭이는 소리까지 막아낼 수는 없었다.

"우리끼리 얘기지만서도 그 대학생이 범인이라면 자들 부부한테는 그나마 다행이잖여. 아, 안 그려? 혹시라도 경찰 말마따나 만남 사이트인가 뭔가에서 알게 된 남자면 어쩌겄어. 텔레비전에서 듣자허니 거기서 사귄 남자한테 용돈까지 받았다던디."

"그놈의 입들 못 다물어! 옆방에서 요시오가 잔다니께!"

누군가 억제된 목소리로 숙모님들의 대화를 저지시켰다. 그러나 잠시 끊어졌던 대화는 얼마 안 가 누군가가 머뭇머뭇 입을 열며 다시 이어졌다.

"그건 그렇고, 그 대학생이 범인이 아니라면 도망칠 이유야 없겠지."

"그야 그럴 터지. 혹시 그 용돈 문제가 밝혀져서 대학생이랑 싸우기라도 한 거 아녀? 그러다 말이 엇나가서……."

이발소와 붙어 있는 부엌에서 매서운 틈새바람이 들이쳤다.

요시오는 드러누운 채 발만 뻗어 미닫이문을 닫았다. 어스름하던 방은 마침내 완전히 빛을 잃었다.

"사토코……."

힘없이 불단 앞에 앉아 있는 아내를 부르자 "……네에"라며 마치 5분 전에 부른 대답을 이제야 하는 듯한 목소리가 들렸다.

"저녁 시킬까?"

"……그래야겠죠."

"라이라이켄에 전화 좀 하지."

"……응."

대답은 하면서도 아내는 움직일 생각이 없어 보였다. 요시오는 아침부터 불단 앞을 지키는 아내와 오늘 처음으로 대화를 주고받은 듯한 느낌이 들었다.

요시오는 하는 수 없이 일어서서 형광등 끈을 잡아당겼다. 몇 번 깜박거리다 켜진 조명이 낡은 다다미와 베개 삼아 베고 있던 방석을 환하게 비추었다. 앉은뱅이책상에는 장례식 답례품이었던 작은 상자가 쌓여 있고, 그 위에 장의사에서 보낸 청구서가 올려져 있었다.

"나중에 댁으로 조문오실 분도 계실 테니까요"라고 장의사는 말했다.

요시오는 앉은뱅이책상에서 시선을 거두고, 라이라이켄으로 전화를 걸어 야채라면 두 그릇을 주문했다. 전화를 받은 사람은 늘 그렇듯 주인 아저씨였는데, "아! 이시바시 씨? 네네, 바로 배달해드리죠"라며 무척이나 어색하게 전화를 받았다.

전화를 끊자 불단 쪽에서 아내가 코를 훌쩍이는 소리가 또다시 들려왔다. 그렇게 울었는데도 눈물은 계속 솟아나는 모양이었다. 그렇게 훌쩍였는데도 안타까움은 사라지지 않는 듯했다.

"사토코."

다시 방바닥에 앉은 요시오는 불단 앞에 몸을 웅크린 아내의 등에 말을 건넸다.

"당신, 요시노가 그 대학생이랑 사귀는 거 알고 있었어?"

사건 이후, 요시오는 처음으로 딸의 이름을 입에 올리는 것 같았다. 엎드린 아내는 요시오의 질문에 아무 대답도 하지 않았다. 또 울기 시작했는지 그 진동에 불단에 놓인 초가 흔들렸다.

"요시노는 사람들이 말하는 그런 딸이 아니야. 그렇게 쉽게 남자와……."

목소리가 떨리기 시작했다. 정신을 차려보니 뺨에 눈물이 흘러내리고 있었다. 아내는 엎드린 채 소리 높여 울었다. 마치 어린 시절 요시노처럼 이를 악물고 울었다.

'용서 못 해. 절대로 그놈은 용서 못 해. 누가 뭐래도 난 용서 못 해.'

소리가 나오지 않았다. 요시오는 목구멍에 걸린 말을 꿀꺽 삼켰다.

언제쯤이었을까, 평상시처럼 일요일 밤에 전화를 한 요시노가 아내와 긴 통화를 한 적이 있었다. 요시오가 목욕하러 들어가기 전에 걸려온 전화가 목욕을 다 하고 나와서도 한참 동안 이어졌으니 한 시간 이상은 떠들어댔을 것이다.

목욕을 마치고 소주에 우롱차를 섞어 마시며 텔레비전을 틀었다. 딱히 들을 생각도 없이 두 사람의 대화를 듣고 있는데 딸 요시노가 '엄마 아빠 만났을 때 누가 먼저 고백했어?' '아빠는 밴드까지 만들어서 여자들한테 인기도 많았을 텐데 어떻게 차지했어?'라고 조금 쑥스러운 질문을 하는 듯했고, 아내는 아내대로 진지하게 대답을 해줬다.

보통 때 같으면 "전화 좀 짧게 끝내!"라며 언성을 높였을 테지만, 내용이 내용인지라 요시오도 어떻게 말을 꺼내야 할지 몰라 그저 조용히 술만 들이켰다.

마침내 전화를 끊은 아내에게 "무슨 얘기야?"라고 시치미를 떼고 물어보자 "요시노가 좋아하는 사람이 생겼대요"라며 기쁜 표정을 지었다.

순간, 요시노에게 남자가?, 하는 조바심이 들었지만, 한편으로는 엄마에게 전화를 걸어 부모가 어떻게 연애했는지 묻는 딸이 귀엽기도 했다.

"사귄다는 소리야?"라고 요시오가 퉁명스럽게 물었다.

"아니, 아직 그런 건 아니예요. 어릴 때부터 좋아하는 남자 앞에서는 강한 척하는 구석이 있잖아요. 고집이 세다고 해야 하나, 순진하지 않다고 해야 하나. ……그건 그렇고 아무래도 이번에 진짜 사랑인 것 같아요. 전화하다가 잠깐 울먹이기까지 하더라니까. 아무튼 아직 어린애 같은 면이 남아 있어서 다행이네. 좋아하는 사람이 생겼는데 친구랑 얘기 안 하고 엄마한테 전화를 하다니."

요시노가 대답 없이 술잔을 비우자 "······확실한 건 모르는데, 유후인인가 벳부(別府)에서 고급 여관하는 집 외동아들인 것 같던데"라고 아내가 말을 덧붙였다.

요시오는 반년 전쯤 이발협회 여행으로 방문한 유후인을 떠올렸다. 협회 일행이 숙박한 곳은 싸구려 여관이었지만, 산책을 나갔을 때 문턱 높아 보이는 전통 있는 여관 입구가 눈에 띄었고, 때마침 그곳에는 젊고 아름다운 여관 안주인이 문 앞에 서 있었다. 젊은 안주인은 남자들이 다른 여관 유카타(아래위에 걸쳐서 입는, 두루마기 모양의 긴 무명 홑옷 — 역주)를 입었는데도 소탈하게 말을 건넸다. 요시오 일행이 "유후인은 공기가 참 좋네요"라고 말하자 "또 놀러오세요"라며 미소를 지었다.

그날 밤, 요시오는 부엌에서 설거지하는 아내의 엉덩이를 쳐다보면서 무심코 고급 여관 앞에 서서 미소를 짓는 기모노 차림을 한 딸의 모습을 떠올렸다. 스스로 생각해도 성급하기 이를 데 없는 공상에 쓴웃음이 나왔지만, 젊은 안주인이 된 딸을 상상하는 기분은 그리 나쁘지 않았다.

불단 앞에서 쓰러져 우는 아내를 바라보면서 요시오는 또다시 "절대 용서 못 해······"라고 중얼거렸다. 돌이킬 수 있다면 그날 밤으로 되돌아가 긴 통화를 하는 아내의 손에서 수화기를 빼앗고 싶었다. "그런 놈 만나지 마!"라고 딸에게 소리치고 싶었다.

그렇게 할 수 없는 자신이 치욕스러웠다. 태평하게 기모노 차림을 한 딸의 모습이나 상상했던 자신이 한심스럽고, 분해서 견딜 수가 없었다.

● ● ●

요 며칠, 쓰루다 고키는 퍼뜩 정신을 차려보면 어김없이 마스오 게이고 생각에 빠져 있었다.

사건 다음 날 다녀간 후로 경찰에서 다른 연락은 없었고, 그후 상황은 텔레비전이나 신문에 의존할 수밖에 없었다.

친하게 지내던 학교 친구가 여자를 살해하고 도주중이다. 따지고 보면 꽤 드라마틱한 상황에 휘말린 셈이지만, 일상생활은 평범하기 그지없었고 오호리 공원이 내려다보이는 방에 틀어박혀 여느 때와 마찬가지로 〈사형대의 엘리베이터〉 〈시민 케인〉 등 좋아하는 영화를 볼 뿐이다. 게다가 잠들기 전에는 꼭 에로비디오로 바꾸고 개운하게 사정을 했다.

친구가 사람을 죽이고 도망치고 있다는 현실이 마치 자기가 쓴 서툰 시나리오 같았고, 그런 진부한 스토리는 영화로 만들어봤자 재미없을 거란 생각만 들었다. 그러나 마스오가 여자를 죽이고 도망친 것은 자신이 쓴 형편없는 시나리오가 아니었다.

사건 후, 아니 사건 전에도 마찬가지였지만, 학교에는 전혀 안 나갔다. 모르긴 해도 지금쯤 학교는 마스오 일로 축제 전야처럼 술렁거릴 게 분명했다. 눈에 띄는 존재였던 마스오를 좋아했던 녀석이든 싫어했던 녀석이든, 관객이라는 존재는 제멋대로이기 마련이니 빨리 결말을 보여 달라고 안달할 것이다.

그때부터 매일 마스오의 휴대전화로 연락을 해봤다. 그러나 아직 한 번도 연결되지 않았다.

쓰루다는 마스오 게이고라는 존재가 세상과 자신을 연결하는 유일한 실마리였음을 새삼 실감했다. 생각해보면 학교 이야기든 친구 이야기든 모두 마스오의 입을 통해 들었고, 그래서 자기도 남 못지않은 대학생활을 하는 것 같은 기분이 들었다.

마스오는 지금쯤 어디 있을까?

혼자 떨고 있을까?

끝까지 도망칠 생각일까?

어차피 잡힐 바에는 마스오답게 붙잡혀주길 바랐다. 이제 와서 자수 같은 건 하지 않기를 바랐다. 마지막 순간까지 도망치고, 최후의 순간에는 수많은 경찰에 에워싸여 뜨거운 스포트라이트를 받고, 자기는 쓰지도 못할 멋진 대사를 부르짖으며 스스로 목숨을 끊어주길 바랐다.

정신을 차려보니 쓰루다는 에로비디오의 펠라티오 신을 바라보며 그런 생각에 빠져 있었다. 어느새 날이 밝아 어질러진 방안으로 아침 햇살이 스며들었다. 바로 옆 오호리 공원에서 들려오는 새소리가 화면 속에서 나는 여자의 혀 소리와 겹쳐졌다.

쓰루다는 펠라티오 신을 보면서 서둘러 사정을 했다. 젖은 티슈를 쓰레기통에 던지고 어중간하게 걸쳐진 팬티를 끌어올렸다.

그런데 대체 왜 죽였을까?

아무리 생각해도 마스오가 그 여자를 살해할 만한 동기가 떠오르지 않았다. 오히려 그 여자가 냉담한 마스오를 죽였다면 쉽게 이해가 갈 것 같았다. 어떤 의미에서 마스오다운 인생이라고 납득할 수 있을 것 같았다.

쓰루다는 여전히 펠라티오를 계속하는 화면을 리모컨으로 끄고, 아침 햇살에 눈을 가늘게 뜨며 커튼을 쳤다. 부모님을 졸라서 산 차광커튼은 대낮에도 실내를 밤으로 바꿔준다. 부모님 돈이라 생각하면 은근히 화가 나지만, 그 화만 잘 다스리면 고급 차광커튼이 손에 들어왔다.

침대에 드러누워 늘 돈 계산만 하는 부모님의 얼굴을 떠올렸다. 통장을 들여다볼수록 돈이 늘어난다고 생각하는지 부부가 나란히 앉아 계산기를 두드려댔다.

물론 쓰루다도 돈이 필요 없다고 생각하진 않는다. 그러나 돈보다 더 필요한 게 있을 것이다. 그리고 그것을 못 찾으면 살아갈 힘이 솟아나지 않을 거라는 생각이 들었다.

어느새 꾸벅꾸벅 졸고 있었다. 정신을 차려보니 유리 테이블 위에서 휴대전화가 울리고 있었다. 순간 무시해버릴까 했지만 무의식적으로 손이 움직였다.

"여보세요?"

수화기 너머에서 귀에 익은 남자 목소리가 들렸다.

"여, 여보세요!"

엉겁결에 자리에서 벌떡 일어섰다.

"미안하다, 잤니?"

틀림없는 마스오의 목소리였다.

"마스오? 마스오 맞지?"

잠결에 받은 전화였지만, 엉겁결에 큰 소리를 지르는 바람에 목에 가래가 걸려 기침이 쏟아졌다.

"끄, 끊지 마!"

급히 그 말부터 한 쓰루다는 크게 기침을 해 목에 걸린 가래를 뱉어냈다. 기침을 하는 순간, 발에 짓밟힌 에로비디오 패키지가 힘없이 부서져버렸다.

"여보세요? 마스오? 너, 너…… 괘, 괜찮아?"

쓰루다가 물었다. 묻고 싶은 말은 태산 같았지만, 순간적으로 나온 건 그 말이었다.

"……으응, 괜찮아."

수화기 너머에서 피곤에 지친 마스오의 목소리가 들렸다.

 ❊ ❊ ❊

이제 막 새벽 여섯 시를 넘긴 시각이라 분명히 아직 자고 있을 거라 생각했던 쓰루다가 전화를 받았다.

받지 않기를 바라며 전화를 걸었던 건 아니지만, 막상 쓰루다 목소리가 들리자, 마스오 게이고는 받지 않기를 바라던 자신의 마음을 알아챘다.

장소는 나고야 시내에 있는 사우나였다. 빨간 융단이 깔린 바닥 앞쪽으로는 컴컴한 수면실이 있다. 공중전화는 복도 한쪽 구석에 있었다. 바로 옆에는 자양강장제 따위를 파는 자동판매기가 있었는데, 다섯 개 버튼 중 세 개가 품절이었다.

"정말 괜찮아?"

수화기에서 또다시 쓰루다의 목소리가 들렸다. 자다 일어났는데도 절박함이 물씬 풍기는 그 목소리가 현재 자신이 처한 입장을 새삼 깨닫게 했다.

"지금 어디니?"

쓰루다의 목소리가 돌연 부드러워졌다. 순간 마스오는 수화기를 힘껏 움켜쥐었다.

부모님 집이나 자기 맨션으로 걸면 모를까, 설마 쓰루다의 휴대전화까지 역추적당할 것 같진 않지만, 묘하게 부드럽게 울리는 쓰루다의 목소리를 들으니 누군가의 앞에서 연기를 하는 것처럼 느껴졌기 때문이다.

마스오는 수화기 걸이에 올린 손가락에 힘을 넣었다.

전화가 끊어지고, 십 엔짜리 동전 몇 개가 반환구로 떨어졌다. 동전 떨어지는 소리가 고요한 실내에 울려 퍼졌다. 마스오는 뒤를 돌아다봤다. 실내에는 아무도 없었고, 기둥 거울에 하늘색 사우나 복장을 한 자신의 모습이 비쳤다.

마스오는 수화기를 내려놓았다. 공중전화 수화기가 이렇게 무거웠나 하는, 묘한 일에 신경이 쓰였다.

딱히 할 말이 있어서 쓰루다에게 전화를 걸었던 건 아니다. 수사 진척 상황을 물어볼 생각도 없었다. 요 며칠 아무와도 대화를 나누지 않았다. 사우나나 비즈니스호텔 프런트에서 하는 질문에는 모두 고갯짓으로 대답했다. 조금 전 단 한마디 "으응, 괜찮아"라고 쓰루다에게 대답했을 때 오랜만에 자신의 목소리를 들은 것 같았다.

마스오는 빨간 융단이 깔린 복도를 걸어 수면실로 향했다. 차광커튼 너머에서 밤새도록 마스오를 괴롭히던 코고는 소리가 또 다시 들려왔다. 코를 고는 장본인은 마스오가 자리를 잡은 취침 의자 바로 옆에서 자고 있었다. 발로 걷어차 깨워버리고 싶은 생각이 수도 없이 들었다. 그러나 그때마다 이런 데서 문제를 일으켜 소란을 피우면 끝이라는 생각에 애써 참아냈다. 널찍한 실내에는 50개나 되는 취침용 의자가 줄지어 있다. 그중 하나, 찢어진 인조가죽 사이로 스펀지가 삐져나온 취침 의자만이 지금의 마스오에게는 유일한 자유 공간인 셈이다.

어두운 사우나 수면실로 들어서는 찰나, 기분 탓인지는 몰라도 짐승 냄새가 코끝을 자극했다. 사우나에서 땀을 빼고 탕에 들어가 깨끗이 몸을 닦은 사내들인데도 이렇게 한 군데 모아두면 그런 냄새를 발산시키는 모양이었다.

비상구 조명에 의지해 조금 전까지 누워 있던 취침용 의자로 다가갔다. 각각의 의자에서는 피곤에 지친 사내들이 각자 다른 모습으로 잠들어 있었다.

안경을 이마 위에 걸친 채 잠든 사람, 자그마한 모포로 용케도 온몸을 꽁꽁 감싼 사람. 그리고 입을 쩌억 벌리고 여전히 시끄럽게 코를 골아대는 바로 옆 남자.

마스오는 기침을 크게 한 번 한 후, 아직 자신의 체온이 남아 있는 모포를 휘감고 드러누웠다. 기침을 해도 이리저리 몸을 뒤척여도 옆에 잠든 남자의 끔찍한 코 고는 소리는 멈출 줄을 몰랐다.

그래도 애써 눈을 감자, 전화 너머에서 당황해하고 있을 쓰루다의 얼굴이 떠올랐다.

왜 전화했을까? 전화한 상대가 왜 쓰루다였을까?

쓰루다라면 이런 궁지에서 자기를 구해줄 수 있을 거라고 생각했을까?

생각하면 할수록 마스오는 자기 자신이 한심스러웠다. 학교 안에서나 밖에서나 친구나 지인은 많은 편이었다. 그러나 이런 상황에서 전화를 걸 만한 상대는 떠오르지 않았다.

자기 주위에는 사람들이 많이 몰려든다. 그것은 마스오도 자각하고 있다. 그러나 몰려드는 인간은 이놈이나 저놈이나 별 볼일 없는 녀석들뿐이고, 마음 깊은 곳에는 늘 그 녀석들을 바보 취급하며 어울리는 자신의 모습이 있었다.

끊이지 않는 옆자리 남자의 코 고는 소리를 들으며 마스오는 어떻게든 조금이라도 잠을 자보려고 눈을 질끈 감았다. 힘주어 눈을 감자, 마치 과일을 짜내듯 기억이 으스러지며 그날 밤 우연히 히가시 공원 앞에서 이시바시 요시노와 마주친, 기억하고 싶지 않은 광경이 자꾸 뇌리에 떠올랐다.

왜 그런 여자 때문에 도망을 다녀야 하나. 이런 곳에서 낯선 사내들의 코 고는 소리나 들으면서. 생각하면 할수록 부아가 치밀었다.

그건 그렇다 치고, 왜 하필 그런 곳에서 그런 여자와 맞닥뜨렸단 말인가. 소변을 참고 집으로 돌아갔으면 이런 꼴을 당하진 않았을 것이다.

그날 밤, 까닭없이 신경이 날카롭게 곤두섰던 건 분명하다. 개운치 않은 기분으로 덴진 바에서 술을 마신 후였다. 곧바로 맨션으로 돌아갈 생각으로 길에 세워둔 차에 올라탔다. 바에서 맨션까지는 5분도 채 안 걸리는데, 무슨 까닭인지 자꾸만 화가 치밀어 무작정 차를 몰기 시작했다.

취한 상태였다. 지금 돌이켜보면 어디를 어떻게 지나 히가시 공원까지 갔는지 기억도 나지 않는다.

여하튼 신경이 곤두서서 어찌할 바를 몰랐다. 대체 뭣 때문에 그렇게 예민한 건지도 알 수 없었고, 그런 생각이 더더욱 초조하게 만들었다.

전화 한 통이면 당장이라도 해줄 만한 여자 얼굴은 얼마든지 떠올랐다. 그러나 그날 밤 품었던 것은 훨씬 더 포악한 욕구였다. 서로의 살갗을 물어뜯어 피투성이가 되고 싶은, 그런 거칠고 사나운 욕구였다.

지금 생각해보면 여자와 하고 싶었던 게 아니라, 남자와 치고받고 싸우고 싶었던 것일지도 모른다고 마스오는 생각했다. 그러나 이제와 알아차린다 한들 그날 밤으로 되돌아갈 수는 없다.

하카타 거리를 두 시간 가까이 달리자, 술을 너무 많이 마신 탓인지 소변이 급해졌다. 도로 앞으로 숲과도 같은 히가시 공원이 보였고, 공원에는 공중 화장실이 있을 거라는 생각에 차를 세웠다.

차를 몰아대는 사이 취기도 완전히 가셔 있었다.

차에서 내리자, 젊은 남자가 도로 끝에 서서 소변을 보고 있었다. 가로등 불빛에 금발로 염색한 남자 머리가 보였다.

마스오는 가드레일을 넘어 어두컴컴한 공원 안으로 들어갔다. 공중 화장실은 금방 눈에 띄었다.

황급히 뛰어들어가 더러운 변기에 술 냄새 풍기는 소변을 보고 있는데, 화장실 안에서 이상한 콧숨 소리가 새어나왔다. 기분이 나빴지만, 중간에 소변을 멈출 수도 없었다.

바로 그때 화장실 문이 열렸고, 순간 흠칫 놀라 몸을 움츠리는 바람에 지퍼를 벌린 손가락에 소변이 묻었다.

화장실에서 나온 사람은 비슷한 또래로 보이는 남자였다. 기분 나쁜 시선으로 이쪽을 쳐다봤다. 마스오는 순간적으로 남자의 본성을 알아챘다. 술김에 밖으로 나가려는 남자에게 "빨게 해줄까?"라며 비웃자, 발걸음을 뚝 멈춘 남자가 "홍, 너나 빨아"라며 코웃음을 쳤다.

순간 발끈해 한 방 날려주고 싶었지만 여전히 기세 좋게 뿜어 나오는 소변 때문에 옴짝달싹할 수 없었다.

겨우 소변을 다 본 마스오는 공중 화장실을 뛰쳐나왔다. 드문드문 서 있는 가로등이 공원을 더욱 어두워 보이게 했다. 마스오는 눈을 부릅뜨고 남자를 찾았지만 수풀 속에도 산책길에도 그의 모습은 보이지 않았다.

바보 취급을 하려던 놈에게 오히려 바보 취급을 당해버린 억울함이 스멀스멀 온몸으로 번졌다. 차가운 바람 속, 움츠러드는 게 당연한 몸이, 불길이 솟구치듯 달아올랐다.

그놈을 찾아내 주먹을 날리면 그날 밤의 울분이 다 풀릴 것 같은 생각이 들었다. 때린 만큼 얻어맞고 코피라도 쏟으면 까닭을 알 수 없는 그날 밤의 초조함이 깨끗이 해소될 것 같았다.

결국 공원을 나올 때까지 놓쳐버린 남자를 찾지 못해 혀를 차며 공원 울짱을 걸어찼다.

오렌지빛 가로등이 아스팔트 도로를 비추고 있었다. 바로 그때 길 저편에서 걸어오는 여자가 보였다.

누구와 약속이라도 했는지 여자는 도로에 세워진 차를 한 대씩 확인하며 걸어왔다.

공원 울짱을 걸어찬 마스오는 정원수들 사이에서 인도로 뛰어나갔다. 바로 그때였다. 여자와 마스오의 한가운데쯤 서 있던 자동차가 "빵!"하고 클랙슨을 울렸다.

메마른 클랙슨 소리가 공원 옆 아스팔트 도로에 울려 퍼졌다.

클랙슨에 놀란 여자가 걸음을 멈추었다. 먼저 알아차린 것은 여자 쪽이었다. 가로등 불빛 아래 살짝 그늘이 드리웠던 여자 얼굴에 환하게 미소가 번지는 모습이 마스오에게도 또렷이 보였다.

여자는 곧장 달려왔다. 인도를 두드리는 부츠 소리가 어두운 공원 안으로 빨려들어가는 것 같았다.

여자는 달려오면서 클랙슨을 울린 자동차를 힐끔 쳐다봤지만, 걸음을 늦추지는 않았다. 여자가 그 차를 막 지나쳤을 때, 마스오는 그 여자가 덴진 바에서 만난 후로 끈질기게 문자를 보내는 이시바시 요시노라는 걸 알아차렸다.

"마스오!"

그녀가 부르는 소리에 마스오도 일단은 한 손을 들어 아는 체를 했다. 그러나 클랙슨을 울린 차가 신경이 쓰여 그쪽으로 시선을 돌리자, 실내등이 켜진 운전석에 앉은 젊은 남자의 얼굴이 희미하게 보였다. 선명하진 않았지만, 머리 색깔로 보아 조금 전 길가에 서서 소변을 보던 남자인 듯했다.

요시노는 약속을 한 남자에게 말 한마디 건네지 않고 마스오 쪽으로 달려왔다.

"뭐해? 이런 데서?"

어슴푸레한 거리였지만, 요시노의 얼굴에 희색이 가득한 것은 확연히 알아볼 수 있었다.

"잠깐 화장실에."

마스오는 품에 안길 듯 달려온 요시노에게서 한 발짝 뒤로 물러섰다.

"참 묘한 우연이네. 우리 아파트, 바로 뒤에 있는데."

묻지도 않았는데 요시노가 손가락으로 공원을 가리키며 말했다.

"차로 왔어?"라며 요시노가 주위를 둘러보았다.

"어, 응."

마스오는 애매하게 대답하면서도 바로 앞에 서 있는 자동차 안에서 줄곧 이쪽을 바라보고 있는 금발 남자가 신경 쓰였다.

"괜찮아?"

마스오가 차 쪽으로 턱짓을 하자, 그제야 생각이 났다는 듯 뒤를 돌아본 요시노가 "으응"하며 성가시다는 듯 얼굴을 찡그리더니 "괜찮아, 상관없어"라면서 고개를 저었다.

"약속한 거 아냐?"

"……그렇긴 한데, 정말 신경쓸 거 없어."

"신경 쓸 거 없다니……."

마스오는 어이가 없어서 그녀의 말을 반복했다. 요시노는 포기한 듯 "잠깐, 잠깐만 기다려"라며 남자가 기다리는 자동차 쪽으로 뛰어갔다.

요시노를 만날 생각으로 그곳에 갔던 게 아니다. 그러나 요시노의 기세에 눌려 그녀를 내버려두고 가지도 못하는 상황이 되어버렸다.

요시노가 뛰어가자, 룸미러에 비친 남자 표정이 아주 조금 누그러졌다. 그러나 차로 달려간 요시노는 조수석 문을 열고 뭐라고 한두 마디 던지더니 곧바로 문을 닫고 다시 마스오 쪽으로 뛰어왔다.

문을 닫는 태도가 너무 난폭해서 그 소리가 가라앉은 후에도 계속 울려 퍼지는 것 같은 느낌이 들었다.

"미안."

다시 돌아온 요시노는 아무 이유 없이 미안하다고 사과하더니 "저 사람, 친구의 친구인데, 전에 돈을 좀 빌려줬거든"이라며 성가시다는 표정을 지었다.

"돈 안 받아도 괜찮아?"

"응, 괜찮아. 나중에 내 계좌로 송금하라고 말하고 왔어."

요시노는 거침없이 술술 떠들어댔다. 마스오는 차로 시선을 돌렸다. 남자는 여전히 꼼짝 않고 이쪽을 쳐다보고 있었다.

"집으로 갈 거지?"라고 마스오가 물었다.

약속한 남자까지 내팽개치고 다시 뛰어온 요시노는 물끄러미 마스오를 쳐다보며 다음 말을 기다리고 있었다.

"으, 으응……."

마스오의 질문에 요시노가 애매한 미소를 지었다.

솔직히 이런 유형의 여자는 딱 질색이었다. 뭔가를 기다리는 주제에 아무것도 기다리지 않는 척하고, 기다리기만 할 것처럼 하면서도 실은 이것저것 요구한다.

그때 요시노와 약속한 남자가 차를 몰고 그 자리를 떠나버렸다면 마스오는 자기 차에 요시노를 태우지 않았을지도 모른다. "그럼, 나 먼저 가볼게"라며 그 자리에 요시노를 두고 떠나는 건 마스오에게는 조금도 어려운 일이 아니었다. 그러나 요시노의 어깨 너머에는 꼼짝도 하지 않는 차가 있었다. 실내등 조명에 희미하게 떠오른 운전석의 남자 얼굴이 보였다. 화가 난 것 같기도 하도, 슬픈 것 같기도 했다.

남자가 차에서 내릴 기미는 보이지 않았다. 요시노 역시 남자의 차로 돌아갈 것 같지 않았다.

"아파트, 가깝다고?"

침묵을 깨뜨리듯 마스오가 묻자, 요시노는 잠시 대답을 망설이더니 가깝다고도 가깝지 않다고도 받아들일 수 있는 미소를 지었다.

"바래다줄까?"

마스오의 말에 요시노는 기쁜 듯 고개를 끄덕였다. 리모컨으로 잠금장치를 풀고, 가드레일을 넘었다. 조수석 문을 열어주자, 요시노가 기듯이 차에 올라탔다.

찬바람이 부는 밖에서 얘기할 때는 몰랐는데 "역시 차 안이 따뜻하다!"라며 몸을 떠는 요시노의 입에서 마늘 냄새가 심하게 났다.

마음이 변한 것은 운전석에 올라탔을 때였다. 그날 밤, 내내 떠나지 않던 정체 모를 초조감을 그 여자에게 터뜨려버릴 수 있을 것 같은 기분이 들었다.

"시간 있니?"

시동을 걸면서 묻자 "왜?"라고 요시노가 물었다.

"잠깐 드라이브 안 할래?"라고 마스오가 물었다.

"드라이브? 어디로?"

거절할 생각이 없다는 걸 뻔히 아는데 요시노는 고개를 갸웃거렸다.

"뭐 아무 데나…… 미쓰세 고개로 담력 테스트나 하러 갈까?"

마스오가 놀리듯 말했다. 말을 하면서 이미 액셀러레이터를 밟고 있었다. 달리기 시작한 자동차 룸미러에 금발 남자의 하얀 스카이라인이 비쳤다.

　　　　　　　　　　● ● ●

대수로운 일도 아니라고 스스로를 타이르며 필사적으로 내딛던 다리가 갑자기 멈춰 섰다.

시미즈 유이치라는 남자와 만날 약속을 한 사가 역이 바로 코앞에 보였다.

대수로운 일도 아니다. 미쓰요는 다시 한 번 작은 목소리로 중얼거렸다. 문자로 알게 된 남자와 만나는 일쯤 대수로울 것도 없다. 모두들 쉽게 하는 일이고, 만난다고 해서 뭐가 변하는 것도 아니다.

오늘 아침, 일하러 나가는 여동생 다마요에게 "오늘, 좀 늦을지도 몰라"라고 말했다. 생각해보면 미쓰요는 그때부터 줄곧 마음속으로 자신에게 그렇게 말하고 있었다.

문자로 만날 약속을 했다. 편한 장소를 묻기에 대답했다. 편한 시간을 묻기에 그것도 대답했다. 솔직히 간단한 일이었다. 그러나 약속을 하고 휴대전화를 내려놓은 후, 정말 만날 생각인가 하고 불안해졌다. 약속하는 게 너무 간단해서 가장 중요한 자기 마음을 확인하지 못했다는 걸 뒤늦게야 알아차렸다.

갈 리가 없지, 라고 미쓰요는 중얼거렸다. 자기에게 그럴 만한 용기가 있을 리 없다고.

그런데 용기도 없으면서 미쓰요는 그날 무슨 옷을 입을까 고민했다. 만나러 갈 마음도 없으면서 역 앞에서 만나는 두 사람의 모습을 상상했다.

약속은 했지만 자기가 만나러 나갈 리가 없다고 생각하며 아침을 맞았다. 나갈 리가 없는데도 다마요에게 오늘 늦을 거라고 말했다. 나갈 리가 없는데도 옷을 갈아입었다. 갈 생각이 없는데도 집을 나섰다. 만날 용기도 없으면서 바로 코앞에 역이 보이는 곳에 서 있었다.

얼마 동안이나 멍하게 서 있었을까, 바삐 역으로 향하는 사람들이 미쓰요를 앞질러 갔다. 미쓰요는 가장자리로 비켜나 가드레일에 앉았다. 뒤에서 걸어오던 중년여성이 몸이라도 안 좋은 걸로 오해했는지 걱정스러운 시선으로 쳐다보았다.

햇볕이 강해서 추위는 느껴지지 않았다. 그러나 가드레일이 엉덩이를 파고드는 통증이 느껴졌다.

어느새 약속한 열한 시가 지났다. 앉아 있는 가드레일에서도 역 앞 로터리가 보였다. 출입구 부근에 사람들이 드나드는 모습은 보였지만, 그 사람으로 보이는 남자가 서 있지는 않았다. 바로 그때 흰색 자동차가 무서운 속력으로 로터리로 들어섰다. 조금 떨어진 곳에 있던 미쓰요가 엉겁결에 가드레일에서 일어설 정도로 요란하게 타이어 긁는 소리를 내며 커브를 돌았다. 틀림없었다. 어젯밤, 유이치가 이미지를 보내준 그 자동차였다. 미쓰요는 또다시 기어들어가는 목소리로 "만날 리가 없지"라고 중얼거렸다. 그렇게 중얼거렸는데도 오른발이 살며시 앞으로 나갔다.

만났는데 표정이 안 좋으면 어쩌나. 상대가 실망하면 어쩌나.

그렇게 생각하면서도 앞으로 걸어갔다.

대수로운 일이 아니다. 문자로 알게 된 남자와 만나는 일쯤 아무것도 아니다.

그렇게 스스로를 타이르면서 금방이라도 멈춰 설 것 같은 다리를 힘겹게 움직였다.

자기가 낯선 남자의 차로 다가가는 게 그저 신기할 뿐이었다. 자기에게 그런 용기가 있다는 게 놀라웠다.

하얀 자동차의 문이 열린 것은 미쓰요가 로터리 입구에 접어

들었을 때였다. 자기도 모르게 발걸음을 멈추자, 안에서 키가 큰 금발머리 남자가 내렸다. 겨울 햇살 속에서 보니 전에 보내준 사진보다 몇 배는 더 머리 색이 밝아 보였다.

남자는 이쪽을 힐끔 쳐다보더니 곧바로 역 입구 쪽으로 시선을 되돌렸다. 문을 닫고 가드레일을 뛰어넘었다. 미쓰요는 그 모습을 가로수에 몸을 숨기듯 지켜보았다. 생각했던 것보다 젊었다. 생각했던 것보다 늘씬하고 날렵했다. 생각했던 것보다 상냥해 보였다.

미쓰요는 여기까지만이라고 생각했다. 그 이상 앞으로 나갈 용기는 도저히 없을 것 같았다.

일단 역 안으로 들어갔던 남자가 손에 휴대전화를 들고 걸어 나왔다. 그 순간, 남자와 눈이 마주쳤다. 미쓰요는 엉겁결에 등을 돌리고 다시 가드레일에 앉았다.

서른을 셀 동안 그가 곁으로 오지 않으면 돌아가리라 다짐했다. 그는 지금 분명히 얼굴을 보았을 것이다. 그 후의 결정은 그에게 맡기고 싶었다. 만나러 나갔다가 혹시라도 상대가 실망하게 될까 두려웠다. 이제 와서 도망치듯 집으로 돌아가 후회하기도 싫었다.

결국 하나부터 다섯까지 셌지만, 그 후로는 숫자가 나오질 않았다. 얼마나 앉아 있었을까 내려다보던 발아래로 홀연히 그림자가 드리워졌다.

"저어……."

위에서 떨어지듯 들려오는 목소리는 어쩐지 바르르 떨리는 듯했다. 고개를 들자, 나뭇잎 사이로 새어드는 햇빛을 받은 남자가 눈앞에 서 있었다.

"저어, 시미즈라고 하는데요……."

아마 그가 머뭇거리며 서 있던 모습 때문이었을 것이다. 아마 겨울 햇살을 받은 그의 피부 때문이었을 것이다. 아마 뭔가 겁을 먹은 듯한 그의 눈빛 때문이었을 것이다. 그 순간을 기점으로 뭔가가 바뀌었다. 지금껏 운이 없던 자기 인생이 거기서 끝나버린 듯한 기분이 들었다. 앞으로 무슨 일이 생길지는 모르지만, 그곳에 오길 잘했다고 미쓰요는 생각했다.

미쓰요가 잔뜩 긴장한 와중에도 말을 건넨 유이치에게 미소를 지어 보이자, 그 긴장감이 전해졌는지 유이치가 갑자기 주위를 두리번거렸다.

"차, 저기 세워두면 견인당해요."

유이치 앞에서 처음 내뱉은 말이 너무나 차분해서 미쓰요는 그런 자기 모습에 놀랐다.

"아 참, 그렇지."

허둥지둥 차로 돌아가려던 유이치가 미쓰요의 존재를 떠올린 듯 다시 멈춰 섰다. 긴 팔다리 때문에 움직임이 과장되어 보여 미쓰요는 자기도 모르게 미소를 지었다.

가드레일에서 일어서자 마치 뒤따라오는 아이를 챙기듯 유이치는 수없이 뒤를 돌아다보며 앞서 걸어갔다. 그의 등에 대고

"사진에서 볼 때보다 머리가 더 금발이네요"라고 미쓰요가 말을 건넸다.

발걸음을 조금 늦추며 옆에 나란히 선 유이치가 자기 머리를 헝클어뜨리면서 "1년 전쯤인가, 어느 날 밤에 거울을 보는데 갑자기 뭐든 바꿔보고 싶어서…… 딱히 멋 부릴 생각은 없었고"라며 기어들어가는 목소리로 대답했다.

"그래서 금발로?"

"……달리 생각나는 게 없었으니까."

유이치가 진지한 표정으로 그렇게 말했다.

자동차까지 오자, 유이치가 조수석 문을 열어주었다.

"나도 왠지 그런 기분 알 거 같아요"라고 미쓰요가 말했다. 그렇게 말하면서 아무런 저항 없이 차에 올랐다.

유이치는 문을 닫고 운전석으로 돌아갔다. 방향제라도 있는지 차 안에 장미향이 떠다녔다. 유이치가 그 차를 소중히 여긴다는 것은 차에 오르는 순간 충분히 전해졌다.

유이치는 운전석에 오르자마자 곧바로 시동을 걸고 핸들을 꺾었다. 앞에 정차된 택시에 부딪힐 것처럼 보였는데, 유이치는 자기 차 사이즈를 1밀리미터까지 알고 있는지 아무런 주저 없이 액셀러레이터를 밟았다. 차는 아슬아슬하게 택시를 빗겨나 달리기 시작했다. 핸들을 움켜쥔 유이치의 손가락은 방금 전까지 누구와 싸움이라도 한 것 같았다. 싸움을 한 손을 실제로 본 적도 없지만, 힘줄이 튀어나온 기다란 손가락은 몹시 혼쭐이 난 후처럼 보였다.

로터리를 도는 자동차 유리창으로 낯익은 역 앞 풍경이 스쳐 갔다. 방금 만난 남자의 차에 탔는데도 불안한 마음이 전혀 없었다. 미쓰요 눈에는 오히려 낯익은 역 앞 풍경이 서먹하게 느껴졌다. 만난 지 겨우 몇 분밖에 안 지났는데도 사가 역 풍경보다 유이치의 운전에 믿음이 갔다.

"설마 내가 시미즈 같은 사람이랑 드라이브하게 될 줄은 꿈에도 몰랐는데……."

달리기 시작한 차 안에서 미쓰요는 자기도 모르게 그렇게 말했다. 힐끔 시선을 던진 유이치가 "나 같은?"하며 고개를 갸웃거렸다.

"응. 시미즈 같은…… 금발머리."

미쓰요가 그렇게 대답하자, 유이치는 어색한 듯 또다시 금발 머리칼을 헝클어뜨렸다.

순간적으로 나온 말이었지만, 지금 자신의 기분을 그보다 정확하게 표현하는 말도 없을 것 같았다.

유이치는 지역 번호판을 붙이고 세월아 네월아 달리는 자동차들을 차례차례 추월해갔다. 능숙하게 차선을 바꾸며 속도를 올릴 때마다 미쓰요의 등이 부드러운 시트 안으로 빨려들었다. 평소에는 택시기사가 조금만 속도를 내도 흠칫흠칫 떠는데 신기하게도 유이치의 운전에는 불안감이 느껴지지 않았다. 정말이지 아슬아슬한 타이밍에 차선을 바꾸는데도 마치 같은 극끼리 밀쳐 내는 자석처럼 절대 부딪치지 않을 것 같은 안도감이 느껴졌다.

"운전 잘하네요. 난 장롱면헌데."

또다시 한 대를 추월한 요이치에게 미쓰요가 말했다.

"늘 하니까."

유이치가 나지막이 중얼거렸다.

차는 눈 깜짝할 사이에 34번 도로 교차점에 접어들었다. 이 교차점에서 왼쪽으로 꺾으면 도로변에 미쓰요가 일하는 신사복 매장이 있고, 직진하면 고속도로 사가야마토 인터체인지로 이어진다.

"으음, 어떡하지?"

오랜만에 신호에 걸려 기다리는 동안, 미쓰요가 유이치와 시선을 마주치지 않고 물었다.

"지금 요부코(呼子) 등대로 바로 갈까요? 아님 이 근처에서 점심 먹고 갈까요?"

신기하게도 말이 술술 나왔다. 옆에 있는 사람이 어떤 남자인지도 모르면서 너무도 대담한 자기 자신이 어이가 없었다.

유이치가 핸들을 힘껏 움켜쥔 것은 바로 그때였다. 울퉁불퉁한 주먹을 보고 있자니 마치 몸이 죄어오는 것 같았다.

"……호텔 안 갈래?"

유이치가 핸들을 움켜쥔 자기 주먹을 내려다보며 그렇게 말했다. 순간, 무슨 말인지 몰라 멍하니 그의 옆모습을 바라보자,

시선을 떨어뜨린 채 "밥이나 드라이브는…… 그 뒤에 해도 되잖아"라고 유이치가 중얼거렸다. 그의 표정은 흡사 야단맞을 걸 뻔히 알면서도 장난감을 사달라고 졸라대는 아이 같았다.

"아이, 정말, 난데없이 무슨 소리야."

미쓰요는 곧바로 웃음을 터뜨렸다. 호텔에 가고 싶다는 난데없는 소리에 당황한 미쓰요는 운전중인 건 알지만 과장되게 몸을 비틀며 유이치의 어깨를 두드렸다.

유이치가 그 손을 붙들었다. 어느새 신호가 바뀌었는지 뒤에 있던 차가 클랙슨을 울렸다. 유이치는 붙잡았던 미쓰요의 손을 놓고 천천히 액셀러레이터를 밟았다.

난 그럴 생각으로 나온 게 아니야. 그저 등대가 보고 싶었을 뿐인데.

하고 싶은 말들은 수없이 떠올랐지만, 어색한 듯 침묵을 지키는 유이치 앞에서는 그런 말들이 모두 거짓말처럼 느껴졌다.

"……그 말, 진심이야?"

말을 하면서 미쓰요는 가슴에 통증이 느껴질 만큼 긴장했다. 마치 옆에 있는 남자가 이미 자기 옷을 벗기는 느낌이었다.

만난 지 10분도 안 된 남자 앞에서 이토록 대담한 자기 모습을 어딘가 다른 곳에서 바라보고 있는 것 같은 기분이었다.

유이치는 앞만 쳐다보며 고개를 끄덕였다. 무슨 말이든 해주지 않을까 기다렸지만, 그럴 듯한 유혹의 말 한마디도 없었다.

이토록 맹렬한 성욕을 눈앞에 직면한 것은 오랜만이었다.

이토록 숨김없이 자신을 원하는 남자를 만나는 것은 공장에서 막 일을 시작했을 무렵, 잔업 후 주차장에서 선배 사원에게 갑자기 안긴 일 이후로 처음이었다. 그 사람이 싫었던 건 절대 아니었다. 실은 호감을 품었던 선배였다. 그런데도 미쓰요는 저 항하며 도망쳤다. 너무나 갑작스러운 일이었기 때문이다. 아니, 그렇게 되기를 너무도 바랐기 때문이기도 했다. 그것이 밝혀지는 게 두려웠다. 안기고 싶어 하는 스스로를 아직은 인정할 수 없었다.

그로부터 어느덧 10년 가까운 세월이 흘렀다. 그동안 수도 없이 그때 일을 떠올렸다. 바로 그 순간, 자기가 지금의 인생을 선택해버린 것 같은 생각까지 들었다. 그 순간, 늘 마음속 어딘가에서 맹렬한 남자의 욕망을 기다리는 여자가 되어버린 것 같은 기분이 들었다.

"……가도 괜찮겠지, 호텔."

미쓰요가 차분한 목소리로 말했다. 도로 앞으로 사가야마토 인터체인지를 알리는 이정표가 보였다.

왜 그런지 다마요와 함께 사는 방이 떠올랐다. 부자유스러울 것 없는 방이었다. 마음 편한 방이었다. 그런데 '오늘만은 그 방으로 돌아가고 싶지 않다'는 생각이 강하게 들었다.

사가야마토 인터체인지 입구를 통과한 차는 전원지대를 나비매듭으로 묶은 듯한 고속도로 고가를 지나 후쿠오카 방면으로 향했다.

어지간히 속도를 낸 모양인지 창밖으로 보이는 간판과 이정표가 마치 잡아떼일 듯 획획 스쳐갔다.

"저 앞에 호텔 있어."

나지막이 중얼거린 유이치의 목소리에 미쓰요는 새삼스레 '아, 이제 곧 섹스를 하는구나'라는 생각이 들었다.

바로 그때 휴경중인 논 너머로 러브호텔 간판이 보였다. 미쓰요는 핸들을 쥔 유이치 쪽으로 시선을 돌렸다. 수염은 많이 안 나는 것 같았고, 턱에 작은 점이 있었다.

"늘 이런 식으로 곧장 호텔 가자고 해?"

미쓰요는 그렇게 물으면서도 대답은 아무래도 좋다는 생각이 들었다. 유이치는 만나자마자 자기에게 호텔에 가자고 했다. 자기는 그의 말을 받아들였다. 그보다 분명한 사실은 없었다. 지금 두 사람에게 그보다 더 필요한 건 없을 것 같은 생각이 들었다.

"아무래도 상관은 없지……. 늘 이런 식으로 누군가를 유혹한대도"라며 미쓰요가 웃었다.

간판으로 숨어들듯 호텔로 향하는 좁은 길이 나 있었다. 속도를 낮춘 차가 천천히 좁은 길로 들어섰다. 길가에 작은 화분들이 늘어서 있었다. 그러나 꽃을 피운 화분은 한 개도 없었다.

좁은 길은 곧장 반지하 주차장으로 연결되었다. 인터체인지 입구에서 이곳까지 자동차는 단 한 대도 못 보았는데 주차장은 만차에 가까웠다.

딱 하나 남은 주차 공간에 차를 세웠다. 유이치가 시동을 끈 순간, 두 사람이 침을 삼키는 소리까지 들릴 정도로 고요했다.

"꽤 붐비네."

애써 정적을 깨뜨리듯 미쓰요가 입을 열었다. "하긴 토요일이지"라고 덧붙이자, 사이즈 수선 납기일을 착각해서 손님에게 불평을 들은 지난주 토요일 일이 떠올랐다.

이곳까지 일방적으로 와놓고도 유이치는 차를 세운 순간부터 꼼짝하지 않았다. 자동차 키를 손에 쥔 채, 그 손만 물끄러미 내려다봤다.

"빈 방 있으면 좋을 텐데."

미쓰요는 일부러 아무렇지도 않은 투로 말했다. 그 말에 유이치가 고개를 떨어뜨린 채 "응"하고 끄덕였다.

"근데 참 묘하다. 방금 만났는데 벌써 이런 데 와 있다니."

미쓰요의 목소리가 닫힌 차 안에 맴돌았다. 이런 일쯤 별것도 아니라고 생각하면 할수록 자기 목소리는 점점 더 약해졌다. 그때였다. 유이치가 갑자기 "……미안"이라고 작은 목소리로 중얼거렸다.

"왜 사과를 해?"

너무나 갑작스러운 사과에 미쓰요는 순간 당혹스러웠다. 뭘 사과하는 건지 몰라 머릿속이 혼란스러웠다.

"사과할 거 없어. 솔직히 너무 갑작스러운 말이라 많이 놀라긴 했는데 여자도 그런 기분 들 때가 있거든. 그런 기분이 들면 누군가 만나고 싶다는 생각이 들기도 할 테고."

순간적으로 튀어나온 말이었다. 말을 하면서도 그런 말을 하는 자기가 마치 다른 사람이 된 것 같았다. 달리 표현하면 '여자도 섹스하고 싶을 때가 있다. 섹스하고 싶어서 남자를 원할 때도 있다'라고 처음 만난 남자에게 말하는 것이다.

유이치가 똑바로 쳐다봤다. 그 눈빛은 무슨 말을 하고 싶어 하는 듯했다. 자기 얼굴이 붉어지는 게 느껴졌다. 직장 사람들이 몰래 엿듣고 있는 것 같았다. 현재 직장뿐 아니라, 공장 시절 동료, 고등학교 때 친구들도 모두 듣고 비웃는 것 같았다.

"어, 어쨌든 일단 들어가 보자. 빈 방이 없을지도 모르잖아."

두 사람뿐인 차 안에서 도망치듯 미쓰요가 문을 열었다. 차 문을 여는 순간, 뼛속까지 스며드는 주차장의 한기가 흘러들었다.

차에서 내리자, 난방으로 따뜻했던 몸이 급격하게 차가워졌다. 곧이어 차에서 내린 유이치가 호텔 입구 쪽으로 걸어갔다.

섹스 같은 건 아무래도 좋았다. 그저 누군가를 끌어안고 싶었다. 끌어안을 수 있는 누군가를 몇 년 동안이나 기다렸다.

앞서 걸어가는 유이치의 등에 대고 미쓰요는 그렇게 말했다. 그게 진심이라고, 그 등에 전하고 싶었다.

누구라도 좋은 건 아니다. 누구든 상관없이 안고 싶었던 건 아니다. 자기를 안고 싶어 하는 사람의 품에 힘껏 안기고 싶었다.

무인 접수대에 빈 방이 두 개뿐이라고 표시한 패널이 있었다. 유이치가 고른 것은 '피렌체'라는 이름의 방이었다.

잠시 망설이던 유이치가 패널 위에서 '휴식'을 선택했다. 곧바로 '4,800엔'이라는 가격이 표시되었다.

외로움을 숨긴 채 살아가는 삶은 이제 지긋지긋했다. 쓸쓸해지지 않기 위해 애써 웃는 것도 이제는 싫었다.

비좁은 엘리베이터를 타고 2층으로 올라가자, 정면에 '피렌체'라고 쓴 문이 보였다.

이가 잘 안 맞는지 유이치가 몇 번이나 열쇠를 돌리고 나서야 겨우 문이 열렸다. 문을 연 순간, 눈이 부실 만큼 화려한 빛깔들이 시야로 파고들었다. 벽은 황금색으로 칠했고, 침대에는 오렌지색 커버를 덮어놓고, 흰 천장은 둥글게 파서 프레스코 비슷한 그림을 그려놓았는데, 신선함은 그 어디에서도 찾아볼 수 없었다.

안으로 들어간 미쓰요가 손을 뒤로 뻗어 문을 닫았다. 강한 난방과 통풍이 안 되는 탁한 공기 때문에 땀이 배어나올 것 같았다.

침대까지 곧장 걸어간 유이치가 열쇠를 내던졌다. 열쇠는 튀어 오르지도 않고 오리털 이불 속으로 푹 파묻혔다.

들리는 건 히터 소리뿐이었다. 조용한 게 아니라 소리를 빼앗겨버린 느낌이었다.

"굉장히 화려하다."

유이치의 등에 대고 말을 건넸다. 뒤를 돌아본 유이치가 갑자기 가까이 다가왔다.

순식간이었다. 미쓰요는 힘없이 팔을 늘어뜨린 채 키가 큰 유이치의 품에 안겼다. 머리 위로 유이치의 뜨거운 숨결이 퍼졌다. 그 열기를 느끼는 사이, 배 언저리에서 유이치의 성기가 단단해지는 게 느껴졌다. 두 사람의 옷을 통해서도 서로의 고동소리가 전해졌다. 미쓰요는 팔을 감았다. 팔을 감아 유이치의 허리를 껴안았다. 힘껏 안을수록 부드러운 자기 배에 와 닿는 유이치의 단단한 성기가 또렷이 느껴졌다.

4,800엔짜리 휴식, '피렌체'라 이름 붙여진 방이었다. 개성적인 면을 강조하려다 보니 오히려 개성을 잃어버린 러브호텔의 한 방이었다.

"……웃지 마."

미쓰요는 안긴 채 유이치의 가슴에 대고 속삭였다. 유이치가 몸을 떨어뜨리려 했지만 얼굴을 못 쳐다보게 바짝 매달렸다.

"솔직히 말하는 거니까, 웃으면 안 돼"라고 미쓰요가 말했다.

"……있지, 난…… 난 진지하게 문자 보냈던 거야. 다른 사람들은 그냥 장난삼아 그럴지도 모르지만…… 난, 정말로 누군가를 만나고 싶었거든. 촌스럽지? 그런 거, 너무 쓸쓸하지? ……바보 같다고 해도 좋아. 그렇지만 비웃진 마. 그러면 난……."

유이치에게 매달린 채였다. 스스로도 너무 성급하다는 건 알고 있었다. 그러나 지금 말하지 않으면 영원히, 그리고 앞으로 그 누구에게도 그런 말을 할 수 없을 것 같은 기분이 들었다.

"……나도."

그 순간이었다. 유이치의 말이 위에서 떨어지듯 들려왔다.

"나도…… 나도 진심이었어."

뺨을 파묻은 유이치의 가슴속에서 목소리가 들려왔다.

욕실 쪽에서 물소리가 들렸다. 수도관에 괴어 있던 물이 떨어져 내리며 타일을 두드리는 소리였다. 그것 말고는 소리다운 소리는 없었다. 아니, 귀를 댄 유이치의 가슴에서 들리는 고동소리 말고는 미쓰요의 귀에 다른 소리는 들리지도 않았다.

유이치가 갑자기 몸을 움직이는가 싶더니 순식간에 입술을 빼앗았다. 난폭한 키스였고 메마른 유이치의 입술이 닿아 통증이 느껴졌다. 입술을 핥고 혀를 밀어 넣었다. 미쓰요는 유이치의 셔츠를 움켜쥔 채 뜨거운 그의 혀를 받아들였다. 화상이라도 입을 것 같은 뜨거운 그 혀를 온몸으로 끌어안은 느낌이었다.

허리에서 힘이 빠져나갔다. 유이치의 혀가 입술에서 귀로 옮겨갔고 뜨거운 숨결이 귓속을 자극했다.

난폭하게 셔츠가 벗겨지고 브래지어가 풀리고, 그 자리에 선 채 가슴에 유이치의 키스를 받았다. 눈앞에는 러브호텔의 싸구려 침대가 있었다. 보드라워 보이는 오리털 이불에 거의 알몸으로 드러누워진 자신의 모습이 보였다.

모든 게 거친데도 엉덩이를 어루만지는 유이치의 손가락만은 부드러웠다. 무척이나 난폭하게 대하는데도 몸은 그 이상을 바라고 있었다. 난폭한 것이 유이치인지 자기 자신인지 분간할 수 없었다. 마치 자기가 유이치를 조종해서 거칠게 애무하게 만드는 것 같았다.

자기 혼자만 알몸이 되어 남자 앞에 서 있었다. 지나치게 밝은 형광등 불빛 아래, 허벅지를 어루만지고 엉덩이를 움켜쥐는 손길에 미쓰요는 당장이라도 신음소리가 새어나올 것 같았다.

유이치는 알몸이 된 미쓰요를 가볍게 안아 침대로 옮겼다. 거의 내던지듯 오리털 이불 위에 눕히고 자기 셔츠와 티셔츠를 잡아뜯어내듯 벗어던졌다.

유이치의 단단한 가슴이 미쓰요의 젖가슴을 눌렀다. 유이치가 움직일 때마다 미쓰요의 유두가 그의 살갗에 미끄러졌다. 정신을 차려보니 엎드려 있었다. 오리털 이불에 파묻힌 몸이 공중에 붕 떠 있는 것 같았다. 유이치의 뜨거운 혀가 등뼈를 따라 아래로 내려갔다. 안으로 파고드는 유이치의 무릎에 애써 저항을 해보지만 저절로 다리가 벌어졌다.

베개에 얼굴을 파묻을 때마다 세제 냄새가 났다. 미쓰요는 온몸에서 힘이 빠져버렸다.

유이치는 마치 망가뜨리기라도 하듯 난폭하게 미쓰요의 몸을 애무했다. 그리고 마치 다시 고치기라도 하듯 힘껏 끌어안았다.

망가뜨렸다 고치고, 또다시 망가뜨렸다 고쳤다. 미쓰요는 자신의 몸이 망가진 건지 아니면 처음부터 망가져 있었던 건지 분간할 수 없었다.

유이치가 망가뜨린 몸이라면 좀 더 격렬하게 망가뜨려주길 원했다. 원래부터 망가져 있었다면 유이치의 손으로 부드럽게 고쳐주길 바랐다.

'이 사람과 두 번 다시 못 만나도 좋아. 단 한 번뿐이야. 그래, 이런 건 오늘뿐이야.'

미쓰요는 유이치의 애무를 받으며 마음속으로 그렇게 중얼거렸다. 물론 본심은 아니었지만, 스스로에게 그렇게라도 말하지 않으면 침대 위에서 몸을 비트는, 지금껏 본 적도 없는 파렴치한 모습을 도저히 받아들일 수 없었다.

유이치가 벨트를 푸는 금속성 소리가 들렸다. 침대로 옮겨진 후 얼마나 시간이 흘렀을까, 아주 오랫동안 유이치의 애무를 받은 듯한 느낌이 들었다. 15분? 30분? 아니, 하룻밤, 이틀 밤 동안이나 유이치의 손가락이 자기 몸을 어루만지고, 그의 뜨거운 몸에 눌려 있는 것 같았다.

그 순간 갑자기 몸이 가벼워졌다. 침대가 삐걱거리고 그 진동에 베개에서 머리가 미끄러졌다. 눈을 뜨자, 알몸이 된 유이치가 서 있었다.

울지도 않았는데 유이치의 성기가 눈물에 어린 듯 흐릿해 보였다. 온몸에서 힘이 다 빠져버리고 손가락 하나 까딱하기 싫었다. 실오라기 하나 걸치지 않은 자신의 몸을 내려다보는데도 조금도 부끄럽지 않았다.

유이치의 한 쪽 무릎이 미쓰요의 얼굴 옆에 내려놓였다. 매트가 깊숙이 가라앉았고 미쓰요의 얼굴은 구르듯 유이치 쪽으로 다가갔다.

큼직한 손이 머리를 받쳐 들었고, 미쓰요는 눈을 감은 채 입술을 열었다.

목덜미를 받쳐 든 유이치의 손길은 부드러웠지만, 입 안을 찌르는 성기는 포악했다. 미쓰요는 또다시 자신이 부드럽게 다뤄지는지 난폭하게 다뤄지는지 알 수 없었고, 고통스러운 건지 기쁜 건지도 분간하지 못한 채 시트만 움켜쥐었다.

볼썽사나운 자세로 침대에 누워 있다는 건 안다. 그런 자세로 성기를 애무하게 만드는 유이치가 밉살스럽고, 사랑스러웠다. 팔을 뻗어 유이치의 엉덩이를 움켜쥐었다. 땀이 번진 엉덩이 깊숙이 손톱을 묻었다. 고통을 참아내는 유이치의 신음소리가 새어나왔다. 그 목소리를, 미쓰요는 좀 더 듣고 싶었다.

● ● ●

물론 미쓰요가 행복해지길 바라죠.

미쓰요한테 '언니'라고 부르진 않아요. 그렇긴 해도…… 마음속 어딘가에는 '언니'라고 부르는 면이 있을지도 몰라요.

우린 남동생이 하나 있는데, 내 대신이라고 하긴 뭣하지만, 그 애가 미쓰요를 '누나'라고 부르거든요. 나한테는 그냥 '다마요'라고 하면서.

흔히 쌍둥이는 서로 무슨 생각을 하는지 다 안다고들 하잖아요. 그런데 저와 미쓰요는 그런 게 거의 없었어요. 사이가 나빴던 것도 아니고, 쌍둥이라 학교에서도 당연히 눈에 띄었죠. 그래서 초등학교 때까지는 늘 붙어 다녔고, 반 친구들도 호기심 어린 눈빛으로 우릴 지켜봤던 것 같아요 ……그래요, 초등학교 때까지는 우리도 눈에 띄는 존재였어요. 그런데 중학교에 진학하니까 근처 초등학교에서 다른 쌍둥이 자매가 들어온 거예요, 그것도 우리보다 열 배쯤 예쁜 쌍둥이가. 아이들이란 게 잔혹하잖아요. 머잖아 우리는 '실패작'이라는 말까지 듣게 됐죠. 굳이 따지자면 전 그런 건 별로 신경 안 쓰는 편이라 그런 말을 하는 남자애가 있으면 쫓아가서 빗자루로 때려주곤 했어요. 아마 그 무렵부터였나, 저와 미쓰요는 성격이랄까, 인상이랄까⋯⋯ 헤어스타일과 옷 취향 같은 게 조금씩 달라지기 시작했죠.

고등학교 들어갔을 때, 실은 고등학교도 같은 학교에 갈 생각은 없었고 전 원래 남녀공학을 좋아했고 미쓰요는 사립 여자고등학교에 지원했죠, 근데 시험에 떨어지는 바람에⋯⋯.

아무튼 고등학교에 들어가자마자 둘 다 좋아하는 사람이 생겼어요. 전 무척 단순해서 축구부의 꽃미남 스타 같은 남자애랑 사귀었는데, 미쓰요는 오사와라는, 선천적으로 어두운 성격이라고 말할 정도는 아니지만, 뭐랄까⋯⋯ 배구부도 한 달 만에 그만 둬버리고 굳이 말하자면 공부도 잘하는 편도 아닌, 맹한 인상을 풍기는 애였어요.

헤어스타일이나 옷에 조금만 신경을 쓰면 좀 나아질 것 같기도 한데, 그런 데는 흥미가 전혀 없어 보였고, 그렇다고 달리 흥미가 있는 데도 없을 것 같은⋯⋯. 어쨌거나 미쓰요가 오사와를 좋아하는 것 같다는 말을 꺼냈을 때, 난 "말도 안 돼!"라고 소리쳤어요. 그때부터였을까요, 미쓰요와 저는 근본적으로 다른 인간이라고 느낀 게⋯⋯.

제 상대는 축구부 스타였기 때문에 라이벌도 많았고 잘 되지도 않았어요. 그렇지만 딱히 경쟁 상대가 없었던 미쓰요와 오사와 쪽은 잘 되어갔죠. 늘 둘이 함께 학교에서 돌아왔어요. 나란히 자전거를 밀면서. 대개 미쓰요가 오사와 집에 들렀는데, 그래도 매일 여섯 시 반쯤에는 돌아오긴 했어요, 저녁 먹기 전에요.

아무리 친한 쌍둥이 자매라고 해도 물어보기 힘든 건 있잖아요. 학교 끝나는 시간이 네 시쯤이고 오사와네 집까지 걸어서 20분 정도 걸렸으니까, 오사와 집에서 우리 집까지 자전거로 돌아오는 시간을 뺀다고 해도 매일 단 둘이만 있는 시간이 2시간 50분 정 도는 되잖아요. 학교에도 은근히 소문이 돌았는데 모두들 미쓰요 당사자에게는 못 물어보고 "있잖아, 미쓰요랑 오사와, 벌써 그거 했을까?"라며 나한테 묻는 애들도 있었죠. 솔직히 여동생의 직감으로는 미쓰요와 오사와가 벌써, 으음 뭐라고 해야 하나, 벌써 했을 거라는 느낌은 전혀 없긴 했어요. 어느 쪽이든 궁금했던 건 사실이지만, 묻고 싶진 않았다고 할까…….

여름방학이 막 끝났을 때였나. 미쓰요는 평상시처럼 오사와 집에 가 있을 때였는데, 그날은 치어리딩부 연습이 없는 날이라 일찍 집에 왔어요. 그때는 둘이 같은 방을 썼는데, 정말이지 그때까지는 그런 일이 한 번도 없었는데…… 뭐에 씌기라도 했는지 미쓰요의 서랍을 열고 미쓰요랑 오사와가 주고받는 비밀공책을 훔쳐 읽고 말았죠.

보나마나 시시한 얘기뿐일 거라고 생각했어요. 혹여 걱정스러운 게 있다면 혹시 내 욕이 씌어 있으면 어쩌나 하는 정도였죠.

팔랑팔랑 공책을 넘겨보니 뜻밖에도 작은 글씨가 깨알같이 채워져 있지 뭐예요.

난 미쓰요가 올까 조마조마하면서 공책을 읽었죠. 그런데 막상 읽기 시작하니 왠지 등줄기가 서늘해지는 거예요……. 분명 이런 느낌의 내용이었을 거예요.

"나 말이야, 지금까지는 오사와가 좋았거든. 그런데 요즘은 오사와의 오른팔이나 오사와의 귀나 오사와의 손가락이나 무릎이나 앞니나 코, 그런 부분 부분을 좋아하게 돼버렸어. 난 오사와의 전체가 아니라, 오사와의 한 부분 부분을 좋아하는구나 하는 생각이 들어. 정말이지 누구한테도 뺏기고 싶지 않아. 학교에서 누가 오사와를 쳐다보는 것도 싫어."

굳이 말하면 저는 미쓰요한테는 집착하는 마음이 별로 없다고 생각했었죠. 어릴 때부터 과자든 장난감이든 나와 남동생에게 다 양보했고, 역시 장녀는 다르구나 하는 느낌이었거든요. 그런데 오사와와 주고받은 일기에는 평상시의 그런 미쓰요의 모습이 없었다고 할까.

"오늘, 2반 오노테라가 뭐라고 말 걸었지? 오사와가 성가셔하는 표정을 짓는 게 너무 재밌더라" "얼른 졸업해서 오사와랑 같이 살고 싶다! 같이 살 수 있지? 그치? 아 참, 지난번 구경했던 아파트 괜찮아 보이지? 그런 집이라면 오사와의 자동차도 주차할 수 있고, 아이가 생기면 정원에서 뛰놀 수도 있잖아"라는 식이었죠. 여하튼 평상시 미쓰요의 말투와는 달리 공격적인 느낌이 들었어요.

읽으면서도 이러면 오사와를 성가시게 하는 일 아닐까 하는 생각이 들었어요. 전 점점 두려워져서 공책을 다시 서랍에 넣었어요. 그저 막연하게 미쓰요는 참 욕심 없는 사람이라고 생각했는데, 미쓰요의 감춰진 이면이랄까, 그때까지 몰랐던 미쓰요의 욕구 같은 게 전해져서 슬펐다고 해야 하나, 가여웠다고 해야 하 나…….

미쓰요와 오사와는 고등학교를 졸업하기 전에 헤어졌어요. 소문에 듣자하니 오사와가 그 무렵 다니기 시작한 학원에서 다른 여자를 좋아하게 된 모양인데, 당사자인 미쓰요는 나에게 아무 말도 안 했어요. 저도 감히 물어볼 수도 없었고……. 두 사람이 헤어질 때 미쓰요가 거칠게 굴거나 울었던 기억도 없어요. 물론 남이 안 보는 데서 울었을지는 모르지만……. 그것도 벌써 옛날 얘기가 돼버렸네요.

졸업하고 취직한 후에도 미쓰요가 진지하게 사귄 사람은 두 사람뿐인 것 같아요. 두 사람 다 그다지 오래 가진 않았지만……. 미쓰요는 저처럼 남자랑 놀러다니기 좋아하는 타입이 아니에요. 좀 더 사교적이면 좋겠다는 생각이 들 때도 있어요. 지금 같이 살고는 있지만, 마음속 어딘가에는 '미쓰요를 위해서' 라는 생각이 있는 것 같기도 해요. 내가 누군가와 결혼하면 이 사람은 평생 홀로 지내게 되지 않을까 하는 느낌이 들 때도 있고.

아무튼 전 미쓰요가 좋아요. 굉장히 소극적인 성격이지만, 진심으로 행복해지길 원해요.

그게 언제쯤이었더라, 미쓰요가 무척이나 행복한 표정으로 자전거를 타고 가는 모습을 우연히 버스 안에서 보게 됐어요. 생각해보면 바로 그 무렵부터 언니가 시미즈 유이치라는 사람과 문자를 주고받기 시작했던 거죠.

※ ※ ※

미쓰요는 체온에도 냄새가 있다는 생각이 들었다. 냄새가 뒤섞이듯 체온도 뒤섞일 거라고.

종료 시간을 알리는 전화벨이 울렸을 때, 유이치는 아직 미쓰요 위에 있었다. 난방을 지나치게 강하게 튼 러브호텔 침대에서 두 사람의 몸은 땀으로 미끄러졌다. 유이치의 살갗은 아름다웠다. 땀이 번진 아름다운 살갗으로 미쓰요의 몸을 찔렀다.

전화벨 소리에 동작을 멈춘 유이치에게 "……멈추지 마"라고 미쓰요가 말했다.

유이치는 전화를 무시했다. 전화를 무시하고, 몇 분 후 문을 노크할 때까지 줄곧 미쓰요의 몸을 찔렀다.

문밖에서 재촉하는 아주머니 목소리가 들려오자, "알았어요! 금방 나가요!"라고 유이치가 소리쳤다. 그렇게 소리치는 순간, 더욱 깊은 곳을 찔렀다. 미쓰요는 입술을 깨물었다.

유이치가 곧 나가겠다고 소리친 후로도 15분이나 더 지났다.

미쓰요는 이불 속에서 유이치의 땀에 젖은 몸을 끌어안고 "배고프지?"라고 물으며 웃었다.

대답인 모양인지 아직도 거친 숨을 몰아쉬는 유이치가 가볍게 이불을 걷어찼다.

"바로 옆에 맛있는 장어집 있어."

이불이 침대 밑으로 떨어지고 발가벗은 채 끌어안은 두 사람의 모습이 옆 거울에 비쳤다. 유이치가 먼저 일어나 앉았고, 등뼈가 또렷하게 도드라진 등이 거울에 비쳤다.

"소금구이도 있고 꽤 괜찮은 가게야."

미쓰요는 침대에서 내려가려는 유이치의 손을 힘껏 잡아당기며 "거기로 갈 거지?"라고 물었다. 유이치가 몸을 비틀어 물끄러미 미쓰요를 내려다보더니 살며시 고개를 끄덕였다.

미쓰요는 침대에서 내려와 먼저 욕실로 향했다. 등 뒤에서 "시간 없어"라는 유이치의 목소리가 들렸지만 "어차피 늦어졌으니 연장 요금 내면 되잖아"라고 대답했다.

노란색 타일을 붙인 앙증맞은 욕실이었다. 욕실에 창이 있으면 좋겠다는 생각이 들었다. 욕실에 창이 있고, 밖에는 자그마한 정원이 있다. 정원 저편으로 차를 닦는 유이치의 모습이 보인다.

"장어 먹고서 꼭 등대 데려가야 해!"라고 미쓰요가 소리쳤다. 대답은 없었지만, 미쓰요는 기분 좋게 샤워를 했다. 아직 채 두 시간도 안 지났을 것이다. 이제부터 길고 긴 주말이 시작된다고 생각하니 살갗 위로 흐르는 물줄기까지 춤추며 노래하는 것 같았다.

"시간 없으니까 같이 샤워하자!"

미쓰요는 물소리보다 큰 목소리로 유이치를 불렀다.

"있지, 시미즈 유이치, 그거 본명이야?" 미쓰요가 물었다.

유이치가 앞을 향한 채 말없이 고개를 끄덕였다.

러브호텔을 나와 장어집으로 향하는 차 안이었다. 방금 샤워를 해서 그런지 아직도 몸이 후끈거렸다.

"그럼, 난 사과해야겠다. 내 이름은 마고메 미쓰요. 시오리라고 했던 건……."

미쓰요가 거기까지 말하자 "신경 쓸 거 없어. 처음에는 모두들 가명이니까"라며 유이치가 말을 끊었다.

"모두라니, 여자를 그렇게나 많이 만났어?"

차는 신호에도 걸리지 않고 한가한 국도를 시원스레 내달렸다. 자신들이 탄 자동차가 다가가면 신호가 곧바로 파란색으로 변하는 것 같았다.

"……하긴 뭐, 내가 상관할 일은 아니지만."

유이치가 아무 대답도 하지 않아서 미쓰요는 곧바로 자기 질문을 거둬들였다.

"이 길, 고등학교 때 통학로야."

미쓰요는 스쳐 지나는 풍경을 눈으로 좇았다.

"저기 신발가게 할인매장 간판 보이지? 저기서 오른쪽으로 꺾어서 논 한가운데로 곧장 걸어가면 고등학교가 나와. 그리고 이 길에서 역 방향으로 조금 돌아가면 초등학교랑 중학교가 있어. 결국 이 국도에서 조금도 벗어나질 못하고 오락가락한 셈이지. ……전에 다니던 직장도 식품 관련 공장이었거든. 동료 여자 애들은 하나같이 일이 너무 단순하다고 불평을 해댔는데, 난 컨베이어시스템 일, 그다지 싫어하지 않는지도 몰라."

"나도 비슷해."

유이치가 나지막이 중얼거렸다. 순간 무슨 뜻인지 몰라 고개를 갸웃거리자 "나도 줄곧 가까운 곳뿐이었어. 초등학교도 중학교도 고등학교도 바로 옆이었으니까"라고 이야기를 이었다.

"그래도 바다 옆이잖아. 바닷가라니 너무 부럽다. 안 그래? 난 기껏 이런 곳인데."

때마침 신호가 바뀌어 유이치가 천천히 액셀러레이터를 밟았다. 미쓰요의 고장, 드문드문 가게가 서 있는 살풍경한 거리가 스쳐 지나갔다.

"아, 저기야 저기, 봐, 장어라는 간판 보여? 정말 맛있어. 가격도 별로 안 비싸고."

배가 고팠다. 이렇게 배가 고픈 것은 아주 오랜만인 것 같았다.

* * *

마스오 게이고는 눈에 띄지 않게 오전 중에 사우나를 나왔다.

될 수 있으면 손님이 줄어든 수면실에서 점심때가 지나도록 푹 자고 싶었지만, 손님이 줄면 종업원 눈에 띄기 쉽다. 설마 지명수배자 사진이 붙은 전단지가 이곳 나고야 사우나까지 배포되진 않았겠지만, 조금 전 카운터에서 열쇠를 건넨 종업원의 눈빛이 뭔가를 알아챈 것 같은 느낌도 들었다.

수면 부족인 채로 뛰쳐나온 거리는 맑게 갠 겨울 날씨였고, 해가 들지 않는 곳에 있다 나와서 그런지 거리로 나서는 순간 현기증이 날 만큼 눈이 부셨다.

마스오는 일단 나고야 역으로 향하면서 지갑을 확인했다. 후쿠오카를 떠날 때 50만 엔 정도 인출했기 때문에 아직 걱정할 정도는 아니지만, 도주중에 현금카드를 쓸 수는 없으니 남은 돈이 유일한 구명줄이었다.

햇볕은 내리쬐어도 바람은 차가웠다. 나고야 역 앞에 숲처럼 늘어선 고층빌딩 사이로 불어온 한풍이 마스오의 몸을 발밑에서부터 싸늘하게 식혀갔다.

사건 소식을 접하자마자 맨션을 뛰쳐나온 후 줄곧 입고 다니는 다운재킷 소매는 땀과 때로 번질거렸다. 속옷과 양말은 편의점에서 새것을 샀지만, 아무래도 겉옷까지 갈아입을 여유는 없었다.

역 앞 로터리에 도착한 마스오는 안내간판 뒤에 숨어 바람을 피했다. 눈앞에서는 지하도에서 올라온 사람들이 역 구내로 빨려들어갔다.

어젯밤, 사우나에 있던 신문을 몇 개 읽어보았지만, 이제 사건 기사는 어디에도 보이지 않았다. 그렇게나 많은 시간을 할애해 보도하던 와이드쇼도 지금은 며칠 전 발생한, 병간호에 지쳐 시아버지를 살해한 주부 사건이 메인이었고, 미쓰세 고개의 '미' 자도 나오지 않았다.

마스오는 안내간판 뒤에서 담뱃불을 붙였다. 한 모금을 빨아들이며 자신이 심한 공복 상태라는 걸 깨닫고 막 불을 붙인 담배를 비벼 끄고 지하 쇼핑가로 내려갔다.

역으로 가기 위해 올라오는 사람들 사이를 헤치며 마스오는 한 걸음씩 지하로 내려갔다. 한 발을 내디딜 때마다 '이대로 도망만 칠 수는 없다'는 말과 도저히 '납득할 수 없다'는 마음이 번갈아 떠올랐다.

그런 여자를 죽일 생각은 추호도 없었다. 좀 더 심하게 말하면 그런 여자와 연관되는 것조차 싫었다. 그러나 그날 밤, 싸늘했던 미쓰세 고개로 그 여자를 데리고 갔고, 그리고 그곳에 그녀를 내팽개친 것은 틀림없는 자기였다.

그날 밤, 마스오는 히가시 공원 도로에서 이시바시 요시노를 조수석에 태운 후 무작정 차를 출발시켰다. 입으로는 기분 내키는 대로 "미쓰세 고개로 담력 테스트나 하러 갈까?"라고 말했지만, 막상 차를 출발시키니 금세 귀찮아졌다.

조수석에 탄 요시노는 차가 달리기 시작하자, 조금 전까지 함께 식사를 했다는 친구들 이야기를 꺼냈다.

"덴진 바에서 만났을 때 나랑 같이 있던 애들 기억나지?"

본격적으로 드라이브를 할 작정인지 안전벨트까지 매기 시작하는 요시노를 보며 얼른 대화를 끝낼 생각으로 "글쎄?"하며 고개를 갸웃거렸다. 그러나 요시노는 "아이, 그때 우리 세 사람이었잖아. 사리라고 키 크고 약간 기 세게 생긴 애랑……"이라며 일방적으로 떠들어대기 시작했다.

차를 출발시키긴 했지만 딱히 목적지도 없었던 마스오는 되는 대로 핸들을 꺾었고, 신호가 바뀔 것 같으면 액셀러레이터를 밟으며 교차로를 지나쳤다.

어느새 히가시 공원은 아득히 뒤편으로 멀어지고, 머리 위로 도시고속 고가가 보였다.

"마스오, 내일 학교 쉬어?"

자기 멋대로 히터 풍량을 조절한 요시노가 이번에는 또 제멋대로 발치에 있는 CD박스를 열려고 했다.

"왜?"

대화를 계속할 생각은 없었지만, CD박스를 여는 게 싫어서 마스오가 되물었다.

"으음, 지금부터 드라이브하면 늦어질 테고……."

요시노는 CD박스를 무릎에 올리긴 했지만 열지는 않았다.

"그쪽은?"이라며 마스오가 턱짓을 했다.

어쩔 수 없는 상황이긴 했지만, 그런 여자를 조수석에 태우고 목적도 없이 차를 몰고 있는 자신에게 부아가 치밀었다.

"나? 난 일하잖아. 그렇긴 한데, 출근 전에 외근할 일 있다고 전화하면 지각해도 괜찮아."

"무슨 일 하는데?"

마스오가 별 생각 없이 물어보자 "아이 정말, 말도 안 돼~"라며 요시노가 애교를 부리듯 마스오의 팔을 때렸다.

"지난번에 보험회사 다닌다고 말해줬잖아~."

뭐가 그리 좋은지 요시노는 그렇게 말하며 혼자 까르르 웃어대기 시작했다. 마스오는 요시노가 웃음을 그칠 때까지 참을성 있게 기다렸다가 마침내 웃음이 그친 후, "어디서 마늘 냄새 안 나?"라고 싸늘하게 말했다.

순간, 요시노의 표정이 딱딱하게 굳더니 아까부터 한순간도 다물지 않던 입을 일자로 굳게 닫았다.

마스오는 아무 말 없이 조수석 창문을 열었다. 차가운 바람이 요시노의 머리를 헝클었다.

마늘 냄새가 차 안에서 빠져나가자, 순식간에 발아래로 살을 에는 듯한 매서운 밤공기가 스며들었다.

차는 이미 번화가를 벗어났는데 어쩐 일인지 신호 한 번 걸리지 않았다.

입 냄새가 난다는 야유에 한동안 침묵을 지킬 거라 예상했지만, 요시노는 핸드백에서 페퍼민트 껌을 꺼내며 "지금 막 군만두 먹고 와서 그래"라고 변명을 하기 시작했다.

한창 크리스마스 시즌이라 덴진의 가로수는 화려한 조명이 밝혀져 있고 보도에는 팔짱을 낀 커플들로 넘쳐났다. 마스오는 액셀러레이터를 밟았다. 순식간에 커플들이 등 뒤로 날아가버렸다.

"왜 그런지 잘 모르겠는데 사리와 마코는 나랑 마스오랑 사귀는 줄 아는 모양이야. 물론 아니라고는 했는데 믿질 않아."

어금니로 껌을 씹으며 요시노가 이야기를 계속했다. 핸들을 급히 꺾으며 거칠게 차선을 바꿔도 급브레이크를 밟아도 입을 다물지 않았다.

"안 사귀잖아"라고 마스오가 차갑게 말했다. 너 같은 거하고 누가 사귀냐고 마음속으로 중얼거렸다.

"으음, 마스오는 어떤 여자가 좋아?"

"글쎄."

"타입 같은 거 없어?"

성가셔서 급히 핸들을 꺾었다. 핸들을 꺾은 길은 미쓰세 고개로 향하는 263번 국도였다.

"아 참, 조금 전에 공원 화장실에서 소변보는데 호모가 말 시키더라."

마스오가 이야기를 바꿨다.

"정말? 그래서 어떻게 했어?"

"죽여버린다고 겁주니까 도망쳤지. 그런 놈들은 아예 출입을 금지시켜야 하는데."

마스오가 침을 튀겨가며 단언했지만, 요시노는 별 관심도 없는 듯 "그런데 그 사람들 입장에서 보면 보통 거리에서 출입금지 비슷한 걸 당하는 셈이니까 그런 데밖에 갈 곳이 없는 거 아닌가? 생각해보면 좀 불쌍하지 않아? 세상에는 다양한 사람이 사는 건데"라며 껌 하나를 또 입에 넣었다.

화제를 바꿔볼 생각이었는데 예상 밖의 반론에 마스오는 대꾸할 말이 없어졌다.

도로는 번화가의 화려함이 사라지고 점차 한적해져 갔다. 그러나 가로등에는 여전히 크리스마스 세일을 알리는 쇼핑가 깃발이 나부끼고 있었다. 화려함이 없는 크리스마스만큼 서글픈 건 없다.

요시노는 입 속의 껌을 종이에 싸서 버릴 때까지 입을 열지 않았다. 돌아가고 싶다는 말도 꺼내지 않았다. 차는 한 번도 멈춰서지 않고 국도 263번을 남쪽으로 달리며 미쓰세 고개로 향하고 있었다.

차가 미쓰세 고갯길로 접어들자, 맞은편 차선을 달리는 차도 거의 사라졌다. 간혹 룸미러에 꽤 뒤에서 오는 자동차 라이트가 언뜻언뜻 보였지만, 앞서 달리는 차는 없었다. 자동차 라이트만이 차가운 고갯길 아스팔트를 푸르께하게 비추고 있었다. 커브를 돌 때마다 라이트가 가드레일 너머 덤불을 비췄고 복잡 미묘한 나무껍질 무늬가 또렷하게 모습을 드러냈다.

마스오는 일방적으로 떠들어대는 요시노를 무시하고 계속해서 액셀러레이터를 밟았다. 무슨 곡이었는지, 제멋대로 CD박스를 연 요시노가 "아~, 나 이 곡 정말 좋아하는데~"라고 외치며 튼, 끈적거리는 발라드가 벌써 여러 차례 반복해 흘러나왔다.

요시노가 몇 번째 리피트 버튼을 누르려고 했을 때일까, 마스오는 문득 '이런 여자가 남자한테 살해당하겠지'하는 생각이 들었다. 정말이지 불현듯 그런 생각이 들었다.

이런 여자의 '이런'이 '어떤' 것인지 설명할 수는 없지만, 분명 '이런' 여자가 어느 순간 남자의 분노를 사서 허망하게 죽임을 당할 거라는 생각이 들었다.

마스오는 차츰 굴곡이 심해지는 커브에서 핸들을 꺾으며 조수석에 앉아 자기가 좋아하는 발라드를 태평하게 허밍하는 여자가 다다를 미래를 상상했다.

보험설계사를 하면서 푼돈을 모으고, 휴일에는 명품 매장에서 거울에 비친 자기 모습을 바라본다. '나의 본모습은…… 나의 본모습은'이라고 입버릇처럼 말하지만, 3년쯤 일하고 나면 머릿속에 그렸던 자신의 본모습이 실은 자신의 본모습이 아니었다는 것을 뒤늦게 깨닫는다. 그 후에는 자기 인생을 거의 포기하고, 가까스로 찾아낸 남자에게 미래를 통째로 던져버린다. 그렇게 통째로 걸어본들 남자 쪽은 당혹스러울 뿐이다. 내 인생 어떻게 해줄 거야? 이번에는 그 말이 입버릇이 되고, 서서히 격화되는 남편에 대한 불만에 반비례해 자식에 대한 기대가 팽배해간다. 공원에서는 다른 엄마들과 경쟁하고, 어느새 친한 그룹을 만들어 누군가의 험담을 늘어놓는다. 자기 자신은 눈치 채지 못하지만, 친한 사람에게만 의지하고 마음에 들지 않는 누군가의 험담을 늘어놓는 그 모습은 중학교, 고등학교, 단기대학에서 줄곧 보아온 자신의 모습과 조금도 다르지 않다.

"어디까지 갈 거야?"

조수석에서 갑자기 말을 건네는 요시노에게 마스오가 "뭐?"라며 볼통스러운 소리를 냈다. 그 사이 요시노가 좋아하는 발라드는 끝나고 묘하게 경쾌한 곡이 흘러나왔다.

"진짜 고개 넘을 거야? 이 앞에 정말 아무것도 없어. 낮에는 맛있는 카레집이나 빵가게가 있긴 한데…… 아, 저기, 방금 지나친 국수집, 지금은 닫혔는데 혹시 저기 가본 적 있어? 엄청 맛있대. 전에 친구가 그러더라. ……왜 그래? 아까부터 아무 말도 안 하고."

경쾌한 음악에 맞추듯 요시노의 입에서 연달아 말들이 쏟아져 나왔다. 정말로 데이트를 한다고 착각하는 듯했다.

"아 참, 마스오네 유후인에서 전통 있는 여관 한다면서? 벳부에 큰 호텔도 있다던데. 대단하다. 그럼 마스오 어머님이 안주인이시겠네? 흐음, 안주인이라…… 잘은 몰라도 엄청 힘들 것 같던데."

요시노는 그렇게 말하며 줄곧 손에 쥐고 있던 종이에 씹던 껌을 뱉었다.

"……우리 어머니가 여관 안주인인 건 분명한데, 네가 걱정할 일은 아니지"라고 마스오가 말했다.

자기가 생각해도 놀라울 정도로 차가운 목소리였다. 입에 댄 종이에 막 껌을 뱉은 요시노가 어리둥절한 표정을 지었다.

"너랑은 스타일도 다르고."

"어?"

멍해진 요시노가 되물었다.

"너랑 우리 어머니는 스타일 자체가 다르단 말이야. 굳이 말하자면 넌 여종업원 스타일이잖아. 물론 우리 여관에서 일하게 되면 그렇다는 얘기지만."

마스오는 그쯤에서 급브레이크를 밟았다. 껌을 싼 종이를 쥔 채 요시노의 몸이 앞으로 푹 고꾸라졌다.

조금 전 터널 입구가 보였을 때, 무의식적으로 핸들을 꺾어 구도로 쪽으로 접어들었다. 차가 멈춘 곳은 구도로 위였고 고개 정상 부근이었다.

"……내려. 널 태우니까 괜스레 짜증만 난다."

마스오가 요시노의 눈을 똑바로 쳐다보며 말했다. 멍한 요시노의 표정은 아직 무슨 말을 하는지 이해하지 못한 것 같았다.

구도로 고갯길에 멈춘 차 안에는 시답잖은 유행가가 흘러나왔다. 당신의 사랑이 나를 강하게 만들어줬느니 어쩌느니 노래하는 형편없는 가수는 마치 손톱으로 유리창을 긁는 듯한 소리를 질러댔다.

"내리라니까"라고 마스오가 다시 한 번 말했다. 나직한 말투로, 눈썹 하나 까딱하지도 않았다.

"어?"

요시노는 어두운 차 안에서 눈을 휘둥그레 떴다. 그렇게 입을 여는 순간, 이게 마스오가 아까 말한 '담력 시험'인가 하고 마지막 희망을 거는 듯한 미소까지 지으면서.

"너, 너무 천박해."

"뭐?"

"너 말이야, 잘 알지도 못하는 남자 차에 그렇게 아무 생각 없이 타니? 여자들은 보통 거절하는 거 아니냐? 난데없이 한밤중에 드라이브하자는데 척척 올라타는 여자, 솔직히 내 타입은 아니다. 내려줄래? 스스로 못 내리겠다면 내가 걷어차주리?"

마스오가 요시노의 어깨를 밀쳤다. 그쯤에서야 요시노도 농담이 아니라는 걸 알아챈 모양이었다.

"이런 데서⋯⋯ 내리라고 하면 어떡해."

"이 근처에 서 있으면 누구든 태워줄 테지. 너, 누구 차든 무턱대고 잘 타잖아?"

요시노는 어떻게 해야 좋을지 몰라 무릎에 올린 핸드백을 힘껏 움켜쥐었다.

마스오는 개의치 않고 몸을 내밀어 조수석 문을 열었다. 힘이 너무 들어간 바람에 기세 좋게 열린 문이 가드레일에 쾅 하고 부딪쳤다. 차가운 흙냄새가 났다. 차가운 산 냄새가 났다.

"빨리 내리라니까!"

마스오가 요시노의 가냘픈 어깨를 밀쳤다.

요시노가 몸을 비트는 바람에 어깨에서 미끄러진 손이 요시노의 머리를 후려쳤다.

"하, 하지 마!"

"빨리 내려!"

마스오는 목을 조르는 듯한 자세로, 저항하는 요시노의 몸을 힘껏 밀어냈다. 목덜미의 열이 손바닥에 전해지자 더더욱 조바심이 났다. 엄지손가락이 목구멍을 파고들었다.

"아, 알았어, 알았다고!"라며 요시노가 포기한 듯 안전벨트를 풀었다. 겁을 집어먹었을 테지만, 목소리는 묘하게 도전적이었다. 마스오는 자기도 모르게 핸들 아래에서 다리를 빼내 투덜거리며 조수석에서 내리는 요시노의 등을 있는 힘껏 걷어찼다.

"아악!"

굴러 떨어진 요시노의 머리가 가드레일에 부딪쳤다. 쾅 하고 울린 소리는 하얀 가드레일을 지나 고개 전체로 퍼져갔다.

❖ ❖ ❖

저에겐 아무래도 이시바시 요시노라는 이름보다는 미아 쪽이 훨씬 편합니다. 그러니 미아라고 불러도 되겠죠?

저는 초등학생을 가르치는 학원 강사라 일본사람 같지 않은 그런 이름에 익숙하거든요. 제가 맡은 반만 해도 레이몬(零文), 시에루(白笑瑠), 데이아라(天空星)처럼 선생을 곤혹스럽게 만드는 이름을 가진 아이들이 많습니다.

그렇지만 이미 여러 차례 말씀드렸듯이, 전 어린 여자애한테는 전혀 관심 없습니다. 정말 어쩌다보니 학원 강사 일을 하게 됐을 뿐이죠······.

그런데 요즘 아이들 이름이란 게 그렇더군요, 뭐랄까, 마치 만남 사이트에서 여자들 가명을 처음 들었을 때와 같은 느낌이에요. 좀 심하게 말하면, 당사자와 이름이 워낙 언밸런스해서 수업 시간에 출석이라도 부를라치면 가엾다는 생각이 들 때도 있습니다. 그 뭐냐, 성 동일성(性同一性) 장애라는 게 있다던데, 이러다가 머잖아 성명 동일성 장애 같은 문제가 생기는 건 아닐는지.

이야기를 되돌리면, 만남 사이트에서 알게 된 여자는 미아 외에도 열 명 이상 될 겁니다. 그중에서 순위를 매긴다면 미아는 2등이나 3등쯤 되죠. 얼굴이나 체형이 제 스타일이었던 건 아니지만, 지금 와 생각해보면 그 애, 상냥했어요. 약속 장소에 도착하자마자 택시비를 청구했을 때는 저도 어처구니가 없긴 했는데, 지금 생각해보면 역시 어딘지 모르게 상냥한 구석이 있었어요, 그 애.

저는 보시다시피 별 볼일 없는 놈입니다. 뚱뚱하고 불도그 같은 얼굴에다 털까지 많아서 여자에게 인기 있는 남자는 절대 못 되고 실제로 인기도 없습니다. 그렇지만 이런 남자도 여자의 대수롭지 않은 한마디에 아주 잠깐이긴 하지만 '아, 나도 쓸모없는 놈은 아니구나'하는 생각이 들 때가 있습니다. 미아는 남자에게 그런 기분을 갖게 해주는 재주가 있었던 것 같습니다. 아, 물론 저 혼자만의 착각일지도 모르죠.

호텔에서 일을 마치고 나갈 준비를 할 때였던 것 같은데, 미아가 난데없이 '혹시 우리가 만남 사이트에서 안 만났다면 어떻게 됐을까?'라는 말을 꺼내더군요.

"상대도 안 해줬겠지"라며 내가 웃어넘기니까, 미아가 살짝 슬픈 표정을 짓더니 "그럴까요, 물론 나이 차이는 있지만, 나, 중학교 때 뚱뚱한 생물 선생님 좋아했는데"라는 겁니다.

아, 물론 인사치레로 하는 말이라는 건 압니다. 그런데도 그 바람에 2천 엔쯤 더 건네주기도 했죠. 그렇지만 그때 미아는 진심으로 하는 말 같았습니다. 정말로 만남 사이트 같은 데서 만나지 않고 길거리에서 우연히 만났다면 두 사람 사이에 뭔가가 일어나지 않았을까 하고 믿어버리게 하는 표정과 말투였으니까요.

남자는 바보라서 그런 말을 평생 잊지 못합니다. 물론 인기 많은 남자야 금세 잊어버릴 테지만, 그렇게 속이 뻔히 들여다보이는 빈말이라도 마음속 어딘가에 줄곧 남아 있죠. 그 한마디에 자신감을 가지게 된다고 할까요. 옛날이야기까지 꺼내면 기분 나빠 하실지 모르지만, 대학생 시절 테니스 동아리 여자 선배가 "하야시는 다른 사람을 똑바로 쳐다보잖아. 그래서 그런지 몰라도, 같이 있으면 왠지 내 속을 훤히 들여다보는 것 같은 느낌이 들어"라는 말을 한 적이 있습니다. 별 대수로울 것도 없는 말이지만, 신기하게도 그 말이 마치 제 버팀목처럼 느껴졌어요. 나는 어떤 남자인가 하는 생각을 할 때마다 제일 먼저 그 선배 말이 떠오르기도 하고……. 그 사람은 자기가 그런 말을 했다는 것조차 기억 못 하겠지만, 저에게는 정말로 소중한 말이었고, 좀 과장하자면 그 후 20년 가까이 지났지만 그 말을 버팀목 삼아 남자로 살아오지 않았나 하는 생각까지 듭니다.

바보 같죠? 영락없이 인기 없는 남자다 싶죠? 그렇지만 말입니다, 저 같은 남자한테는 그런 여자가 필요합니다. 빈말이라도 상관없습니다. 그렇잖습니까, 그것마저 없다면 저 같은 놈은 정말 아무것도 없으니까요.

미아는 그런 말을 해줄 수 있는 여자가 아니었을까. 아마 그녀 스스로 의식하고 한 말은 아니겠지만, 그래도 미아 같은 여자는 자기도 모르는 새에 나 같은 남자가 20년이나 잊지 못할 말을 건네주는 여자였던 것 같은 느낌이 듭니다.

미아가 살해당했다는 말을 들었을 때, 물론 슬펐습니다. 만남 사이트에서 단 한 번 만난 여자였지만, 저에게는 잊을 수 없는 여자니까요. 그때 데리고 갔던 이탈리안 레스토랑에서는 "난 맛있는데 아는 남자가 제일 존경스러워"라는 말도 해줬고.

◦ ◦ ◦

토요일, 아침을 먹고 난 유이치는 어디 간다는 말도 없이 훌쩍 나가버렸다. 보나마나 어디 드라이브라도 나갔다가 저녁에는 돌아오겠지 싶어 시미즈 후사에는 유이치가 좋아하는 고기경단을 만들어놓고 기다렸지만, 유이치는 끝내 들어오지 않았고, 하는 수 없이 다다단 고기경단을 혼자 먹었다.

일요일 아침이 되어도 유이치는 돌아오지 않았다. 주말에 훌쩍 나간 유이치가 외박을 하는 일이 드물진 않았다. 그러나 아무도 없는 집에 홀로 남겨지자 주민회관에서 건강 세미나를 열었던 쓰쓰미시타라는 남자의 사무실에서 거친 말을 쏟아내는 사내들에게 에워싸여 고가의 한방약을 강매당한 일이 떠올라 안절부 절못할 만큼 두려웠다.

오후가 되어 후사에는 유이치의 휴대전화로 연락을 해봤다. 유이치는 곧바로 전화를 받더니 "왜요?"라고 귀찮아하는 목소리로 물었다. "너, 어디니?"라고 후사에가 묻자 '사가'라는 짧은 대답이 돌아왔다.

"사가에서 뭐해?"

운전중이면 바로 끊을 생각이었지만, 그런 것 같지 않아서 후사에가 물었다. 그러나 유이치는 그 말에는 대답하지 않고 "왜요?"라고 다시 한 번 물었다.

후사에는 몇 시쯤 들어올 거냐고 물었다. 유이치는 그 말에도 대답하지 않고 "저녁밥 필요 없어요"라며 전화를 끊었다.

후사에는 그 후 남편 가쓰지를 병문안하러 시내 병원으로 갔다. 여느 때와 마찬가지로 간호사에 대한 불평을 늘어놓는 남편의 이야기를 30분쯤 들어준 후, 그 간호사를 찾아가 "늘 고생이 많으시죠"라고 인사를 건네고 병원을 나왔다.

돌아가는 버스 안, 불현듯 한방약을 강매한 사내들의 목소리가 되살아났다.

"이제 와서 안 산다니 그게 무슨 소리야!"

"아줌마, 지금 장난해?"

"여기서 사인 안 하면 매일 집으로 쳐들어가주지!"

되살아나는 사내들 목소리에 후사에는 또다시 그 현장으로 끌려간 기분이 들어 노약자보호석에서 떨리는 몸을 추스를 수 없었다.

결국 유이치가 돌아온 것은 그날 밤 열한 시가 넘어서였다. 현관문 여는 소리가 들렸을 뿐인데도 후사에는 마음이 푹 놓였다. 막 들어간 이불 속에서, 마루를 걸어가는 유이치에게 "어서 와라"라고 말을 건넸다.

"목욕할 거지?"

겨우 따뜻해지기 시작한 이불 속에서 나갈까 말까 망설이며 후사에가 물어보자 "아니, 하고 왔어요"라는 유이치의 목소리가 문 너머에서 들렸다.

후사에는 결국 침실에서 나가 부엌으로 향했다. 맨발로 디디는 마룻바닥은 살을 에일 듯 차가웠다.

유이치는 냉장고를 열고 안에서 소시지를 꺼내고 있었다.

"배고프지?"라고 후사에가 묻자 "아니"라고 대답은 하면서도 이로 비닐을 물어뜯으며 정신없이 소시지를 입 안으로 밀어 넣었다.

"뭣 좀 만들어줄까?"

"됐어요. 저녁 먹고 왔어요."

후사에는 자기도 모르게 부엌에서 나가려는 유이치를 불러 세웠다. 소시지를 씹으며 뒤를 돌아본 유이치가 "왜요?"라며 성가시다는 듯 말했다.

후사에는 그 표정에 기가 눌려 힘이 빠진 듯 의자에 주저앉았다. 말할 생각은 없었다. 그런데도 입이 저절로 움직이기 시작했다.

"실은 할머니가 말이다, 지난번에 병원 다녀오는 길에…… 그 왜, 주민회관에서 세미나 열었던 사람 있지? 한방약……."

여기는 자기 집이고, 눈앞에는 유이치가 있다. 안전한 곳임에 틀림없는데도 후사에의 몸은 금방이라도 또다시 후들거릴 것 같았다. 그때 일을 입에 담는 것조차 끔찍했다. 의식적으로라도 심호흡을 하지 않으면 숨이 막혀버릴 지경이었다.

그러나 후사에가 이야기를 계속하려는 찰나, 유이치의 휴대전화가 울리기 시작했다.

"여보세요? ……어, 응. 지금 도착했어. ……내일? 다섯 시에 일어나야 돼. 아냐, 괜찮다니까. ……응, 나도."

주말을 함께 보낸 상대일까, 문손잡이를 잡으며 대꾸하는 유이치의 옆모습이 행복해 보였다.

"응, 알았어. 나도 내일 전화할게. ……일? 여섯 시에는 끝날 거야. ……응. 알았어. ……응. 자, 그럼. ……어? ……그래. 알았어. 자, 그럼. 어? 그래, 알았다니까."

후사에는 끝날 듯하면서 끝나지 않는 대화를 줄곧 듣고 있었다. 문손잡이에 닿았던 유이치의 손가락이 기둥을 지나 벽에 걸린 달력을 넘겼다.

상대는 여자가 분명했다. 아마도 주말을 함께 보낸 사람일 것이다. 그건 그렇고, 후사에는 여태껏 그렇게 행복해 보이는 유이치의 얼굴을 본 기억이 없었다. 아니, 자기가 모르는 곳에서는 몰래 그런 표정을 짓는지도 모르지만, 유이치가 이 집에 들어온 지 어느덧 20년, 자기 앞에서 그렇게 당당하고 행복한 표정을 짓는 유이치를 후사에는 단 한 번도 본 적이 없었다.

제4장 • 그는 누구를 만났는가

그는 누구를 만났는가

저녁 시간이 되어 손님 몇 그룹이 동시에 들어왔다. 그중 마고메 미쓰요가 맡은 손님은 20대 후반으로 보이는 남자 두 명이었다. 양복을 고르면서 마치 만담을 하듯 주고받는 대화 내용으로 보아 키가 작은 남자가 어렵게 재취업 면접에 붙어서 친구와 함께 옷을 사러 온 듯했다.

"이제껏 만날 작업복만 입었잖아, 양복은 어떤 걸 사야 할지 영 감이 안 잡힌다."

"그건 그렇고, 양복 살 때는 와이프랑 오는 게 자연스러운 거 아닌가?"

"답답한 소리, 개랑 같이 오면 셔츠에서 넥타이까지 제일 싼 것만 골라댈 게 뻔해."

"그럼, 고급 양복 사게?"

"아니 뭐, 꼭 그런 건 아니고. 그래도 중간은 돼야지, 중간."

이러쿵저러쿵 대화를 나누면서도 두 사람은 옷걸이에 걸린 양복을 처음부터 끝까지 하나씩 집어 들고 가슴에 대보며 사이

좋게 걸어갔다.

미쓰요는 '아직 어려 보이는데, 저 나이에 벌써 결혼했구나'라고 생각하면서 다가서지도 멀어지지도 않고 참을성 있게 상대가 말을 걸 때까지 기다렸다.

탈의실 앞에는 줄자를 목에 건 동료 미즈타니 가즈코가 서 있었다. 미쓰요는 조금 전 휴식을 마치고 매장으로 돌아온 미즈타니에게 오늘밤 잠깐 시간이 있냐고 물었다. 혹시 괜찮으면 가볍게 한잔하러 가자고.

평소 안 하던 말을 꺼내자, 미즈타니는 살짝 고개를 갸웃거리면서도 "좋지, 우리 남편도 조금 늦는다던데 잘 됐네, 어디로 갈까? 얼마 전에 빅리버 옆에 생긴 회전초밥 집도 괜찮을 것 같더라"라며 흔쾌히 응해주었다.

그 집에 가기로 결정하고 미쓰요가 자기 자리로 돌아오려는데 미즈타니가 손을 휙 낚아채더니 "웬일로 토요일에 휴가를 낸다 했더니…… 무슨 좋은 일 있었지?"라며 놀리듯 웃었다. 미쓰요는 "아뇨, 별일 아니에요. 그냥 오랜만에 미즈타니 씨랑 밥이라도 먹을까 해서"라고 말하며 자리를 피했지만, 얼굴에 환하게 번지는 미소는 어쩌지 못했다.

토요일 낮에 만난 시미즈 유이치와는 결국 만 하루 이상 같이 지냈다. 장어를 먹고 등대에 갈 계획으로 호텔을 나왔지만, 장어를 먹고 가게를 나오자 난데없이 억수같은 비가 쏟아져서 결국 드라이브는 포기하고 또다시 다른 호텔로 들어갔다.

일요일 밤, 유이치가 아파트까지 바래다주었고 차 안에서 길고 긴 키스를 한 후 헤어진 것이 그제, 다음 날인 월요일 밤에는 전화로 세 시간이나 이야기를 나눴다. 통화 도중에 여동생 다마요가 일을 마치고 돌아와서 마지막 30분은 찬바람 휘몰아치는 아파트 계단에 앉아서.

그 후 아직 만 하루도 지나지 않았다. 그런데도 유이치의 목소리가 듣고 싶어 견딜 수가 없었다.

정신을 차려보니 만담 콤비 두 사람은 벽 쪽 옷걸이에 걸린 양복을 만지고 있었다. 벽 쪽 진열대에 있는 양복은 세트 금액으로 3천 엔 더 비싸지만, 여벌 바지도 포함되지 않는다.

부담감을 주지 않을 정도만 가까이 다가가자 남자들의 대화가 들렸다.

"아 참, 지난번에 〈못 말리는 낚시광〉 보러 갔는데."

"혼자?"

"설마, 아들이랑 둘이."

"너, 아들 데리고 그런 영화 보러 다녀?"

"애들도 꽤 좋아해."

"그래? 우리 꼬마는 만화축제 말고는 전혀 관심 없던데."

20대 중반, 겉보기엔 대학생 친구 사이라고 해도 될 정도였다. 그런 두 사람이 양복을 고르며 아이 이야기를 나누는 것이다.

미쓰요는 미소를 지으며 두 사람의 뒷모습을 바라보고 있었다. 그런 시선을 느꼈는지 "실례합니다. 이거 좀 입어볼 수 있을까요?"라고 키가 작은 쪽이 뒤를 돌아다봤다. 그러자 옆에 있던 사람이 잽싸게 그 양복을 낚아채며 "뭐야, 결국 이걸 사려고? 어쩐지 좀 호스트 같지 않냐?"라며 장난을 쳤다.

그 말을 들은 상대는 천성이 순수한 사람인지 "그런가?"라며 어렵사리 결정한 양복을 내려다보며 고개를 갸웃거렸다.

"마음에 드시면 한 번 입어보시죠?"라고 미쓰요가 미소 띤 얼굴로 말했다.

"손에 들고 볼 때는 좀 반짝이는 느낌이 드는데, 안에 흰 와이셔츠를 맞춰 입으면 차분해요."

미쓰요의 말에 자신감을 되찾은 듯 남자는 순순히 탈의실로 따라왔다. 남은 손님은 옷을 살 마음은 전혀 없는 듯 눈에 띄는 양복의 가격표만 들척이며 돌아다녔다.

사이즈는 꼭 맞았다. 느낌을 보기 위해 미쓰요가 건넨 흰 와이셔츠도 남자의 동안에 썩 잘 어울렸다.

"어떠세요?"

거울 앞에서 몸을 이리저리 비틀며 확인하는 남자에게 말을 건네자, 어느새 다가온 일행이 "어, 정말 별로 안 화려하네"라며 등 뒤에서 말을 건넸다.

"괜찮겠지?"

좁은 탈의실에서 남자가 거울에 비친 미쓰요와 친구에게 고개를 끄덕여 보였다.

미쓰요는 주머니에서 손에 익은 줄자를 꺼내 바지 자락을 재기 시작했다.

장사가 잘 되는 날인지, 그 후에도 손님은 끊임없이 들어왔고 그냥 둘러보기만 하는 게 아니라 연이어 양복을 샀다.

폐점 시간이 지나 매장 조명을 절반쯤 낮춘 계산대에서 미쓰요가 수선 보낼 상품 전표를 정리하고 있는데 "어쩌다 마시러 가는 날은 꼭 이 모양이라니까"라며 미즈타니 역시 전표 다발을 움켜쥐고 다가왔다.

"그러게 말이에요."

미쓰요는 맞장구를 치면서 시간을 확인했다. 여덟 시 45분. 보통 때라면 벌써 옷 갈아입고 자전거를 구르고 있을 시간이었다.

"더 걸릴 거 같아?"

먼저 정리를 끝내고 묻는 미즈타니에게 미쓰요는 "15분 정도"라고 대답하며 전표를 들어올렸다.

"그럼 휴게실에서 기다릴게."

미즈타니는 그 말을 남기고 계단을 내려갔다. 조명을 반쯤 낮춘 매장은 어스름했고, 난방도 끈 상태라 발이 시렸다.

계산대 위에 올려둔 휴대전화 벨이 울린 것은 바로 그때였다. 다마요일 거라 생각하고 들어보니 유이치의 이름이 떴다. 미쓰요는 전표 사이에 엄지손가락을 끼운 채 다른 한 손으로 전화를 받았다.

"여보세요? 나."

수화기 너머에서 유이치의 목소리가 들려왔다. 미쓰요는 어슴푸레한 매장을 둘러보며 아무도 없는 것을 확인한 후 "여보세요? 웬일이야?"라고 달뜬 목소리로 물었다.

"아직 일하는 중이야?"

유이치의 질문에 미쓰요는 "응, 왜?"라고 되물었다.

"오늘, 무슨 약속 있어?"

"오늘이라면 지금부터?"

매장에 울려 퍼지는 목소리는 이미 한껏 들떠 있었다.

"지금 나가사키 아냐? 일 끝났어?"라고 미쓰요가 물었다.

"여섯 시에 끝났어. 오늘은 내 차로 현장 나갔어. 거기서 직접 갈까 하고."

운전중인지 이따금 전파가 끊어졌다.

"지금 어딘데?"라고 미쓰요가 물었다.

엉겁결에 자리에서 일어서는 바람에 전표 사이에 끼웠던 엄지손가락도 빠져버렸다.

"지금, 고속도로에서 나가는 중이야."

"뭐? 고속도로? 사가야마토?"

미쓰요는 무심코 유리창으로 시선을 돌렸다. 사가야마토 인터체인지라면 여기까지 10분도 안 걸린다. 미쓰요는 다시 의자에 앉으며 "올 거면 좀 일찍 말해주면 좋잖아"라며 기쁜 마음에 잔소리를 했다.

옆에 있는 패스트푸드 레스토랑 주차장에서 만나기로 하고 미쓰요는 유이치의 전화를 끊었다.

평일 밤, 생각지도 않았던 유이치의 행동에 온몸이 달아오를 정도로 행복감이 밀려들었다.

남아 있는 전표를 서둘러 처리하면서도 고속도로를 빠져나온 유이치의 차가 달리고 있을 도로 풍경이 떠올랐고, 확인을 끝낸 전표에 도장을 하나씩 찍을 때마다 차가 가까이 다가오는 것처럼 느껴졌다.

15분은 걸릴 거라 예상했던 일을 미쓰요는 5분 만에 끝마쳤다. 매장 전기를 끄고 1층 라커룸으로 뛰어들어가자, 이미 옷을 갈아입은 미즈타니가 늘 들고 다니는 물통에서 삼백초차를 따라 마시고 있었다.

"어머, 벌써 끝났어?"

미즈타니가 묻는 말에 미쓰요는 순간 "아, 그게"라며 말문이 막혀버렸다. 둘이서 회전초밥 집에 가기로 약속한 걸 잊어버린 건 아니지만, 너무 갑작스레 생긴 일이라 변명할 말을 생각하지 못했기 때문이다.

"왜 그래?"

말을 머뭇거리는 미쓰요를 바라보며 미즈타니가 걱정스러운 듯 물었다.

"음, 그러니까 그게……."

"왜 그래? 무슨 일 있어?"

"아니, 그게 아니라, 지금 막 전화가 와서……."

"전화? 누구한테?"

미쓰요는 또다시 입을 다물었다. 회전초밥 집에 가서 미즈타니에게 유이치와 만난 이야기를 할 생각이었으면서도 막상 상황이 그렇게 되자 아무 말도 안 나왔다.

미쓰요의 모습을 물끄러미 지켜보던 미즈타니가 "다음으로 미룰까? 난 언제든 괜찮아"라며 의미 깊은 미소를 지었다.

"죄송해요……"라고 미쓰요가 사과했다.

"남자친구가 갑자기 데리러 온 거지?"

갑작스런 약속 취소도 개의치 않고 미즈타니가 웃었다.

"뭔가 있을 거 같더라니. 어쩐 일로 주말에 휴가를 다 내고, 요며칠 내내 행복한 표정에……."

"죄송해요……"라며 미쓰요가 거듭 사과했다.

"아이, 신경 쓸 거 없다니까 그러네. ……그건 그렇고, 사가 사람이야?"

"아뇨, 나가사키……."

"뭐? 나가사키에서 연락도 없이 만나러 왔단 말이야? 어머머, 나랑 회전초밥 먹을 거시기가 아니네. 뭘 꾸물대, 빨리 옷 갈아입고 나가야지."

미즈타니가 우두커니 서 있는 미쓰요의 엉덩이를 두드리며 말했다.

미즈타니가 먼저 돌아간 후, 미쓰요는 아무도 없는 라커룸에서 서둘러 옷을 갈아입었다. 옷을 갈아입는데 휴대전화가 울렸고 '지금 도착했어'라는 유이치의 문자가 도착했다.

가죽 재킷을 입고 오길 잘했다. 늘 입고 다니는 다운재킷은 소매가 더러워져서 오늘 아침에 한 번 더 입고 드라이클리닝을 맡길까 망설이다가 왠지 모르게 그만두었다.

주말에 유이치를 만났을 때도 그 재킷을 입었다. 1년 전쯤 다마요와 버스를 타고 하카타에 쇼핑하러 갔을 때, 11만 엔이나 하는 가격에 주저하긴 했지만, 10년에 한 번이라는 심정으로 큰맘 먹고 산 옷이었다.

라커룸을 잠그고 관리실 경비원에게 열쇠를 건넨 후 뒤쪽 출구로 나왔다. 발밑을 스치는 매서운 바람에 머플러를 다시 단단히 둘러맸다. 텅 빈 주차장에는 흰 선만이 선명하게 도드라졌고, 울타리 너머에는 휴경중인 논과 철탑이 보였다.

시선을 돌리자 옆에 있는 패스트푸드 레스토랑 주차장에 눈에 익은 하얀 자동차가 서 있었다. 그다지 붐비지는 않았지만, 깨끗하게 닦인 유이치의 차만 주차장 조명을 받으며 반짝반짝 빛났다.

미쓰요는 일단 주차장에서 도로 쪽으로 나간 뒤, 울타리 너머를 엿살피며 옆 건물 주차장으로 급히 걸어갔다.

패스트푸드 레스토랑 주차장으로 들어서자, 유이치의 차가 라이트를 깜박였다. 옆 건물에서 걸어오는 자기 모습을 줄곧 지켜보고 있었던 모양이다. 미쓰요는 어두운 차 안에 있을 유이치를 향해 살짝 손을 흔들어 보였다.

가까이 다가가자, 유이치가 안에서 조수석 문을 열어주었다.

문이 열리는 순간, 차 안이 밝아지면서 작업복을 입은 유이치의 모습이 보였다.

미쓰요는 차로 달려가 "아, 춥다"하며 몸을 떨면서 조수석에 올라탔다. 그 사이, 유이치와는 한 번도 눈이 마주치지 않았고, 문이 닫히고 차 안이 다시 어두워진 후 "정말 일 마치자마자 곧장 달려온 거야?"라고 물으며 유이치 쪽으로 얼굴을 돌렸다.

"집에 들르면 더 늦어지니까."

유이치가 차 히터를 높이며 대답했다.

"좀 더 일찍 연락했으면 좋았을걸."

"그럴까 했는데, 일하는 데 방해될 것 같아서."

"혹시라도 오늘 못 만나면 어쩌려고?"

미쓰요가 약간 심술궂게 물어보자, "못 만나면 그대로 돌아갈 생각이었지"라며 무척이나 진지하게 대답했다.

미쓰요는 시프트레버에 올려놓은 유이치의 손 위에 자기 손을 올렸다. 유이치의 작업복 때문인지 차 안에 폐허 냄새가 떠다녔다.

차는 패스트푸드 레스토랑 주차장에 세워진 채 좀처럼 움직일 줄을 몰랐다. 어느덧 건물에서 나온 손님이 세 팀이나 주차장을 빠져나갔다. 반대로 들어오는 차는 없어서 차가 줄어들 때마다 마치 드넓은 바다의 돛단배처럼 자신들의 자동차만 남겨졌다.

그렇게 몇 분쯤 흘렀을까, 미쓰요와 유이치의 손가락은 여전히 시프트레버 위에 엉켜 있었다. 말도 없이 그저 손가락끼리만 벌써 몇 분째 이야기를 나누고 있었다.

"내일도 일하러 일찍 나가지?"

미쓰요가 유이치의 가운데 손가락을 감싸쥐며 물었다. 울타리 너머로 보이는 국도에서 맹렬한 속도로 자동차가 달려갔다.

"다섯 시 반에 일어나."

유이치가 엄지손가락 안쪽으로 미쓰요의 손목을 어루만졌다.

"여기서 나가사키까지 두 시간은 걸리잖아. 시간 별로 없네."

"잠깐 얼굴만 보고 가려고……."

시동이 켜진 차 안에서 디지털시계가 아홉시 18분을 나타내고 있었다.

"갈 거지?"라고 미쓰요가 물었다.

움직이던 엄지손가락을 멈춘 유이치가 "……응, 오늘밤에 안 가면 내일 새벽 세 시에 일어나야 돼"라며 쓴웃음을 웃었다.

보고 싶어서, 보고 싶어서 견딜 수가 없었다. 도저히 참을 수가 없어서 현장에서 곧바로 달려왔다.

유이치가 그런 말을 하진 않았지만, 자기의 손목을 어루만지는 유이치의 손가락에서 그런 마음이 전해져 왔다.

지금 가까운 러브호텔에 들어가면 두 시간 정도는 함께 있을 수 있다. 그렇지만 그러고 나서 나가사키로 돌아가면 도착은 새벽 한 시가 넘는다. 곧바로 잠든다고 해도 유이치는 네 시간밖에 못 자고 힘겹게 일하러 나가야 한다.

두 시간만이라도 좋으니 함께 있고 싶었다. 그러나 한 시간이라도 더 유이치를 편히 자게 해주고 싶었다.

"집에 여동생만 없으면……."

자기도 모르게 그런 말이 흘러나왔고, 미쓰요는 자기 말에 화들짝 놀랐다. 지금까지 여동생 다마요가 방해가 된다고 생각했던 적은 한 번도 없었다. 오히려 늘 여동생의 귀가를 걱정하며 지냈다.

"호텔…… 갈래?"

유이치가 나지막이 물었다. 그 말투는 내일 아침이 걱정되는지 조금은 주저하는 듯 들렸다.

"그럼 너무 늦어지잖아."

"……그렇긴 하지."

시프트레버 위에 올린 유이치의 엄지손가락 끝에 힘이 들어갔다.

"아, 역시 사가랑 나가사키는 멀구나."

미쓰요는 무심코 그렇게 중얼거리고는 곧바로 "아니, 그게 아니라"라며 고개를 저었다.

"……그런 게 아니라, 으음, 힘들게 와줬는데 여유 있게 보낼 시간도 없고."

"평일이니까 어쩔 수 없지."

유이치가 체념한 듯 중얼거렸다. 그 말이 왠지 차갑게 들려서 미쓰요는 엉겁결에 "유이치는 꽤 성실한가 봐"라고 말을 받았다.

"일은 못 쉬어. 당숙 회사이기도 하고."

"그렇지만 토요일은 내가 쉬기 힘들잖아. 지난번처럼 이틀 연속해서 같이 있긴 힘들어."

약간 심술궂은 말투였다. 순간 유이치의 엄지손가락에서 힘이 빠졌다.

날 만나러 와준 사람인데, 하고 미쓰요는 생각했다. 둘이 만날 시간이 별로 없다는 말이나 듣자고 애써 찾아온 게 아니라, 고된 일을 마치자마자 두 시간이나 차를 몰아 여기까지 날 만나러 와 준 사람이라고.

"있지, 우리 옆 주차장으로 갈까?"

"매장 문도 닫았고 다른 차도 안 들어오니까 여유 있게 얘기할 수 있어. 건물 뒤에 세우면 도로에서도 안 보여."

미쓰요의 말에 유이치가 이미 조명이 꺼진 울타리 너머 신사복 매장 주차장으로 눈길을 돌리더니 곧바로 사이드 브레이크를 풀려고 했다.

"아, 잠깐만. 저녁 아직이지? 저기서 뭐 좀 사올게."

미쓰요가 허둥지둥 말을 꺼내자 "아냐, 고속도로 휴게소에서 우동 먹었어. 배가 너무 고파서"라며 유이치가 웃었다.

차는 패스트푸드 레스토랑 주차장을 나와 '와카바' 주차장으로 들어갔다. 건물 뒤쪽으로 돌아가자 주위는 캄캄했고, 울타리 너머 논 한가운데 조명을 밝힌 큼직한 화장품 간판만 보였다.

"나, 이번 금요일, 쉬는 날인데 나가사키 놀러갈까? 근데 그날 돌아와야 해."

자동차가 멈추자, 미쓰요가 핸들을 쥔 유이치에게 말했다. 그 순간, 팔을 뻗은 유이치가 귓불과 목덜미에 뜨거운 손바닥을 올려놓았다. 유이치는 아무 말 없이 키스를 했다. 잠시 주저했지만, 눈 깜짝할 사이에 유이치가 몸을 덮쳤다. 미쓰요는 눈을 감고 몸을 맡겼다.

주차장을 나온 것은 열 시가 지나서였다. 언제까지라도 품에 안겨 있고 싶었지만, 내일 아침에 유이치를 힘들게 할 수 없다는 마음이 강했다. 차를 출발시키자, 유이치는 안내도 없이 미쓰요의 아파트로 향했다. 능숙하게 차선을 바꾸고 연이어 다른 차들을 추월했다.

"그럼, 내일모레 버스 타고 나가사키로 갈게."

미쓰요는 익숙해진 차의 흔들림에 몸을 맡기며 말했다.

"여섯 시면 일 끝날 거야."

유이치가 앞 차를 몰아대며 중얼거렸다.

"이왕 가는 길이니 오전에 가서 혼자 관광이라도 해야겠다. 와아, 나가사키 시내, 대체 몇 년 만이야……. 동생이랑 작년에 하우스텐보스는 다녀왔는데."

"내가 안내해주면 좋을 텐데……."

"괜찮아. 짬뽕 먹고 교회도 둘러보고……."

자전거로 15분 걸리는 거리가 유이치의 운전으로는 고작 3분이었다. 유이치는 지난번과 마찬가지로 포장이 안 된 아파트 안까지 차를 넣었다.

"아, 역시 동생이 벌써 왔네."

미쓰요는 불 켜진 2층 창을 올려다보았다.

"……만나자마자 헤어지다니."

그렇게 중얼거리는 미쓰요의 입술에 메마른 유이치의 입술이 겹쳐졌다.

"조심해서 가."

미쓰요는 유이치의 입술에 대고 말했다. 유이치는 그대로 고개를 끄덕였다. 유이치가 뭔가 하고 싶은 말이 있는 것 같은 느낌이 들어서 "응?"하며 미쓰요가 몸을 빼냈다. 그러나 유이치의 눈은 감겨진 채였다.

미쓰요는 도로로 나가는 차를 배웅했다. 도로로 나선 유이치는 클랙슨을 한 번 울리고 순식간에 멀어져 갔다.

벌써부터 외로웠다. 벌써부터 보고 싶었다.

미쓰요는 빨간 후미등이 사라질 때까지 서 있었다.

언제쯤이었을까, 다마요가 미용사 남자와 사귀었을 무렵, 똑같은 말을 했었다. 데이트가 끝나면 그 순간부터 외롭다. 또 만나고 싶어 견딜 수가 없다. 당시에는 그런 기분을 이해할 수 없었는데 이제는 알 것 같다. 아는 것뿐인가, 그런 마음으로 용케도 평범하게 지냈구나 하는 생각까지 들었다. 미쓰요는 차 뒤를 좇아 달리고 싶었다. 주저앉아 소리 내어 울고 싶었다. 유이치와 함께 있을 수만 있다면 뭐든 할 수 있을 것 같은 마음까지 들었다.

* * *

 손을 흔드는 미쓰요의 모습이 룸미러에서 사라진 후 얼마쯤 달렸을까. 바로 앞에 고속도로 입구가 보이는 교차로에서 차가 빨간 신호에 붙들렸다. 유이치는 뒷주머니에서 지갑을 꺼냈다. 안에는 5천 엔도 채 안 되는 돈뿐이었다. 혹시라도 미쓰요가 호텔에 가는 걸 승낙했으면 돌아가는 게 아무리 늦어지더라도 일반도로를 이용할 생각이었다. 다행히 미쓰요가 내일 일을 염려해준 덕분에 유이치는 고속도로를 이용할 수 있게 되었다.

 보고 싶어서 너무 보고 싶어 견딜 수가 없었다. 불과 며칠 전에 처음 만났지만 하루라도 못 만나면 그대로 끝나버릴 것처럼 두려웠다. 밤에 전화로 아무리 길고 긴 대화를 나눠도 두려움을 떨쳐낼 수 없었다. 전화를 끊는 순간 고통스러웠고, 다시는 못 만날 것 같은 기분이 들었다. 잠이 들면 미쓰요가 사라지는 꿈을 꾸었다. 아침에 일어나면 곧바로 전화를 걸고 싶었지만, 새벽 다섯 시에 전화할 용기가 없어 일하는 내내 미쓰요 생각만 했다. 일이 끝날 무렵에는 안절부절못하게 되었고, 정신을 차려보니 차를 몰고 사가로 향하고 있었다. 아침에 당숙 왜건이 아닌 자기 차로 현장으로 향했을 때부터 이미 만나러 갈 생각이었는지도 모른다.

 유이치는 좀처럼 바뀌지 않는 신호를 기다리며 양손으로 있는 힘껏 핸들을 내리쳤다. 옆에 차만 없으면 그대로 이마를 들이

박고 싶은 심정이었다.

할아버지 할머니 댁으로 오기 전, 어머니와 시내 아파트에 살고 있을 때였다. 어느 날 갑자기 어머니가 "지금 아빠 만나러 갈 거야"라고 말했다. 한껏 신이 나서 준비를 하고 함께 노면전차에 올랐다. "역에 도착하면 기차로 바꿔 타야 해"라고 어머니가 말했다. "멀어?"라고 묻자 "아주 멀지"라고 대답했다.

붐비는 노면전차에서 어머니는 손잡이를 붙잡았다. 유이치는 어머니의 치맛자락을 붙잡았다. 전차가 달리기 시작하자, 앞에 앉은 남자들이 서로 어깨를 밀치며 키득키득 웃기 시작했다. 왁싱하는 걸 깜빡 잊은 어머니의 겨드랑이 털을 보고 웃는 듯했다. 어머니는 얼굴이 벌겋게 달아올라 손수건으로 겨드랑이를 감췄다. 무더운 날이었다. 붐비는 전차는 이리저리 흔들렸고 어머니의 손수건이 미끄러질 때마다 남자들은 애써 웃음을 참았다.

JR 역에 도착해 기차로 갈아탔다. 흔들리는 노면전차에서 필사적으로 겨드랑이를 감추던 어머니는 물을 뒤집어쓴 것처럼 땀 범벅이 되었다. 표를 사려고 혼잡한 매표구 앞에 줄을 서 있을 때 "미안해"라고 사과했었다. 어머니는 어리둥절한 표정으로 고개를 갸웃거리더니 "덥지?"하고 미소를 지으며 콧잔등에 맺힌 땀을 손수건으로 닦아주었다.

뒤에서 울리는 클랙슨 소리에 유이치는 퍼뜩 정신을 차렸다. 급히 액셀러레이터를 밟자, 핸들에 매달려 있던 몸이 시트로 밀려났다. 순간 당황한 바람에 고속도로 입구로 차선을 바꾸지 못

한 채 그대로 고가를 빠져나가고 말았다.

다음 신호에서 유턴하려고 속도를 늦추며 기분전환 삼아 라디오를 틀자, 지역방송 뉴스가 흘러나왔다. 유이치는 차를 크게 유턴시켰다. 조금 전 놓친 고속도로 입구가 코앞에 다가왔다.

"다음 뉴스입니다. 이달 10일 새벽, 후쿠오카와 사가 현의 경계인 미쓰세 고개에서 발생한 살인사건의 중요 용의자로 지명수배된 스물두 살 남성이 어젯밤 나고야 시내 한 사우나 종업원의 신고를 받고 출동한 경찰에 체포되어 곧바로 이송되었으며, 현재 조사를 받고 있다고 합니다. 자세한 정보가 들어오는 대로 열한 시 뉴스에서도 전해드리겠습니다."

뉴스가 끝나고 보험 광고가 흘러나왔다. 유이치는 고속도로 입구로 향했던 핸들을 꺾으며 있는 힘껏 액셀러레이터를 밟았다. 난데없이 끼어든 유이치의 차에 놀라 뒤에 오던 차가 신경질적으로 클랙슨을 울려댔다. 유이치는 계속해서 액셀러레이터를 밟으며 앞에서 달리던 차 한 대를 추월한 뒤에야 가까스로 속도를 늦추고 자동판매기가 있는 갓길에 차를 세웠다.

라디오에서는 귀에 익은 크리스마스 캐럴이 흘러나왔다. 바로 옆으로 대형 트럭이 지나갔고, 그 바람에 차체가 붕 떠올랐다.

유이치는 움켜쥔 핸들을 힘껏 흔들었다. 그러나 핸들은 꿈쩍도 하지 않았다. 유이치는 또다시 핸들을 흔들었다. 힘껏 흔들면 흔들수록 핸들이 아니라, 자기 몸만 앞뒤로 흔들렸다.

그 녀석이 붙잡혔다. 도망치던 그자가 붙잡혔다. 이시바시 요시노를 미쓰세 고개로 데려갔던 그자가 오늘 나고야에서 붙잡혔다.

유이치는 자기도 모르게 그렇게 중얼거렸다. 그렇게 중얼거리는데, 무슨 까닭인지 어머니와 함께 아버지를 만나러 갔던 날의 정경이 떠올랐다. 노면전차 안에서 어머니를 조롱하던 사내들. 혼잡한 매표소 앞에서 콧잔등의 땀을 닦아주던 어머니의 얼굴. 왜 지금 그때 일이 떠오르는지 이해할 수 없었다. 그러나 잊어버리려 해도 자꾸만 떠오르는 정경을 떨쳐낼 길이 없었다.

노면전차를 타고 JR 역으로 향했고, 그곳에서 열차로 갈아탔다. 어머니는 유이치를 창가 자리에 앉히고 옆에서 줄곧 꾸벅꾸벅 졸았다.

아버지가 막 집을 나갔을 무렵, 어머니는 매일 밤마다 울었다. 불안한 마음에 옆으로 다가가 앉으면 내 머리를 쓰다듬으며 "나쁜 일은 다 잊어버리자. 우리 같이 다 잊어버리자"라며 점점 더 소리 높여 울었다.

어머니와 함께 탄 열차 차창 밖으로 바다가 보였다. 앉은 자리는 산 쪽 좌석이었고, 바다 쪽 좌석에는 똑같은 모자를 쓴 초등학생 형제와 부모님이 앉아 있었다. 고개를 빼고 바다를 보려고 하자, 꾸벅꾸벅 졸고 있던 어머니가 눈을 뜨더니 "똑바로 앉아야지. 위험해"라며 머리를 뒤로 밀었다. "도착하면 바다는 실컷 볼 수 있어"라면서.

얼마나 타고 갔을까, 정신을 차려보니 어머니처럼 꾸벅꾸벅 졸고 있었다.

"자, 이제 내리자"라며 갑자기 팔을 잡아당기는 바람에 잠에서 덜 깬 상태로 열차에서 내렸다. 역에서 한참 동안 걸어갔다. 도착한 곳은 페리 선착장이었다.

"이제 배 타고 저쪽으로 갈 거야."

어머니는 그렇게 말하며 손가락으로 건너편 해안을 가리켰다.

페리 선착장 주차장에는 자동차들이 가득했다. 그 차들도 모두 페리에 탈 거라고 어머니가 가르쳐주었다.

어머니가 열차에서 말한 대로 눈앞에는 바다가 펼쳐져 있고, 저 멀리 건너편 해안에는 조그맣게 등대가 보였다. 등대를 본 것은 그때가 처음이었다.

주머니에서 휴대전화가 울렸다. 유이치는 갓길에 세운 차 안에서 핸들을 움켜쥔 채였다. 트럭들은 여전히 옆을 스쳐 지났다. 그때마다 풍압에 차체가 붕 떠올랐다.

유이치가 휴대전화를 꺼냈다. 집에서 걸려온 전화였다. 전화를 받자 조금 머뭇거리는 듯한 할머니의 목소리가 들렸다.

"유, 유이치? 너 지금 어디니?"

옆에 누군가가 있고, 그 누군가에게 확인을 받으며 말하는 것 같았다.

"왜요?"라고 유이치가 물었다.

"지, 지금 경찰에서 사람이 나왔다, 집에."

일부러 밝은 척하려 애쓰는 모양인지 할머니의 목소리가 가늘게 떨렸다.

"어디니? 금방 돌아올 거지?"

또다시 트럭 한 대가 스쳐 지나갔다. 유이치는 전화를 끊었다. 거의 반사적으로 손가락이 움직였다.

* * *

그렇군요. 유이치가 아직도 그때 일을 기억하고 있군요……. 유이치가 다섯 살인가, 여섯 살 때였는데……. 유이치는 벌써 다 잊은 줄 알았습니다. 전에도 얘기했지만, 유이치가 나한테 와서 일하게 된 뒤로는, 물론 그 전에도 유이치를 내 아들처럼 여겼으니까요. 최근에는 일도 많이 배우고, 크레인 면허를 딸 생각도 있었던 것 같습니다.

따지고 보면 그 일이 원인이 되어서 유이치가 할머니 할아버지 집에서 살게 된 겁니다. 그랬군요……. 유이치는 아직까지도 아빠를 만나러 갔던 거라고 믿고 있군요. 가슴이 아픕니다. 실은 엄마가 자길 버리러 갔던 건데.

유이치가 어떻게 말했는지는 몰라도 그때는 이미 유이치의 엄마도 어쩔 수 없는 상황이었습니다. 주위 반대를 무릅쓰고 변변찮은 남자와 살림을 차려 곧바로 유이치를 낳은 것까지는 별 문제 없었는데, 3년도 안 되어서 남자가 두 사람만 놔두고 집을 나가버렸죠. 유이치 엄마를 두둔하는 건 아니지만, 카바레에서 일하면서 자기 나름대로는 유이치를 잘 키워보려고 노력했습니다. 그렇지만 그게 어디 쉬운 일입니까? 그런 곳에서 일하다 보면 또 금방 안 좋은 놈에게 걸려들고, 얼마 안 가 돈까지 다 뜯기고, 결국은 병까지 들었죠……. 친정어머니에게 전화 한 통만 걸면 되는데 그러지도 못했어요. 결국 의지할 사람 하나 없고…….

그날은 급기야 궁지에 몰렸던 모양입니다. 유이치에게 아빠 만나러 갈 거라고 거짓말을 했죠, 남자가 어디 있는지도 모르면서.

그날, 유이치는 페리 선착장에 버려졌습니다. 결국 다음 날 아침까지 줄곧 혼자서 기다렸던 모양입니다. 표를 사오겠다며 그대로 도망친 엄마를 페리 선착장 잔교 기둥에 숨어서 아침까지 하염없이 기다렸던 모양입니다.

다음 날 아침, 직원이 발견했을 때도 유이치는 그 자리를 떠나지 않으려 했답니다. "엄마가 여기 있으라고 했단 말이야!"라고 소리치며 그 사람 팔을 물어뜯었다더군요.

버리고 떠나기 전에 엄마가 그렇게 말했나 봅니다. "저기 등대 보이지?"라고, "저 등대 쳐다보고 있어"라고, "그럼 엄마가 금방 표 사가지고 올게"라고.

결국 유이치 엄마가 연락을 한 것은 그 후 일주일이 지나서였습니다. 본인도 죽을 각오로 그렇게 했을 거라고 저는 생각합니다. 결국 그 후에는 아동 상담소와 가정 재판소 신세를 졌고, 할머니 할아버지 두 사람이 맡기로 했는데, 그리고 얼마 안 가 유이치 엄마는 또 남자를 사귀어서 도망쳐버렸습니다.

그런데도 말입니다. 부모 자식 간은 정말 알 수가 없어요.

유이치가 내 밑에서 막 일하게 되었을 때였는데, 무슨 얘기인가를 나누다가 "어머니한테는 연락이 전혀 없냐?"하고 제가 물었습니다. 할아버지 건강이 나빠졌을 때라 제 입장에서는 만에 하나 무슨 일이 생기면 장례식에는 불러야겠다는 마음에 무심코 그런 말이 나왔던 것 같습니다만…….

유이치 엄마가 남자와 눈이 맞아 집을 나간 후로는 완전히 소식이 끊어진 줄 알았습니다. 할머니 할아버지도 "몇 년에 한 번 문득 생각이 난 것처럼 연하장을 보낼 뿐이야. 연하장을 보낼 때마다 주소도 다르고…… 모르긴 해도 그때마다 남자도 바뀔 테지"라고 말했으니까요.

그래서 유이치에게 "연락이 전혀 없냐?"라고 물었을 때도 유이치가 고개를 끄덕이고 말 줄 알았습니다. 그랬는데 "할아버지 얘긴 이미 알렸어요"라는 겁니다.

"알렸다니, 너……. 어머니랑 연락한다는 소리야?"

"가끔 같이 밥 먹어요."

"가끔이라니……."

"일 년에 한 번 될까 말까."

"할머니 할아버지도 아시냐?"

유이치는 "아니, 몰라요"라며 고개를 젓더군요. 그럴 만도 하죠, 할머니는 유이치를 자기 손으로 키웠다는 자부심이 있으니, 유이치 입장에선 말하기 어려웠을 겁니다.

"너, 어머니 만나면 화 안 나냐?"

나도 모르게 그렇게 묻고 말았습니다. 그렇잖습니까, 제대로 먹여주지도 않았고, 게다가 페리 선착장에 버렸고, 끝내는 할머니 손에 맡겨버렸으니까요. 그런데 유이치는 "화 안 나요"라는 겁니다. "화 낼 만큼 만나지도 않았어요"라면서.

"어머니는 지금 어디서 뭐 하냐?"고 물었더니 "운젠(雲仙)에 있는 여관에서 일해요"라더군요. 그게 벌써 3년인가 4년 전 일이죠.

유이치도 이따금 차를 몰고 만나러 갈 때도 있는 모양입니다. "둘이 무슨 얘기를 하는데?"라고 물었더니 "별로 말 안 해요"라 더군요.

전 말입니다, 솔직히 유이치 엄마를 용서할 생각이 없습니다. 지금도 페리 선착장에 버려진 유이치 모습이 떠올라요. 저뿐만 아니라, 할아버지 할머니, 친척들 모두 마찬가지입니다. 그런데 정말 신기하게도 당사자인 유이치는 그런 엄마를 이미 용서한 것 같더군요.

* * *

유이치를 배웅한 후 미쓰요는 한참 동안 아파트 계단에 앉아 있었다. 단단한 콘크리트에 닿은 엉덩이가 시렸고, 1층 방에서 갓난아기를 어르는 젊은 남자 목소리가 들렸다.

더는 추위를 견딜 수 없어 집으로 들어갔다. 문을 열고 "나 왔어"라고 말을 건네자, 화장실 안에서 "야근했어?"라고 묻는 다마요의 목소리가 들렸다. 미쓰요는 "어, 으응"하고 애매하게 대답하며 신발을 벗었다. 현관을 지나 거실로 들어서자, 테이블 위에 스튜를 먹은 듯한 그릇이 있었다.

"네가 만들었니?"

화장실을 향해 물어봤지만 대답이 없었다.

미닫이문을 열고 침실로 쓰는 방으로 들어갔다. 유이치는 벌써 고속도로를 달리고 있을까. 자기도 모르게 창가로 다가가 레이스 커튼을 젖혔다. 조금 전 유이치를 배웅한 곳으로 도둑고양이 한 마리가 지나갔다.

바로 그때였다. 큰길에서 무서운 속력으로 달려온 자동차가 바닥을 파낼 듯한 기세로 미끄러져 들어왔다. 그 순간, 쓰레기장으로 뛰어가던 도둑고양이가 푸른 라이트에 모습을 드러냈다.

미쓰요는 자기도 모르게 양손을 움켜쥐었다. '위험해!'라고 마음속으로 외쳤다. 자동차는 쓰레기장의 폴리에틸렌 양동이에 부딪히기 직전에 멈춰 섰다. 푸른 라이트 속에서 몸을 잔뜩 웅크리고 있던 도둑고양이가 그제야 정신을 차린 듯 잽싸게 도망치기 시작했다.

"유이치……?"

미끄러져 들어온 것은 유이치의 차가 분명했다. 도둑고양이가 도망친 공터를 푸른 라이트가 비추고 있었다.

미쓰요는 반사적으로 커튼을 닫고, 허둥지둥 현관으로 달려

나갔다. 너무 서두르는 바람에 신발에 발뒤꿈치가 걸렸다. 거의 무의식적으로 바닥에 던져둔 가방을 집어 들자, 화장실 쪽에서 "어디 가?"라고 묻는 다마요의 태평한 목소리가 들렸다. 미쓰요는 아무 대답도 없이 현관을 뛰쳐나왔다.

아파트 계단에서 어두운 차 안, 핸들에 엎드려 있는 유이치의 모습이 보였다. 자동차 라이트가 더러운 폴리에틸렌 양동이를 비추고 있었다.

미쓰요는 계단을 다 내려선 곳에서 발걸음을 멈췄다. 눈앞의 광경이 환영처럼 느껴졌기 때문이다. 간절히 보고 싶어 하는 마음이 그런 광경을 보게 만든 게 아닐까.

그래도 천천히 가까이 다가가자, 발밑에서 자갈 밟히는 소리가 났다. 미쓰요는 운전석 유리창을 손가락 끝으로 두드렸다. 문을 두드리자, 유이치가 깜짝 놀라며 몸을 일으켰다. '무슨 일이야?'라고 미쓰요는 소리를 내지 않고 물었다. 입모양을 바라보는 유이치의 눈은 어딘가 먼 곳을 쳐다보는 것 같았다.

미쓰요는 다시 한 번 유리창을 두드렸다. 두드리면서 '무슨 일이야?'라고 눈으로 물었다. 그 말에 대답이라도 하듯 유이치가 시선을 피했다. 미쓰요는 다시 유리창을 두드렸다. 한동안 핸들을 잡은 채 고개를 숙이고 있던 유이치가 천천히 문을 열었다. 미쓰요는 한 발 뒤로 물러섰다.

차에서 내린 유이치는 아무 말 없이 미쓰요 앞에 섰다. 미쓰요는 그의 얼굴을 올려다보면서 "무슨 일이야?"라고 다시 물었다.

도로로 차 한 대가 지나갔다. 자동차가 일으킨 바람에 갓길의 잡초가 이리저리 흔들렸다. 그때였다. 유이치가 와락 미쓰요를 끌어안았다. 너무 갑작스러워서 미쓰요는 엉겁결에 짧게 소리를 질렀다.

"조금만 일찍 미쓰요를 만났으면 좋았을걸. 조금만 일찍 만났다면 이런 일은 없었을 텐데······."

유이치의 품에서 목소리가 들렸다.

"어?"

"차, 차에 탈래?"

"응?"

"차에 타라고!"

유이치가 갑자기 버럭 소리를 지르더니 미쓰요의 팔을 잡아끌며 조수석 쪽으로 돌아갔다.

"무, 무슨 일인데?"

너무 갑작스러운 일이라 자기도 모르게 뒤로 물러선 미쓰요의 발뒤꿈치가 자갈 속에 파묻혔다.

"글쎄, 일단 타라니까!"

유이치가 미쓰요를 옆구리에 거의 안다시피 하며 조수석 문을 열었다. 양쪽 문이 열린 차 안으로 바람이 통과하자, 히터 열기에 따뜻해진 실내공기가 흘러나왔다.

"자, 잠깐만."

미쓰요는 저항했다. 타고 싶지 않은 게 아니라, 한마디라도 좋으니 무슨 말이든 설명해주길 바랐다.

"왜, 왜 그러는데, 응?"

난폭하게 몸을 떠밀리면서도 미쓰요는 유이치의 손목을 움켜잡았다. 너무나 거친 말씨, 너무나 거친 행동을 하는데도 유이치의 떨리는 손목은 몹시도 연약하게 느껴졌다.

미쓰요를 조수석으로 밀어 넣은 유이치는 문을 닫고 운전석으로 돌아갔다. 마치 뛰어들듯 차에 오르더니 거친 숨을 몰아쉬며 사이드브레이크를 풀었다. 사이드를 풀자마자 타이어로 바닥의 자갈을 튕겨내며 무서운 속력으로 차를 출발시켰다. 아파트 앞 공터를 벗어나는 동시에 왼쪽으로 급히 핸들을 꺾었다. 그 순간 맞은편에서 오던 차와 부딪칠 뻔했고, 미쓰요는 또다시 소리를 질렀다.

종이 한 장 차이로 맞은편 자동차를 피한 차는 논 한가운데로 곧게 뻗은 어두운 길을 내달렸다.

※ ※ ※

침실 조명을 끈 후 이불 위에 내려앉은 후사에는 소리가 나지 않게 기어서 창가로 다가갔다. 떨리는 손으로 커튼을 살며시 들추고 밖을 내다보았다. 창밖에는 블록 담이 있고, 블록 몇 개가 빠진 틈으로 좁은 골목길이 보였다. 조금 전까지 서 있던 경찰차는 보이지 않았다. 그 대신 검은색 자동차 한 대가 있었고, 불을 켠 차 안에서 젊은 사복형사가 누군가와 전화 통화를 하고 있었다.

한 시간 전쯤, 후사에는 유이치에게 전화를 걸었다. 눈앞에는 동네 파출소 경찰관과 사복형사 두 사람이 서 있었다. 솔직히 모든 게 너무 갑작스러운 일이라 그저 시키는 대로 유이치에게 전화를 걸 수밖에 없었다. 전화를 하기 전에 자기들 이야기를 하지 말라는 주의를 들었는데도 무심코 "지금 경찰이 와 있다"라고 말해버렸다. 유이치는 그 한마디에 전화를 끊어버렸다.

모든 일들이 아닌 밤중에 홍두깨 같았다. 범인인 줄 알았던 후쿠오카 대학생은 실은 범인이 아니었다. 그렇다고 해도 왜 형사들이 여기로 찾아온 건지 이해가 되지 않았다.

"유이치는 관계없어요."

후사에가 떨리는 목소리로 수없이 말했지만, 형사들은 "어쨌든 휴대전화나 걸어보세요"라며 물러서지 않았다. 후사에가 무심코 경찰이 왔다는 말을 내뱉은 순간, 남자들의 표정은 분노와 낙담으로 일그러졌다. 대책 없는 아줌마라고 생각했을 테지만, 그 표정은 한방약을 강제로 팔았던 사내들과 똑같았다. "빨리 사인하라니까!"라고 고함을 치며 밀어붙이던 그 사내들.

후사에는 살며시 들췄던 커튼에서 손을 거뒀다. 평소에는 파도소리밖에 안 들리는 동네라 지역 주민도 아닌 낯선 남자 여러 명이 어슬렁거리는 분위기는 창을 닫아도 커튼을 쳐도 고스란히 전해졌다.

커튼을 내리고 벽에 등을 기대며 주저앉았다. 자신이 몹시 떨고 있다는 게 벽에서 느껴졌다. 그대로 가만있다가는 점점 더 심하게 떨려서 정신을 잃을 것 같았다. 체포된 후쿠오카 대학생이 유이치의 여자친구를 죽인 건 아닌 모양이었다. 대학생이 그녀를 고개까지 끌고 간 것은 분명하지만, 그 전의 이야기가 엇갈린다고 했다. 그녀를 자기 차에 태우기 전, 그녀는 히가시 공원이라는 곳에서 나가사키 번호판이 붙은 차에 탄 다른 남자와 만났다. 그런데 그 남자가 유이치와 비슷한 모양이었다.

후사에는 기듯이 마루로 나가 전화가 있는 부엌으로 향했다. 차가운 마룻바닥의 냉기가 손바닥에 전해지며 통증이 느껴졌다.

컴컴한 부엌에서 후사에는 선반 위의 전화기를 내려 품에 안았다. 수화기를 들고 떨리는 손가락으로 노리오 집으로 전화를 걸었다. 꽤 한참 동안 신호음이 울린 후에야 잠에 취한 노리오의 목소리가 들렸다.

"여보세요? 난데, 잤어?"

언짢은 듯한 노리오에게 후사에가 조급한 어조로 말했다.

상대가 후사에라는 걸 알고 전화 너머의 노리오 목소리가 바짝 긴장되더니 "이모부님한테, 무슨 일 있어요?"라고 물었다.

"아니, 그게 아니라……"라고 후사에가 말했다.

그러나 다음 말이 입에서 나오지 않았고, 정신을 차려보니 흐느껴 울고 있었다.

"왜 그래요? 무슨 일이에요?"

수화기 너머에서 노리오 목소리가 들렸다. 옆에서 자던 아내까지 깼는지 "……이모님인데. 무슨 일인지 모르겠어. ……아니, 이모부님 일은 아니래"라고 설명하는 노리오 목소리가 들렸다.

"유이치가 안 들어와……."

"유이치요? 안 들어오다니 어디 갔는데요?"

"……모르겠어. 무슨 일인지 모르겠는데 경찰에서 사람이 나와서."

"경찰? 사고라도 냈대요?"

"아니, 그건 아니고. 나도 잘 모르겠어……."

"잘 모르겠다뇨……."

"전화해서 경찰이 왔다고 했더니 뚝 끊어버렸어……. 아무 관련도 없을 텐데 전화를 끊어버렸다니까……."

노리오는 울먹이는 후사에의 목소리를 들으면서 이불 속에서 나가 카디건을 걸치는 아내 미치요에게 시선을 돌렸다.

"일단 지금 당장 그쪽으로 갈게요. 전화로는 통 무슨 말인지도 모르겠고. 아셨죠, 거기 계세요. 차로 금방 갈 테니까."

노리오는 그 말만 남기고 일방적으로 전화를 끊은 후, 걱정하는 아내에게 "유이치가 무슨 일을 저지른 모양이야"라고 중얼거렸다.

"유이치가 무슨?"

"몰라. 싸움이라도 했겠지. 이모님이 울기만 해서 잘 모르겠어."

노리오는 일어서서 형광등을 켰다. 벽시계를 보니 이미 열한 시 반이 넘은 시각이었다. 노리오는 흐트러진 이불 위에 파자마를 벗어던지고 머리맡에 개둔 작업복을 집어 들었다. 조금 전까지 난로를 켜두었는데도 속옷 바람이 되자 몸서리가 쳐질 만큼 추웠다.

"무슨 일이 있는지는 모르지만, 유이치 때리진 말아요. 그 애한텐 우리밖에 의지할 데가 없잖아요. 힘이 되어줘야지……."

옷 갈아입는 걸 도와주는 아내에게 노리오는 "나도 알아!"라고 버럭 소리를 질렀다. 싸웠나, 교통사고라도 냈나? 노리오는 겉옷 단추도 제대로 못 채우고 밖으로 뛰쳐나갔다.

노리오는 일할 때 쓰는 왜건을 몰고 유이치의 집으로 향했다. 도로는 한산했고, 바닷가에 늘어선 신호도 기분이 좋아질 만큼 연달아 푸른색으로 빛났다.

노리오는 가슴이 두근거렸다. 입원중인 이모부가 돌아가신 것도 아닌데 왠지 모를 묵직한 불안이 온몸을 감쌌다.

싸움이든 사고든 혹시라도 유이치가 상처를 입었다면 내일 일은 쉴 수밖에 없다. 아직 어떻게 된 영문인지 모르지만, 되도록 빨리 요시오카와 구라미에게도 연락을 해두는 게 좋을지도 모른다. 내일은 각자 알아서 현장으로 가라고 하고, 작업 지시는 휴대전화로 하면 된다.

내일 일을 걱정하는 사이 차는 유이치가 사는 어촌으로 들어섰다. 달빛을 받은 항구 안은 바람이 잠잠해서 매어둔 어선들이 파도에 흔들리는 기척조차 없었다. 그러나 평소에는 텅 비어 있는 안벽(岸壁)에 낯선 차들이 서너 대 서 있었고, 한밤중인데도 밖에 서서 얘기를 나누는 사람들 그림자가 보였다. 노리오는 속도를 낮추고 안벽으로 들어섰다. 자동차 라이트가 어선을 비추자, 안벽에 서 있던 제복 차림의 경찰관과 걱정이 되어 나온 듯한 주민들의 얼굴이 떠올랐다.

차를 세우고 라이트를 끄자, 바위 갯강구처럼 주민들이 몰려들었다. 갑자기 소름이 돋은 노리오는 자동차 문을 열고 밖으로 뛰어나갔다.

"어이쿠, 노리오 씨!"

맨 처음 말을 건넨 사람은 마을 회장이었는데 추위에 목을 움츠리며 다가오더니 "대체 뭔 일이래? 유이치가 뭘 어쨌다는 거여?"라고 물었다. 건너편에서 누군가가 "아, 유이치 당숙이에요"라고 경찰관에게 설명하자, 그 말을 들은 젊은 경찰관이 허겁지겁 뛰어오더니 "어, 지금 댁으로 경찰이 안 갔던가요?"라고 물었다. 노리오는 "아니요"라며 고개를 저었다. "이모님한테 전화가 와서 곧바로 나왔습니다만"이라고 덧붙였다.

"아, 그렇군요. 그럼 길이 엇갈렸나?"

"집에는 아내가 있긴 합니다……."

경찰이 멀리 정차해 있는 경찰차를 향해 "피의자 당숙이 왔습니다!"라고 소리쳤다. 경찰차 문이 열리고 잡음 섞인 무전기 소리가 바로 옆에서 들리는 파도소리와 뒤섞였다.

"몇 가지 여쭙겠습니다. 유이치 씨가 댁에서 일하는 거 맞죠?"

정신을 차려보니 노리오는 이미 형사와 주민들에게 둘러싸여 있었다.

"우선 이모님부터 뵙고 싶습니다."

노리오가 단호한 목소리로 말을 잘랐다.

※ ※ ※

다음 날 아침, 미쓰요는 도로변 편의점에서 3만 엔을 인출했다. 고등학교 졸업 후부터 꾸준히 저축해온 돈이 조금 있긴 하지만, 정기적금을 들었기 때문에 보통예금에는 당장 필요한 돈밖에 없어서 3만 엔을 빼내자 잔액이 얼마 남지 않았다.

3만 엔을 지갑에 넣고 미쓰요는 계산대에서 따뜻한 차 두 개와 삼각김밥 세 개를 샀다. 돈을 지불하면서 밖으로 시선을 돌리자, 조금 떨어진 곳에 세워둔 차 안에서 줄곧 이쪽을 바라보는 유이치가 보였다.

편의점을 나온 미쓰요는 따뜻한 차를 양손에 들고 유이치의 차로 달려갔다. 창을 연 유이치에게 차 두 개를 건네고 회사에 연락을 하려고 휴대전화를 꺼냈다.

전화를 받은 사람은 점장 오시로였다. 동료 미즈타니가 받을 거라고 예상했던 미쓰요는 순간 당혹스러웠지만, 곧바로 "저어,

죄송합니다. 마고메인데요"라며 일부러 어두운 목소리를 냈다.

갑자기 아버지 몸이 안 좋아져서 죄송하지만 오늘은 쉬었으면 한다. 준비해둔 말을 거침없이 말했다.

"아, 그래. 그거 큰일이군."

쌀쌀맞은 점장의 목소리가 들려왔다.

"……음, 실은 말이야, 지난번 면접 보러 왔던 여자, 오늘 오후부터 일하기로 했어. 그래서 캐주얼 코너의 기리시마 씨를 양복 코너로 이동시킬까 하는데."

휴가 내려고 건 전화에서 점장은 인사 문제를 꺼냈다.

"그건 그렇고, 길어지면 힘들겠군. 게다가 가게도 연말 바겐세일 기간이니……. 뭐, 아무튼 상황이 결정 나면 연락줘."

점장은 그 말을 마치고 전화를 끊었다. 미안한 마음으로 걸었는데 너무 쌀쌀맞은 점장의 대응에 솔직히 바보가 된 듯한 기분이었다.

불과 몇 분 동안인데도 드넓은 주차장에서 불어오는 매서운 바람에 손끝이 얼었다. 조수석에 오르자 유이치가 따뜻한 차를 건네주었다.

"오늘 쉰다고 전화했어"라고 말하며 미쓰요가 미소를 지었다. 유이치가 미안하다고 사과했다.

어젯밤, 아파트에서 내달리기 시작한 차는 바이패스로 빠져 마치 고속도로와 나란히 달리듯 다케오(武雄) 방면으로 향했다.

평평한 길에 점차 기복이 시작되고 산간 지대로 들어서는 곳까지 가는 동안 유이치는 단 한마디도 꺼내지 않았다.

"어디 가는 거야?"

달리기 시작한 지 어느덧 15분, 조금은 마음이 가라앉은 미쓰요가 물었지만 유이치는 여전히 대답이 없었다.

"이 차, 깨끗하다. 직접 청소해?"

미쓰요는 침묵을 견디기 힘들어 티끌 하나 없는 대시보드를 어루만졌다. 난방으로 따뜻해진 보드의 감촉이 조금 전 끌어안은 유이치의 체온을 떠올리게 했다.

"쉬는 날 같을 때, 할일도 없으니까……."

달리기 시작한 지 20분이 다 되어서야 가까스로 입을 연 유이치에게서 나온 말이었다. 미쓰요는 자기도 모르게 웃음이 터져 나왔다. 그렇게 난폭하게 자기를 끌고 와놓고 이런 말에는 순진하게 대답을 했다.

"가끔 직장 선배가 남편 차로 집까지 바래다줄 때가 있는데 그 차는 진짜 쓰레기통 같아. '어서 타, 어서' 그러는데 '어디요?'라고 묻고 싶을 정도야."

미쓰요는 자기 말에 자기가 웃었다. 그러나 옆을 쳐다봐도 유이치의 표정에는 변화가 없었다.

유이치가 갑자기 차를 세운 장소는 자그마한 촌락을 지난 부근이었는데 이제 곧 어두운 산길로 들어서야 하는 곳이었다. 속도를 낮춘 차가 서서히 갓길로 들어서자, 자갈 위를 구르는 타이어 소리가 들렸다. 딱 한 군데 끊긴 가드레일 사이로 나 있는 소형차가 올라갈 만한 비포장도로가 산 속으로 뻗어 있었다.

유이치는 시동을 켠 채 라이트만 껐다. 순간 유리창 앞에 있던 세계가 사라져버렸다. 바라볼 곳을 잃어버린 미쓰요는 유이치 쪽으로 시선을 돌렸다. 바로 그때 유이치의 몸이 덮쳐왔다.

"자, 잠깐……."

사이드브레이크가 거슬렸는지, 자기 손을 놓을 만한 장소를 찾는 유이치의 동작에서 초조해하는 힘이 전해졌다. 시트가 넘어가고, 미쓰요는 자기도 모르게 벌어지려던 다리를 모았다.

위로 덮쳐온 유이치는 입술에서 턱으로 그리고 목덜미로 난폭하게 키스를 퍼부었다. 미쓰요의 몸은 묘하게 시트 안에 푹 파묻혀 마치 묶여 있는 느낌이었다. 미쓰요는 창밖으로 시선을 돌렸다. 뒤로 넘어간 시트에서 검은 나무들 너머로 밤하늘이 보였다. 별이 많은 밤이었다.

미쓰요는 난폭하게 키스를 퍼붓는 유이치의 가슴을 천천히 밀어냈다. 그런데도 유이치가 계속 끌어안아서 그의 가슴을 부드럽게 콩콩 두드렸다. 순간, 유이치의 팔에서 힘이 빠져나갔다.

"왜 그러는데?"라고 미쓰요가 물었다.

자신의 숨결이 그대로 유이치의 입 속으로 들어갈 것 같은 거리였다.

"무슨 일이 있었는지 모르지만 안심해도 돼. 난 항상 유이치 곁에 있을 거야."

준비했던 말도 아닌데 스스로도 놀랄 만큼 술술 흘러나왔다. 자기의 말이 유이치의 살갗으로 스며드는 것 같았다. 가로등도 없는 산길, 갓길에 외로이 선 자동차 안, 그곳에는 자신의 말과 유이치의 살갗뿐이었다.

"말하고 싶지 않으면 안 해도 괜찮아. 얘기해줄 때까지 기다릴 수 있어."

미쓰요는 천천히 유이치의 몸을 밀어냈다. 순순히 몸을 일으킨 유이치가 "어떻게 해야 좋을지 몰라서……"라고 중얼거렸다.

"그대로 돌아가려고 했어. 그런데 이대로 헤어지면 다신 못 만날 것 같은 생각이 들어서."

"그래서 돌아온 거야?"

"같이 있고 싶어. 그런데 같이 있으려면 어떻게 해야 되는지…… 그걸 모르겠어."

시트를 세운 미쓰요가 유이치의 귀를 어루만졌다. 줄곧 따뜻한 차 안에 있었는데 흠칫 놀랄 만큼 차가운 귀였다.

"그대로 고속도로 타고 돌아갈 생각이었는데. 그런데 갑자기 옛날 일이 떠올랐어."

"옛날 일?"

"어릴 때 어머니랑 같이 아버지를 만나러 간 적이 있는데…… 그때 일."

무방비로 귀를 내맡긴 채, 유이치는 거기까지 말하고 말을 끊었다. 유이치가 무슨 문제를 안고 있다는 것은 안다. 그것이 뭔지 너무나 알고 싶었다. 그렇지만 그걸 알게 되면 유이치가 사라져버릴 것 같은 기분도 들었다. 미쓰요는 유이치의 귀를 어루만지며 "같이 있자"라고 말했다.

차 한 대가 옆을 스쳐갔다. 그 차 라이트가 컴컴했던 앞 유리 너머의 세계를 비춰주었다. 저 멀리까지 뻗어가는 가드레일이 눈이 부실 만큼 하얗게 빛났다.

"오늘은 적당한 데서 자고, 내일은 일 팽개치고 드라이브나 할까?"라고 미쓰요가 말했다. "우리 아직 요부코 등대도 못 가봤잖아. 지난번에는 결국 계속 호텔이었고."

어루만지던 유이치의 귀에서 서서히 온기가 되살아났다.

* * *

이시바시 요시오는 이발소와 거실을 경계 짓는 마룻귀틀에 앉아 겨울 햇살이 쏟아지는 거리를 내다보고 있었다. 딸의 장례를 마친 지 벌써 며칠이 지났지만, 아직 한 번도 가게를 열지 않았다. 언제까지나 슬픔에 잠겨 있을 수만은 없었고, 지금은 연말이라 보통 때라면 대목이기도 했다. 그러나 막상 가게를 열려고 하면 금세 온몸에서 힘이 빠져버렸다. 문을 열면 손님이 올까, 온다고 해도 모두들 부스럼이라도 만지듯 말을 걸어올 게 뻔하다.

요시오는 마룻귀틀에서 일어서려고 다시 한 번 힘을 넣었다. 몇 발짝만 걸어가 자물쇠를 열고, 밖으로 나가 간판 콘센트를 꽂기만 하면 평상시와 다름없는 일상이 시작되는 것이다. 그러나 가게를 열어도 요시노는 돌아오지 않는다.

다시 주저앉은 요시오가 물끄러미 발밑을 쳐다보고 있는데 유리문을 노크하는 소리가 들렸다. 고개를 들어보니 장례식에 왔던 관할 경찰서 형사가 유리창에 얼굴을 대고 안을 들여다보고 있었다.

요시오는 숨을 크게 한 번 내쉬고, 무거운 발걸음을 옮겨 형사에게 문을 열어주었다.

"죄송합니다. 아침 일찍부터."

형사가 장소에 맞지 않게 큰 목소리로 말했다.

"아니, 슬슬 가게 열 참이었소"라고 요시오가 무뚝뚝하게 대답했다.

"저어, 실은 어제 뉴스로 이미 아셨겠습니다만, 그 대학생을 찾아냈습니다."

형사가 너무나 아무렇지도 않게 말하는 바람에 요시오도 무심코 "아, 그렇습니까"라고 대답할 뻔하다가 허둥지둥 "뭐? 뭐요?"라고 거친 목소리로 되물었다.

"아 네에, 그 대학생을 나고야에서 찾았는데……"

"왜, 왜 곧바로 알리질 않아!"

"저어, 그게 어젯밤 이쪽에서 조사를 했습니다만, 정리를 마친 뒤에 연락하려고."

요시오는 좋지 않은 느낌이 들었다. 그 대학생을 찾아냈다는 것은 가까스로 요시노를 살해한 범인을 찾아냈다는 말인데, 눈앞에 있는 형사에게는 그런 흥분이 조금도 느껴지지 않았다.

문득 등 뒤에서 시선이 느껴져 뒤를 돌아보니 아내 사토코가 기는 자세로 이쪽으로 얼굴을 내밀고 있었다.

"사모님도 계셨습니까? 아, 실은 말입니다, 그 대학생 이야기와 현장 상황으로 판단하건대 아무래도 범인은 따로 있는 것 같습니다. 그 대학생이 미쓰세 고개까지 따님을 데리고 갔던 건 틀림없는 것 같습니다만."

이쪽에서 끼어들지 못하게 형사가 빠른 말로 지껄여댔다.

정신을 차려보니 기는 자세로 거실에서 얼굴을 내밀고 있던 아내가 어느새 마룻귀틀에 앉아 있었다. 요시오는 작업복인 흰 가운을 손에 움켜쥐고 "무, 무슨 소리요? 그놈이 범인이 아니라니?"라고 형사에게 물었다.

"자세히 설명하란 말이야!"

당장이라도 형사의 멱살을 잡을 듯한 요시오의 손을 아내가 살며시 붙들었다.

"저어, 실은…… 따님이 그 대학생 차를 타고 미쓰세 고개까지 간 건 분명합니다. 따님이 살던 아파트 근처 공원에서 우연히 마주쳤다고 합니다."

"우연히라니, 우리 애가 그놈과 만날 약속을 했다면서?"

"아니, 그게 마스오…… 아, 그 대학생입니다만, 그 녀석 말에 따르면 따님은 다른 누군가와 약속을 했었고, 그와는 우연히 마주친 모양입니다."

"누, 누구요? 그 다른 누군가."

"그건 지금 저희 쪽에서 수사하는 중입니다. 그 대학생 증언으로 거의 확실한 용의자 하나가 떠올랐습니다. 외모, 차종."

"그래서? 요시노가, 요시노가 대체 무슨 일을 당했다는 거야!"

또다시 소리를 치는 요시오의 등을 아내 사토코가 어루만지며 심각한 눈빛으로 형사를 쳐다보았다.

"미쓰세 고개로 드라이브를 갔다고 합니다. 거기서 말다툼이 벌어진 모양입니다. 그래서 남자가 따님을……."

"우리 애를?"

되물은 사람은 요시오가 아니라 사토코였다.

"아 네, 따님을 차에서 강제로 내리게 한 것 같은데."

"아무도 없는 고개에서 어떻게 그런……."

금방이라도 울음을 터뜨릴 것 같은 아내의 어깨를 이번에는 요시오가 쓰다듬었다.

"내릴 때 조금 옥신각신했던 모양입니다. 따님 어깨를 밀어서 그 바람에 머리를……."

더는 견딜 수 없어진 사토코가 나지막이 오열을 터뜨렸다.

"……물론 그 대학생은 엄중하게 조사했습니다. 사내놈이 엉엉 울어대기까지 하는데 정말 한심스럽더군요. 그런데 결정적으로 다릅니다. 따님 목에 남은 손자국이 그 대학생보다 훨씬 큽니다. 그야말로 아이와 어른 손 차이만큼이나……."

그쯤에서 말을 끊은 형사를 요시오가 노려보았다.

"그럼 우리 애가 누구와 약속을 했다는 거요? 숨기지 말고 말해주시오. 그 만남 사이트인가 하는 곳에서……."

말문이 막혔다. 한 차례 설명을 마친 형사를 내보내고, 요시오는 고객 의자에 주저앉았다. 마룻귀틀에 앉아 있는 아내는 양손을 움켜쥐고 울었다.

딸이 죽어서 울고, 범인이 안 잡혀서 울고, 이번에는 그 범인이 무죄라는 말을 듣고 운다.

형사 이야기로는 요시노가 하얀 차에 탄 금발 남자와 히가시 공원에서 약속을 한 듯했다. 그런데도 회사 동료에게는 마스오라는 대학생과 만난다고 거짓말을 하고 헤어졌다고 한다. 게다가 약속을 했는데도 그 남자와는 두세 마디만 하고 헤어지고, 우연히 만났다는 마스오의 차에 탔다.

분명 자기들이 키운 딸이지만, 아무리 들어봐도 그날 밤 상황에서는 도무지 딸의 얼굴이 떠오르질 않았다. 마치 듣도 보도 못한 여자가 요시노인 척하며 그곳에 있었던 것만 같다.

미쓰세 고개에 도착한 두 사람은 말다툼을 했다고 한다. 무슨 말다툼인지 모르지만, 그놈은 딸을 차에서 밀어냈다. 그 어두운 고갯길 구도로에 딸을 내동댕이쳤다.

그 후에 무슨 일이 있었는지는 아직 확실히 알 수 없다고 형사는 말했다. 그러나 히가시 공원에서 만날 약속을 했던 남자가 뭔가를 알고 있을 가능성이 높다고 했다.

줄곧 대학생이 범인이라고 믿었다. 찾아내면 자기 손으로 죽이겠다는 다짐까지 했다. 벳부인가 유후인에서 관광업을 크게 한다는 그놈의 부모 앞에서 죽여주리라 결심을 한 뒤에야 간신히 잠들었던 밤도 있었다.

정신을 차려보니 자신은 그 대학생이 범인이기를 바라고 있었다. 그렇지 않으면 딸은 누군지도 모르는 놈에게, 그것도 저속한 뭔가로 알게 된 놈에게 목숨을 빼앗겼다는 말이 된다. 자기 딸이 텔레비전이나 잡지에서 흥밋거리로 떠들어대는 그런 여자일 리가 없었다. 자기 딸은 어쩌다 바보 같은 대학생 놈과 사귀다 그놈에게 살해당한 것이다. 최근 텔레비전이나 잡지에서 보고 듣는 역겹기 짝이 없는 젊은 여자들과 같을 리가 없다. 요시노는 자신과 아내가 금이야 옥이야 키워온 소중한 딸이기 때문이다. 그토록 소중하게 키운 딸이 텔레비전이나 잡지에서 바보 취급하는 그런 여자일 리가 없었다.

요시오는 멍하니 바라보고 있던 정면 유리를 향해 움켜쥐고 있던 흰 가운을 있는 힘껏 집어던졌다. 유리를 깨뜨려버릴 기세로 내던졌지만 흰 가운은 호르르 퍼지며 그저 스치듯 유리를 건드릴 뿐이다. 요시오는 자리를 박차고 가게 밖으로 뛰어나갔다. 그대로 있다간 목이 터져라 소리를 질러댈 것 같았다. 닫힌 문 안쪽에서 "여보!"하고 부르는 아내의 목소리가 들렸지만, 요시오는 이미 거리를 달리고 있었다.

❖ ❖ ❖

 유이치의 차는 가라쓰 시내를 빠져나와 요부코로 향하는 도로를 달리고 있었다. 스쳐가는 풍경은 변해가지만, 아무리 달려 도 길 앞에 끝은 없다. 국도가 끝나면 현도로 이어지고, 현도를 벗어나면 시내 도로나 마을 도로가 뻗어 있다. 미쓰요는 대시보드 위에 올려둔 지도책을 집어 들었다. 대충 페이지를 펼치자, 한 면 가득 색색의 도로가 그려져 있었다. 오렌지색 국도, 초록 색 현도, 파란색 지방도로, 그리고 하얀색 좁은 길들. 마치 그곳에 그려진 무수한 도로가 자신과 유이치가 달리는 이 차를 칭칭 옭아매는 올가미처럼 느껴졌다. 잠시 일을 내팽개치고 좋아하는 사람과 드라이브를 할 뿐인데, 도망치고 또 도망쳐도 길은 계속해서 뒤쫓아 왔다. 달리고 또 달려도 도로는 어딘가로 또다시 이어졌다.

 기분 나쁜 생각을 떨쳐내기라도 하듯 미쓰요가 소리를 내며 지도를 덮었다. 그 소리에 힐끔 시선을 돌리는 유이치에게 "난 차 안에서 지도 보면 멀미 나"라고 거짓말을 꾸며대자, 유이치가 "요부코 가는 길은 알아"라고 대답했다.

 오늘 아침, 러브호텔을 나와 곧바로 들어간 편의점에서 산 삼각김밥을 먹은 유이치에게 "직장에 연락 안 해도 괜찮아?"라고 미쓰요가 물었다. 그런데 유이치는 "아니, 됐어"라고 고개만 저을 뿐, 눈도 마주치지 않으려 했다.

 그 대신이라고 하긴 뭣하지만, 미쓰요가 동생 다마요에게 연락을 했다. 이미 출근한 다마요는 걱정했는지 "다행이다, 오늘도 연락이 없으면 경찰에 전화할 생각이었는데"라며 안심한 것 같기도 하고 화가 난 것 같기도 한 목소리로 말했다.

"미안해. 실은 사정이 좀 있어서. 아니, 무슨 일이 있는 건 아니고. 아무튼 걱정 안 해도 돼. 얘기는 집에 가게 되면 찬찬히 해줄게."

"집에 가게 되면? 오늘도 안 들어와?"

"미안, 그것도 아직 모르겠어."

"그게 무슨 소리야……. 조금 전에 와카바로 전화까지 했단 말이야. 일 하러 나간 줄 알고. 그랬더니 미즈타니 씨가 '아버님, 편찮으시다면서요?'라는 거야, 뭐 일단 대충 둘러대서 말은 맞춰뒀는데."

"미안, 고마워."

"혹시 무슨 일이라도 생겼어?"

"무슨 일은…… 그냥 갑자기 일하기 싫을 때 있잖니. 너도 그럴 때 있었지? 캐디할 때 자주 꾀부리고 쉬었잖아."

유이치는 핸들을 쥔 채 미쓰요의 대화를 조용히 듣고 있었다.
"정말 그것뿐이야?"

반신반의하듯 묻는 다마요에게 "응, 그것뿐이야"라고 미쓰요가 단호한 목소리로 말했다.

"그렇담 다행이지만……. 그건 그렇고, 지금 어디야?"

"지금 잠깐 드라이브하는 중."

"드, 드라이브? 누구랑?"

"누구긴……."

의식한 건 아니지만, 대답하는 목소리가 왠지 모르게 끈적거렸다. 다마요가 그 소리를 듣고 눈치 챘는지 "뭐? 말도 안 돼. 어느새?"라고 소리를 높였다.

"어쨌든 집에 가서 얘기해줄게"라고 미쓰요가 대답했다.

때마침 차가 요부코 항으로 들어섰고, 길가에 마른오징어를 잔뜩 걸어둔 노점 여러 개가 늘어서 있었다.

미쓰요는 진상을 캐묻고 싶어 하는 다마요를 저지시키며 일방적으로 전화를 끊었다. 끊는 찰나 "내가 아는 사람?"이라고 묻는 다마요의 목소리가 들렸지만 "자, 그럼"이라며 무시했다.

항구 안쪽에 있는 주차장에 차를 세우고 밖으로 나가자, 바다에서 차가운 바닷바람이 불어왔다. 주차장 근처에도 노점이 있었고, 매달린 마른오징어 몇 개가 바닷바람에 흔들렸다.

몸을 부르르 떤 미쓰요는 운전석에서 내린 유이치에게 "저기 정말 맛있어"라며 바닷가에 있는 민박 겸 레스토랑 건물을 손가락으로 가리켰다.

아무 대답도 없어 뒤를 돌아보자, 유이치가 갑자기 "고마워"라고 중얼거렸다.

"어?"

미쓰요는 바닷바람에 나부끼는 머리칼을 붙잡았다.

"오늘 하루 같이 있어줘서."

유이치가 손바닥으로 차 키를 움켜쥐었다.

"아이 참, 내가 어제 말했잖아. 항상 유이치 곁에 있겠다고."

"고마워……. 저기서 오징어 먹고 차로 등대 쪽으로 가보자. 등대치고는 작은 편이긴 한데, 전망이 탁 트인 공원 끝에 외따로 서 있어서 거기까지 걷는 것만으로도 기분이 좋아져."

차 안에서 거의 입을 열지 않았던 유이치가 마치 봇물이 터지듯 말을 쏟아냈다.

"으, 응……."

너무 갑작스러운 변화에 미쓰요는 자기도 모르게 할 말을 잃어버렸다. 주차장으로 젊은 커플이 탄 차가 들어왔다. 미쓰요는 유이치의 팔을 잡아끌듯이 길을 비켜섰다.

"저긴 오징어 요리만 파나?"

뭔가를 떨쳐내기라도 한 듯 유이치가 밝은 목소리로 물었다. 미쓰요는 짐짓 놀라면서도 "으, 응"하고 고개를 끄덕이고, "처음엔 오징어 회가 나오고, 다리로 튀김도 만들어줘……"라고 설명했다.

아직 열두 시 전인데도 가게는 꽤 붐볐다. 커다란 활어 어항을 에워싼 1층 테이블에는 빈자리가 없었고, 유이치가 앞치마를 두른 아주머니에게 "두 사람이요"라고 말하자 "2층으로 올라가시죠"라며 등을 밀었다.

계단을 올라가 신발을 벗었다. 삐걱거리는 마루를 지나 바다 쪽으로 시원하게 창이 나 있는 방으로 안내받았다. 곧 붐비기 시작할지는 몰라도 아직 다른 손님은 보이지 않았고, 낡은 다다미 위에 테이블 여덟 개가 줄지어 있었다. 미쓰요는 망설임 없이 창가 자리를 골랐다. 맞은편에 앉은 유이치도 눈앞에 펼쳐진 항구 풍경에서 눈을 떼지 못했다. 바람이 멎어 파도가 잔잔한 항구에는 오징어잡이 배들이 늘어서 있고, 부두 저 너머 드넓은 창해에는 겨울 햇살에 반짝이며 춤추듯 일렁이는 흰 물결마루가 보였다. 닫힌 창밖에서 안벽에 부딪치는 물결 소리가 들렸다.

"1층보다 여기 경치가 훨씬 좋다. 어쩐지 특별대우 받는 기분인걸."

미쓰요가 뜨거운 물수건으로 손을 닦으며 말하자 "전에도 와본 적 있어?"라고 유이치가 물었다.

"동생이랑 몇 번 왔는데, 그때는 늘 1층이었어. 1층도 활어 어항이 있어서 좋긴 하지만."

뜨거운 차를 들고 온 아주머니에게 미쓰요가 정식 2인분을 주문했다. 주문을 하고 창밖으로 시선을 돌리자 "우리 집 있는 데랑 비슷하다"라고 유이치가 중얼거렸다.

"아 참, 그렇지. 유이치네 항구도시랬지."

"항구도시는 아니고, 그냥 여기랑 똑같은 평범한 어촌이야."

"좋겠다. 난 이런 풍경 너무 좋아해. 그 왜, 잡지 같은 데 보면 하카타나 도쿄의 세련된 가게 소개하는 코너 있지? 그런 데 나오는 시푸드 요리를 보면 값만 비싸지 맛은 틀림없이 요부코 오징어가 더 좋을 거란 생각이 들어."

"그래도 여자들은 대개 그런 가게를 더 좋아하지 않나?"

"내 동생은 덴진에 있는 무슨 레스토랑이 어쩌고저쩌고 하면서 가고 싶어 해. 근데 난 이런 데가 더 좋아. 아니, 좋다기보다 정말 여기가 더 맛있어. 그런데 텔레비전에서는 이런 가게를 B급 식당으로 소개하잖아. 그런 거 정말 싫더라. 안 그래? 아무리 생각해봐도 재료는 여기가 A급인데."

미쓰요는 단숨에 거기까지 말을 쏟아냈다. 일을 내팽개치고 온종일 자유로운 시간을 얻었다는 사실에 차츰 흥분되기 시작했다. 그러다 문득 앞을 바라보자 유이치가 붉어진 눈으로 어깨를 떨고 있었다. 너무 놀라서 "왜, 왜 그래?"라고 말을 건넸다.

테이블 위에 움켜쥔 유이치의 주먹이 소리가 날 정도로 심하게 떨렸다.

"내가…… 사……사람을 죽였어."

"뭐?"

"내가…… 미안해."

순간 유이치가 무슨 말을 하는지 이해할 수 없었던 미쓰요는 또다시 "어? 뭐?"라고 물으며 소리를 높였다. 유이치는 몸을 숙이고 테이블 위에 주먹을 움켜쥐고 있을 뿐, 그 이상 아무 말도 하지 않았다. 글썽이는 눈으로 어깨를 떨며 "내가…… 사……사람을 죽였어"라는 말을 한 후, 더는 말이 없었다. 싸구려 테이블 위에는 있는 힘껏 움켜쥔 유이치의 주먹이 놓여 있었다. 정말이지 바로 코앞에 있었다.

"자, 잠깐, 그게 무, 무슨 소리야?"

미쓰요는 엉겁결에 앞으로 내밀던 손을 잠시 망설이다 다시 거둬들였다. 스스로 거둔 손인데도 마치 누군가가 잡아당긴 듯한 느낌이 들었다.

"사, 사람을 죽였다니……."

저절로 말이 흘러나왔다. 창밖에는 바람 잔잔한 항구 풍경이 펼쳐져 있었다. 정박한 배들이 흔들리며 굵직한 밧줄이 삐걱거리는 소리가 났다.

"……실은 좀 더 일찍 말했어야 했는데. 도저히 말을 꺼낼 수가 없어서. 미쓰요와 함께 있으면 아무 일도 없었던 것 같았고……. 그렇다고 변하는 건 아무것도 없는데……. 오늘만, 딱 하루만 더 미쓰요랑 같이 있고 싶었어. 어제, 차 안에서 말할까 했는데…… 그런데 도저히 끝까지 말할 자신이 없어서."

유이치의 목소리가 몹시 떨렸다. 마치 파도에 흔들리는 것 같았다.

"나, 실은 미쓰요 만나기 전에, 어떤 여자를 만났어. 하카타에 사는 여잔데……."

한마디씩 말을 잘라내듯 유이치가 이야기를 시작했다. 미쓰요는 불현듯 조금 전 걸었던 안벽 풍경이 떠올랐다. 멀리 바라볼 때는 아름다웠지만, 발아래 안벽에는 쓰레기들이 이리저리 파도에 흔들렸다. 플라스틱 세제통, 더러운 스티로폼 상자, 한 짝뿐인 비치샌들.

"⋯⋯문자로 알게 돼서 몇 번 만났어. 자길 만나고 싶으면 돈을 내라고 해서⋯⋯."

그때 갑자기 미닫이문이 열리더니 앞치마를 두른 아주머니가 커다란 접시를 안고 들어왔다.

"죄송해요. 오래 기다리셨죠."

아주머니가 무거워 보이는 접시를 테이블에 내려놓았다. 접시에는 산오징어 회가 푸짐하게 담겨 있었다.

"간장은 저쪽에 있는 걸 쓰세요."

하얀 접시에는 선명한 빛깔의 바닷말이 깔려 있고, 그 위에 회를 뜬 오징어 한 마리가 형태 그대로 올려져 있었다. 오징어 살이 투명해서 바닥에 깔아놓은 바닷말까지 선명하게 비쳤다. 금속과도 같은 은빛 눈알은 초점을 잃고 허공을 바라보고 있었다. 마치 자기만이라도 접시에서 도망쳐 나가려는 듯 다리 몇 개가 꿈틀거렸다.

"드시고 남은 다리는 튀김으로 만들어드릴게요."

아주머니는 그렇게 말하더니 테이블을 가볍게 두드리며 자리에서 일어섰다. 그대로 나갈 줄 알았던 아주머니가 갑자기 뒤를 돌아보더니 "아 참, 아직 마실 걸 여쭤보지 않았네"라며 애교스러운 미소를 지어 보였다.

"맥주라도 갖다드릴까요?"

그렇게 묻는 아주머니에게 미쓰요가 순간적으로 고개를 저었다. "아, 아니, 괜찮아요"라고 대답하면서 자기도 모르게 핸들 잠는 시늉을 했다.

아주머니는 문을 열어둔 채 나갔다. 실내에는 덩그러니 두 사람만 남았다. 유이치는 오징어 회를 앞에 두고 고개를 떨어뜨리고 있었다. 방금 믿을 수 없는 고백을 들었는데도 미쓰요는 거의 무의식적으로 소스 접시에 간장을 따랐다.

간장을 따른 자그마한 소스 접시 두 개가 눈앞에 나란히 놓여 있었다. 미쓰요는 잠시 망설이다가 그중 하나를 유이치 쪽으로 밀었다.

"어디서부터 얘기해야 좋을지······."

유이치가 소스 접시의 간장을 들여다보듯 중얼거렸다.

"······그날 밤, 그 여자와 만날 약속을 했어. 하카타의 히가시 공원이라는 곳에서."

이야기를 시작한 유이치에게 미쓰요는 무심코 질문을 할 뻔하다 그만두었다. 그 여자는 어떤 여자고, 그때까지 몇 번이나 만났는지······. 묻고 싶은 말들이 연이어 떠올랐다. 그럴 정도로 유이치의 이야기는 좀처럼 앞으로 나아가지 않았다. 미쓰요는 가까스로 "저어, 그게 언제 일인데?"라고만 물었다.

고개를 숙이고 있던 유이치가 얼굴을 들었다. 대답을 하려고 하는데 입술이 떨려서 제대로 말이 나오질 않았다.

"미쓰요랑 만나기 전에······. 미쓰요가 문자 보냈지? 그 전에······."

유이치가 간신히 그렇게만 대답했다.

제4장 · 그는 누구를 만났는가

"문자라면 맨 처음에?"

미쓰요의 질문에 유이치가 힘없이 고개를 끄덕였다.

"그때…… 난 어떡해야 좋을지 몰랐고, 밤마다 아무리 애를 써도 잠이 오질 않았어. 너무 괴로워서 누군가와 얘기라도 나누고 싶었는데…… 그랬는데 미쓰요한테 문자가 왔고."

아래층에서 손님을 맞는 아주머니의 목소리가 들렸다.

"……그날 밤, 분명히 나랑 만날 약속을 했는데, 그 여자, 다른 남자랑 같은 장소에서 약속을 했더군. '오늘은 너랑 같이 보낼 시간 없어'라더니 곧바로 그 남자 차를 타고는 어디론가 사라져버렸어. ……난, 바보 취급을 당한 것 같아 너무 분해서 홧김에 그 차를 쫓아갔지……."

두 사람 사이에서 오징어 다리가 꿈틀거리고 있었다.

* * *

매서운 밤이었다. 뿜어낸 숨결이 또렷이 보일 만큼 꽁꽁 얼어붙은 밤이었다.

공원 옆 인도를 걸어오는 요시노의 모습이 룸미러에 비쳤다. 유이치는 신호를 하려고 클랙슨을 울렸다. 클랙슨 소리에 놀란 요시노가 순간 걸음을 멈추더니, 인도 앞쪽을 향해 뛰기 시작했다. 순식간이었다. 뛰기 시작한 요시노는 유이치가 기다리는 차를 그대로 지나쳐버렸다. 놀라서 시선을 돌리자, 인도 앞쪽에 낮선 남자가 서 있었다.

요시노는 무척이나 가까운 사이인 듯 남자의 팔을 잡고 이야기하기 시작했다. 그 사이, 남자는 줄곧 기분 나쁜 시선으로 이쪽을 쳐다보았다. 유이치는 우연히 만났을 거라고 생각했다. 인사가 끝나면 곧 돌아올 거라고.

예상대로 요시노는 곧바로 자기 쪽으로 걸어왔다. 유이치가 조수석 문을 열어주려 하자, 그 모습을 봤는지 요시노가 잰걸음으로 다가와 직접 차문을 열더니 "미안, 오늘 안 될 거 같아. 돈, 내 통장으로 보내줘. 내가 나중에 계좌번호 문자로 알려줄게"라고 말했다.

어안이 벙벙한 유이치를 그대로 두고 요시노는 난폭하게 차문을 닫더니 마치 뛰어오를 듯 가벼운 발걸음으로 낯선 남자 곁으로 돌아갔다. 눈 깜짝할 사이였다. 유이치는 입을 열기는커녕, 자기 기분이 어떤지조차 느낄 틈이 없었다.

인도에 선 남자는 가까이 다가오는 요시노가 아니라, 계속해서 유이치를 쳐다봤다. 입가에 조롱하는 듯한 미소가 떠오른 것처럼 보인 것은 가로등 불빛 때문이었을까, 아니면 실제로 그런 미소를 띠었던 걸까.

요시노는 뒤 한 번 돌아보지 않고 남자의 차에 올라타 버렸다. 달리기 시작한 그 차는 진남색 아우디로, 유이치는 제아무리 대출을 받아도 꿈도 못 꿀 A6였다.

그 남자의 차가 휑뎅그렁한 공원 옆 가로수 길을 달리기 시작했다. 얼어붙은 지면 위에 퍼지는 허연 배기가스가 선명하게 보였다.

유이치는 그제야 자기를 버려둔 채 떠났다는 걸 간신히 깨달았다. 그 정도로 어이없는 상황이었다. 자신이 버림받았다는 생각이 든 순간, 온몸의 피부를 찢을 듯이 피가 솟구쳐 올랐다. 분노로 온몸이 팽창하는 것 같았다.

유이치는 있는 힘껏 액셀러레이터를 밟으며 차를 급발진시켰다. 이미 남자의 차는 전방 교차로를 왼쪽으로 꺾는 찰나였다. 당장이라도 그 차를 박아버릴 듯한 급발진이었다.

유이치는 남자 차를 추월해서 요시노를 데려올 생각이었다. 그럴 생각이었다기보다 몸이 제멋대로 그렇게 움직이고 있었다.

첫 번째 교차로를 돌자, 남자의 차는 앞의 신호에서 직진하는 중이었다. 액셀러레이터를 밟았지만 신호가 바뀌는 바람에 양쪽에서 차들이 달려왔다. 그러나 지나는 차가 많질 않아서 유이치는 차 행렬이 끊어지자마자 신호를 무시하고 내달렸다. 요시노를 태운 남자의 차를 따라잡은 것은 100미터 정도 달린 곳이었다.

추돌할 기세로 달려왔지만, 남자의 차를 따라잡은 순간 마음이 바뀌었다. 화가 가라앉았다기보다는 추돌하면 자기 차가 망가진다는 생각이 그제야 들었기 때문이다.

유이치는 속력을 더 높여 남자의 차 옆으로 나란히 달렸다. 핸들을 붙잡고 차 안을 건너다보니 조수석에 앉은 요시노가 얼굴 가득 미소를 띠고 떠들어대고 있었다. 한마디라도 사과를 받고 싶었다. 약속을 깬 사람은 요시노이니 단 한마디라도 사과해 주길 바랐다.

도로는 덴진의 번화가로 이어졌다. 유이치는 속도를 늦추고 남자의 차를 뒤에서 쫓아갔다. 도중에 차 몇 대가 끼어들었다 빠지곤 했는데, 미쓰세 고개로 향하는 도로로 접어들자 차 간격을 조금 벌려도 끼어드는 차가 없었다.

도로변에 드문드문 서 있는 가로등은 어두운 밤거리의 빨간 우체통과 마을 게시판을 비추고 있었다. 도로는 오르막길로 바뀌고 앞서 달리는 남자의 차 라이트가 아스팔트를 파랗게 비추는 것이 또렷하게 보였다. 차가 아니라, 마치 빛 덩어리가 좁다란 산길을 뛰어올라가는 것 같았다.

유이치는 거리를 좁히지 않고 차를 쫓았다. 커브를 돌 때마다 붉은 후미등 불빛이 강해졌다. 그럴 때마다 앞에 보이는 숲이 붉게 물들었다. 스피드를 내긴 했지만, 형편없는 운전 솜씨였다. 급커브도 아닌데 남자는 자꾸 브레이크를 밟았다. 그때마다 유이치의 차가 가까이 다가가고 말았다. 유이치는 일부러 속도를 늦췄다. 고갯길을 올라가는 남자의 차와 차츰 거리가 벌어졌다. 그래도 어둡고 침침한 고갯길 커브를 돌면 우거진 나무들 너머로 앞에서 달리는 자동차 라이트가 보였다.

얼마나 달렸을까, 남자의 차가 급정차한 곳은 막 고개 정상에 접어든 언저리였다. 유이치는 허둥지둥 브레이크를 밟고 라이트를 껐다. 컴컴한 숲 속, 붉은 후미등은 마치 거대한 숲의 붉은 안 광(眼光) 같았다.

유이치는 핸들을 쥔 채, 숲의 붉은 눈을 뚫어져라 바라보았다. 고갯길만 숨을 쉬는 것 같았다. 곧이어 차의 실내등이 켜졌다. 불빛 속, 요시노와 남자의 그림자가 움직였다. 순식간에 벌어진 일이었다. 차 문이 열리고 요시노가 내리려고 했다. 그런데 그 등을 남자가 발로 걷어찼다. 요시노는 발길질을 당한 동물 같았다. 갓길에 쓰러지며 가드레일에 후두부를 세게 부딪쳤다.

가드레일에 등을 기대고 웅크린 요시노를 버려둔 채 남자의 차가 달리기 시작했다. 유이치는 순간, 자기가 무슨 광경을 본 건지 이해할 수 없어 황급히 남자의 차를 쫓으려 했다. 그러나 사이드브레이크를 내린 순간, 길바닥에 내팽개쳐진 요시노가 차가 떠나간 자리에 덩그러니 남아 있는 모습이 보였다. 후미등 불빛에 물든 요시노의 모습은 마치 불타오르는 것처럼 보였다. 유이치는 사이드브레이크를 다시 당겼다. 너무 세게 당기는 바람에 차 밑에서 이상한 소리가 났다.

남자의 차가 앞의 커브를 돌아가고 나자, 주위의 모든 빛이 사라져버렸다. 붉게 물들어 있던 요시노의 모습은 금세 어둠 속에 파묻혀버렸다.

남자의 차가 사라진 후 얼마가 지났을까, 유이치는 머뭇머뭇 라이트를 켰다. 빛이 요시노가 웅크려 앉은 곳까지 닿지는 않았지만, 그래도 겨울 달빛보다는 도움이 되었다.

사이드브레이크를 풀고 살며시 액셀러레이터에 발을 올렸다.

고갯길을 비추는 푸른 불빛은 물이 번지는 속도로 요시노에게 다가갔다.

라이트가 요시노의 모습을 환하게 비쳤을 때, 푸르게한 빛 속에서 잔뜩 겁을 먹은 요시노는 빛 속을 쳐다보려고 필사적으로 눈을 가늘게 떴다.

사이드브레이크를 다시 당기고, 유이치가 운전석 문을 열었다. 요시노는 몸을 웅크리며 가방을 품에 끌어안았다.

"괜찮아?"

유이치가 말을 건넸다. 그러나 컴컴한 어둠이 소리를 그대로 집어삼켰다. 먼 땅울림처럼 자동차 엔진 소리만 들렸다.

유이치가 빛 속으로 걸어가자, 요시노의 표정이 바뀌었다.

"뭐야? 설마 뒤따라온 거야? 제발 그만 좀 해!"

핸드백을 끌어안고 갓길에 주저앉아 있는 여자가 그렇게 소리쳤다. 차에서 남자에게 발길질을 당해 쫓겨나 어두운 고갯길에 버려진 여자였다.

"괘, 괜찮아?"

유이치는 그래도 요시노 곁으로 다가가 일으켜 세워주려고 손을 내밀었다. 그러나 요시노는 그 손을 뿌리치더니 "다 봤다는 거야? 정말 말도 안 돼!"라고 악다구니를 쓰며 혼자서 일어서려고 했다.

"무, 무슨 일이야?"라고 유이치가 물었다. 굽 높은 부츠 때문에 비틀거리는 요시노의 손을 잡아주자 자갈에 짓눌린 손바닥

감촉이 느껴졌다.

"무슨 일이고 말 것도 없어! 너한테 말할 의무도 없잖아!"

유이치의 손을 뿌리친 요시노가 걸음을 내딛으려 했다. 유이치가 그녀의 팔을 붙잡았다.

"차에 타. 데려다줄게."

유이치의 말에 요시노가 차 쪽으로 힐끔 시선을 돌렸다. 두 사람 다 라이트 불빛 속에 서 있었다. 마치 그곳에만 세계가 존재하는 듯했다.

유이치가 팔을 잡아당기자 "필요 없다니까! 이거 놔!"라며 요시노가 또다시 팔을 뿌리쳤다.

"여기서 걸어갈 수도 없잖아!"

요시노의 말투에 이끌리듯 유이치가 요시노의 팔을 세게 잡아당겼다. 타이밍이 어긋나는 바람에 걸음을 내딛던 요시노의 발이 허공에 떠올랐다. 균형을 잃고 쓰러진 곳이 차 바로 정면이었다. 황급히 받쳐주려던 유이치의 팔꿈치가 공교롭게도 요시노의 등을 떠밀었다. 요시노는 이상한 형태로 몸이 꼬이며 그대로 차 프런트에 부딪히고 말았다. 엉겁결에 손을 짚은 곳에 요시노의 새끼손가락이 끼었다.

"악!"

날카로운 비명 소리가 메아리쳤다. 어두운 숲에 잠들어 있던 새들이 일제히 날아오를 정도였다.

"괘, 괜찮아?"

유이치가 허둥지둥 안아 일으키려고 했다. 범퍼와 차체 사이에 끼어버린 손가락은 그대로였다. 일으켜 세우려고 요시노의 겨드랑이를 들어올린 순간, 비명과 함께 새끼손가락이 기묘한 형태로 비틀렸다.

모든 게 순식간에 벌어진 일이었다. 핏기가 가셨다. 강렬한 라이트 불빛이 차 앞에 주저앉은 요시노의 얼굴을 비추었고, 불빛을 받은 요시노의 머리칼 한 올 한 올이 거꾸로 일어서 있었다.

"미, 미안. ……미안해."

고통으로 얼굴을 일그러뜨린 요시노가 겨우 빼낸 손가락을 쥐고 어금니를 악물었다.

"살인자!"

유이치가 어깨에 손을 올리는 순간, 요시노가 그렇게 소리쳤다. 유이치는 엉겁결에 손을 뒤로 빼냈다.

"살인자! 경찰에 신고할 거야! 성폭행했다고 신고할 거야! 여기까지 납치했다고! 납치해서 강간했다고! 우리 친척 중에 변호사도 있어! 우습게보지 마! 난 너 따위 남자랑 사귈 여자가 아니야! 살인자!"

요시노가 소리쳤다. 모두 다 거짓말인데도 유이치는 자기도 모르게 무릎이 떨렸고, 떨림은 멈출 줄을 몰랐다.

요시노는 그렇게 악을 써대더니 아픈 손가락을 움켜쥔 채 걷기 시작했다. 차에서 벗어나자 가로등조차 없는 고갯길이 순식간에 요시노의 모습을 삼켜버렸다. "자, 잠깐, 기다려"라고 유이치가 소리쳤지만, 요시노는 들은 척도 않고 걸어갔다.

유이치는 참을 수 없어 요시노의 발소리가 멀어져가는 어둠 속으로 달려갔다.

"거짓말하지 마! 난 아무 짓도 안 했어!"

소리를 지르며 다가가자 걸음을 멈춘 요시노가 뒤를 돌아보더니 "반드시 신고할 거야! 납치해서 강간했다고 신고할 거라고!"라며 맞받아 소리쳤다. 한겨울인데도 산 전체에서 매미소리가 들려왔다. 귀를 틀어막고 싶을 정도로 요란한 울음소리였다.

자기 자신도 대체 뭘 두려워하는 건지 이해할 수 없었다. 산속까지 납치당했다. 강간당했다. 요시노의 말은 모두 새빨간 거짓말인데 마치 자기가 그런 일을 저지른 것처럼 핏기가 가셨다. 죽을 힘을 다해 '거짓말! 누명 씌우지 마!'라고 마음속으로 외쳤지만, '누가 믿어줄까? 누가 너 같은 녀석 말을 믿어줄까?'라고 컴컴한 숲이 속삭였다.

그곳은 그저 어두운 고갯길일 뿐이다. 증인이 없었다. 내가 여기서 아무 짓도 안 했다는 걸 증명해줄 사람이 없었다. 할머니에게 "난 아무 짓도 안 했어요!"라고 변명하는 자신의 모습이 떠올랐다. "난 아무 짓도 안 했다니까!"라고 주위를 에워싼 사람들에게 외쳐대는 자신의 모습이 보였다. 그 순간 불현듯 페리 선착장에서 "엄마가 이리 데리러 온댔어!"라고 소리치던 어릴 적 자신의 목소리가 떠올랐다. 그 누구도 믿어주지 않았던 그때의 목소리가.

유이치가 요시노의 어깨를 붙들었다.

"만지지 마!"

뿌리치려던 요시노의 팔이 유이치의 귀를 후려쳤다. 마치 쇠몽둥이로 내리친 것 같은 통증이 느껴졌다. 유이치는 무의식적으로 요시노의 팔을 움켜잡았다. 도망치려는 요시노를 못 움직이게 붙잡는 사이, 자기도 모르는 새에 차가운 땅바닥에 쓰러진 요시노 위에 앉아 있었다. 달빛에 비친 요시노의 얼굴이 분노로 일그러져 있었다.

"……난 아무 짓도 안 했어!"

요시노의 양 어깨를 힘껏 짓눌렀다. 요시노는 고통에 못 이겨 신음을 내뱉으면서도 이를 악다물고 "너 따위가 하는 말을 누가 믿어줄 것 같아!"라고 소리쳤다.

"살인자! 도와줘요! 살인자!"

요시노의 비명이 숲속 나무들을 흔들었다. 요시노가 소리를 지를 때마다 유이치는 두려움에 몸이 떨렸다. 혹시라도 누가 이런 거짓말을 듣는다면…….

"……난 아무 짓도 안 했어. 난 아무 짓도 안 했어."

유이치는 눈을 감았다. 요시노의 목을 있는 힘껏 짓눌렀다. 두려워서 견딜 수가 없었다. 요시노의 거짓말을 누구에게도 들려줄 수 없었다. 지금 당장 거짓말을 죽이지 않으면 진실이 죽임을 당할 것 같아 두려웠다.

•••

안벽에는 갖가지 쓰레기가 떠밀려 왔다. 플라스틱 세제통, 더러운 발포 스티로폼 상자, 한 짝뿐인 비치샌들. 여기저기 해초나 비닐봉지에 뒤엉켜서 파도가 휩쓸어도 안벽에 부딪쳤다 튕겨질 뿐 어디로도 도망치지 못하고 그곳에 머물러 있었다.

안벽에는 오징어잡이 배 여러 척이 정박해 있었다. 로프가 휘어지고 배 밑에서 작은 고기떼가 헤엄쳐 나왔다. 안벽 뒤쪽에는 마른 오징어를 파는 노점상이 늘어서 있었고, 상인들이 오가는 관광객들에게 말을 건네고 있었다. 조금 전부터 어린 여자아이가 세발자전거를 타고 안벽에 서 있는 미쓰요와 유이치에게 다가왔다 노점에 서 있는 엄마 곁으로 다시 돌아갔다.

결국 요리가 나오는 중간에 미쓰요와 유이치는 가게를 나왔다. 막 내왔을 때 접시 위에서 꿈틀거리던 오징어 다리도 유이치의 이야기가 끝날 무렵이 되자, 축 늘어져 꼼짝도 하지 않았다. 다행히 다른 손님은 들어오지 않았다. 종업원 아주머니만 몇 번이나 필요한 게 없는지 살피러 왔다.

이야기를 끝낸 유이치는 작은 목소리로 "미안해"라고 중얼거렸다. 그러고 나서 입을 다물고 있는 미쓰요에게 "지금, 경찰서로 갈 거야"라고 말했다.

미쓰요는 아무 생각 없이 고개를 끄덕였다. 때마침 나타난 종업원 아주머니가 "회 별로 안 좋아해요?"라고 물어서 미쓰요가

"······죄송합니다, 속이 좀 안 좋아서"라고 적당히 둘러댔다. 미쓰요가 자리에서 일어서자, 유이치가 체념한 듯 올려다보았다. 미쓰요가 "그만 나가자"라고 말을 건넸다. 자기를 놔두고 혼자 나갈 거라고 생각했던 모양이다. 유이치는 몹시 놀랐다. 아주머니에게 죄송하다고 사과하자 돈은 안 내도 괜찮다고 했다.

가게를 나와 어선들이 정박해 있는 안벽을 걸었다. 발이 저절로 주차장으로 향했다. 사람을 죽였다는 남자의 차에 다시 타려는 것이다. 머리로는 이해했지만, 차가운 바닷바람이 불어오는 안벽에서 달리 갈 곳도 없었다. 유이치의 이야기를 비명도 안 지르고, 도망치지도 않고, 끝까지 다 들은 자기 자신이 신기했다. 이야기가 너무 어처구니가 없었다. 너무 어처구니가 없어서 아무 생각도 할 수 없었다.

안벽 끝까지 오자, 미쓰요가 멈춰 섰다. 발밑에 모여든 갖가지 쓰레기들이 파도에 조용히 흔들리고 있었다.

"지금 경찰서로 갈게."

유이치의 목소리에 미쓰요는 쓰레기를 내려다본 채 고개를 끄덕였다.

"미안해. 미쓰요한테 폐 끼칠 생각은······."

말 중간에 미쓰요가 또다시 고개를 끄덕였다. 세발자전거를 탄 여자아이가 다시 이쪽으로 다가왔다. 핸들에 붙인 핑크색 리본이 매서운 바닷바람에 잡아 뜯길 듯 나부꼈다.

가까이 다가온 세발자전거는 미쓰요와 유이치 사이를 빠져나가 노점에 있는 엄마 곁으로 돌아갔다. 미쓰요는 있는 힘껏 페달을 밟는 여자아이의 자그마한 등을 바라보았다.

바로 그때 "정말 미안해"라며 고개를 숙인 유이치가 혼자서 주차장 쪽으로 걸어가기 시작했다. 등이 몹시 작아진 것 같았다. 살짝이라도 건드리면 금세 울음을 터뜨릴 것 같은 등이었다.

"경찰서라니, 어디?"라고 미쓰요가 말을 건넸다.

뒤를 돌아본 유이치가 "몰라, 여기서는 가라쓰까지 나가야겠지"라고 대답했다.

유이치의 대답을 들으면서 미쓰요는 그런 게 무슨 상관인가 하는 생각이 들었다. 마음속에서 빨리 도망치라는 소리도 들렸다. 그런데도 왜 그런지 억울해서 견딜 수가 없었다. 무슨 말이든 해주고 싶어 견딜 수가 없었다.

"나만 이런 데 남겨두지 마"라고 미쓰요가 말했다. "……이런 데 나 혼자만 두고 가면 어쩌라고. ……나도 갈래. 경찰서까지 같이 갈래"라고.

바다에서 불어온 돌풍이 미쓰요의 말을 산산이 흩어버렸다.

유이치는 물끄러미 미쓰요를 바라보았다. 그러고는 또다시 아무 말 없이 혼자 걷기 시작했다.

"기다려!"

미쓰요가 소리를 지르자, 걸음을 멈춘 유이치가 "미안해. 그러면 미쓰요한테 피해가 돼"라며 뒤도 돌아보지 않고 말했다.

"피해는 벌써 줬잖아!"

미쓰요가 그 등에 대고 소리쳤다. 길 맞은편에서 오징어를 다듬던 아주머니가 이쪽으로 힐끔 시선을 돌렸다.

미쓰요는 대답도 없이 걷기 시작한 유이치를 쫓아갔다. 무슨 말이든 해주고 싶었다. 그렇지만 이런 말을 하고 싶었던 건 아니다.

주차장으로 들어서자 유이치가 다시 걸음을 멈췄다. 양손을 있는 힘껏 움켜쥔 채 어깨를 떨었다.

"……대체 어쩌다 이렇게 된 건지."

코를 훌쩍이는 유이치의 목소리가 부두에 부딪치는 먼 파도 소리에 겹쳐졌다. 미쓰요는 유이치의 앞으로 돌아가 힘껏 움켜쥔 그의 주먹을 붙잡았다.

"가자, 경찰서에. 같이 가자. ……무서웠지? 혼자 가기 무서웠지? 내가 같이 가줄게. 같이 가면…… 같이 가면 갈 수 있지?"

미쓰요의 두 손 안에서 유이치의 주먹이 떨렸다. 그 떨림이 전해지듯, 유이치는 몇 번이나 "……응, 응"하며 고개를 끄덕였다.

* * *

구름의 움직임이 이상해진 것은 오후 두 시를 지났을 무렵이다. 경찰 측 설명을 듣고 자기도 모르게 가게를 뛰쳐나온 이시바시 요시오는 집에서 걸어서 3분쯤 걸리는 임대 주차장으로 가서 목적지도 없이 차에 올랐다.

후쿠오카의 대학생이 범인이 아니고, 만남 사이트에서 알게 된 남자가 범인인 것 같다는 경찰의 설명을 도무지 받아들일 수가 없었다. 아니, 이 사건에 딸이 관련되어 있다는 것 자체도 무슨 착오일 것 같았고, 누군가가 어떤 목적을 위해 여러 사람과 합세해 자기와 아내를 속이는 것 같은 생각까지 들었다.

요시노는 어딘가에 아직 살아 있지 않을까. 어디선가 자기가 도와주기를 기다리고 있진 않을까……. 그러나 요시노가 어디에 있는지 알 수 없다. 누구에게 물어도 요시노는 이미 죽었다고 말한다.

목적지도 없이 구루메 시가지를 내달렸다. 낯익은 경치인데도 눈물을 머금은 눈에는 낯선 거리처럼 보였다.

요시오가 운전하는 차는 고등학교에 갓 들어간 요시노가 고른 것이었다. 화려한 건 싫다고 했지만 "글쎄, 빨간 게 제일 예쁘다니까!"라며 요시노가 끝까지 양보하지 않아 결국 절충안으로 고른 연한 그린색 경자동차였다.

차를 받던 날, 가족 셋이서 기념사진을 찍었다. 요시노는 새 차가 생긴 게 무척이나 기뻤는지 아무리 설득을 해도 시트 비닐을 못 벗기게 했다.

벌써 몇 시간째 구루메 시내를 달리고 있었다. 요시노를 보고 싶은 마음뿐이었다. 요시노가 어디 있는지 알고 싶었다. 도와달라는 목소리가 들리는데도 딸이 어디 있는지 알 길이 없었다.

정신을 차려보니 요시오는 미쓰세 고개 쪽으로 핸들을 꺾고 있었다. 구루메 시내를 벗어난 차는 국도를 타고 강을 건너, 어느새 사가 평야를 가로지르는 하나뿐인 전원 도로를 달리고 있었다. 길 앞에는 미쓰세 고갯길이 있는 세후리 산지의 산봉우리들이 보였다.

별안간 구름의 움직임이 이상해진 것은 주유소에 들렀을 무렵이다. 주유를 하는 동안 화장실에 들렀는데 화장실의 작은 창으로 세후리 산지 상공으로 검은 비구름이 몰려오는 모습이 보였다. 비구름은 고개 정상을 덮듯 펼쳐져 있었고, 요시오가 있는 평야 지대로 서서히 다가오고 있었다.

화장실에서 나오자 후드득후드득 빗방울이 떨어지기 시작했다. 요시오는 밖에 있는 세면기에서 손도 씻지 못하고, 주유를 마친 자기 차로 뛰어들었다. 요시노 또래의 아가씨가 영수증을 들고 뛰어왔다. 건네받은 영수증은 빗물에 젖어 있었다. 요시오는 돈을 지불하고 액셀러레이터를 밟았다. 아가씨가 빗속에 서서 차를 배웅하는 모습이 룸미러에 비쳤다.

차가 고갯길에 들어설 무렵에는 비가 억수같이 쏟아졌다. 아직 오후 세 시밖에 안 되었는데도 낮은 하늘을 뒤덮은 비구름 때문에 고갯길은 어두컴컴해졌다.

요시오는 라이트를 켰다. 세차게 움직이는 와이퍼 앞으로 푸르께한 아스팔트 도로가 떠올랐다. 앞 유리로 폭포처럼 빗물이 흘러내리고, 와이퍼는 부서질 듯 쉴 새 없이 움직였다.

고개를 내려오는 반대 차선 자동차의 라이트에 앞 유리 빗방울이 빛났다. 엔진 소리는 들리지 않고, 주변 나무들을 내리치는 빗소리가 꽉 닫힌 차 안까지 울려 퍼졌다.

장례식 날, 구루메에 있는 공장에서 일하는 사촌 형님이 "요시노가 떠난 곳으로 같이 분향이나 하러 가세"라고 말했다. 너무 많은 일들이 연달아 일어나는 바람에 요시오가 아무 대답도 못 하고 있자, 옆에 있던 친척 아이가 "가실 거면 저도 가고 싶어요. 꽃도 올리고 요시노가 좋아하던 과자도……"라고 떠들어댔다.

모두들 친절한 마음에서 하는 말이라는 건 알지만, 그런 친절을 베푸는 순간, 두 번 다시 요시노를 못 만난다는 생각이 들어 견딜 수가 없었다.

요시오는 "난 안 가"라고만 대답했다. 떠들어대던 친척들이 그 한마디에 모두 입을 다물었다.

언젠가 텔레비전에 고갯길 사건 현장에 꽃과 주스가 늘어서 있는 영상이 나왔다. 친척들이 몰래 갔던 걸까, 아니면 낯모르는 누군가가 요시노에게, 텔레비전과 잡지에서 비난하는 요시노에게 꽃을 가져다준 걸까. 요시오는 그 화면을 보며 소리 내어 울었다. 텔레비전과 잡지에서는 에둘러 표현했지만, 집으로 보내는 비방 팩스나 편지는 노골적이었다.

'매춘부 딸이 죽어서 슬프냐? 자업자득.'

'나도 네 딸을 산 적 있지. 하룻밤 500엔.'

'그런 여자는 죽어 마땅해. 매춘은 위법이야.'

'생활비 좀 보내주지 그랬어.'

직접 쓴 것도 있는가 하면 컴퓨터로 프린트한 것도 있었다.

매일 아침, 우편집배원이 오는 게 두려웠다. 전화선을 뽑아도 꿈속에까지 전화벨이 울렸다. 딸이 온 나라의 미움을 받는 것 같았다. 일본 전체가 자기 가족을 증오하는 것 같았다.

고개로 올라갈수록 빗줄기가 거세졌다. 안개가 짙어서 하이빔을 켜도 몇 미터 앞은 시야가 흐렸다.

미쓰세 터널로 들어서기 직전, 구도로를 가리키는 이정표가 보였다. 이정표는 마치 누군가가 힘껏 입김이라도 불어넣은 듯 순간적으로 끊긴 안개 속에서 그 모습을 드러냈다.

요시오는 급히 핸들을 꺾으며 낭떠러지 옆으로 난 폭이 좁은 구도로로 접어들었다. 도로 폭이 좁아지자 작은 경자동차는 폭포에 빨려들어갈 것 같았다. 산 표면을 흘러내려온 빗물이 갈라진 아스팔트 위를 가로질러 낭떠러지로 떨어졌다.

큰 도로에서는 맞은편 도로에 몇 대씩 자동차가 스쳐 지났지만, 구도로로 접어들자 한 대도 보이지 않았다. 사고라도 났었는지 가드레일 한 군데가 일그러져 벼랑 쪽으로 심하게 돌출되어 있었다. 라이트 앞으로 땅 바닥에 놓인 꽃다발과 페트병이 보인 것은 바로 그때였다. 투명한 비닐에 싸인 꽃은 산 표면에서 솟구치는 것 같은 거센 빗물에 금방이라도 떠내려갈 것 같았다. 요시오는 천천히 브레이크를 밟았다. 라이트가 비치는 안개 속, 빗물에 흠뻑 젖은 추모품들이 억수같은 비를 견뎌내고 있었다.

요시오는 뒷좌석 바닥에 떨어져 있던 비닐우산을 집어 들고 억 수같이 쏟아지는 빗속으로 나갔다. 자동차 시동을 끄지 않앉는데도 마치 폭포 속에 들어온 것처럼 세찬 빗소리밖에 안 들렸다.

빗줄기가 내리치는 우산은 무겁고, 뺨과 목덜미를 적시는 빗물은 통증이 느껴질 만큼 차가웠다.

요시오는 라이트에 비추인 추모품 앞에 섰다. 꽃은 이미 시들었고, 누가 놓고 갔는지 작은 돌고래 인형이 흙탕물에 빠져 있었다. 요시오는 흠뻑 젖은 돌고래를 주워들었다. 세게 쥐지도 않았는데 손가락 사이로 물이 흘러나왔다. 자신이 울고 있다는 건 알 았다. 그러나 세차게 내리치는 차가운 빗줄기 때문에 흘러내리는 눈물 감각도 없었다.

"……요시노."

자기도 모르게 목소리가 새어나왔다. 가느다란 목소리가 하얀 숨결이 되어 입에서 흘러나왔다.

"……아빠 왔다. ……늦어서 미안해. 아빠가 널 만나러 왔어. 추웠지? 외로웠지? 아빠 왔다니까."

이제는 멈출 수가 없었다. 한 번 열린 입에서는 연이어 말들이 쏟아져 나왔다.

비닐우산을 내리치는 빗줄기가 폭포처럼 발밑으로 떨어졌다. 바닥에 퉁겨진 비가 요시오의 더러워진 운동화를 적셨다.

"아빠……."

순간 요시노의 목소리가 들렸다. 환청이 아니고 틀림없이 요시노가 자기를 불렀다. 요시오는 뒤를 돌아보았다. 우산이 옆으로 쓰러졌지만 비에 젖는 것도 상관없었다.

자동차 라이트가 안개를 비추고 있었다. 요시노가 그곳에 서 있었다. 우산도 쓰지 않았는데 요시노는 조금도 젖지 않았다.

"아빠가 오셨네."

요시노가 미소를 지었다. "응. 아빠 왔다"라며 요시오가 고개를 끄덕였다. 억수같은 비가 손과 뺨을 내리치는데도 조금도 차갑지 않았다. 고갯길을 훑고 가는 매서운 바람도 요시노가 서 있는 빛 속만은 피해 갔다.

"너…… 이런 데서 뭘 해"라고 요시오가 말했다. 눈물과 콧물이 빗물과 뒤섞여 입속으로 흘러들어 목소리가 제대로 나오지 않았다.

"아빠가 와주셨네……."

빛에 감싸인 요시노가 미소를 머금었다.

"요시노…… 여, 여기서 대체 무슨 일이 있었니? 무슨 일을 당한 거야? 누가 널 이렇게 만들었어? 누가…… 누가……."

요시오는 참을 수 없어 오열을 터뜨렸다.

"아빠……."

"……응? 왜?"

요시오는 젖은 점퍼 소매로 눈물과 콧물을 훔쳐냈다.

"죄송해요, 아빠."

빛 속에서 요시노가 미안한 표정을 지었다. 요시노는 어릴 때 늘 그런 표정을 지으며 잘못을 빌곤 했다.

제4장 · 그는 누구를 만났는가 357

"네가 사과할 일이 아니야!"

"아빠……죄송해요. 저 때문에…… 힘들게 해서……죄송해요." "네가 사과할 일이 아니야. 아빤 누가 뭐래도 네 아빠야, 누가 뭐라고 하든 널 지켜줄 거야. ……지켜줄게."

나무를 두드리는 빗소리가 커졌다. 소리가 커지면 눈앞에 있는 요시노가 사라져버릴 것 같아서 요시오는 엉겁결에 "요시노!"하고 딸의 이름을 소리쳐 불렀다. 희미해져가는 빛 속에 서 있는 딸에게 흠뻑 젖은 손을 뻗었다.

순식간이었다. 눈앞에 있던 요시노의 모습이 사라졌다. 남은 것은 억수같이 쏟아지는 빗줄기를 비추는 자동차 라이트뿐. 요시오는 딸의 이름을 목이 터져라 부르며 주위를 둘러보았다. 비에 젖은 가드레일은 급하게 꺾이는 커브에 모습을 감추고 그 앞에는 빗물에 젖은 울창한 숲뿐이었다.

요시오는 차가운 비에 젖는 것도 아랑곳하지 않고 딸이 서 있던 장소로 뛰어갔다. 그러나 눈앞에는 빗물이 스며나오는 낭떠러지가 가로막혀 있을 뿐이었고, 젖은 잡초가 요시오의 축축한 이마를 어루만졌다.

요시오는 차가운 바위에 손을 짚고 딸의 이름을 두 차례 외쳤다. 목소리는 바위로 스며들었다.

뒤를 돌아보니 꽃다발이 놓인 땅 위에 비닐우산이 떨어져 있었다. 언제부터 떨어졌는지 거꾸로 뒤집힌 우산 속에는 빗물이 꽤 많이 고여 있었다.

그 순간 주위가 어렴풋이 밝아졌다. 하늘을 올려다보니 두툼했던 비구름 저 너머로 파란 하늘이 살며시 얼굴을 내밀었다. 발밑에서는 빗물이 퉁겼다. 흙탕물은 바지 무릎까지 스며들었다.

"요시노……."

내뿜는 숨결은 새하얗고 흠뻑 젖은 몸은 얼어붙었다.

"……아빠, 힘들지 않아. 요시노를 위해서라면 아빠 뭐든 참아낼 수 있어. 아빠도 엄마도 널 위해서라면……."

마지막 말은 나오지 않았고, 요시오는 젖은 아스팔트 위에 무릎을 꿇었다.

"요시노!"라고 다시 한 번 하늘에 대고 소리쳤다. 그러나 아무리 기다려도 요시노는 안개 뒤덮인 고갯길에 두 번 다시 모습을 드러내지 않았다.

비는 그치지 않고, 젖은 옷은 점점 무거워졌다.

"……아빠 죄송해요."

추위에 몸을 떠는 요시오의 귀에 딸의 목소리가 되살아났다. "요시노……"라고 다시 한 번 딸의 이름을 불렀다. 젖은 아스팔트 위에 떨어진 딸의 이름이 물웅덩이에 파문을 일으켰다.

"용서 못 해! 절대 용서 못 해!"

요시오는 주먹으로 젖은 아스팔트를 수없이 내리쳤다. 주먹이 찢어지고 차가운 빗물에 피가 스며들었다. 요시오는 빗속에서 일어섰다. 피투성이가 된 손으로 누군가가 딸에게 올린 시든 꽃다발을 집어 들었다.

❊ ❊ ❊

"참 나, 그게 말이나 되냐? 내가 살인범? 그것도 고작 그딴 여잘 죽이고? 야, 정말, 진짜 말도 안 되지."

직접 카운터로 가서 두 잔째 맥주를 들고 온 마스오 게이고는 내뱉듯 그렇게 말하더니, 기분 좋게 잔을 기울였다. 고작 하룻밤 경찰에서 심문을 받았을 뿐인데 마치 몇 년 동안이나 복역하던 형무소에서 갓 나온 사람처럼…….

마스오가 돌아온 테이블에는 쓰루다 고키를 비롯해 마스오의 친구 열댓 명이 모여 있었고, 선 채로 맥주를 마시는 마스오의 모습을 우러르듯 올려다보고 있었다.

쓰루다는 거의 입을 대지 않은 자기 잔을 들어 맥주 한 모금을 마셨다. 카페에 도착한 사람들이 저마다 마스오가 행방불명이었을 때 자기들이 무슨 생각을 했는지 떠들어대다 보니 늦은 오후 카페 안에는 음악은커녕, 웨이트리스가 떨어뜨린 접시가 깨지는 소리조차 들리지 않았다.

행방불명이었던 마스오가 모두에게 일제히 문자를 보낸 것은 그날 오후 두 시가 지났을 때였다. 쓰루다는 평소처럼 자기 방에서 자고 있었고, 얘기 듣고 싶은 사람은 지금 바로 덴진 '몬슨'으로 모이라는 마스오의 거친 문자를 받았을 때 누가 못된 장난을 하는 거라는 생각밖에 안 들었다. 그런데 몇 분 후 마스오가 직접 전화를 걸었다. 태평한 목소리로 "문자 봤어? 너도 나와라.

도주 생활의 전모를 밝혀줄 테니"라고 말했다. 묻고 싶은 말은 수없이 많았지만 "성가시니까 한꺼번에 얘기할게"라고 웃으며 마스오가 일방적으로 전화를 끊었다.

쓰루다와 다른 친구들이 모인 곳은 덴진에 있는 마스오의 단골 카페였다. 사치스러운 대학생이 좋아할 만한, 대낮부터 술을 팔고 식사도 그럭저럭 가격도 그럭저럭, 인테리어에만 돈을 들인 가게였다.

쓰루다가 가게에 도착했을 때는 이미 친구들이 열 명쯤 모여 있었는데, 가장 중요한 마스오는 아직 보이지 않았다. 모두들 마스오가 나고야에서 체포된 것을 알고 있었고, 석방되었으니 무죄일 거라고 떠들어댔다.

마스오가 통유리로 된 카페 밖에 모습을 드러냈을 때 "우와!" 하는 함성이 자연스레 들끓었다. 카페에서 맛없어 보이는 점심을 먹고 있던 젊은 여자 손님들도 그 함성에 놀라 일제히 마스오 쪽으로 고개를 돌렸다.

카페로 들어온 마스오는 낯익은 웨이트리스에게 윙크를 하더니 "마스오 게이고! 지금 막 자유의 몸이 되었습니다!"라며 양손을 펼치고 인사했다. 박수를 치는 녀석이 있는가 하면, 그 모습에 배를 움켜쥐고 웃어대는 녀석도 있었다.

기다리다 지친 모두의 앞에서 마스오는 먼저 늦은 이유를 설명했다. 오전 중에 경찰서에서 무죄 석방되었고, 일단 집에 돌아가 샤워를 하고 나온 모양이었다. 그래서 그런지 카페에 모습을 드러낸 마스오에게는 최근 몇 주일간 상상했던 도주범의 비장함은 찾아볼 수 없었다.

마스오가 자리에 앉자마자 "뭐야? 대체 무슨 일이 있었던 거야?" "네가 죽인 게 아니라고?" "안 죽였는데 왜 도망쳤어?"라는 질문들이 여기저기서 빗발치듯 쏟아졌다. 마스오는 그런 질문들을 제어시키고 옆에 멍하게 서 있는 웨이트리스에게 벨기에 맥주를 주문했다.

"자자, 너무 서두르지들 말고. ······흐음, 뭐라고 해야 하나, 단순한 내 착각이었지."

"착각?"

테이블을 에워싼 사람들의 목소리가 동시에 울려 퍼졌다.

"응. 대체 어디서부터 얘기를 시작해야 할지 모르겠군. 그건 그렇고 이 가게 인테리어 조금 바뀐 거냐?"

자기가 불러놓고도 마스오는 성가신 표정을 지었다. 옆에 앉아 있던 쓰루다는 이야기가 딴 데로 샐 것 같아 "아무튼 그날 밤 일부터 얘기해 봐"라며 찬물을 끼얹었다.

"흠, 그날 밤이라."

천장에 달린 팬을 올려다보던 마스오가 시선을 되돌리더니 "그래, 그날 밤, 그 여자랑 같이 있었던 건 사실이야"라며 이야기를 시작했다.

"그날 밤에 말이지, 공연히 자꾸 화가 나더라고, 너희들은 그럴 때 없냐? 이렇다 할 이유도 없는데 울컥하고 한군데 가만있지 못할 때."

마스오의 말에 모여 있던 젊은 남자들이 고개를 끄덕였다.

"그치? 다들 있지? 그날 밤이 딱 그런 기분이었다. 아무튼 차라도 몰아댈 생각으로 밖으로 나갔지. 그런데 도중에 소변이 마려워서 히가시 공원에 들렀다가 거기서 그 여자랑 우연히 마주친 거야."

"그 여자랑 안면은 있었고?"

제일 멀리 앉아 있던 남자가 테이블 위로 몸을 내밀듯 물었다.

"응, 있었지. 아 참, 쓰루다 너도 알지? 그 왜, 덴진 바에서 알게 된 보험회사 다닌다는 여자 세 명, 왠지 촌티 나는 애들. 너희 중에도 그때 같이 있었던 사람 있지?"

마스오의 말을 듣고 그제야 생각이 났는지 몇 사람이 "아아" 하고 탄성을 질렀다.

"그중 한 여자가 그 후로도 끈질기게 문자를 보내더라고. 아 참, 아까 찾아보니까 그 여자가 보낸 문자가 아직 남아 있던데, 볼래?"

미쓰세 고개에서 살해된 여자가 보낸 문자를 보고 싶냐고 자랑스레 묻는 마스오의 말에 모두가 테이블 위로 몸을 내밀었다. 그 순간 쓰루다는 역겨울 만큼 혐오감을 느꼈지만, 집단의 기세에 떠밀려 아무 말도 할 수 없었다.

마스오는 주머니에서 꺼낸 휴대전화를 만지작거리며 "어쨌든 그날 밤, 그 여자를 우연히 만나서 차에 태웠어. 하긴 그게 일이 꼬이기 시작한 발단이지……"라며 이야기를 계속했다.

"그런데 말이야, 그 여자, 무진장 간절한 시선으로 날 쳐다보는 거야. 어디 좀 데려가줘 하는 눈빛으로. 나도 이유 없이 짜증이 나 있던 터였고, 적당한 데 가서 엉덩이 가벼운 여자한테 한 방 먹여주면 개운해질 것 같은 기분에 차에 태웠지. 그런데 차에 타는 순간, 만두를 먹고 왔는지 어찌나 냄새를 풍기는지 순식간에 김이 빠져버리더군. 결국 미쓰세 고개까지 가긴 했는데 더는 참을 수가 없어서 거기 버려두고 왔어."

마스오가 신경질적으로 휴대전화를 눌러댔다. 좀처럼 옛날 문자가 안 찾아지는 듯했고, 손가락에서 풍기는 초조함은 주위를 에워싼 사람들한테까지 전해졌다.

"버려두고만 왔으면 도망은 왜 쳐?"

누군가의 질문에 손가락을 멈춘 마스오가 고개를 들더니 의미 심장한 표정으로 빙그레 미소를 지었다.

"그 여자가 안 내리려고 해서 엉겁결에 손을 뻗었거든. 그런데 운 나쁘게 목에 닿았고. 그니까 뭐냐, 꼭 목을 조르는 상황이 돼버린 거지."

마스오의 말에 순간 모두가 숨을 삼켰다.

"아냐, 그것 때문에 죽은 게 아니야. 차 밖으로 쫓아내면서 어쩌다가 목을 밀었을 뿐이지. 그런데 그 여자가 고개에서 죽었다는 걸 알았을 때, 달리 사람도 없는 곳이라 혹시 그게 원인인가 지레짐작하고……."

마스오가 웃었다. 팽팽하게 긴장된 공기를 바꾸기라도 하듯 그 웃음소리가 서서히 모두에게 퍼져 갔다. 혐오감이 앞선 쓰루다는 도저히 웃을 마음이 아니었지만, 주위를 둘러봐도 자기처럼 얼굴을 찡그린 녀석은 하나도 없었다.

"그래서 몇 주쯤이나 도망을 쳐?"

누군가의 말에 마스오가 쑥스러운 듯 고개를 끄덕이며 "실은 차에서 내리는 여자 등을 있는 힘껏 걷어찼거든. 그 바람에 밖으로 굴러떨어진 여자가 가드레일에 머리를 부딪쳤고……. 뭐 하긴, 그것도 별일 아니었지만."

마스오는 아무렇지도 않게 이야기를 계속했다. 옆에서 듣고 있던 쓰루다는 금방이라도 속에서 뭔가가 솟구쳐 올라올 것 같았다. 쓰루다가 자리를 박차고 일어서려는 순간, 마스오가 옛날 문자를 찾아냈다.

"아, 찾았다. 이거야, 이거."

휴대전화를 테이블에 내려놓자, 뒤에 서 있던 누군가가 막 일어서려던 쓰루다의 등에 기대며 몸을 앞으로 내밀었다. 균형을 잃은 쓰루다는 하마터면 테이블에 이마를 부딪힐 뻔했다.

"자, 이거야, 읽어봐."

마스오가 내민 휴대전화를 몇몇 손들이 서로 빼앗으려 덤벼들었다. 결국 휴대전화를 손에 넣은 것은 마스오 맞은편에 앉은 사람이었다. 모두를 진정시키려는 듯 손을 펼치더니 거기 적힌 내용을 여자 흉내를 내며 읽기 시작하려는 순간, 출입구 쪽에서 여자들 목소리가 들려왔다.

테이블을 에워싸고 있던 남자들이 일제히 그쪽을 돌아보자, 학교에서 이른바 마스오 그룹의 핵심을 이루는 화려한 여자 셋이 서 있었다.

"마스오!"

그중 한 사람이 가게가 떠나갈 듯 소리를 질렀고, 세 사람은 마치 한 덩어리로 묶인 듯 달려왔다.

"어머머, 세상에! 어떻게 여기 있어?"

다가온 여자들 때문에 소파 위의 남자들이 힘겹게 엉덩이를 움직였고 가까스로 세 사람이 자리에 앉았다. 여자들은 앉자마자 조금 전 남자들이 했던 질문을 되풀이하며 마스오에게 덤벼들었고, 마스오는 마스오대로 조금 전처럼 대답을 했다.

마스오가 여자들과 이야기를 나누는 사이, 남자들은 손에서 손으로 마스오의 휴대전화를 돌렸다. 쓰루다는 미쓰세 고개에서 살해당한 여자가 마스오에게 보낸 문자가 어떤 내용인지 남자들의 표정만으로도 짐작할 수 있었다. 마치 죽은 여자의 몸이 남자들의 손에서 손으로 옮겨지는 것 같았다.

자기에게 마음이 없는 남자에게 수없이 문자를 보낸 여자가 미쓰세 고개에서 살해당했다. 옆에 있는 마스오가 죽인 건 아니다. 그러나 옆에 있는 마스오가 우연이든 어쨌든 그날 밤 그녀를 만나지 않았더라면 그녀가 그 고개에 가는 일은 없었을 것이다.

정신을 차려보니 쓰루다의 손에 마스오의 휴대전화가 들려 있었다. 옆에서는 마스오가 어디까지가 진실인지 모르지만, 한껏 신이 나서 경찰서에서 조사받은 경험담을 여자들에게 들려주고 있었다. 콩트에서나 나올 법한 조명이 진짜 있었느니 어쩌니 하면서.

콩트. 쓰루다는 자기도 모르게 중얼거렸다. 손에는 죽은 여자가 보낸 문자가 있었다. 읽고 싶지 않았다. 읽고 싶지 않은데도 저절로 시선이 손으로 향했다.

'유니버설 스튜디오라는 데 재미있을 거 같아.'

눈에 들어온 것은 그런 내용이었다.

* * *

먼 창공으로는 맑게 갠 파란 하늘이 보였지만, 빗방울은 여전히 앞 유리창을 두드렸다. 빗방울은 몇 개가 모여 소리도 없이 아래로 흘러내렸다. 그리고 흘러내린 그 자리에 또다시 빗방울이 떨어졌다.

차는 바닷가 자동차도로 갓길에 세워져 있었다. 아스팔트는 비에 젖어 색깔을 바꾸어갔다. 젖은 아스팔트는 주위 풍경을 어둡게 만든다. 그래서일까, 미쓰요와 유이치가 탄 차 안까지 해질 녘처럼 어두워졌다.

길 앞에는 경찰서가 있었다. 십여 미터만 더 가면 차는 경찰서 부지로 들어선다.

그렇게 가만있은 지 얼마나 되었을까. 방금 차를 세운 것 같기도 하고, 하룻밤 내내 그곳에 있었던 것 같은 기분도 들었다. 미쓰요는 손을 뻗어 앞 유리의 비를 만졌다. 안에서 비가 만져질 리 없지만, 손가락 끝이 살짝 젖어드는 감촉이 느껴졌다. 어느새 빗줄기가 거세졌고 이제는 앞 유리 너머도 보이지 않았다.

조금 전부터 유이치의 거친 숨결이 또렷이 들렸다. 고개만 돌리면 바로 옆인데 미쓰요는 유이치 쪽을 쳐다볼 수 없었다. 쳐다보면 모든 게 다 끝나버릴 것 같은 마음에 도저히 자기 몸을 자유롭게 움직일 수 없었다.

미쓰요는 요부코 안벽에서 "경찰서에 같이 가자"고 유이치에게 말했다. 유이치는 "피해가 간다"며 거절했지만, 반 강제로 조수석에 올라탔다.

살인범과 같이 있다는 공포감은 전혀 없었다. 자기가 살인범을 만났다기보다 자기가 알게 된 사람이 살인을 저지른 느낌에 가까웠다. 만나기 전의 일이긴 하지만 어떻게든 도와줄 수 없었을까 하는 마음에 안타까웠다.

요부코 주차장을 벗어난 차는 가라쓰 시내로 향했다. 차 안에서는 결국 한마디도 나누지 않았다. 길이 막히지 않아 곧바로 시가지를 향해 다가갔다. 이제 곧 시가지가 시작되는 곳에서 예기치 못한 가라쓰 경찰서 간판이 나타났다. 유이치도 설마 그렇게 빨리 나오리라곤 예상하지 못했을 것이다. 순간 핸들이 크게 흔들리더니 속도가 늦춰졌다.

십여 미터 앞의 넓은 부지 안에 그린색 건물이 덩그러니 서 있었다. 벽에 걸린 교통안전 표어 현수막이 바다에서 불어온 한풍을 머금고 세차게 펄럭였다.

오가는 차는 없었다. 바다에서 차가운 바람이 불어왔다.

"미쓰요는…… 여기서 내리는 게 좋아."

핸들을 쥔 채, 유이치는 미쓰요의 얼굴도 보지 않고 그렇게 말했다.

비가 쏟아지기 시작한 것은 바로 그때였다. 하늘이 어두워지는가 싶더니 빗방울 몇 개가 앞 유리창을 두드렸다. 유모차를 밀며 인도를 걸어가던 젊은 엄마가 황급히 유모차 커버를 씌웠다.

"미쓰요는 여기서 내리는 게 좋아."

그렇게 말한 뒤, 유이치는 더 이상 입을 열지 않았다.

"……그것뿐이야?"라고 미쓰요가 중얼거렸다.

유이치는 고개를 들지 않고 자기 발아래만 내려다봤다. 유이치에게 무슨 말이 듣고 싶어서 그렇게 물었는지 자기 자신도 알 수 없었다. 그렇지만 "여기서 내리는 게 좋아"라는 한마디뿐이라면 너무 쓸쓸했다.

또다시 침묵이 이어졌다. 앞 유리를 적시는 빗방울은 스스로의 무게를 견디지 못하고 아래로 떨어져 내렸다.

"나랑 같이 있는 걸 다른 사람이 보면 미쓰요한테 피해가 될 거야……."

"여기서 내리면 나한테는 더 이상 피해가 안 된다는 말이야?"

미쓰요의 거친 말투에 유이치가 곧바로 "미안해"라고 사과했다. 정말이지 어쩌자고 그런 말만 하는지 이해할 수 없었다. 이런 상황에서 유이치에게 욕설을 퍼붓고 싶은 건 아니었다.

"······미안."

미쓰요가 작은 목소리로 사과했다.

사이드미러에 유모차를 밀고 가는 젊은 엄마의 뒷모습이 보였다. 젊은 엄마는 뛰고 싶은 마음을 애써 억누르며 걸어가고 있었다. 그 모습을 바라보며 미쓰요는 후, 하고 긴 한숨을 토해냈다. 벌써 몇 분이나 숨 쉬는 걸 잊었던 것처럼 답답했다.

"경찰서에 가면 어떻게 되는 거지?"

불현듯 그런 의문이 입에서 새어나왔다. 핸들을 쥔 자기 손을 내려다보고 있던 유이치가 고개를 들더니 자기도 모른다는 듯 고개를 저었다.

"자수하면 형량이 조금은 가벼워지지?"라고 미쓰요가 물었다.

자기도 모른다고 말하듯 유이치가 또다시 고개를 저었다.

"언젠가 다시 만날 수 있겠지?"라고 미쓰요가 말했다.

줄곧 고개를 숙이고 있던 유이치가 놀란 듯 얼굴을 들었고, 그 표정은 순식간에 울상으로 변해갔다.

"기다릴게. 몇 년이든."미쓰요가 말했다.

유이치의 어깨가 떨리기 시작하더니 세차게 고개를 저었다. 미쓰요는 자기도 모르게 손을 뻗어 유이치의 뺨을 어루만졌다. 손가락 끝으로 유이치의 떨림이 고스란히 전해졌다.

미쓰요는 유이치의 귀를 부드럽게 감싸 쥐었다. 화상을 입을 만큼 뜨거운 귀였다.

"미쓰요를 안 만났다면 이렇게 두렵진 않았을 거야. 언젠가 잡힐 거라는 생각에 떨긴 했지만, 혼자서는 밖에 나갈 수 없었지만, 그래도 이렇게 두렵진 않았어. 할머니 할아버지가 눈물을 흘리겠지만, 힘들게 키워주셨는데 정말 면목 없지만, 이렇게 고통스럽진 않았어. 미쓰요를 만나지 않았더라면……."

미쓰요는 쥐어짜듯 말하는 유이치의 목소리를 조용히 듣고 있었다. 유이치의 귀가 점점 더 뜨거워지는 게 손끝에 느껴졌다. "그래도 가야지……"하고 미쓰요가 말했다.

유이치의 떨림이 전해져 목소리도 제대로 나오질 않았다.

"자수하고 자기가 한 일을 속죄해야지……."

가까스로 내뱉은 미쓰요의 말에 유이치가 힘이 다 빠져버린 듯 고개를 끄덕였다.

"나, 사형일지도 몰라……. 이젠 미쓰요도 못 만나."

유이치의 입에서 나온 사형이라는 말이 미쓰요에게는 그대로 전해지지 않았다. 물론 그것이 무슨 의미인지는 알지만, 말에서 그 의미가 사라져버리고 그저 '안녕'이라고만 들렸다.

미쓰요는 떨리는 유이치의 손을 잡았다. 무슨 말이든 하고 싶었지만, 아무 말도 나오지 않았다. 지금 우리는 단순히 '안녕'이란 말을 하는 게 아니다. '안녕'에는 아직 미래가 있다. 미쓰요는 갑자기 자기가 어처구니없는 잘못을 저지른다는 생각이 들어 유이치의 손을 있는 힘껏 움켜잡았다. 뭔가가 끝나가는 것이다. 지금 여기에서 뭔가가 결정적으로 끝나가는 것이다.

그때 불현듯 어떤 광경이 뇌리를 스쳤다. 너무나 순간적인 일이라 방금 떠오른 광경이 언제 어디서 본 것인지 분간하기조차 어려울 정도였다. 미쓰요는 무심코 눈을 감고 순간적으로 스쳐간 광경을 다시 떠올렸다. 필사적으로 눈을 감고 있자, 희미하게 그 광경이 다시 떠올랐다.

어디? 여긴 어디야?

미쓰요는 눈을 감은 채 마음속으로 중얼거렸다. 그러나 떠오른 광경은 마치 한 장의 사진처럼 아무리 다른 곳을 보려 해도 그 이상 넓어지지 않았다.

눈앞에는 젊은 여자 둘이 서 있었다. 등을 돌리고 서서 즐거운 듯 웃고 있었다. 그 너머에는 나이 지긋한 여인의 등이 보였다. 그 여인은 벽에 대고 뭐라고 말을 하고 있었다. 아니, 아니다. 벽이 아니라 창구. 투명한 칸막이 너머로 차표를 파는 남자 얼굴이 보였다.

어디? 어디야?

미쓰요는 또다시 마음속으로 중얼거렸다. 필사적으로 눈을 감고 창구 위에 붙은 노선도를 보았다.

'앗!'

미쓰요는 자기도 모르게 소리를 지를 뻔했다. 눈에 들어온 것은 버스 노선도였다. 자신이 서 있는 곳은 사가와 하카타를 잇는 장거리 버스 매표소였던 것이다.

그것을 깨달은 순간, 정지해 있던 광경이 별안간 소리를 내며 움직이기 시작했다. 등 뒤에서는 버스 도착을 알리는 안내방송이 들려왔다. 앞에 서 있던 젊은 여자들의 웃음소리가 들렸다. 버스표를 산 아주머니는 지폐를 지갑에 넣으며 창구를 벗어나 버스가 있는 쪽으로 걸어갔다.

그때다. 그때가 틀림없다. 그 버스, 하카타 행 그 버스는 그 후 젊은 남자에게 납치당했다.

미쓰요는 다시 떠오른 광경 속에서 버스로 향하는 아주머니에게 자기도 모르게 "타면 안 돼요!"라고 소리를 질렀다. 그러나 다시 떠오른 광경 속에서는 목소리는커녕 얼굴조차 그쪽으로 돌 릴 수 없었다. 창구에서는 이미 젊은 여자애들 둘이 하카타 행 버스표를 사고 있었다.

"사면 안 돼!"

마음속으로 외쳤지만 목소리가 나오지 않았다. 줄을 서 있는 자신의 다리가 움직여지지 않았다. 미쓰요는 자기가 몹시 떨고 있다는 걸 알아차렸다. 그때까지는 자기도 버스표를 사야 하는 상황이다. 휴대전화! 그 순간 생각이 떠올랐다. 그때 친구에게서 휴대전화가 걸려온 것이다. '미안하지만 아이가 열이 심해서 오늘은 못 만날 거 같다'는 연락이 왔다.

미쓰요는 핸드백을 뒤졌다. 정신없이 찾아봤지만 휴대전화는 보이지 않았다. 창구에서 표를 산 여자애들이 신이 난 듯 버스를 향해 걸어갔다. 휴대전화가 없다. 휴대전화가 없다. 창구 아저씨가 "다음 분"하며 미쓰요를 불렀다. 다가갈 마음이 없는데도 제멋대로 발이 앞으로 나갔다. 필사적으로 도망치려 하는데도 얼굴을 창구에 댔고 입술이 저절로 움직였다.

"덴진까지 어른 한 명."

휴대전화가 없다. 걸려올 게 분명한 휴대전화가 없다.

미쓰요는 비명이 터져 나올 것 같은 순간에 눈을 떴다. 눈앞에는 비에 젖은 자동차도로가 뻗어 있고, 그 앞에는 역시 비에 젖은 경찰서가 서 있었다. 미쓰요는 옆에 있는 유이치에게 시선을 돌렸다. 그때였다. 반대 차선에서 달려오는 경찰차 한 대가 보였다. 경광등을 켠 경찰차가 속도를 낮추며 우회전을 해서 경찰서 안으로 들어갔다.

"싫어!"라고 미쓰요가 소리쳤다.

"싫어! 그 버스는 안 탈 거야!"

차 안이 울릴 정도로 큰 목소리였다. 갑작스러운 미쓰요의 고함에 옆에 있던 유이치가 숨을 삼켰다.

"차 출발시켜! 부탁이야. 잠깐, 잠깐만이라도 좋으니까 일단 여기서 나가!"

별안간 소리를 지르는 미쓰요를 유이치가 눈을 휘둥그레 뜨며 쳐다봤다.

"제발 부탁이야!"

미쓰요의 말에 유이치는 잠시 주저했다. 미쓰요는 계속 "부탁이야!"라고 소리쳤다. 미쓰요의 절박함이 전해졌는지 유이치가 허둥지둥 핸들을 잡고 액셀러레이터를 밟았다.

차는 경찰서 앞을 지나자마자 곧바로 왼쪽으로 핸들을 꺾었다. 길은 콘크리트 제방을 따라 나 있었다. 길 앞에는 현에서 운영하는 요트 항이 있는지 커다란 간판이 비에 젖어 있었다. 유이치는 그곳에 차를 세웠다. 돌아보니 경찰서가 아직 보이는 장소였다.

차가 움직이기 시작한 순간, 미쓰요가 소리를 내며 울음을 터뜨렸다. 유이치와 이대로 헤어지면 자신은 그 버스에 타게 된다. 그 버스에 타서 제일 먼저 청년의 칼에 위협을 받을 것이다.

차를 세운 유이치는 시동을 건 채로 와이퍼만 껐다. 순식간에 앞 유리가 비에 젖었고, 눈앞의 경치는 부옇게 흐려졌다.

"난 싫어!"

미쓰요가 비에 흐려진 앞 유리를 노려보며 소리쳤다.

"난 싫어! 여기서 유이치랑 헤어져버리면 난 이제 아무것도 없어……. 행복해질 줄 알았단 말이야! 유이치를 만나 이제야 겨우 행복해지는 줄 알았는데……. 바보 만들지 마! 날, 바보 만들지 말라고!"

유이치가 흐느껴 우는 미쓰요에게 머뭇머뭇 손을 뻗더니 어깨에 손끝이 닿는 순간 와락 끌어안았다. 미쓰요는 그 팔을 거칠게 뿌리치려 했다. 그러나 유이치는 더욱 세게 끌어안았고, 미쓰요는 그의 품속에서 흐느껴 울기만 할 뿐 꼼짝도 할 수 없었다.

"미안해…… 미안…….”

유이치의 목소리가 목덜미를 깨물듯 들려왔다. 미쓰요는 있는 힘껏 고개를 저었다. 고개를 흔들 때마다 서로의 **뺨**이 부딪쳤다.

"미안…… 아무것도 못해줘서 미안해.”

울고 있는 것이 자기인지 유이치인지 분간할 수 없었다.

"부탁이야! 나만 남겨두고 가지 마! 부탁이야! 더 이상 혼자 있게 하지 마!”

미쓰요는 유이치의 어깨에 대고 소리쳤다. 도망칠 수도 없으면서 "도망쳐! 같이 도망쳐!”라고 소리쳤다. 행복해질 수도 없으면서 "함께 있어줘! 나만 남겨두고 떠나지 마!”라고 소리쳤다.

내가 만난 악인

후사에는 난생 처음 시간을 저주했다. 유이치와 연락이 끊긴 지 어느덧 엿새째, 정신을 차려보니 세상은 섣달그믐을 맞고 있었다. 후사에는 나가사키 교외에 사는 다다미 기술자의 셋째딸로 태어났다. 열 살 때, 태평양 전쟁 출정 직전이었던 아버지가 폐 결핵으로 돌아가시고, 어머니는 그해에 둘째아들을 낳았다. 첫째딸은 태어나서 사흘 만에 죽었다. 어머니는 열다섯 살짜리 둘째딸과 열 살짜리 셋째딸, 네 살짜리 장남과 갓 태어난 둘째아들을 안고 홀로 남겨졌다.

어머니는 친척들에게 부탁해 시내에 있는 '서양관'이라는 식당에서 일하기 시작했다. 열다섯 살인 둘째딸은 학도동원(전쟁 당시 일본의 전시 총동원제의 일환으로 학생 노동력을 이용한 제도—역주)으로 공장에 다녔고, 네 살짜리 동생과 갓 태어난 갓난아기는 열 살짜리 후사에 혼자 보살펴야 했다.

어머니는 간혹 일하는 식당에서 계란을 훔쳐왔다. 그것이 가장 호사스런 먹을거리였다. 한번은 밤이 늦도록 어머니가 돌아오지 않아 걱정이 된 후사에가 언니와 둘이 식당으로 마중을 갔다. 계란을 훔치다 지배인에게 들킨 어머니는 주방 기둥에 밧줄로 묶여 있었다. 후사에는 언니와 둘이 눈물로 호소하며 용서를 빌었다. 묶인 어머니도 소리를 죽이고 울었다.

당시에는 이미 배급제가 시작된 시기라 후사에는 네 살짜리 남동생 손을 잡고 아기를 등에 업고 어른들 사이에 줄을 섰다. 배급량이 넉넉할 때는 아이라며 앞에 세워주기도 했지만, 모자랄 때는 아무리 애를 써도 살기등등한 주부들의 엉덩이에 밀려날 뿐이었다. 배급 담당을 맡은 남자는 거만하기 이를 데 없었다. 후사에와 동생을 마치 주인 없는 개 다루듯, 감자와 옥수수를 바닥에 내동댕이치며 놀렸다. 후사에와 네 살짜리 남동생은 땅바닥에 흩어진 감자를 정신없이 줍곤 했다.

'거지 취급당하고 가만있을 줄 알아! 바보 취급당하고 참을 줄 알아!' 마음속으로는 그렇게 외치면서도 눈물을 삼키며 묵묵히 감자를 주웠다.

전쟁이 끝나도 생활은 나아지지 않았다. 어머니는 가족 한 사람도 원자폭탄에 희생되지 않은 게 천만다행이라며 가슴을 쓸어내렸다. 중학교를 졸업한 후 어시장에서 일하기 시작했다. 그곳에서 남편 가쓰지를 만나 결혼했다. 한동안 아이가 생기지 않아 시어머니에게 구박도 받았지만 그래도 생활은 나날이 나아졌고, 정신을 차려보니 어린 두 딸과 일 년에 한 번 정도 온천 여행을 즐길 수 있게 되었다.

후사에는 결혼 후에도 어시장 일을 계속했다. 이날 이때껏 시간이 부족한 적은 있었어도, 유이치의 연락만을 기다리는 요 며칠처럼 증오스러울 만큼 시간이 길게 느껴진 적은 없었다.

섣달그믐, 여느 때 같으면 명절음식을 만들고 시메나와(금줄, 현관문이나 집 안에 마련된 신단이나 불단의 위쪽에 매다는 굵은 새끼줄 — 역주)와 떡 준비로 숨 돌릴 틈 없이 바쁠 테지만, 후사에는 올 연말에는 아무도 없는 집 부엌 의자에 홀로 앉아 있었다.

아침나절에 노리오의 아내가 "아무 준비도 못 하시죠"라고 걱정하며 자그마한 찬합에 명절음식을 들고 다녀갔다. "오늘은 밖에 형사가 없네요"라는 말에 "요 며칠은 동네 경찰관만 상황을 살펴보고 가네"라고 후사에가 대답했다. 그런데도 노리오의 아내는 누가 지켜보는 느낌이라도 드는지 차만 한 잔 마시고 금방 돌아갔다.

입원중인 남편 가쓰지는 의사가 설날 외박 허가를 내주었는데도 몸이 아프네, 구토 증세가 나네 하며 결국 사흘 내내 병원에서 지내기로 했다.

유이치 일은 노리오가 대신 전하러 가주었다. 노리오가 어떻게 전했는지 몰라도 후사에가 병원에 들러 불안한 마음에 눈물을 흘려도 말 한마디 건네지 않았다. 오히려 여기가 어떠네 저기가 어떠네 하며 몸 아프다는 호소만 했다. 며칠 전인가 평소처럼 몸을 닦아준 후, 후사에가 돌아가 채비를 시작하자 남편이 중얼거리듯 불쑥 내뱉었다.

"……죽기 전에 이런 꼴을 당하다니."

후사에는 아무 대답도 못 하고 병실을 나왔다. 그러나 곧바로 엘리베이터를 타지 못하고 화장실에 숨어서 울었다. 남편 역시 고생고생하며 살아온 사람이다. 둘 다 이제껏 온갖 고생을 하며 힘겹게 살아온 부부였다.

후사에는 아무 생각 없이 노리오의 아내가 챙겨온 설음식을 끌어당겼다. 뚜껑을 열자, 선명한 새우 빛깔이 유독 시선을 끌었다. 후사에는 새우 한 마리를 집어 들었다. 생각해보니 아침부터 빈속이었다.

어느새 열두 시가 넘었다. 오후에 문병을 갈 예정이었던 후사에는 남편이 먹을 수 있는 것만이라도 들고 갈 양으로 선반에서 플라스틱 통을 꺼냈다.

전화벨이 울린 것은 다시마를 옮겨 담을 때였다. 순간, 유이치 일지도 모른다는 생각이 들었지만, 최근 며칠간 그런 기대는 수 십 번이나 어긋났다. 그렇다면 건강을 염려해주는 노리오일까, 자식들 장래를 걱정하는 큰딸일까?

젓가락을 든 채 전화를 받자, 낯선 젊은 남자의 목소리가 들렸다.

"시미즈 후사에 씨, 계십니까?"

정중한 말씨에 후사에는 "네, 전데요"라고 대답했다.

"아, 시미즈 씨?"

후사에가 대답하자마자 젊은 남자의 목소리는 순식간에 거만하게 변했다. 후사에는 안 좋은 예감이 들어 자기도 모르게 젓가락을 힘껏 움켜쥐었다.

"지난번 계약 건 감사드립니다. 그런데 이번 달 배송 건 말입니다만……."

일방적인 남자의 말투에 "네? 뭐, 뭐라고요?"라며 후사에가 허둥지둥 끼어들었다.

"뭐라뇨, 지난번에 시미즈 씨가 우리 사무실에서 계약하신 건강식품……."

말씨는 정중했지만, 목소리의 울림으로 보아 남자가 화가 났다는 게 느껴졌다.

"……기억하죠?"

내처 질문을 해대는 남자에게 후사에는 "……아, 네에……"라고 애매하게 수긍했다. 또다시 무릎이 떨려왔다. 사무실에서 젊은 사내들이 공갈을 해댈 때 상황이 떠올랐다. 수화기를 쥔 손이 떨리기 시작했고, 딱딱한 수화기가 몇 번이나 귀에 부딪쳤다.

"그런데 말이죠, 지난번 계약이 연간 계약이거든요."

"여, 연간 계약이라뇨……."

후사에는 떨리는 목소리가 상대에게 전해지지 않도록 필사적으로 낮은 목소리로 말했다.

"연간 계약이 연간 계약이지 뭡니까! 지난번에 첫 번째 대금을 받았으니, 이번 달이 두 번째 달이죠. 두 번째는 입회비가 없으니까, 정확히 25만 엔입니다. 어떡하시겠습니까? 송금하실래요? 아니면 우리가 수금하러 갈까요? 아 참, 송금할 경우에 송금

수수료는 그쪽에서 부담하셔야 합니다."

남자 목소리가 무섭지는 않았다. 목소리를 듣는 사이, 자기가 다시 그 사무실 의자에 앉아 있고, 성난 사내들에게 에워싸인 듯한 착각에 빠져들었다. "여기 사인만 하면 보내드리지"라는 위협적인 말투에 떨리는 손으로 펜을 쥐어버린 자기 자신이, 마치 집어던진 배급 감자 몇 알을 죽어라 주워 담던 어릴 적 모습처럼 느껴졌다.

후사에는 "고, 곤란해요"라고 작은 목소리로 말했다. "뭐요? 아줌마, 이제 와서 무슨 소리야?"라는 남자 목소리가 돌아왔다.

후사에는 너무 두려운 나머지 수화기를 내려놓았다. 깨부술 듯 내려놓은 수화기에 자신의 체중이 실렸다. 순간 부엌은 정적에 휩싸였다. 후사에는 쓰러지듯 의자에 주저앉았다. 앉는 순간, 또다시 요란한 소리를 내며 전화벨이 울렸다. 수화기를 들지도 않았는데 "아줌마! 지금 뭐 하자는 거야! 도망쳐도 소용없어! 당장 그쪽으로 쳐들어갈 테니 그리 알아!"라고 소리치는 사내들 목소리가 들렸다. 후사에는 귀를 막았다. 아무리 막아도 전화벨 소리는 멈추지 않았다.

※ ※ ※

계속해서 울리던 전화벨 소리도 스물한 번째가 되어서야 간신히 끊어졌다.

미쓰요는 침대 옆 전화기에서 유이치가 있는 화장실 쪽으로 시선을 돌렸다.

이미 체크아웃 시간이 지났다. 이대로 우물쭈물하다가는 연장 요금을 내게 될지도 모른다. 그건 알지만, 좀처럼 침대에서 일어날 수 없었다. 화장실에 들어간 유이치도 분명 똑같은 심정일 것이다. 여기는 하룻밤에 4,200엔을 받는 러브호텔로 아침 열 시가 되면 나가야 한다. 그러나 나간다 한들 두 사람이 갈 곳은 아무 데도 없다.

벌써 며칠이나 유이치와 러브호텔을 전전하며 돌아다녔을까. 가라쓰 경찰서 앞에서 같이 도망치기로 결심했을 때는 당장이라도 규슈를 벗어날 생각이었다. 그러나 어느 쪽이 말을 꺼낸 것도 아닌데 차는 간몬쿄(關門橋, 혼슈와 규슈를 잇는 자동차도 다리 — 역주)가 있는 모지(門司) 방면으로 향하지 않고 사가와 나가사키 현 경계를 넘나들 뿐이었다. 그리고 저녁 무렵이면 싸구려 러브 호텔을 찾아들었고, 아침 열 시가 되면 이렇게 체크아웃을 알리는 전화에 쫓겼다.

오늘이 올해의 마지막 날이라 생각하니 숨통을 옥죄는 듯한, 막다른 궁지에 몰린 듯한 기분이 들었다. 오늘이 올해 마지막 날이라는 걸 유이치는 알고 있을까, 두 사람 사이에 그런 이야기는 전혀 오가지 않았다.

'이 이상은 무리야. 더 이상 도망칠 수 없어.'

마음속으로는 몇 번이나 그렇게 중얼거렸지만, 한동안 그런 생활을 되풀이하는 사이, 뭐가 무리인지, 무엇으로부터 도망칠 수 없다는 건지 분간할 수 없었다. 러브호텔을 전전하며 도망 다니는 생활이 이제는 무리라는 걸까. 유이치를 잃은 후의 자신의 생활이 무리라는 걸까.

어떻게든 해야 한다는 건 알고 있다. 이대로는 안 된다는 소리가 가슴을 찢을 듯 들려왔다. 그러나 러브호텔을 나와 또다시 다른 러브호텔을 찾는 것 말고는 달리 어찌 해볼 도리가 없었다. 매일 호텔을 찾아다니다 보면 어쨌든 하루는 지나갔다.

미쓰요는 무거운 허리를 침대에서 일으키며 "유이치, 슬슬 나가야 해"라고 화장실 쪽으로 말을 건넸다. 대답 대신 물 내리는 소리가 들렸다.

벨트를 채우며 화장실에서 나온 유이치에게 미쓰요가 양말을 건넸다. 지난 밤, 간단히 손빨래를 해서 말려뒀는데, 아직 눅눅했다.

"잠 못 잤지?"

미쓰요가 양말을 신는 유이치에게 물었다. "아냐"라며 유이치가 고개를 저었지만, 눈 밑에는 짙은 다크서클이 드리워져 있었다. 양말을 신는 유이치의 모습을 멍하니 바라보고 있자 "미쓰요야말로 내가 자꾸 뒤척거려서 제대로 못 잤지?"라며 유이치가 미안한 표정을 지었다.

미쓰요는 "아냐, 괜찮아"라고 짧게 대답했다.

"적당한 데 차 세워놓고 눈 좀 붙이지 뭐."

미쓰요가 무거운 공기를 떨쳐내듯 말했다.

호텔 침대에서는 둘 다 거의 잠을 못 자는데, 신기하게도 갓길이나 주차장에 세운 차 안에서는 한 시간 정도 푹 잠들 수 있었다.

유이치가 옷을 갈아입는 사이, 미쓰요는 아무 생각 없이 호텔 방에 구비된 공책을 펼쳤다.

'다카시랑 또 왔어요. 오늘로 세 번째. 오늘은 다카시랑 만난 지 2개월째 되는 날이라 하카타에서 영화 보고 오는 길이에요. 여기 싸고 깨끗해서 넘 맘에 들어요. 그리고 튀김 요리를 추천합니다! 아마 냉동이겠지만, 바삭바삭해요!'

미쓰요는 눈에 들어온 여자 필체로 보이는 글씨를 읽을 생각도 없이 읽었다.

다음 페이지를 열자, 이번에는 핑크색 형광펜으로 '오늘은 '앗군'이랑 한 달 만에 에로 무드. 올 4월부터 멀리 떨어져 살게 돼서 너무 외로워요, 흑흑—'이라고 씌어 있었다. 빈 공간에는 여자가 그렸는지 소녀만화풍의 얼굴이 그려 있었고, 말풍선에는 남자친구가 썼음직한 힘 있는 필체로 "절대 바람피우지 않겠습니다!"라는 글이 씌어 있었다.

미쓰요는 다음 페이지를 넘기지 않고, 테이블 위에 공책을 올려놓았다.

방을 나가기 직전, 미쓰요는 뒤를 돌아 침대를 바라보았다. 오리털 이불은 가지런히 개두었지만, 그 아래 하얀 시트는 어젯밤 불면을 말해주듯 물결치고 있었다. 미쓰요는 불현듯 저 침대와 유이치의 차 안은 어느 쪽이 넓을까 하는 생각이 들었다. 침대에서는 몸을 편히 누일 수는 있지만 아무 데도 갈 수 없다. 그러나 차는 갑갑하긴 해도 어디든 갈 수 있다.

유이치가 멍하게 서 있는 미쓰요의 팔을 걱정스러운 듯 붙들었다.

오렌지색 카펫이 깔린 복도를 지나 하얀 페인트칠을 한 계단을 내려왔다. 프런트 박스에 열쇠를 넣고 반지하 주차장으로 내려가자, 빗자루를 든 아주머니가 유이치의 차 넘버를 물끄러미 쳐다보고 있었다. 미쓰요는 자기도 모르게 걸음을 멈췄다. 그 소리를 알아차린 아주머니가 힐끔 이쪽으로 눈길을 보내더니 다시 유이치의 차로 시선을 돌렸다.

미쓰요는 유이치의 손을 끌고, 잰걸음으로 차로 뛰어갔다. 아주머니는 "저어, 손님들 잠시만……"하며 말을 건넸다.

두 사람은 아주머니의 말을 무시하고 차에 올라탔다. 유이치가 먼저 타서 조수석 잠금장치를 해제시킬 때까지 미쓰요는 홀로 아주머니의 시선을 감당해야 했다.

그런데도 끝내 눈을 마주치지 않고 조수석으로 올라탔고 유이치는 곧바로 차를 출발시켰다. 두꺼운 비닐 커튼이 앞 유리를 훑듯이 올라갔고, 그 순간 겨울 햇살이 차 안으로 비쳐들었다. 차가 호텔 부지를 벗어날 때까지 미쓰요는 거의 숨을 멈춘 상태였다. 아주머니가 빗자루를 든 채 차를 쳐다보고 있을 거라는 건 알지만, 두려워서 뒤를 돌아보기는커녕 미러 확인도 할 수 없었다.

"저 아줌마, 눈치 챈 거지? 그치!"

일반도로로 나온 후에야 미쓰요는 간신히 미러로 시선을 돌렸다. 보이는 것은 뒤따라오는 왜건뿐이었고, 아줌마는커녕 호텔 입구도 멀어져갈 뿐이었다.

"그치! 분명히 눈치 챈 거지!"

유이치가 아무 대답도 하지 않자 미쓰요가 소리를 질렀다.

"차, 너, 넘버…… 보고 있었어."

미쓰요가 소리를 지르자 유이치가 허둥지둥 대답을 했고, 무서웠는지 액셀러레이터를 힘껏 밟았다. 속도를 낸 차 안 미러에 멀어지는 뒤차가 비쳤다.

"어떡해, 응? 어떡하지? 이젠 틀렸어…… 더 이상 이 차로 도망칠 수도 없어!"

자기도 모르게 소리를 지르는 미쓰요에게 "으, 응……"하며 유이치는 몇 번이나 고개를 끄덕였다.

언젠가 이런 날이 오리라는 건 알고 있었다. 그러나 아무 일 없이 하루 또 하루가 지나가자, 어느덧 자기들은 도망치는 게 아니라 시간을 좇는 듯한 기분에 빠져 들었다. 그러나 현실은 달랐다. 이렇게 러브호텔을 전전하는 사이, 유이치의 정보는 마치 고속도로를 달리듯 현 경계를 넘어 구석구석까지 뻗어나갔고 현도, 시도(市道)까지 퍼졌다.

"이 차 몰고 다니다간 금방 붙잡힐 거야. 이제 버리고 달아날 수밖에……."

미쓰요가 그렇게 중얼거린 순간, 유이치가 침을 꿀꺽 삼켰다.

도망칠 수 없다는 건 안다. 도망쳐봐야 끝도 보이지 않고 붙잡히는 것 말고는 다른 결말이 있을 리 없다. 그걸 모르는 건 아니다. 아무리 애써도 부정할 수 없는 현실이란 건 안다. 그러나 아직은 유이치와 헤어지고 싶지 않았다. 아니, 지금은 유이치와 헤어질 수 없다.

"이 차 아무 데나 버리고 도망치자! 우리끼리는 어디든 숨을 수 있잖아!"

미쓰요는 어쨌든 그곳에서 도망치고 싶었다.

* * *

유이치와는 초등학교 때부터 벌써 20년 가까이 사귀었는데, 그 녀석, 대체 무슨 생각을 하는지 잘 모를 때가 있어요. 그래서 그런지 다른 녀석들은 다가서기 어렵네 어쩌네 하는데요, 제가 보기엔 그건 지나친 생각인 것 같습니다. 실제로 유이치는 아무 생각도 안 한다고 해야 하나, 마치 운동장에 며칠씩이나 굴러다니는 공 같은 녀석이에요. 아이들이 온종일 가지고 노는가 싶었는데 저녁나절에는 누군가의 발길질에 채어 철봉 쪽으로 굴러가 있고, 다음 날은 또다시 다른 누군가의 발에 차여 벚나무 아래로 굴러가고……. 뭐, 이렇게 말하면 유이치가 왠지 불쌍해 보이겠지만, 그 녀석은 그런 게 고통스럽지 않은 것 같았습니다. 그러는 편이 그 녀석에겐 편했던 거죠. 그래서 제가 드라이브 가자, 어디 놀러가자 하면 혼쾌히 핸들을 잡았죠, 싫으면 안 나오는 거 아닙니까? 제가 억지로 같이 어울리자고 했던 것도 아니니까요.

유이치가 그 사건을 일으킨 지 얼마 안 됐을 때, 실은 제가 유이치네 집에 간 일이 있었습니다. 그날 오후에 파친코에서 문자를 보내니까, 일 마치고 돌아가는 길에 들르겠다고 해서 한동안 같이 파친코 하다가 유이치네로 갔고 할머니가 저녁을 차려주셨죠.

혹여 그때 유이치에게 이상한 점이 있었나 돌이켜 생각해봐도 역시 평상시와 똑같았습니다. 아무렇지 않게 보이려고 애썼을지는 몰라도 사람을 죽이고 얼마 지나지 않았는데도 저에게는 평상시랑 똑같이 보였어요. 저녁밥 먹은 후에 유이치 방에 잠깐 들렀는데, 유이치는 늘 그렇듯 침대에 누워서 자동차 잡지를 들 척이고 있었죠. 아 참, 그러고 보니 그때 문득 "유이치, 너 앞으로 평생 차 못 끌고 다닌다면 어떡할래?"하고 물었던 기억이 나네요. 딱히 별다른 뜻이 있었던 건 아니고, 유이치가 너무 열심히 잡지를 읽어서였어요……. 그랬더니 유이치가 "차 없으면…… 난 아무 데도 못 가지"라더군요. 그래서 제가 "전차도 있고, 걸어갈 수도 있고, 인간은 어디든 갈 수 있어"라며 웃었는데 유이치는 아무 대답도 안 했어요. ……왠지 불현듯 그 말이 떠오르네요. "차 없으면 난 아무 데도 못 가지"라고 대답하던 유이치의 얼굴이…….

유이치가 차 좋아하는 건 유명합니다. 전 차에는 관심 없어서 잘 모르지만, 잘 아는 녀석에게 물었더니 유이치 차 튠업은 상당한 수준이라고 하더군요. 아 참, 그러고 보니 언젠가 유이치 차가 카 뭔가 하는 전문 잡지에 소개된 일이 있었어요. "이거 전국 잡지야!"라며 웬일로 잔뜩 흥분까지 해서 아마 기념으로 다섯 권쯤 샀을 겁니다. 뒤쪽 흑백 페이지긴 했어도 한 면 가득 소개되었고, 애차 옆에 잔뜩 긴장한 유이치가 찍혀 있었죠…….

맞아요, 그때가 바로 유이치가 패션헬스 여자한테 푹 빠져 있을 때였어요. 그 여자에게 잡지 한 권을 줬다고 했으니까요.

따지고 보면 그것도 안타까운 일이죠. 당시 저는 유이치가 혹시 자살하는 건 아닐까 심각하게 걱정했습니다. 매일같이 패션헬스를 드나들며 여자를 설득한 유이치도 잘한 건 아니지만, 장래 꿈이니 뭐니 같이 떠들어놓고 유이치가 막상 시내에 아파트를 얻자 여자가 자취를 감춰버렸어요.

처음에는 아무 얘기도 못 들었습니다. 유이치가 난데없이 "히후미, 이사하는데 좀 도와줄 수 있지?"라고 물어볼 때까지는.

본래 유이치가 자기 일을 저처럼 주절주절 떠들어대는 스타일은 아니지만, 아무리 그래도 너무 갑작스러운 얘기 아닙니까? 그래서 이유를 물었더니 "여자랑 같이 살기로 했다"는 겁니다. 솔직히 엄청 놀랐죠. 게다가 상대는 물장사하는 여자라고 하죠, 왠지 예감도 안 좋았지만, 제가 끼어들 문제도 아니고 해서 그 다음 주였나, 이사를 도왔습니다. 그런데 이사한 직후에 여자가 몰래 가게를 그만둬버려서 행방을 알 수 없게 된 겁니다.

실은 유이치 부탁으로 한 달 후에 또다시 이사를 도와준 것도 바로 접니다. 그쯤 되니까 유이치도 제 입으로 사정을 들려주더군요. 정말이지 어처구니가 없었습니다. 결국 여자와는 아무런 약속도 없었던 겁니다. 그저 패션헬스 방에서 여자가 그런 생활을 해보고 싶다고 꿈처럼 얘기했을 뿐이죠. 유이치는 옛날부터 그런 면이 있었습니다. 기승전결의 기와 결밖에 없다고 해야 하나? 승과 전은 자기 멋대로 생각할 뿐이고, 그 생각을 상대에게 알리지도 않아요. 자기 마음속에서는 절차를 밟았을지 몰라도 상대에게는 전해지지 않죠. "이런 일 집어치우고, 유이치 같은 사람이랑 자그마한 아파트에서 같이 살면 좋겠다"라는 여자의 말을 듣고, 무턱대고 아파트부터 얻어버린 겁니다, 그 녀석이.

※ ※ ※

 도시코시소바(섣달그믐날 밤에 먹는 메밀국수, 해 넘김 국수 — 역주)도 설음식도 새해 참배도 없이 설 연휴 사흘이 지나가려 했다. 하카타의 대학생이 범인이 아니라는 것이 알려진 후로 부엌에도 못 나가는 아내 사토코를 위해 이시바시 요시오는 호카벤(일본의 대표적 도시락 체인점 — 역주)에서 마쿠노우치 도시락(깨를 묻힌 주먹밥에 반찬을 곁들인 도시락. 본래는 연극의 막간에 먹는 것으로 고안되었는데, 현재는 가장 일반적인 도시락이 되었음. 매일 반찬이 바뀜 — 역주) 두 개를 사왔다.

물을 끓여 차를 준비해 아내 앞에 건네주자, 힘없는 손가락으로 젓가락을 가르며 "호카벤은 설에도 하는 모양이네요"라고 중얼거렸다.

"손님 꽤 있던데."

아내는 순간 무슨 말을 꺼내려다가 그것도 귀찮은지 젓가락으로 삶은 당근을 찔렀다.

요시오는 억수같이 비가 쏟아지는 날 미쓰세 고개에서 요시노를 만난 이야기를 아직 아내에게 하지 않았다. 얘기하면 믿어줄 것 같긴 했지만, 그 말을 꺼내는 순간 자기도 미쓰세 고개에 데려가 달라고 할 것 같았고, 거기서 혹시 요시노를 못 만날지도 모른다고 생각하면 도저히 말을 꺼낼 엄두가 나지 않았다.

그날부터 요시오는 딸을 다시 만나고 싶어 사흘 내내 미쓰세 고개를 찾아갔다. 그러나 요시노가 나타나 "아빠"라고 불러준 것은 그날 하루뿐이었고, 그 후로는 아무리 기다려도 요시노의 모습은커녕 목소리도 들리지 않았다. 그런데 사흘째 되는 날 그곳에서 예상치도 않게 딸의 옛 동료였던 아다치 마코라는 아가씨와 마주쳤다.

얘기를 들어보니 그녀는 여러 차례 미쓰세 고개 현장으로 찾아와 요시노에게 꽃을 올려주었다고 했다. 힘들게 노선버스를 타고 올라와 구도로를 걸어서.

돌아가는 길은 요시오가 차로 구루메 역까지 태워다주었다.

그녀는 차 안에서 활기 없는 대화를 나누던 중에 연말까지만

일 하고 부모님이 계신 구마모토로 돌아간다고 했다. 돌아가서 뭘 할 생각이냐고 요시오가 물어보자 "아직 정해진 건 아닌데, 전 아무래도 도시가 안 맞는 거 같아요"라고만 대답했다. 그녀는 차 안에서 석방된 마스오 게이고를 덴진에서 우연히 봤다는 이야기를 꺼냈다. 물론 말은 안 걸었지만, 그의 모습을 보니 너무나 분했다고. 어쩌면 그것 때문에 집에 돌아갈 생각을 했을지도 모른다고. 요시오가 마스오 주소를 가르쳐달라고 부탁하자 그녀는 "몰라요"라고 대답했지만, 잠시 망설이다가 맨션 옆에 있다는 누구나 다 아는 건물 이름을 가르쳐주었다.

경찰에서 전화가 걸려온 것은 요시오 부부가 도시락을 다 먹어갈 무렵이었다. 범인이 붙잡혔나 싶었는데 지난번에 왔던 형사 입에서 나온 말은 이미 규슈를 벗어났을 거라 예상했던 용의자의 차가 사가 현 아리타(有田) 부근에서 발견되었다는 보고뿐이었다.

요시오는 경찰에서 걸려온 전화를 끊고 아내에게 전화 내용을 전했다. 신기하게 아무 감각도 없었다. 아내는 아무런 대답 없이 절반도 안 먹은 도시락 뚜껑을 닫았다.

그대로 대화가 끝날 거라 생각했는데 아내가 불쑥 "경찰은 설에도 일하네요"라고 중얼거렸다. 그 말투가 요시노가 죽기 전의 아내 같았다. 웃는 건 아니지만, 필사적으로 웃으려 애를 쓰는지 "설에도 경찰은 필요하니까"라고 중얼거리는 입가가 마비라도 된 듯 경련을 일으켰다.

"하긴, 설에도 일하니까 곧 잡을 테지"라고 요시오가 말했다.

"붙잡아도 요시노는 돌아오지 않아요"라는 아내의 표정이 또다시 흐려졌다.

"내일모레부터 가게 열 거야"라고 요시오가 화제를 바꾸자 "말은 그렇게 하면서 계속 안 열잖아요"라며 아내가 웃었다.

사건 후 처음 보는 아내의 웃는 얼굴이었다. 웃는 얼굴로 보이는 표정은 아니지만, 그래도 웃으려고 애쓰는 아내가 대견스러웠다.

"사토코, 실은……."

요시오가 미쓰세 고개에서 생긴 일을 들려주려고 했다. 억수같이 쏟아지는 빗속에서 요시노가 나타나 "아빠, 미안해"라고 사과했다는 말을 아내에게 들려주려고 했다. 그러나 말이 나오지 않았다.

아내는 먹다 남은 도시락을 비닐봉지에 싸더니 몇 번이나 묶고 또 묶었다. 너무 여러 번 묶어서 나중에는 더 이상 묶을 수도 없었다. 요시오는 아내의 손에서 비닐봉지를 빼앗아 부엌 쓰레기통에 집어던졌다. 쿵 소리를 내며 쓰레기통 속으로 들어가는 도시락을 끝까지 지켜본 아내가 "있죠, 여보"하며 말을 건넸다.

"……난 정말 이해가 안 가요. 그 대학생은 왜 요시노를 그 고개에 버려두고 갔을까요?"라고 난데없이.

"……난 정말 이해가 안 가요. 생각해보면 그 애가 지난번에 오사카 유니버설인가 뭔가 하는 유원지에 간다고 전화했을 때도 그 대학생 이름이 나왔는데…….."

사토코는 여전히 쓰레기통에 시선을 던진 채 중얼거렸다.

요시오가 "같이 간다고 했어?"라고 물었다.

"'아직 모른다'곤 했지만, 요시노, 무척 기뻐하는 것 같았어요. '같이 갈 수 있으면 좋을 텐데'라면서."

요시오는 대답할 말이 없었다. 딸을 죽인 범인이 있다. 딸의 애정을 짓밟은 놈이 있다. 증오를 퍼부어야 할 대상은 범인인데도 왜 그런지 자꾸만 차에서 걷어차여 쫓겨나는 딸의 모습만 떠올랐다.

요시오가 차를 몰고 하카타로 향한 것은 다음 날 아침이었다.

❋ ❋ ❋

미쓰요는 밖에서 들리는 젊은 사내들의 웃음소리와 발소리를 숨을 죽이고 듣고 있었다. 옆에는 마찬가지로 잔뜩 웅크려 앉은 유이치가 미쓰요의 어깨를 감싸 안고 있었다.

젊은 사내들은 조금 전 차로 여기까지 올라왔다. 좁은 산길을 올라오는 엔진소리가 멀리서 들려온 순간, 유이치는 미쓰요의 손을 잡고 등대 옆 오두막으로 숨어들었다.

산길을 올라온 차는 조금 떨어진 곳에 있는 주차장에 멈춰 섰고 서너 명쯤 되는 발소리가 가까이 다가왔다. "야, 역시 여긴 느낌이 영 아니다" "요 앞까지 자동차 진입금지 표지도 세워놨잖아"라는 말소리와 함께.

미쓰요와 유이치가 몸을 숨긴 오두막에는 유리문이 있었고, 유리를 끼운 격자 형태 철제가 달빛을 받아 선명하게 도드라졌다. 젊은 사내들의 목소리와 발걸음 소리가 눈 깜짝할 사이에 문 앞까지 다가오더니 덜컥덜컥 난폭하게 문을 열려고 했다.

"열려?"

"아니, 잠겼어."

"돌로 깨볼까?"

젖빛유리 너머로 사람 그림자 몇 개가 비쳤다. 미쓰요는 유이치의 몸에 기대고 곱은 손을 부여잡았다.

"관둬 자식아. 어차피 안에 아무것도 없어."

그 소리와 동시에 쨍그랑 소리가 나며 커다란 돌이 바닥에 떨어졌다. 누군가가 정말 돌을 집어 들었던 모양이다.

웅크린 유이치 옆에 1.5리터짜리 물병이 놓여 있었다. 유이치는 알아차리지 못한 것 같지만 금방이라도 쓰러질 듯 위태위태했다.

"길이 너무 어두워서 이 앞은 위험해!"

등대 쪽으로 먼저 걸어간 듯한 사람이 외치는 소리가 들렸고, 문 밖에 서 있던 사람 그림자가 자갈을 걷어차며 멀어졌다.

미쓰요는 그 틈에 물병을 붙들었다. 자기를 끌어안는다고 착각한 유이치가 병을 쥔 미쓰요를 꼭 끌어안았다.

남자들은 등대 앞의 깎아지를 듯한 벼랑 쪽으로 간 것 같았다.

"새해 첫날에 여기 왔으면 좋았을걸."

"인마, 여긴 서쪽이야."

"이 등대, 언제까지 썼을까?"

"그나저나 남자 넷이 이런 데 와봐야 뭔 재미가 있겠냐."

그들의 말소리는 미쓰요와 유이치가 숨죽이고 있는 오두막 안까지 들렸다.

추위 때문일까, 그들은 채 1분도 안 되어서 다시 오두막 쪽으로 돌아왔다. '부탁해. 제발 그대로 돌아가. 부탁이야'라고 미쓰요는 마음속으로 빌었다.

젖빛유리 너머로 하나, 둘 그림자가 스쳐 지나갔다. 세 번째가 지나고, 이제 마지막 한 사람이라고 생각한 순간, 난데없이 주먹으로 유리를 내리쳤다. 숨을 죽이고 있던 미쓰요는 엉겁결에 소리를 지를 뻔하다가 재빨리 유이치의 어깨에 입을 막았다.

남자들은 어디로 갈지 상의하며 걸어갔다. 주차장 쪽에서 시동 거는 소리가 들렸다.

유이치가 등을 가볍게 두 번 두드렸고, 미쓰요는 안심한 듯 "응"하고 고개를 살며시 끄덕였다. 엔진소리가 멀어져 갔다.

자리에서 일어선 유이치가 밖을 살펴보려고 조심스럽게 문을 열었다. 미쓰요도 유이치의 등 뒤에 서서 밖의 상황을 확인해보니 나무들을 비추며 산길을 내려가는 자동차 라이트가 보였다.

겨울 밤하늘에는 별들이 가득 빛나고, 벼랑에 부딪치는 파도

소리가 바로 옆에서 들려왔다. 바람이 강해서 오두막 창에 붙여 둔 베니어판이 소리를 내며 휘어졌다. 미쓰요는 심호흡을 했다. 올려다본 시선 앞에는 달빛을 받은 등대가 서 있었다.

며칠 전, 아리타에서 차를 버렸다. 좀처럼 결단을 못 내리는 유이치에게 "등대로 가자"고 제안한 쪽은 미쓰요였다. 도망칠 수 없다는 건 알지만, 한 시간만 더, 하루만 더 있고 싶은 마음은 어쩔 수 없었다.

"지금은 안 쓰는 등대가 있어."

그렇게 중얼거리며 유이치는 간신히 차를 버릴 결심을 했다.

유이치가 아무 말도 없이 트렁크에 넣어둔 침낭을 꺼냈다. 혼자 멀리 드라이브 갈 때 쓰는 침낭인지 새빨간 색이었다.

아리타에서 전차와 버스를 갈아타고 여기까지 왔다. 유이치가 손을 이끄는 대로 걸을 뿐 미쓰요는 자기가 어디에서 전차를 타고, 어디에서 버스를 내리는지 확인조차 하지 않았다.

버스는 한동안 해안도로를 달렸고, 등대가 있는 작은 항구에서 내렸다. 버스 정류장 앞에 체인점이 아닌 편의점과 작은 주유소가 있긴 했지만, 그 밖에는 뜰에 그물을 말리는 민가 10여 채가 보일 뿐이었다.

버스 정류장에서 조금 걸어가자 신사가 나왔고, 그 옆으로 경사가 급한 산길이 뻗어 있었다. 산길 입구에 '진입금지' '폐쇄 중'이라는 간판이 서 있었다. 갓길에는 잡초가 무성해서 가뜩이나 좁은 아스팔트 길을 더욱 좁혔다. 초원 속을 걸어가듯 둘이 손을 잡고 30분 가까이 걸어 올라갔다.

"이제 거의 다 왔어"라며 유이치는 가는 길에 몇 번이나 등을 밀어주었다.

경사가 급한 산길 앞으로 하늘이 열리더니 그곳에 서 있는 하얀 등대가 보였다.

"봐, 저기야."

차를 버린 후 처음으로 유이치가 미소를 지었다.

산길을 빠져나가자 작은 주차장이 나왔다. 물론 차는 한 대도 없고 여기저기 깨진 아스팔트 틈으로 억센 잡초들이 얼굴을 내밀고 있었다. 주차장 앞이 울타리를 쳐놓은 등대 부지였다. 부서진 울타리를 돌아 안으로 들어가자, 더러워진 등대가 마치 쓰러질 듯 가까이 다가왔다. 등대 밑에는 역시 지저분한 하얀 벽의 자그마한 관리인 오두막이 있었고, 유이치가 손잡이를 돌리자 쉽게 문이 열렸다.

오두막 안은 먼지 낀 휑뎅그렁한 공간이었고, 문에서 비쳐든 햇살을 받아 공기 중에 떠다니는 먼지가 반짝반짝 빛났다. 방 한쪽 구석에는 베니어판이 여러 장 세워져 있었고, 스펀지가 삐져나온 파이프 의자 한 개가 방치되어 있었다. 바닥에는 아주 오래된 것 같은 과자봉지와 빈 주스 깡통이 널려 있었다.

유이치는 베니어판을 깔고 그 위에 침낭을 던졌다. 그러고는 곧바로 미쓰요를 등대 밑으로 데리고 갔다. 솔개 한 마리가 겨울 하늘을 선회하고 있었다. 손을 뻗으면 닿을 것 같은 하늘이었다. 등대는 깎아지를 듯한 낭떠러지 아래로 펼쳐진 바다를 내려다보고 있었다. 철조망이 둘러쳐진 난간 너머에는 길이 없었고, 바로 아래에서 세찬 파도소리가 들려왔다. 눈앞에 펼쳐진 풍경을 바라보고 있자니 그곳이 막다른 장소가 아니고, 그 앞으로 어디든 갈 수 있을 것 같은 기분이 들었다.

"배 안 고파?"

유이치가 묻는 말에 미쓰요는 먼 수평선을 바라본 채 고개를 끄덕였다. 햇볕은 있어도 불어오는 바람은 매서워서 두 사람은 바람을 피해 먼지투성이인 관리인 오두막으로 돌아갔다. 베니어판 위에 침낭을 펼치고 버스 정류장 앞 편의점에서 사온 도시락을 먹었다.

"여기 아무도 안 와?"

미쓰요가 묻자, 유이치는 입 안 가득 밥을 넣어 불룩해진 볼로 고개를 끄덕였다.

"여기서 한동안 지낼 수 있을까?"

미쓰요의 말에 유이치의 입이 동작을 멈췄다.

"양초랑 식료품은 아래 편의점에서 사오고……."

말은 그렇게 하면서도 목소리는 점점 가늘어졌다.

가라쓰 경찰서 앞에서 도망친 후로 두 사람 모두 가장 중요한 얘기는 꺼내지 않았다. 도망칠 수 있다고 믿는 건 아니다. 다만 잡힐 때까지만이라도 함께 있고 싶을 뿐이라는, 아마도 서로 같은 마음일 테지만, 그 말을 도저히 입 밖에 꺼낼 용기가 없었다.

● ● ●

 그믐날에 걸려온 건강식품 회사의 협박전화는 새해가 밝은 후에는 오지 않았다. 언제까지 부엌 구석에서 떨고만 있을 수는 없지만, 전화가 언제 또 올까, 그 사람들이 언제 집으로 들이닥칠까를 생각하면 가만히 앉아 있는데도 온몸이 후들거렸다.

 그런 생각으로 불안에 떨고 있을 때 차임벨이 울렸다. 후사에는 마음속으로 '올 것이 왔구나……'라고 중얼거렸다. 그러나 들려온 것은 "아주머니, 계세요?"하는 동네 경찰관의 목소리였다.

 후사에는 기진맥진하여 일어서지도 못할 만큼 멍하니 앉아 있다 서둘러 현관으로 달려갔다.

 "아주머니, 유이치 아는 사람 중에 마고메 미쓰요라는 이름 들어본 적 있으세요? 사가에 있는 남성복 매장에서 일하는 아가씨 같던데."

 현관을 열자마자 경찰관은 인사도 없이 대뜸 그렇게 물었다. 열린 현관문으로 차가운 바람이 불어닥쳤다. 손을 비비며 묻는 경찰관에게 후사에는 힘없이 고개를 저었다.

 "흐음, 역시 모르시는군요. 실은 아무래도 유이치 녀석이 그 아가씨를 데리고 도망친 것 같은데."

 "아, 아가씨를 데리고……."

 "아니, 근데 강제로 데리고 간 건지 아가씨도 동의한 건지는……."

후사에가 마룻귀틀에 주저앉았다. 그 이상 뭘 묻는 건 무리라고 생각했는지 경찰관이 후사에의 팔을 톡톡 두드리며 "유이치 차가 아리타에서 발견된 모양이에요"라는 말을 남기고 밖으로 나갔다.

후사에는 그의 뒷모습을 멍하니 바라볼 수밖에 없었다.

유이치가 차를 버렸다. 유이치가 차를 포기했다…….

차에서 비틀비틀 멀어져가는 유이치의 뒷모습이 떠올랐다. '어디로 가니!' 라고 후사에가 허겁지겁 말을 건네봤지만, 그 뒷모습은 본 적도 없는 어두운 숲속으로 사라져버렸다.

그때 부엌에서 전화벨이 울렸다. 순식간에 현실로 되돌아온 후사에는 엉겁결에 경찰관을 불러 세울 뻔했다. 그러나 살인을 저지른 손자 일로 찾아온 경찰에게 협박전화 상담을 할 수는 없는 노릇이었다.

전화를 받지 않으면 그 사람들은 기어코 집까지 찾아올 것이다. 전화를 받으면 그쪽에서 뭔가 해결책을 일러줄지도 모른다. 이제 거기에 매달릴 수밖에 없었다. 후사에는 부엌으로 돌아가 떨리는 손으로 수화기를 들었다.

"여보세요? 엄마? 나, 요리코! 대체 어떻게 된 거야? 유이치가 사람을 죽였다니! 거짓말이죠? 네? 여보세요?"

들려온 목소리는 둘째딸이자 유이치의 엄마인 요리코의 목소리였다.

"여보세요? 말 좀 해봐요! 네?"

흥분해서 일방적으로 떠들어대는 요리코의 목소리에 후사에는 간신히 "너……"라는 말밖에 나오지 않았다.

"직장으로 경찰이 찾아왔어요! 유이치가 사람을 죽였다면서 마치 내가 유이치를 숨겨주기라도 한 것처럼 직원 기숙사까지 뒤지고……."

"……너, 잘 지내니?"

일방적으로 떠들어대는 딸의 말을 들으며 후사에는 어릴 적 딸의 모습을 떠올렸다. 어릴 때부터 성미가 사나웠고, 중학교에 들어갈 무렵에는 밤에도 나다녔다. 주말이 되면 이 작은 어촌에 요란한 소리를 내는 폭주족 자동차와 오토바이가 몰려들었다. 남편 가쓰지가 머리채를 움켜잡아도 요리코는 아버지를 발로 차면서까지 밖으로 뛰쳐나갔다. 시내에서 체포됐다는 연락을 받고 한밤중에 데리러 간 적도 한두 번이 아니었다. 결국 고등학교를 졸업하자마자 술장사를 시작했는데, 술장사 자체가 나빴던 건 아니다. 술장사를 시작한 후로는 요리코도 어엿한 성인이 되었고, 어쩌다 집에 들르면 아버지에게 술을 따라주며 "아버지도 가끔 우리 가게로 술 드시러 나오세요"라며 기분 좋게 가게 명함을 내밀었다.

그런데 어느 날 상의 한마디 없이 무능한 남자 호적에 올리더니 얼마 지나지 않아 버림을 받았고, 유이치마저 버려두고 도망쳤다. 그 후로는 몇 년에 한 번 갑자기 생각이 난 듯 전화를 걸어올 뿐이었다. 전화로는 "엄마한텐 정말 면목이 없어" "언제 온 천이라도 가요"라면서도 이제껏 단 한 번도 집에 온 적이 없다.

"유이치가 사람을 죽였다니, 거짓말이죠?"

흥분한 요리코의 질문에 후사에는 대답할 말이 없었다.

그 침묵에 땅이 꺼져라 한숨을 내쉰 요리코가 "엄마가 곁에 있었잖아……. 대체 어떻게 키웠기에 그런 인간을 만들어!"라고 퍼부었다.

"어쨌든 그 애가 나한테 도망쳐올 리는 없으니까 경찰한테 그렇게 말해요. 그 앤 돈 뜯을 때나 찾아온다고. 내가 어렵게 사는 거 뻔히 알면서, 그런 줄 알면서 천 엔, 2천 엔 뜯어갔다고!"

흥분한 요리코의 말에 후사에는 무심코 "너희, 만났니?"라고 물었다. 요리코는 그 이상 성가신 설명은 하고 싶지 않다는 듯 "어쨌든 경찰에 그렇게 말하란 말이에요"라고 내뱉듯 소리치고는 전화를 끊어버렸다.

후사에는 어처구니가 없었다. 유이치와 요리코가 몰래 만났다는 것도 놀라웠지만, 유이치가 요리코에게 돈을 뜯어낸다는 것은 상상조차 할 수 없는 일이었다. 그보다는 차라리 유이치가 피치 못할 사정으로 사람을 죽이게 됐다는 쪽이 오히려 진실성이 느껴졌다.

* * *

유리창으로 아침 해가 비쳐들자, 실내 기온도 조금은 올라갔다. 미쓰요는 침낭 속에서 유이치의 목에 입을 맞췄다.

침낭이 있긴 해도 바닥에 깐 베니어판 위에서는 등과 허리가 배겨서 밤중에도 몇 번이나 잠이 깼다. 눈을 뜨면 뿜어내는 숨결은 새하얗고 귀와 코도 통증이 느껴질 만큼 차가웠다. 그래도 갑갑한 침낭이 유이치의 체온만은 고스란히 전해주었다.

베니어판 옆에는 요 며칠 둘이서 먹고 마신 도시락과 빵과 페트병을 싼 하얀 비닐봉지가 쌓여 있었다. 그렇게 누워 있으면, 베니어판이 하늘을 나는 마법 융단처럼 느껴졌다.

미쓰요의 기척에 눈을 뜬 유이치가 미쓰요의 머리 위에 "잘 잤어?"라고 중얼거리며 힘껏 끌어안았다. 미쓰요는 그의 품에 안기며 "좀 있다 편의점 다녀올게"라고 말했다. 침낭 속 따뜻해진 공기가 두 사람의 어깨 사이로 빠져 나갔다.

"정말 혼자 괜찮겠어?"

유이치가 하품을 하며 물었다.

"괜찮아. 나 혼자 가는 게 낫지 싶어."

"그럼, 밑에까진 같이 가고, 난 풀숲에 숨어서 기다릴게."

"정말 괜찮다니까."

미쓰요는 좁은 침낭 속에서 유이치의 가슴을 가볍게 두드렸다.

어제 둘이서 편의점에 갔었다. 벌써 여러 번 함께 가서 그런지 계산대의 점원 아주머니가 "이 근처 사시는 분 아니죠?"라고 말을 건넸다. 미쓰요가 순간적으로 "네? 아 네. 연말이라 친척집에 놀러 왔어요"라고 대답하자, "어머, 그래요? 어디서 오셨어요?"라고 아주머니가 다시 물었다. 미쓰요는 엉겁결에 "사가에서요"라고 대답해버렸다. "사가 어디?"라고 아주머니가 물었다.

"요, 요부코 쪽이요."

아주머니는 또 무슨 말인가를 하려 했지만, 거스름돈을 받은 미쓰요는 유이치의 손을 끌고 도망치듯 가게를 나왔다.

오늘도 그 아주머니가 있으면 좁은 마을이니 "친척집이 어딘가요?"라고 물어볼지도 모른다. 그렇다면 그 가게는 더 이상 갈 수 없다. 다른 가게를 찾으려면 도로를 따라 옆 마을까지 걸어갈 수밖에 없다.

침낭에서 나온 유이치가 운동화를 대충 꿰신고 화장실로 향했다. 몇 년 동안이나 방치해둔 등대인데도 다행히 화장실 물은 막아놓지 않았다. 결코 청결한 화장실은 아니었지만, 그래도 미쓰요는 누군가 자신들의 편이 되어준 것 같아서 흐르는 물에 대고 두 손 모아 감사하고 싶은 심정이었다.

"와아, 이렇게 깨끗해질 수가."

화장실로 들어가려던 유이치가 몹시 감탄한 듯 중얼거렸다.

"두 시간이나 청소했잖아."

미쓰요가 침낭 속에서 대꾸를 하자 "미쓰요 편의점 다녀오는 동안, 어떻게든 깨진 유리창을 막아볼게"라며 유이치가 바다 쪽으로 난 창을 가리켰다.

편의점에서 사온 투명테이프로 대충 막아두긴 했지만, 바람이 강해지면 틈새로 바람이 새어들었다.

화장실에서 볼일을 보고 페트병에 물을 담아온 유이치에게 "먹을 거 말고 필요한 건 없어?"라고 미쓰요가 물었다.

"먹을 거 말고……? 으음, 트럼프 사와."

"트, 트럼프?"

무심코 진지하게 되묻던 미쓰요는 금세 농담이란 걸 알아챘다. 겨울 아침 햇살에 눈을 가늘게 뜬 유이치가 소리를 지르는 미쓰요를 바라보며 놀렸다.

미쓰요는 침낭에서 나와 아직 두 사람의 체온이 남아 있는 침낭을 베니어판 위에 가지런히 개두었다. 유이치가 페트병 물로 양치질하는 소리가 들려 밖으로 나가보니 햇살에 반짝이는 눈부신 바다 위로 갈매기가 나지막이 날아가고 있었다.

"아름답다."

무심코 넋을 잃고 중얼거렸다. 입 안의 물을 발밑에 뱉어낸 유이치가 "아 참, 어젯밤에 꿈 꿨어"라고 쑥스러운 듯 말했다.

"꿈? 무슨 꿈?"

미쓰요가 유이치의 손에서 페트병을 빼앗았다.

"미쓰요랑 같이 사는 꿈. 어젯밤에 자기 전에 어떤 집에서 살면 좋을까 얘기했잖아. 그런 데서 사는 꿈."

"어디? 단독주택? 아님 맨션?"

"맨션. ……근데 꿈속에서 미쓰요가 침대에서 날 걷어찼어."

유이치가 그렇게 말하고는 짧게 웃었다. 미쓰요는 페트병 물을 한 모금 마시고 "그야 침낭 속에서 진짜 찼으니까"라고 말했다.

유이치가 바다를 향해 서서 시원스레 기지개를 켰다. 손가락 끝이 하늘에 닿을 것 같았다.

"이따가 저쪽 잡초 좀 뜯어다 베니어판 밑에 깔아볼까?"

"그럼 좀 푹신해지려나?"

미쓰요는 물 한 모금을 더 마셨다. 냉장고에 들어 있던 물도 아닌데 얼음물처럼 차가웠다.

* * *

모두들 내가 유이치를 버려서 그 애가 그런 사건을 일으켰다고 나만 공격해대는데, 실제로 그 애를 키운 건 우리 어머니예요. 아니, 물론 어머니를 비난할 생각은 없어요. 그렇지만 텔레비전이고 잡지고 나만 나쁜 사람 취급하잖아요. 다른 사람 인생 따윈 관심도 없어 보이는 여자 아나운서가 사건 경위를 줄줄이 소개하고, 잘난 체하는 해설자가 이러쿵저러쿵 끼어들고, 요리조리 에둘러 표현은 하지만 결국 자식을 버린 엄마가 이 사건의 원흉이라는 식으로 결론을 내고 끝내버리죠.

그 애를 시마바라(島原) 페리 선착장에 버리고 몇 번이나 죽으려고 했어요. 그런데 도저히 죽을 수가 없었어요.

친정집으로 돌아가니까 부모님은 '유이치는 우리들이 키운다'며 친권까지 빼앗아버렸죠. 마치 '넌 이 집에서 나가'라는 말로 들렸어요.

그렇지만 저도 엄맙니다. 떨어져 살아도 마음속에는 늘 유이치가 떠나지 않았어요. 사귀던 남자들한테 한 번도 유이치의 존재를 숨기지도 않았고요.

연락을 안 했던 건 "키울 마음도 없으면서 전화는 왜 하느냐"고 어머니가 트집을 잡았기 때문이고, 간신히 할아버지 할머니와 사는 데 익숙해진 유이치에게 엄마 생각을 하게 만드는 것도 가엾다는 생각이 들어서예요. 그렇지만 항상 유이치 생각이 떠나질 않았어요. 그래서 유이치가 고등학교 들어갈 때까지 기다렸다가 몰래 연락을 했어요. 고등학생쯤 되면 이런저런 이야기, 남녀 관계도 조금은 이해해줄 거라고 생각하고.

물론 처음에는 어색했죠. 그래도 역시 부모 자식 간이라 만나서 얘기를 나누다보니 뭔가 통하는 게 있더군요. 그때 둘이 먹은 우동 맛은 아직도 생생하게 기억해요. 유이치가 시치미(七味)를 너무 많이 뿌려서 깜짝 놀라 이유를 물어보니까 "할머니가 음식을 늘 싱겁게 해서 시치미, 겨자, 마요네즈 그리고 케첩도 듬뿍 넣어 먹어요"라더군요. 그 말을 듣는 순간, 우리 유이치가 그 집에서 소중히 자랐구나 하는 생각이 들어서 안심이 됐어요.

그때부터 반년에 한 번쯤일까, 유이치가 학생일 때는 여름방학과 겨울방학 때 만나 밥도 먹고 그랬죠. 본래 말이 없는 애라 같이 있다고 무슨 말을 하는 건 아니었지만, 그래도 만나자고 하면 금방 나왔어요.

그런데 그게 언제였을까. 유이치가 일하기 시작한 지 몇 년쯤 지났을 때인데 갑자기 성격이 변해버렸어요.

그날, 전 몹시 우울했어요. 시마바라 시내에서 식사를 한 후 유이치가 차로 아파트까지 바래다줬는데, 제가 차 안에서 갑자기 울음을 터뜨리고 말았습니다.

당시 같이 살던 남자와도 삐걱거렸고, 직장에서는 안 좋은 부서로 이동되었고, 이것저것 자잘한 일들이 쌓여서 정신적으로 불안정했을 때였죠. 그러자 유이치를 떼어놓은 제가, 구제받을 수 없는 여자라는 생각이 들었어요. 어린 나이긴 했지만, 나만 제대로 행동했으면 유이치에게 아픈 기억을 안겨주지 않았을 텐데 하는…….

정말 그때는 차 안에서 엉엉 소리 내 울었습니다.

이렇게 바보 같은 엄마라 미안하다고. 이런 엄마인데도 피하지 않고 만나주고, 불평 한마디도 하지 않았다고. 이런 엄마한테도 "엄마"라고 불러줬다고. 이렇게 너랑 만나는 게 너무 괴롭다고. 나쁜 사람은 엄마뿐이니 실컷 미워해도 된다고. 엄마는 이 십자가를 지고 살아갈 수밖에 없다고…….

도무지 눈물이 멈추질 않았어요. 울고 또 울고, 차가 아파트 앞에 도착한 것도 모르고 하염없이 울었어요.

멈춘 차 안에서 간신히 울음을 그치고 슬슬 내릴 준비를 할 때였어요. 그 애가 갑자기 "엄마, 돈 좀 빌려줄 수 있어요?"라는 거예요. 순간, 제 귀를 의심했죠. 그때까지 용돈으로 천 엔짜리 한 장 건네려 해도 받지 않던 애였으니까요. 너무 갑작스러운 일이라 깜짝 놀랐지만, 얼른 지갑을 열고 5천 엔인가 만 엔인가를 건네주었죠. 울면서 "어디다 쓰려고?"라고 물었더니 "어디 쓰든 무슨 상관이야!"라면서 갑자기 무서운 표정을 짓더군요.

그날 이후론 얼굴을 마주할 때마다 "용돈 좀 줘" "돈 빌려줘"였죠. 저도 처음에는 죄 갚는 심정으로 순순히 건네줬어요. 그렇지만 저도 한 달에 고작 12, 3만 엔으로 살아가는 사람입니다. 돈이 남아돌 리가 없죠. 만나면 자꾸 돈, 돈하니까 차츰 연락을 안 했더니 이쪽 상황도 물어보지 않고 불쑥불쑥 찾아오더군요. 월급 전이라 돈이 없다고 해도 5천 엔이든 2천 엔이든 되는 대로 뜯어갔어요.

그 애가 그런 사건을 일으킨 원인은 물론 그 애를 버린 저에게도 있습니다. 그렇지만 이젠 저도 벌 받을 만큼 받았어요. 생각 좀 해보세요. 어려운 형편에 자식에게 강제로 돈을 빼앗겨야 하는 부모 심정이 어떻겠어요. 너무 고통스러워요, 가슴이 아픕니다. 그 애가 괴물처럼 보이는 날도 있었어요. 지금은 미운 마음이 들 정도예요.

* * *

"아, 아야!"

미쓰요가 비명을 질렀다. 침낭에 앉아 뻗은 발바닥을 유이치가 마사지해주고 있었다.

"여기가 아프면 머리가 나쁜 건데."

스스로도 아파하는 건지 웃는 건지 알 수 없었고, 유이치는 그런 모습을 재미난 듯 바라보며 또다시 엄지발가락 끝을 세게 눌렀다.

"아, 앗, 자, 잠깐만!"

도망치려고 애썼지만, 유이치의 큰 손은 미쓰요의 발을 놓아주지 않았다.

"알았어. 그만할게. ……그건 그렇고 여기도 아파?"

"아!"

"여기도?"

"내 표정이 안 아픈 것처럼 보여?"

"여기가 아프면 수면부족인데."

"당연하지! 베니어판 위에서 어떻게 푹 자!"

"그래? 근데 어젯밤엔 코까지 골던데."

"내가 무슨 코를 곤다고 그래. 잠꼬대는 할지 몰라도."

도망치려는 미쓰요를 달래듯 유이치가 부드럽게 장딴지를 주무르기 시작했다.

조금 전까지 등대 밑에서 일광욕을 했다. 깎아지른 듯한 낭떠러지를 타고 올라오는 바람은 차가웠지만, 유이치가 숲에서 주워온 작은 깡통에 불을 피우고 그 옆에서 미리 사둔 식빵을 먹었다. 타닥타닥 낙엽 타오르는 소리가 어젯밤 추위까지 잊게 해주었다.

"편의점에서 떡 사오면 아까 그 깡통에 구워먹을 수 있을까?"

장딴지를 주무르는 유이치에게 미쓰요가 묻자 "석쇠로 쓸 만한 게 있으면 구울 수 있지"라고 대답했다.

"유이치는 설날에 어떻게 보냈어?"

유이치가 양말을 신겨주었다.

"설날? 최근 몇 년은 해마다 마지막 날에 동료들과 당숙 집에 모여 술잔치 벌이고, 자정이 지나면 새해 참배하러 가고. 사흘째는 드라이브였지."

"혼자?"

"혼자 갈 때도 있고, 히후미라는 친구 태우고 갈 때도 있고. 미쓰요는?"

"나? 난 2일 아침부터 새해 장사 시작하잖아. 이런 상황에서 말하긴 좀 그렇지만, 이렇게 한가하게 설 연휴 보내는 거 오랜만이야."

미쓰요는 나머지 한쪽 양말을 신었다. 한가로운 설날이라니, 조심성 없는 말이라는 건 알지만 무심코 불쑥 튀어나온 말이었다.

작년 설에는 무엇을 했나.

미쓰요는 신발을 신고 침낭에 드러누워 있는 유이치를 남겨두고 밖으로 나왔다. 규슈 서쪽 끄트머리이긴 하지만, 겨울 해는 역시 일찍 기울기 시작했다. 조금 전까지 머리 위에서 바닷물을 비추던 태양은 어느새 수평선까지 멀어지고 어렴풋이 붉은 기운을 띠고 있었다.

미쓰요는 등대 끝까지 걸어가 울타리 난간에 몸을 내밀고 깊은 낭떠러지를 내려다봤다. 높은 파도가 바위를 깎아내듯 거세게 몰아쳤다.

작년 마지막 날, 일을 마치고 가게를 나온 것은 여섯 시가 넘어서였다. 마지막 날에는 연말 세일도 조금 일찍 마쳤지만, 일년 내내 서서 일한 피로가 한꺼번에 몰려들었다.

매년 새해 전날은 부모님 댁에서 묵는데 작년에는 자전거를 타고 아파트 먼저 들렀다. 동생 다마요는 며칠 전부터 남자친구와 함께 단체 홋카이도 여행을 떠났고, 테이블에는 잊어버리고 간 듯한 여행 일정표가 놓여 있었다. 미쓰요는 부모님 댁으로 가기 전에 연말 대청소를 할 생각으로 유리창을 닦았다. 차가운 물에 걸레를 적셔 창밖으로 몸을 내밀고 무아경에 빠져 창을 닦았다.

이튿날인 새해 첫날 아침에는 가족끼리 둘러앉아 엄마가 만든 명절 음식을 먹었다. 그러고 나서 근처 신사에 참배를 다녀오니 더 이상 할 일이 없어졌다. 동생 부부와 조카가 차로 돌아가자, 엄마는 설 특집 프로그램을 보기 시작했고, 술 취한 아버지는 그 옆에서 코를 골았다.

미쓰요는 시간이 남아돌아 자전거를 타고 연중무휴 쇼핑센터로 향했다. 도로변 드넓은 주차장은 자동차로 가득했고, 매장 안에는 화려한 차림새를 한 가족들도 많았다.

딱히 사고 싶은 건 없었지만, 일단 서점부터 들렀다. 가게 앞에 베스트셀러를 늘어놓은 진열대가 있어서 영화로도 제작된

연애소설을 손에 들긴 했지만, 다음 날부터 일할 생각을 하니 늘어선 글자들이 무겁게 느껴졌다. 서점을 나와 CD숍으로 들어갔다. 일할 때 유선으로 자주 듣는 후쿠야마 마사하루(福山雅治)의 〈벚나무 비탈길〉을 손에 들고 한참동안 살까말까 망설이다 다시 내려놓았다.

CD숍 창으로 밖이 내다보였다. 조금 전 자기가 세워둔 자전거가 보였고, 누가 버렸는지 자전거 바구니에 빈 깡통이 들어 있었다. 순간, 눈앞이 흐릿해졌다. 자기가 울고 있다는 걸 알아챈 것은 바로 그때였다. 미쓰요는 급히 가게를 빠져 나와 화장실로 뛰어 들어갔다. 자기가 왜 우는지 이해할 수 없었다. 그저 자전거 바구니에 빈 깡통이 들어 있을 뿐인데…….

갖고 싶은 책도 CD도 없었다. 새해가 밝았는데도 가고 싶은 곳도, 만나고 싶은 사람도 없었다.

화장실 안으로 들어가자 더 이상 참을 수가 없었다. 까닭 없이 눈물이 흘러내렸고 정신을 차려보니 소리까지 내며 울고 있었다. 낭떠러지에서 불어오는 바람도 개의치 않고 미쓰요는 먼 바다를 바라보았다. 낮에는 맑게 개어 있던 하늘에 어느새 두터운 구름이 퍼지고 있었다. 그대로 기온이 내려가면 오늘 밤 첫눈이 내릴지도 모른다.

문득 시선을 느끼고 뒤를 돌아보니 추위에 등을 동그랗게 만 유이치가 물끄러미 이쪽을 쳐다보고 있었다.

"슬슬 편의점 가야잖아. 곧 어두워질 텐데."

가까이 다가온 유이치가 옆에 서더니 고개를 내밀고 낭떠러지를 내려다보았다. 튀어나온 울대뼈가 구름 사이로 희미하게 비치는 저녁 해에 물들었다.

"있지, 내가 혹시 같이 도망치자고 안 했으면 유이치는 그때 경찰서에 갔을까?"

무심코 흘러나온 말이지만, 요 며칠 내내 마음에 담아두었던 말이다. 유이치는 낭떠러지를 내려다본 채 "······모르겠어"라고 짧게 대답했다. 아무리 기다려도 다음 말은 나오지 않았다.

"한 가지만 확실히 해두고 싶은데."

미쓰요의 말에 유이치가 살짝 긴장했다.

"유이치가 날 데리고 도망친 게 아니잖아. 내가 유이치한테 부탁해서 같이 도망친 거잖아, 그치? 누가 물으면 그렇게 말해야 해."

미쓰요의 말을 어떻게 이해해야 좋을지 모르겠다는 듯 유이치가 미간을 찡그렸다. 미쓰요는 마치 자기가 이별의 말을 고해 버린 듯한 기분이 들어 자기도 모르게 유이치의 품에 얼굴을 묻었다.

"나 말이야, 유이치를 만나기 전에는 하루가 이렇게 소중한지 몰랐어. 일하다 보면 눈 깜짝할 사이에 하루가 지나버렸고, 쏜살같이 시간이 흘러서 정신을 차려 보면 어느새 1년······. 난, 지금까지 뭘 했던 걸까? 왜 지금까지 유이치를 못 만난 걸까? 지금까지의 1년이랑 여기서 유이치와 보낸 하루 중에 선택하라면 난 망설임 없이 이곳에서 보내는 하루를 선택할 거야……."

머리를 쓰다듬어주는 유이치에게 거기까지 말한 미쓰요는 더는 참을 수 없어 흐느꼈다. 주머니에서 막 꺼낸 유이치의 손은 모포처럼 따스했다.

"나도 미쓰요랑 함께 있는 하루를 택할 거야. 다른 건 다 필요 없어. ……그런데 난 아무것도 해줄 수가 없잖아. 미쓰요를 여기 저기 데리고 가고 싶었는데, 아무 데도 못 가고."

미쓰요는 유이치의 가슴에 뺨을 비볐다.

"우린 앞으로 며칠이나 같이 지낼 수 있을까……."

유이치가 쓸쓸하게 중얼거렸다. 바로 그때 낭떠러지에 둘러쳐진 철책 위로 자그마한 눈송이 하나가 떨어지더니 스르르 녹아내렸다.

* * *

갑자기 내리기 시작한 눈은 발을 내딛는 아스팔트 위에 떨어졌다 금세 녹아버렸다. 앞에서 걷는 마스오 게이고는 눈이 내리기 시작하자 잠시 걸음을 멈추고 하늘을 올려다봤다.

눈앞에 펼쳐진 세상은 순식간에 눈송이로 가득했다. 잔뜩 찌푸린 하카타 거리에 갑자기 내리는 눈 때문에 초점이 흐려졌다. 바로 앞에 있는 우체통은 멀리 보이고, 길 건너편에 서 있는 빌딩은 가까이 다가왔다.

앞에서 걸어가는 마스오와의 거리는 10미터 정도, 그 사이에도 수많은 눈송이가 춤추듯 흩날렸다.

이시바시 요시오는 발걸음을 내딛을 때마다 당장이라도 뛰어가고 싶은 마음을 가까스로 억눌렀다. 누군가 자기를 쫓는다는 것도 모르고 앞서 가는 마스오는 한 손을 청바지 주머니에 찌르고 추위에 어깨를 움츠리며 걸어갔다.

자기가 생각해도 놀랄 만한 충동으로 구루메 집을 뛰쳐나온 것이 이틀 전, 요시노의 옛 동료가 가르쳐준 마스오의 맨션은 금방 찾을 수 있었다.

미쓰세 고개에서 딸을 차 밖으로 밀어냈다는 대학생은 호화로운 맨션 꼭대기 층에 살고 있었다. 요시오는 엘리베이터를 타고 8층으로 올라갔다. 올라가는 중에도 점퍼 주머니에 감춰둔 스패너의 무게가 느껴졌다. 벨이 있었지만, 손바닥으로 문을 두드렸다. 두껍고 단단한 문을 수없이 두드리며 "나와! 당장 나와!"라고 소리쳤다.

그러나 아무리 두드려도 문은 열리지 않았고, 정신을 차려보니 문에 얼굴을 대고 울고 있었다.

"어서 나와…… 요시노를 함부로 대한 놈은 용서 못 해……."

문 안쪽은 쥐죽은 듯 조용했다.

요시오는 눈물을 삼키며 그 자리를 떠났다. 엘리베이터에 타자 요시노가 고갯길 차 안에서 쫓겨나는 광경이 또다시 눈앞에 떠올랐다. 요시오는 엘리베이터 문을 있는 힘껏 내리쳤다.

요시노를 왜 그런 데 혼자 버려뒀냐고 추궁하러 온 것은 아니었다. 추궁한다고 해서 요시노가 돌아오는 것도 아니다. 아버지로서 딸의 마음을 짓밟은 놈을 용서할 수 없었다. 아버지로서 딸의 마음을 지켜주고 싶었을 뿐이다.

요시오는 맨션 앞에 세워둔 차로 돌아가 휴대전화로 아내에게 전화를 걸었다.

"오늘밤 늦을 것 같으니 걱정하지 마. 일 끝나는 대로 돌아갈게"라고 빠른 어조로 전하자, 아내는 잠시 침묵하더니 "지금, 어디예요?"라고 물었다.

"하카타."

요시오는 짧게 대답했다. 아내는 한참 동안 침묵을 지킨 후 "알았어요, 볼일 끝나면 꼭 돌아와야 해요"라고 말했다.

점점 세차게 흩날리는 눈발 속에서 마스오가 걸어가고 있었다. 어디를 가는지 뛰어오를 듯 경쾌한 발걸음으로 신호도 무시하고 횡단보도를 건넜다.

요시오는 품속에 든 스패너를 다시 한 번 움켜쥐고 그 뒤를 쫓았다. 횡단보도로 발을 내디딘 순간, 좌회전을 하던 택시와 부딪힐 뻔한 바람에 운전사가 요란하게 클랙슨을 울렸다. 요시오는 거의 바닥에 쓰러질 뻔하다 간신히 차 번호판에 손을 짚으며 지탱했다.

창을 연 운전사가 "정신을 어디다 팔고 다녀!"라고 고함을 쳤다. 신호를 기다리던 여고생 둘이 목도리 속으로 고개를 움츠리며 그 모습을 지켜보았다. 이미 횡단보도를 건넌 마스오도 클랙슨 소리와 고함 소리에 힐끔 뒤를 돌아보았다.

요시오는 운전사를 무시하고 마스오를 쫓았다. 등 뒤에서 또다시 클랙슨이 울렸다.

횡단보도를 건너자 마스오의 등이 멀리 보였다. 요시오는 눈 속을 달렸다. 품속의 스패너가 이리저리 흔들리며 늑골에 쿵쿵 부딪쳤다. 얼굴에 떨어진 눈송이가 눈가에서 녹아내리며 눈물처럼 주르르 흘러내렸다.

그 순간 뒤에서 다가오는 발소리를 알아차린 마스오가 뒤를 돌아다보았다. 돌진하는 요시오를 향해 "어어, 왜 이래?"라며 달아날 태세를 취했다.

요시오는 마스오의 눈앞에 섰다. 거친 호흡이 새하얀 숨결로 퍼졌다. 가까이 다가서자 마스오의 큰 키가, 아니 자기의 작은 키가 새삼 실감이 났다. 그런데도 요시오는 위에서 내려다보는 마스오를 올려다보며 노려봤다.

"네 놈이 마스오 게이고냐?"

요시오는 필요 이상으로 큰 목소리로 말했다. 바로 옆에 있는 반지하 주차장에 그 목소리가 메아리쳤다.

"누, 누구예요? 아저씬."

마스오가 한 발짝 뒤로 물러섰다. 요시오는 점퍼 주머니에 손을 넣어 묵직한 스패너를 만졌다.

"네 놈 때문에 요시노가 죽었어!"

"네?"

"네 놈 때문에 내 소중한 딸이 죽었어!"

요시오는 눈도 깜박이지 않고 마스오를 노려보았다. 불손하던 마스오의 눈동자가 순간 두려움으로 흔들렸다.

"왜 그런 짓을 했어?"

"네?"

"왜……요시노를 고갯길에 버렸냐고! 왜! 왜!"

요시오의 성난 절규에 전봇대 뒤에서 나오던 고양이가 뒤돌아 도망쳤다.

"이, 이거 왜 이래? 난데없이."

요시오가 도망치려는 마스오의 팔을 움켜잡았다. 마스오가 몸을 비틀며 도망치려 했다.

"내, 내가 죽인 게 아니잖아! 난 아무 짓도 안 했어!"

마스오가 요시오의 팔을 뿌리쳤다. 뿌리치는 찰나 마스오의 팔꿈치가 요시오의 얼굴을 강타했다. 그 순간, 눈앞이 하얘진 요시오는 바닥에 무릎을 꿇으며 쓰러졌다. 그 와중에도 도망치려는 마스오의 다리를 잡고 매달렸다.

"놔! 무, 무슨 짓이야!"

마스오가 난폭하게 다리를 걷어찼다. 요시오의 무릎이 바닥에 끌리며 메마른 통증이 전해졌다. 마스오가 필사적으로 발을 내딛는 바람에 매달린 요시오의 몸도 함께 끌려갔.

"이거 못 놔!"

그 순간 요시오의 팔에서 힘이 빠졌다. 마스오는 재빨리 다리를 빼내더니 거의 반사적으로 요시오의 어깨를 걷어찼다. 걷어차인 요시오의 몸이 퉁겨지며 가드레일에 후두부가 부딪쳤고 둔탁한 소리가 울려 퍼졌다.

"나, 난 아무 짓도 안 했어!"

화가 난 듯한, 겁을 먹은 듯한 표정으로 그렇게 내뱉은 마스오는 곧장 달아나기 시작했다. 요시오는 점점 뿌옇게 흐려지는 시야 속으로 도망치는 마스오의 뒷모습을 노려봤다.

'거기 서…… 요시노에게 용서를 빌어…….'

소리쳐 외치고 싶었지만, 입에서 나오는 것은 하얀 숨결뿐이었다. 눈보라가 도망치는 마스오의 모습을 삼켜버렸다. 차가운 눈송이 하나가 요시오의 속눈썹에 떨어졌다 녹아내렸다.

"요시노…… 아빤 이대로 지지 않아……."

희미해지는 의식 속에서 아장아장 걸음마를 시작한 요시노의 어릴적 모습이 떠올랐다. ……여기가 어디지? 어디 페리 선착장이지? 저 너머 바다가 펼쳐져 있었다. 드넓은 주차장으로 요시노가 달려갔다. 매점에서 산 어묵을 손에 들고 바다 쪽으로 달려갔다.

"괘, 괜찮으세요?"

의식이 점점 멀어져갈 때, 갑자기 누군가의 목소리가 들렸다. 젊은 남자가 요시오의 몸을 안아 일으키려 했다.

"이, 일어설 수 있으세요?"

"저 놈, 저 놈을 잡아……."

애절하게 부탁하는 요시오의 말에 젊은 남자가 마스오가 도망친 쪽으로 시선을 돌렸다.

"마, 마스오…… 마스오를 왜?"

젊은 남자가 불안한 목소리로 물었다.

바로 앞에서 새카만 까마귀가 쓰레기봉지를 쏘아대고 있었다. 땅바닥에 질질 끌린 쓰레기봉투 위에 어느새 눈이 쌓이기 시작했다.

※ ※ ※

새카만 까마귀가 격렬하게 대가리를 흔들어대며 편의점 비닐봉지를 찢었다. 찢어진 구멍으로 도시락을 쌌던 쪼글쪼글해진 랩이 삐져나왔다. 아스팔트 위 아스라이 깔리기 시작한 눈에 까마귀 발자국이 찍혔다. 이따금 펼치는 까마귀 날개가 전화박스 유리에 부딪쳤다.

미쓰요는 차가운 공중전화 수화기를 귀에 댄 채 까마귀를 쫓으려고 전화박스 유리를 가볍게 찼다. 놀란 까마귀가 비닐봉지를 물고 뛰어오르며 한 발짝 뒤로 물러섰다.

"여보세요?"

바로 그때 수화기 너머에서 동생 다마요의 목소리가 들렸다.

"여보세요, 누구세요?"

경계하는 듯한 다마요의 목소리가 다시 들려왔다.

"……미안해, 연락 못 해서."

"미, 미쓰요? 뭐야, 너 지금 어디야? 왜 연락을 안 해? 지금 혼자야? 괘, 괜찮아?"

목소리를 내자마자 다마요는 잇달아 질문을 퍼부었다. 미쓰요는 대답할 겨를도 없었고 간신히 "자, 잠깐 진정해"라고 말했다.

"어떻게 진정을 해! 네가 살인범한테 끌려 다닌다고, 여긴 지금 난리가 났어! 괜찮아? 혹시 거기 범인 있어?"

"없어. 지금 혼자야."

"그, 그럼, 당장 도망쳐! 지금 어디야? 바로 경찰에 전화할 게!"

"그, 글쎄 진정 좀 하라니까."

다마요는 당장이라도 경찰에 알릴 기세였다. 무리도 아니었다. 유이치가 반 강제로 차에 태운 다음 날, 걱정할 거 없다고 연락한 후로 몇 번인가 문자를 주고받긴 했지만, 아무리 물어도 사정 이야기는 하지 않았다. 그것도 휴대전화 전원이 꺼지기 전까지였다.

"너 지금 정말 혼자야?"

다마요가 다시 물었다.

"정말 혼자 있으면 '당장 경찰에 전화해줘'라고 말해봐."

"그게 무슨 소리야?"

"거기 범인이 없으면 말할 수 있을 거 아냐!"

다마요가 심각한 것 같아서 미쓰요는 하는 수 없이 시키는 대로 그 말을 한 후 "같이 있는 사람 말인데, 본래 나쁜 사람은 아니야"라고 덧붙였다.

곧이어 수화기 너머에서 어이없어하는 한숨 소리가 들렸다.

다마요 이야기로는 어제까지도 부모님 댁에 경찰이 진을 치고 있었던 것 같다. 경찰에서는 역시 유이치가 강제로 미쓰요를 끌고 도망쳤다고 여기는 듯했고, 설날 특집 프로그램이 끝난 후 다시 시작한 와이드쇼에도, 이름과 사진까진 안 나왔지만 미쓰요와 다마요가 사는 아파트 영상이 모자이크 처리되어 나왔다고 했다. 예상 밖으로 수사가 많이 진전된 것이다.

다마요의 이야기를 들으면서도 미쓰요는 산길에 홀로 남겨둔 유이치 생각을 했다. 편의점 정도는 혼자 갈 수 있으니 등대 오두막에서 기다리라고 해도 유이치는 걱정이 되는지 같이 산을 내려왔고, 지금 풀숲에 몸을 숨기고 기다리고 있다. 눈은 분명 여기만이 아니라 풀숲에도 쌓이기 시작했을 것이다.

"정말 강제로 끌려 다니는 게 아니야?"

수화기 너머에서 들려오는 다마요의 목소리에 "응, 아니야"라고 미쓰요가 단호하게 대답했다.

"그럼 대체 뭘 어쩔 작정인데? 상대가 어떤 사람인지 알면서 같이 있겠다고?"

미쓰요는 어떻게 대답해야 할지 몰라 입을 다물었다. 입을 다물고 있자 "말도 안 돼, 왜 하필 살인범이야……"라며 다마요가 울먹였다.

제5장 · 내가 만난 악인

"다마요……."

어느새 밖은 어두워져 있었다. 까마귀가 남긴 발자국 위에 또다시 눈이 쌓이기 시작했다.

"……내가 너무 터무니없는 짓을 저질렀지."

"그걸 알면 지금 당장……."

"그렇긴 한데 태어나서 이런 기분 처음이야. 단 하루라도 같이 있고 싶었어."

"……같이 있고 싶다니……. 그건 네 생각만 하는 거지."

"어?"

예기치 않은 다마요의 한마디에 미쓰요는 무심코 수화기를 움켜잡았다.

"설마, 네가 같이 도망치자고 한 건 아니겠지? 아무리 좋아도 네 기분만으로 그 사람까지 속박하면 안 되잖아. 정말 그 사람을 좋아하면 아무리 괴로워도 경찰서에 데려가야지. 넌 괜찮겠지만, 도망치면 도망칠수록 그 사람 죄는 더 무거워지는 거 몰라서 그래?"

정신을 차려보니 미쓰요의 곱은 손가락은 후크에 걸려 있었다. 귓전에는 뚜, 하는 기계음 소리만 남았다. 자신도 알고 있는 사실을 다마요에게 재차 확인받은 듯한 기분이었다. 다마요라면 이해해줄 거라 믿고 전화했던 건 아니지만, 역시 자기네 편이 되어줄 사람은 하나도 없다는 것을 새삼 깨달았다.

전화박스를 나오자 눈은 멎어 있었다.

미쓰요는 옅게 깔린 눈 위에 발자국을 찍으며 길 건너편에 있는 편의점으로 향했다. 식료품은 이미 샀지만, 유이치에게 480엔 짜리 장갑을 사다줄 생각이었다.

"네 기분만으로 그 사람까지 속박하면 안 되잖아."

방금 들은 다마요의 말이 땅 위에 찍힌 발자국을 뒤쫓아 왔다.

한적한 편의점 주차장에 시동을 건 자동차 한 대가 서 있었다. 자동차 머플러에서 뿜어내는 배기가스가 순면처럼 새하얗게 퍼졌다. 평소 같으면 금방 눈치 챘을 텐데 다마요의 말에 동요한 탓인지, 아니면 차가 주위 눈과 어우러진 탓인지, 길을 다 건널 때까지 그 차가 경찰차라는 걸 알아채지 못했다. 그것을 알아차린 순간, 미쓰요는 다리가 얼어붙어 그 자리에 멈춰 서고 말았다.

기온 차이로 편의점 유리가 뿌옇게 흐려져서 가게 안은 보이지 않았다. 그러나 어렴풋이 계산대에 서 있는 경찰관 같은 모습이 유리창 너머에서 움직였다.

필사적으로 움직이려고 했지만, 얼어붙은 다리는 꼼짝도 하지 않았다.

자동문이 열리는 순간, 미쓰요는 가까스로 발걸음을 뗄 수 있었다. 경찰관과는 아직 거리가 있었다. 막 뒤를 돌아보려는 순간이었다. 누군가 어깨를 가볍게 두드렸다.

"저어."

남자 목소리가 귓가에 울렸다.

뒤를 돌아보자 경찰관이 서 있었다. 모자에 희미하게 눈이 쌓여 있었다. 젊은 경찰관은 추위로 코가 새빨갛고, 토해내는 숨결은 얼굴을 감싸듯 새하얗게 퍼졌다.

"무슨 일이라도 있습니까?"

젊은 경찰관이 미쓰요에게 미소를 지어 보였다. 굳어버린 채 길가에 서 있던 미쓰요를 어디선가 지켜봤던 모양이다.

"아뇨……."

미쓰요는 얼굴을 피하며 재빨리 걷기 시작했다. 그 순간, 추위에 굳어 있던 경찰관의 눈썹이 꿈틀 움직였다.

"저, 잠깐. 혹시 마고메 씨 아닌가요?"

당장이라도 뛰어갈 듯한 미쓰요를 그 말이 쫓아왔다. 트럭 한 대가 달려갔다. 눈길에 생긴 바큇자국이 유이치가 기다리는 산길 쪽으로 곧장 뻗어나갔다.

'유이치…….'

미쓰요는 마음속으로 그의 이름을 불렀다.

◆ ◆ ◆

눈길에 난 바큇자국이 골목길에 뻗어 있었다. 양지와 음지가 절반씩 시야를 나누고 있었고, 양지 부분에서만 눈이 반짝였다.

후사에는 고개를 푹 숙이고 바큇자국 사이를 벗어나지 않게 똑바로 걸어갔다. 골목길을 나서면 안벽이 나오고, 안벽을 벗어나면 버스 정류장이 있다. 버스 시간은 미리 알아두었다. 제발 버스가 빨리 와주었으면…….

"저어, 한마디만 해주십시오."

"지금 심경은 어떻습니까? 피해자 가족분들에게 하실 말씀은 없나요?"

"유이치 씨에게서 아무 연락도 없습니까?"

"같이 도망친 여자에 대해서는 알고 계신가요?"

후사에는 에워싸는 카메라와 기자에게 눈길도 주지 않고 발밑만 내려다보며 걸었다. 후사에가 디디려던 땅을 누군가의 신발이 먼저 밟으며 눈 위에 새카만 발자국을 찍었다.

지금까지는 드문드문 모습을 드러내던 매스컴이 오늘 아침에 갑자기 늘어났다. 어젯밤 전화를 한 노리오 말에 따르면 급기야 유이치의 얼굴 사진이 공개되었다고 한다. 그 전화를 끊자마자 또다시 벨이 울렸다. 노리오일 거라 생각하고 받았는데 건강식품 회사에서 걸려온 협박전화였고 "아줌마, 아직 송금 안 했잖아!"라며 버럭 소리를 질렀다.

후사에는 곧바로 전화를 끊어버렸지만, 그때부터 자정까지 15분 간격으로 전화벨이 울렸다. 후사에는 이불을 뒤집어쓰고 귀를 틀어막았다. 두려움보다 억울함이 앞섰다. 떨고만 있는 자신이 한심스러워 눈물이 흘렀다.

오늘 아침, 텔레비전을 틀자 사건을 전하는 와이드쇼가 나왔다. 유이치의 얼굴 사진은 안 나왔지만, 규슈 북부의 지도가 나오고 사가와 후쿠오카 현 경계에 있는 미쓰세 고개를 중심으로 고속도로가 뻗어 있었다. 지도에는 살해당한 아가씨가 살았던 하카타의 아파트, 현재 같이 도망중인 아가씨가 사는 사가 시 교외의 아파트, 그리고 유이치의 집이 있는 나가사키가 표시되어 있었고, 그 외에도 유이치의 차가 발견된 아리타, 두 사람이 목격되었다는 러브호텔 등이 표시되어 있었다.

텔레비전에서는 유이치가 사가의 아가씨를 강제로 끌고 다니는지 아닌지는 아직 확실히 밝혀지지 않았다고 했다. 그러나 두 사람을 목격한 호텔 종업원이 "여자가 손을 끌고 가는 것 같았어요"라는 말을 해서 그런지 심술궂어 보이는 해설자 한 사람이 "혹시라도 둘이 같이 도망치는 거라면 남자도 바보고 여자도 바보라고 해야겠죠. 결국 그런 남자한테는 그런 여자가 붙는다고 해야 하나요, 유유상종인 셈이죠"라며 진절머리를 쳤다.

기자와 카메라에 둘러싸인 채, 후사에는 가까스로 눈길을 걸어 버스 정류장으로 갔다. 들이미는 마이크가 이따금 턱과 귀를 때렸다.

버스 정류장에 도착한 후에도 질문은 끊이지 않았다. 후사에가 입을 열지 않자 초조해진 기자들은 "아무 말씀도 안 하시는 건 모두 인정한다는 뜻으로 받아들여도 되겠습니까?"라며 강제로 결정지으려 들었다.

다행히 버스 정류장에는 아무도 없었지만, 걸어가는 동안 멀찍이 둘러싼 이웃 주부들이 기자에게 에워싸인 후사에를 절반은 가여운 듯, 절반은 불쾌한 듯 바라보았다.

이윽고 버스가 도착했고 후사에는 작은 목소리로 "실례합니다"라고 중얼거리며 앞으로 나갔다. 기자들은 일단 길을 열어주긴 했어도 여기저기서 혀 차는 소리가 들렸다. 후사에가 버스 난간을 잡고 차에 오르자, 몇 사람이 함께 버스에 올라타려 했다.

버스에는 대여섯 명의 승객이 타 있었다. 평소 한산한 어촌 마을의 버스에 이상한 분위기를 감지한 승객들이 눈을 휘둥그레 뜨고 상황을 지켜보았다.

후사에는 등을 웅크리고 운전사 뒷자리에 앉았다. 기자들이 앞다투어 버스에 오르려고 실랑이가 벌어졌다. 후사에는 뚫어져라 자기 신발만 내려다봤다. 신발 코에 진흙과 눈이 묻어 있었다.

"이봐요, 당신들 뭐요? 차 안에서는 취재 못 해요. 회사 홍보과 허가 없으면 안 된다고!"

차 안에 운전사의 목소리가 울려 퍼졌다. 순간 먼저 타려고 정신이 없던 기자들이 동작을 뚝 멈췄다.

"이것 봐요, 위험해, 당장 물러서!"

가차 없는 말투였다. 당장이라도 운전석에서 일어나 기자들을 밀어낼 기세였다.

"아줌마 괴롭혀서 뭐가 달라진다고……."

중얼거리는 운전사의 말이 마이크를 통해 차 안에 울려 퍼졌다. 운전석 거울에는 낯익은 운전사의 얼굴이 비쳤다. 무뚝뚝하고 운전도 난폭해서 노선 담당 운전사 중에서도 후사에가 가장 힘들어하던 사람이었다.

"자자, 문 닫습니다!"

운전사가 강제로 문을 닫았고 버스는 서서히 달리기 시작했다.

후사에는 다시 자기 신발로 시선을 떨어뜨렸다. 흔들리는 버스 안, 운전사에 대한 고마움에 눈물을 흘리고 있다는 걸 알아차린 것은 다음 정거장에 도착했을 때였다.

해안도로를 달리던 버스는 시내로 들어갔다. 후사에만 울지 않으면 여느 때와 다름없는 노선버스 안이었다. 맨 앞에 앉은 후사에는 모두 뚫어져라 자기만 쳐다보고 있을 것 같아 고개조차 들 수 없었지만, 정류장에 멈출 때마다 새로운 승객이 올라탔고 차 안의 분위기도 차츰 바뀌어갔다. 후사에가 탔을 때 소동을 모조리 지켜본 승객보다 아무것도 모르고 버스에 탄 승객이 더 많아졌다.

남편이 입원한 병원 앞에 도착하자, 후사에는 창 옆에 붙은 버튼을 눌렀다. "다음, 정차하겠습니다"라는 운전사의 무뚝뚝한 목소리가 울려 퍼졌다.

정류장이 가까워지자 버스가 속도를 늦췄다. 후사에는 차가 완전히 멈춘 후에 의자 손잡이를 잡고 자리에서 일어섰다. 운전사에게 고맙다는 말을 하고 싶었지만 용기가 나지 않아 뒤쪽 문으로 걸어갔다.

공기 빠지는 소리를 내며 문이 열렸다. 다른 사람은 내리지 않았다. 후사에가 힐끔 운전석 쪽을 바라본 후, 한 계단을 내려섰다. 바로 그때였다.

"……아줌마가 잘못한 거 없어요. 정신 똑바로 차리셔야 해요."

갑자기 마이크에서 운전사의 목소리가 울렸고 차 안이 술렁 거렸다. 예기치 못한 운전사의 말에 후사에는 몹시 당혹스러웠다. 승객들의 시선이 계단에 선 후사에에게 쏠렸다. 후사에는 도망치듯 버스에서 내렸다. 내리자마자 곧바로 뒤를 돌아봤지만, 곧바로 문이 닫히고 버스는 허망하게 출발해버렸다.

그야말로 눈 깜짝할 사이였다. 정류장에 덩그러니 남겨진 후사에는 달리는 버스를 멍하니 지켜볼 수밖에 없었다.

'정신 똑바로 차리셔야 해요.'

마이크에서 울려 퍼진 운전사의 목소리가 되살아나 후사에는 허둥지둥 달리는 버스를 향해 고개를 숙였다.

'아줌마가 잘못한 거 없어요.'

후사에는 마음속으로 운전사의 말을 되풀이했다. 뒤에는 남편이 입원한 병원이 있었다. 여느 때처럼 그대로 병원에 들어가 봐야 심기 불편한 남편의 시중만 들다 다시 집으로 돌아갈 뿐이고, 기자들과 협박전화에 떠는 불안한 밤이 찾아올 뿐이다.

"정신 똑바로 차려야 해요."

후사에는 작은 목소리로 자기 자신에게 중얼거렸다.

도망만 친다고 변하는 건 아무것도 없다. 기다려도 도와줄 사람도 없었다. 지금 이 상황이라면 집어던진 배급 감자를 묵묵히 줍던 그 시절과 다를 게 없다. 힘을 내야 한다. 바보 취급을 당하고 잠자코 있을 수만은 없다. 용기를 내야 한다. 이제 더는 그 누구에게도 바보 취급을 당할 수 없다. 그런 대우를 당하고 더는 참을 수 없다.

❋ ❋ ❋

 요시오가 눈을 뜬 것은 병원 간이침대에서였다. 잠시 정신을 잃었던 모양인데 머리는 맑았고, 방금 전 마스오에게 차여 가드레일에 부딪힌 통증만 느껴졌다. 요시오는 주위를 둘러보았다. 침대는 병실이 아니라 복도에 있었다. 일어나려고 하자, 옆의 의자에서 남자가 손을 뻗더니 "잠시 그대로 계세요"라며 가슴을 밀었다. 요시오는 그 말을 무시하고 일어났다. 긴 복도 끝으로 잰걸음으로 멀어져가는 간호사의 뒷모습이 보였다.
 "가벼운 뇌진탕 같습니다……. 지금 곧 병실로…….."
 옆에 선 젊은 남자가 멀어져가는 간호사와 요시오를 번갈아보며 불안한 듯 설명했다. 요시오는 그 젊은이가 가드레일에 머리를 부딪힌 자기를 구해줬다는 걸 떠올리고 고맙다는 인사를 하려다가 퍼뜩 또 다른 기억이 떠올라 입을 다물었다.
 "자네, 마스오 게이고와 아는 사이인가?"
 요시오가 간이침대에서 내려서며 젊은이에게 물었다. 순간, 젊은이의 표정이 굳어지며 "저어, 마스오와는 어떤…… 관계신지?"라고 오히려 머뭇머뭇 되물었다.
 요시오는 젊은이를 똑바로 쳐다보았다. 껑충하게 키만 크고 눈빛에 생기가 없었다. 요시오의 무언의 시선에서 도망이라도 치듯 "저, 저는 마스오와 같은 대학에 다니는 쓰루다라고 합니다"라며 고개를 숙였다.

"같은 학교 다닌다면 지금 그놈이 어디 있는지 아나?"라고 요시오가 물었다. 그러나 알아도 가르쳐줄 리 없다고 포기하고, 곧바로 엘리베이터 쪽으로 걸어가기 시작했다.

"저어."

등 뒤로 쓰루다의 목소리가 쫓아왔다.

"저어, 혹시 그 아가씨의……."

요시오는 걸음을 멈추고 뒤돌아봤다. 그 순간 점퍼가 가벼워진 것을 알아차리고 가슴팍에 손을 넣어보자 스패너가 없었다.

"이거 찾으십니까?"

가까이 다가온 쓰루다가 노란색 류색에서 스패너를 꺼냈다.

"자네도 봤겠지. 나까지 그놈에게 걷어차여 정신을 잃었어. 이대로 구루메로 돌아갈 수는 없어. 그건 너무 비참해. 자넨 이런 내 심정을 모를 테지만."

요시오는 손을 뻗어 쓰루다의 손에서 스패너를 빼앗으려 했다. 잠시 주저하던 쓰루다가 "마스오를 만나게 해줄 순 있지만……. 그렇지만 지나친 생각은 말아주십시오. 부탁입니다"라며 순순히 넘겨주었다.

❉ ❉ ❉

그때 전 이시바시 요시노 씨의 아버님을 모시고 마스오가 늘 가는 카페로 향하면서 마스오 휴대전화로 연락을 했습니다. 전화를 받은 마스오는 웬일로 무척이나 흥분해서 "야, 쓰루다? 너 지금 어디야? 바로 이쪽으로 와"라더군요. "재미있는 얘기가 있다. 방금 누굴 만난 줄 아냐? 미쓰세에서 죽은 여자 아버지! '너 때문에 딸이 죽었어' 라면서 난데없이 덤벼들더라니까, 야아, 진짜 웃기더라. 냅다 걷어차고 오긴 했는데……"라며 커다란 목소리로 떠들어댔습니다. 모르긴 해도 주위에 모인 추종자들이 마스오를 더 부추겼을 겁니다.

병원을 나온 후, 요시노 씨 아버님은 고개를 숙인 채 제 옆에 서서 걸었습니다. 전화를 끊고 "역시 늘 가는 곳에 있군요"라고 전하자 "그런가"라며 그저 고개만 끄덕였죠.

그때 왜 요시노 씨의 아버님을 마스오와 만나게 해줄 생각을 했는지 저 스스로도 이해가 안 됩니다. 난생 처음으로 사람 냄새를 느꼈다고 할까요, 그때까진 사람 냄새 같은 건 신경 써본 적도 없는데, 그때 무슨 까닭인지 요시노 씨 아버님의 냄새가 또렷하게 느껴졌습니다. ……그녀의 아버지, 마스오와 비교하면 서글픈 마음이 들 정도로 왜소했습니다.

전 늘 방 안에 틀어박혀 영화만 보기 때문에 인간이 눈물을 흘리거나 슬퍼하거나 화내거나 증오하는 모습은 물릴 만큼 봤지만, 사람의 감정에서 냄새가 느껴진 건 그때가 처음이었습니다. 잘 설명은 못 하겠는데, 그분이 마스오의 다리에 필사적으로 매달리는 모습을 본 순간, 글쎄요, 이번 사건이 확연히 느껴졌다고 해야 할까요…….

마스오가 요시노 씨를 고갯길로 걷어찰 때 다리에 느껴진 감촉, 걷어차여 쓰러질 때 요시노 씨가 손바닥을 짚은 지면의 차가움, 그리고 범인에게 목이 졸릴 때 요시노 씨가 쳐다보았을 하늘과 범인이 조이는 요시노 씨의 목의 감촉 같은 게 또렷하게 느껴졌어요.

한 인간이 이 세상에서 사라지는 것은 피라미드 꼭대기의 돌이 없어지는 게 아니라, 밑변의 돌 한 개가 없어지는 거로구나 하는.

솔직히 아버님이 마스오를 이길 수 있다고 생각하진 않았습니다. 대결하는 그 장소에서든, 그 후 서로의 인생에서든 분명 이기는 쪽은 마스오일 거라고 생각했습니다. 그렇지만, 그래도 아버님이 어떻게든 마스오에게 항변해주길 바랐습니다. 침묵한 채 지지 않길 바랐습니다.

◈ ◈ ◈

병원 앞 버스 정류장에서 걸음을 내딛기 시작한 후사에는 손목에 걸린 묵직한 가방에서 낡은 지갑을 꺼냈다. 안에 들어 있는 것은 슈퍼마켓 영수증 다발과 천 엔짜리 지폐 네 장, 그리고 5엔짜리가 두드러져 보이는 동전뿐이었다.

해안도로에는 가로수 밑동에만 희미하게 눈이 쌓여 있을 뿐, 차들은 눈 녹은 진흙탕 물을 튀기며 달려갔다.

후사에는 지갑을 다시 가방에 넣었다. 버스 운전사의 말이 등을 떠밀어준 건 분명했지만, 그 이상으로 뭔가가 개운해진 기분이었다. 몇 주 내내 자신을 지배하던 두려움이라는 감각이 몸에서 스르르 빠져나간 느낌이었다.

후사에는 해안도로를 뒤로 하고 오란다자카(네덜란드 언덕—역주)로 이어지는 포석이 깔린 뒷골목으로 들어섰다.

언제 적 일이었을까. 오카야마에 사는 남편의 재종형제인 고로 씨가 가족끼리 나가사키 여행을 온 적이 있었다. 그다지 친하게 지내는 사이는 아니었지만, 남편 가쓰지는 의욕이 넘쳐 시내 관광지를 안내했고 밤에는 차이나타운에 가서 식사를 했다. 유이치가 아직 초등학교 저학년일 무렵이니 20년도 더 된 옛날 일인지도 모른다.

고로 씨의 아내는 기가 세 보이는, 눈치 없는 사람으로 입만 벌리면 "입장료가 비싸다" "커피값이 비싸다"라며 불평만 쏟아냈다. 그들에게는 갓 중학생이 된 교코라는 외동딸이 있었고 여행하는 동안 유이치와 잘 놀아주었다.

오란다자카를 안내해줄 때였던가, 또다시 숙박 호텔 요금에 불평을 해대는 고로 부부 이야기에 진력이 난 후사에가 앞서 걸어가는 유이치와 교코 뒤로 다가가자 교코가 "유이치네 할머니는 미인이라 좋겠다"고 유이치에게 말했다. 유이치는 별 관심도 없는 듯 줄곧 돌멩이만 걷어찼는데 교코가 "우리 엄마도 유이치네 할머니처럼 여행할 때만이라도 예쁜 스카프 같은 거 두르면 좋을 텐데"라고 말했다.

후사에는 쑥스러운 마음에 아이들과의 거리를 벌렸다. 목에 두른 스카프는 싸구려였고, 칭찬을 해준 것도 이제 갓 중학생이 된 소녀였지만, 그래도 자랑스러운 마음을 감출 수가 없었다.

어쩌면 그게 원인인지도 모르겠다. 그 후 후사에는 유이치의 수업참관이나 학부모 면담이 있을 때마다 반드시 스카프를 두르고 참석했다. 그 후로는 아무도 칭찬해주지 않았지만, 스카프 없이는 젊은 엄마들 사이에 낄 용기가 나지 않았을지도 모른다.

포석이 깔린 뒷골목에서 번화가로 향하면서 후사에는 몇 년 동안이나 스카프를 사지 않았다는 생각이 들었다. 스카프뿐인가, 최근 몇 년간은 옷다운 옷 한 벌 사지 않았다. 마지막에 산 게 뭐였지? 다이에에서 산 인조가죽 코트가 마지막이었나, 아니면 동네 옷가게에서 산 하늘색 스웨터가 마지막이었나.

옷 생각만 해서였을까, 수없이 지나친 길인데 처음 본 듯한 옷가게가 보였다. 크지 않은 가게였는데 앞에는 입구를 막아서듯 커다란 진열대가 놓여 있었고, 언뜻 보기에 중년여성 취향의 스웨터가 진열되어 있었다.

후사에는 걸음을 멈추고 가게 안을 들여다보았다. 밖이 밝아서 그런지 가게 안은 마치 전깃불이 꺼진 것처럼 어두웠고, 오래된 마네킹 몇 개가 밖으로 뛰쳐나가고 싶어 견딜 수 없는 듯한 자세로 서 있었다.

마네킹이 입은 옷에는 큼지막하게 가격표가 붙어 있었는데, 정가가 빨간 ×로 지워지고 그 위에 빨간 글씨로 할인 금액이 씌어 있고, 거기에 다시 ×를 쳤는데 결국 그 다음 가격은 적혀 있지 않았다.

후사에는 입구에 내놓은 진열대로 다가가 제일 앞에 보이는 자줏빛 스웨터를 집어 들었다. 펼치는 순간, 자기에게는 너무 작다는 걸 알았다. 계산대 안에 있던 여자가 의자에서 일어서는 모습이 보여서 후사에는 잠시 망설이다 손에 든 스웨터를 진열대에 내려놓고 어두운 가게 안으로 들어갔다.

반갑게 말을 건네는 살집 좋은 종업원에게 눈인사만 하고, 마네킹이 걸친 하얀 재킷을 만지자 "그 옷은 착용감이 좋아요. 가볍고"라면서 옆으로 다가왔다.

가격표에는 정가 1만 2천 엔이 지워지고, 할인가 9,000엔도 다시 지워져 있었다. 시선을 돌리자 계산대 옆에 색색의 스카프가 걸려 있었다. 후사에의 시선을 알아차린 점원이 "저쪽도 세일이에요"라고 가르쳐주었다.

후사에는 안쪽으로 들어가 오렌지 빛깔의 밝은 스카프를 손에 들었다. 옆 거울에 짙은 회색 코트를 입은 자신의 모습이 비쳤다. 후사에는 천천히 손에 든 스카프를 둘러보았다. 자기에게는 지나치게 화려할 거라 생각했는데, 오렌지색 스카프는 회색 코트와 예상외로 잘 어울렸다.

"얼마예요?"라고 후사에가 물었다.

거울 속에 나란히 선 점원이 "그 색이 악센트가 되겠네요"라며 스카프를 매만져주더니 "음, 이건 50퍼센트 할인해서

3,800엔이네요"라며 가격표를 확인했다.

화장기 없는 얼굴이 스카프 한 장으로 환하게 밝아 보였다. 지갑에는 4천 엔 남짓 들어 있지만, 후사에는 목에 건 스카프를 풀고 "이거……"라며 점원에게 건넸다.

◆ ◆ ◆

"이거……."

운전석에서 뻗은 경찰의 손에 손수건이 들려 있었다. 울툭불툭한 젊은 경찰의 손가락과는 어울리지 않는 새하얀 면 손수건이었다. 아마 아내가 해주었을 테지만, 말끔하게 다림질된 손수건에서 어렴풋이 향기가 번졌다.

미쓰요는 경찰차 뒷좌석에 앉아 있었다. 옆에는 식료품이 든 편의점 비닐봉지가 놓여 있었고, 히터 때문에 창이 흐려져 밖은 보이지 않았다. 미쓰요는 건네받은 손수건으로 눈물을 닦았다.

편의점 앞에서 경찰이 갑작스레 말을 걸어 당황해 달아나려던 순간, "마고메 씨 아닌가요?"라며 불러 세웠다. 더 이상 다리가 떨어지지 않았다. 앞으로 다가온 경찰관의 표정은 조금 전까지와는 정반대로 무척이나 긴장해 있었다.

경찰차 뒷좌석에 앉자 미쓰요는 갑자기 눈물이 흘러내렸다. 젊은 경찰은 미쓰요의 상태에 주의를 기울이면서도 유이치가 있는 곳을 묻거나 무선으로 연락을 하는 등 우왕좌왕했지만, 미쓰요는 그의 목소리는커녕 자기 울음소리조차 듣지 못할 정도로 심하게 동요된 상태였다.

건네받은 손수건으로 얼굴을 감싸고 있자, 무선을 끈 경찰관이 "마고메 씨, 일단 파출소 쪽으로 가겠습니다. 여자 경찰관도 곧 올 테니 상세한 이야기는 그때"라며 시동을 걸었다.

차가 편의점 주차장을 벗어났다. 달리기 시작한 차창으로 가게 앞에서 이쪽 상황을 쳐다보는 점원과 손님 모습이 어렴풋이 보였다. 미쓰요는 자기가 몸을 떨고 있다는 것을 알아차리고 무의식적으로 옆에 놓아둔 편의점 봉투를 무릎에 올려 끌어안았다.

유이치는 눈치 챌까? 눈치 채고 도망칠까?

차는 등대로 향하는 교차로를 스쳐 지나려 했다. 그곳에서 왼쪽으로 꺾어 들어가면 유이치가 몸을 숨기고 있는 덤불이 보인다. 미쓰요는 그쪽으로 눈도 돌리지 않고, 비닐봉지를 힘껏 끌어안았다. 너무 힘껏 끌어안은 바람에 비닐봉지 안에서 빵이 삐져나와 젖은 발치로 떨어졌다.

'유이치…… 유이치…….'

차가 교차로를 완전히 지나칠 때까지 미쓰요는 마음속으로 수도 없이 유이치의 이름을 불렀다.

차문을 열고 도망치고 싶었지만 차는 속도를 높였다. 이건 너무나 갑작스러운 이별이다. 유이치가 있는 곳으로 고개를 돌리고 싶었다. 그러나 고개를 돌리면 경찰이 눈치 챌 것이다. 무전기에서 소리가 났다. 경찰이 핸들에서 갑자기 손을 떼는 바람에 차가 왼쪽으로 크게 기울었다.

파출소에 도착할 때까지 미쓰요는 내내 손수건으로 얼굴을 감싸고 있었다. 경찰관에게 부축을 받듯이 차에서 내려 아무도 없는 파출소로 들어갔다. 석유난로 냄새에 뒤섞여 카레 냄새 같은 게 풍겼다.

"이, 일단 여기 앉으세요."

경찰관이 등을 밀어서 미쓰요는 창가에 놓인 벤치에 앉으려고 했다. 열린 문으로 한풍이 불어 닥쳐 책상 위의 서류가 바닥으로 흩어졌다. 그 책상에서는 끊임없이 전화벨이 울리고 있었다. 경찰관이 전화를 받으려다 순간 망설이더니 문을 먼저 닫았다. 문을 닫는 순간, 이번에는 전화벨이 멈췄다. 미쓰요는 차갑고 딱딱한 벤치에 앉아 식료품이 든 비닐봉지를 다시 끌어안았다. 움켜쥔 손수건은 손바닥의 땀과 눈물로 젖어 있었다.

경찰관은 미쓰요에게 무슨 말을 건네려다 망설여지는 듯 다시 입을 닫았고, 책상 위에 모자를 올리더니 방금 울리다 멈춘 수화기를 집어 들었다.

"⋯⋯네. 지금, 도착했습니다. ⋯⋯아뇨, 부상은 없어 보입니다. 다만 조금 흥분한 상태라⋯⋯. 아니, 그건은 아직 아무것도."

미쓰요는 경찰관의 말을 들으며 수풀에 숨어 있을 유이치를 떠올렸다. 눈이 쌓이기 시작한 수풀 속은 얼마나 추울까. 얼어붙은 나뭇잎과 가지가 유이치의 곱은 손과 볼을 찔러댈 게 뻔하다.

미쓰요가 앉아 있는 벤치 맞은편 벽에 지역 지도가 붙어 있었다. 파출소 위치에 빨간 핀이 꽂혀 있었고, 편의점이 있었던 촌락과 둘이서 숨어 지내던 등대도 나와 있었다.

"저어, 죄송합니다. 화장실 좀······."

미쓰요가 그렇게 말을 하며 자리에서 일어섰다. 경찰관은 수화기를 손으로 막고 잠시 망설이더니 안쪽 방으로 이어지는 문을 열어주었다. 미쓰요는 목례를 하고 안으로 들어갔다. 문을 잠가도 좋은지 눈짓을 하자, 경찰이 수화기를 다시 귀에 대며 고개를 끄덕였다. 미쓰요는 문을 잠갔다.

그곳은 자그마한 공간으로 수면용 담요가 가지런히 개어 있었다.

"······남자도 이 근처에 있는 것 같습니다. ······아뇨, 장기간 숨을 만한 장소는 없는데······."

문 너머에서 경찰관 목소리가 들렸다. 'WC'라고 쓰인 문 옆에 창문이 나 있었다. 미쓰요는 거의 충동적으로 그 창을 열었다. 파이프 의자를 밟고 올라선 미쓰요는 그 창을 넘었다.

뒤 한 번 돌아보지 않았다. 낮은 파출소 담도 뛰어넘었다. 민가 정원을 빠져나가 골목길로 나왔다. 좁은 골목길 앞으로 산이 보였다. 그 산 꼭대기가 등대였다. 유이치가 자기를 부르는 것 같았다. 미쓰요는 기어서라도 가파른 산비탈을 올라 등대로 돌아가리라 결심했다.

◦ ◦ ◦

 나란히 걸으면서도 요시오는 쓰루다라는 젊은이를 믿어도 좋을지 망설였다. 마스오와의 격투 현장에 우연히 나타난 그는 친절하게 병원까지 데려간 뒤, 실은 자기가 마스오의 친구라고 밝혔다.
 요시오는 불현듯 마음에 걸려 "혹시 자네도 요시노를 아나?"라고 물었다.
 햇볕을 거의 안 받은 듯한 흰 뺨을 추위로 발갛게 물들인 쓰루다는 "아, 아뇨. 전 직접적으로는……"이라며 말을 얼버무렸다.
 쓰루다는 아무 말 없이 번화가 쪽으로 걸어갔다. 택시도 안 잡고 지하철역도 그대로 지나치는 걸 보면 놈은 틀림없이 그 근처에 있는 게 분명했다.
 "자네도 그놈과 같은 대학이랬지?"
 요시오의 질문에 쓰루다가 "네"라고 짧게 대답했다.
 "그놈과 사이가 나쁜가?"
 "아뇨, 친한 친굽니다."
 쓰루다의 대답에 요시오가 짧게 웃었다. 친구라면서 왜 스패너까지 지닌 낯선 중년남자를 그자와 만나게 해준단 말인가.
 "난 그놈을 죽일 각오로 집에서 나왔어. 자네 이런 심정을 알겠나?"
 이상한 일이었다. 딸을 고개에 내동댕이친 놈의 친구를 상대로 자기 마음을 토로하는 것이다.

"자네, 부모님은 계신가?"라고 요시오가 물었다.

"네"라고 쓰루다는 또다시 짧게 대답했다.

"사이는?"

"그다지 좋지 않습니다."

시원스러운 대답이었다.

"자네, 소중한 사람은 있나?"

요시오의 질문에 쓰루다가 갑자기 걸음을 멈추더니 고개를 갸웃거렸다.

"그 사람이 행복한 모습을 상상하는 것만으로 자기 자신까지 행복해지는 사람."

요시오의 설명을 들은 쓰루다는 고개를 저으며 "……그 녀석도 없을 것 같습니다"라고 중얼거렸다.

"없는 사람이 너무 많아."

자기도 모르게 그런 말이 흘러나왔다.

"요즘 세상엔 소중한 사람이 없는 인간이 너무 많아. 소중한 사람이 없는 인간은 뭐든 할 수 있다고 믿어버리지. 자기에겐 잃을 게 없으니까 자기가 강해진 걸로 착각하거든. 잃을 게 없으면 갖고 싶은 것도 없어. 그래서 자기 자신이 여유 있는 인간이라고 착각하고 뭔가를 잃거나 욕심내거나 일희일우하는 인간을 바보 취급하는 시선으로 바라보지. 안 그런가? 실은 그래선 안 되는데 말이야."

쓰루다는 한참을 멈춰 서 있었다. 요시오는 그의 등을 밀며 "자, 어서 가게. 어딘가?"라며 걸음을 재촉했다.

쓰루다가 걸음을 멈춘 곳은 거리 쪽 전면을 유리로 인테리어한 레스토랑이었다. 잘 닦인 유리창에는 하얀 페인트로 쓴 어느 나라 말인지 모를 알파벳이 춤추고 있었다. 가게 안에서는 젊은 아가씨들이 커다란 볼에 담긴 샐러드를 먹고 있었다.

요시오는 가게 앞에서 걸음을 멈춘 쓰루다를 놔두고 혼자서 안으로 들어갔다. 들어선 순간, 레스토랑 안에 흐르는 음악, 주방에서 접시 쌓는 소리, 손님들의 웃음소리가 한꺼번에 귀에 파고들었다.

바로 앞 테이블에는 마스오의 모습이 보이지 않았다. 주방을 감싸는 카운터 자리에도 없었다. 요시오는 자리를 안내하러 다가온 웨이트리스를 무시하고 안쪽으로 들어섰다. 소파 자리에 젊은 남자 두 명이 이쪽을 향해 앉아 있었는데, 맞은편에 등을 돌리고 앉아 뭔가를 열심히 떠들어대는 마스오를 올려다보며 목젖이 보일 정도로 웃어대고 있었다.

요시오는 곧장 앞으로 걸어갔다. 마스오는 알아차리지 못하고 앞에 앉은 두 사람을 향해 손짓발짓까지 해가며 떠들어댔다.

"……그런데 말이야, 그 영감이 난데없이 멱살을 잡더니 '너 때문에 내 딸이 죽었어' 라면서 달려드는 거야. 야, 열라 심각. 열 라 필사적이더만. 하하핫. 와아, 그 영감 얼굴, 진짜 웃기더

라. 그 왜 마짱(일본 개그맨 — 역주)이 가끔 흉내 내는 영감 표정 알 지?"

눈앞에 마스오의 이야기를 듣고 웃어대는 두 사람이 보였다. 요시오는 도대체 뭐가 그리 우스운 건지 이해할 수 없었다. 살해당한 딸을 위해 필사적인 아버지의 얼굴이 뭐가 그리 우스운 건지 도무지 이해할 수 없었다.

요시오를 알아차린 두 사람이 힐끔 시선을 돌리자, 그들에게 이끌리듯 뒤를 돌아본 마스오가 침을 꿀꺽 삼켰다.

이해할 수 없었다. 다른 사람의 슬픔을 비웃는 마스오를 도저히 이해할 수 없었다. 마스오의 이야기를 듣고 웃는 두 젊은이를 이해할 수 없었다. 요시노를 비방 중상하는 편지를 보내는 인간들을 이해할 수 없었다. 요시노를 행실이 나쁜 여자로 치부해버리는 와이드쇼의 해설자를 이해할 수 없었다.

요시오는 마음속으로 '요시노' 하고 딸의 이름을 불렀다.

아빠, 잘 모르겠다.

눈앞에는 마스오가 얼어붙은 듯 우뚝 서 있었다. 아무 소리도 못 내고 얼굴은 핏기가 가서 허옇게 질려 있었다. 품에 힘껏 움켜쥔 스패너가 왠지 무척이나 가볍게 느껴졌다.

"뭐가 그리 재밌나?"라고 요시오가 물었다.

진심으로 물어보고 싶었다. 마스오가 한 발짝 뒤로 물러섰다.

"그렇게 살면 안 돼."

무심코 그런 말이 흘러나왔다.

"……그렇게 다른 사람이나 비웃으며 살면 되겠어?"

이루 말할 수 없이 슬펐다. 증오 따위는 날려버리고도 남을 만큼 서글펐다.

마스오와 젊은이들은 그저 어리둥절해 있었다. 요시오는 품에서 꺼낸 스패너를 마스오의 발밑에 내던졌다. 그리고 아무 말 없이 그 자리를 떠났다.

그날, 요시오가 구루메 시내 집으로 돌아온 것은 오후 네 시가 지났을 무렵이다. 이틀이나 집을 비웠으니 그렇잖아도 눈물로 날을 지새우는 아내가 얼마나 걱정했을까 미안한 마음에 가슴이 아팠다.

조금 떨어진 주차장에 차를 넣고, 무거운 발걸음으로 집으로 향했다. 요시노가 세상을 뜬 후로는 아무 기력도 없었다. 자기를 비웃는 마스오를 눈앞에 두고 결국 아무것도 못 하고 돌아온 게 잘한 짓인지 잘못한 짓인지도 알 수 없었다.

주차장에서 골목길을 나서자, 멀리 '이발소 이시바시'가 보였다. 순간 요시오는 자기 눈을 의심했다. 요시노가 죽은 후 한 번도 스위치를 꼽지 않은 가게 회전등이 빙글빙글 돌아가는 것처럼 보였다.

요시오는 반신반의하며 걸음을 재촉했다. 가까이 다가갈수록 돌아가는 회전등이 또렷하게 보였다.

요시오는 달리기 시작했다. 가게 앞에서 숨을 몰아쉬며 문을 열었다. 가게 안에 손님은 없었지만, 하얀 가운을 입은 아내가 세탁한 수건을 개고 있었다.

"당신…… 당신이 가게 열었어?"라고 요시오가 물었다.

갑자기 가게로 뛰어든 요시오를 보고 놀란 아내가 "……아, 깜짝이야"라며 눈을 휘둥그레 뜨더니 "내가 아니면 누가 열어요. 아, 참 조금 전에 소노베 씨가 이발하고 갔어요"라며 웃었다.

"당신이 했어?"

최근 몇 년간 손님 머리카락이 닿는 것조차 싫다며 가게에 나오지 않던 아내였다. 그런 아내가 흰 가운을 입고 눈앞에 서 있었다.

"걱정했지?"라고 요시오가 물었다.

수건을 개는 아내는 말없이 고개를 끄덕였다.

"……다녀왔어"라고 요시오가 말했다.

두 사람 발아래로 가게 문에 적힌 '이발소 이시바시'라는 글씨가 저녁 해를 받아 긴 그림자를 드리웠다.

· · ·

후사에는 포장해준다는 걸 사양하고 가게 안에서 스카프를 목에 둘렀다. 대충 두르는 후사에에게 점원이 스카프 매는 법을 가르쳐주었다. 후사에는 돈을 지불하고 가게를 나왔다. 고작 스카프 한 장인데도 등이 펴지는 것 같았다.

옷가게에서 공원을 가로질러 버스 터미널 뒤편으로 나왔다. 밤이 되면 포장마차가 늘어서는 거리인데, 아직 이른 시간이라 함석과 쇠사슬로 단단히 묶어둔 포장마차 몇 개만 길가에 늘어서 있었다.

길 끝에는 널찍한 코인 파킹장이 있고, 그 앞이 번화한 차이나타운이다.

그때 남자들에게 둘러싸인 방 창에서 저 주차장이 보였다. 두려워서 고개조차 들 수 없었지만, 간혹 부드러운 말투로 달래는 리더 격인 남자가 뜨거운 차 한 잔을 가져다주었을 때, 아주 잠깐 창밖을 내다볼 수 있었다.

길을 따라 주차장 울타리까지 도착한 후사에는 침을 한 번 삼킨 후, 천천히 돌아서서 등 뒤의 빌딩을 올려다보았다.

어디에나 있을 법한 낡은 빌딩이었고, 현관으로 올라가는 좁은 계단과 푸른색 엘리베이터 문이 아랫부분만 엿보였다.

차이나타운으로 식사를 하러 가는지 젊은 부부가 어린 여자애를 목말을 태우고 걸어가고 있었다. 여자애는 산타클로스 모자를 썼는데 기분이 안 좋은지 자꾸 모자를 벗으려 했고 그럴 때마다 옆에서 걷는 엄마가 다시 씌웠다.

후사에는 손목에 건 가방을 힘껏 움켜쥐고 다시 한 번 심호흡을 한 후 걸음을 내딛었다. 자기는 똑바로 걷는데도 마치 물 위에 뜬 판자 위를 걷는 것처럼 불안했다.

후사에는 어스름한 빌딩으로 들어갔다. 타일이 벗겨진 첫 번째 계단에 발을 올리는 순간, 몸이 저절로 도망을 칠 것 같아 재빨리 검게 윤이 나는 난간을 부여잡았다.

유이치, 너, 어디 있니?

후사에는 한 계단을 딛고 올라섰다.

무슨 일이 있어도 할머니는 네 편이야.

다시 한 계단 위로 발을 내디뎠다.

바르게 행동해야 해. 너도 두렵지? 그래도 도망만 치면 안 된다. 올바르게 행동해야 해. 할머니도 지지 않을 거야.

후사에는 엘리베이터 버튼에 손을 댔다. 가방 무게에 팔이 떨렸다. 문은 곧바로 열렸다. 세 사람만 타도 꽉 찰 것 같은 비좁은 엘리베이터였다. 후사에는 안으로 들어가서 3층 버튼을 눌렀다. 문이 닫힐 때까지 몇 번이고 버튼을 눌렀다.

엘리베이터 문이 열리자, 후사에는 어스름한 복도로 걸어 나갔다. 복도 막다른 곳에 문 하나가 보였다.

유이치, 도망치면 안 된다. 두렵겠지만, 도망치면 안 돼. 도망쳐봐야 변하는 건 아무것도 없어. 도망쳐봐야 아무도 도와주지 않아.

정신을 차려보니 후사에는 그렇게 중얼거리며 좁은 복도를 걷고 있었다. 문 앞에 서자, 안에서 남자들 웃음소리가 들렸다. 그곳에 이르자 온몸이 뻣뻣하게 굳었다. 안에서 들리는 남자들 웃음소리에 섞여 텔레비전 소리가 들렸다. 제트코스터라도 탔는지 굉음과 함께 여자 비명소리가 들렸고, 여자가 비명을 지를

수록 그것을 지켜보는 남자들의 웃음소리가 바로 곁에서 생생하게 들려왔다.

후사에는 이를 악물고 차가운 손잡이를 돌렸다. 문은 잠겨 있지 않아서 스르르 열렸고 그 틈으로 담배 냄새가 새어나왔다.

문이 다 열리자, 텔레비전을 에워싸고 소파에 기대앉은 남자들 뒷모습이 보였다. 곧바로 제일 어려 보이는 남자가 입구에 서 있는 후사에를 알아차리고 "뭐요?"하고 성가시다는 듯 말을 건넸다. 후사에는 앞으로 한 발짝을 내딛었다. 떨리는 것이 자기인지 바닥인지 분간할 수 없었다. 말을 건넨 남자가 자리에서 일어서자 다른 두 사람도 후사에를 돌아봤다.

"아줌마, 뭐냐고!"

일어선 젊은 남자가 가까이 다가왔다. 나머지 두 사람은 다시 텔레비전으로 시선을 되돌렸다.

"연간 계약할 생각 없어요······."

후사에는 온 힘을 다해 중얼거렸다. 제대로 듣지 못했는지 가까이 다가선 남자가 "뭐? 뭐요?"라며 큰 소리를 질렀다.

"연간 계약 같은 거 할 생각 없어요! 취소해줘요!"

후사에가 소리쳤다. 금방이라도 정신을 잃을 정도로 눈앞이 흔들렸다. 후사에가 외치는 소리에 소파에 앉은 두 사람이 다시 돌아다봤다.

"취소해줘요! 그럴 돈 없으니 취소해달라고!"

후사에가 침을 튀기며 소리쳤다.

휘두른 가방이 선반에 부딪쳤다. 필사적인 후사에의 모습을 보고 남자 셋이 웃어댔다. 그러나 후사에는 그 소리가 들리지 않았다.

"……이날 이때까지 악착같이 살아왔어. 니들 같은…… 니들 같은 놈들한테 바보 취급당하고 가만있을 줄 알아!"

그렇게 외쳐댄 후사에는 거친 숨을 몰아쉬며 방을 나왔다. 양쪽 벽에 몇 번씩이나 몸을 부딪히며 복도를 걸었다. 쫓아올 테면 와봐, 비웃을 테면 실컷 비웃어. 닫힌 문 너머에서는 쫓아오는 발소리도, 웃음소리도 들리지 않았다. 어스름한 복도는 몸이 움츠러들 정도로 고요했다.

◈ ◈ ◈

지금 막 저녁 해가 수평선에 닿았다. 유이치는 낭떠러지 끝에 서서 저녁 해 속으로 날아가는 바닷새 두 마리를 눈으로 쫓았다.

유이치는 해가 지기를 기다리지 않고 등대 오두막으로 들어왔다. 결코 따뜻한 방은 아니었지만, 낭떠러지에 서 있던 자신의 몸이 얼마나 얼어 있었는지 충분히 실감할 수 있었다.

바닥에 깔아놓은 베니어판 위에 미쓰요가 개어둔 침낭이 놓여 있었다. 미쓰요가 마신 오렌지주스 팩, 미쓰요가 먹은 초콜릿 케이스, 미쓰요가 늘어놓은 작은 돌들도 있었다.

유이치는 개어둔 침낭 위에 앉았다. 파묻힌 엉덩이에 베니어판을 통과한 콘크리트의 냉기가 전해졌다.

덤불 속에 몸을 숨기고 있는데 잎에 쌓여 있던 눈이 목덜미로 떨어졌다. 차가워서 어깨를 움츠리자 녹아내린 눈이 등으로 주르르 흘러내렸다. 편의점에서 물건만 사는 것치고는 미쓰요가 너무 오랫동안 돌아오지 않았다. 걱정이 된 유이치는 덤불에서 나갔다. 막 큰길로 나서려는 순간, 갑자기 버스 정류장 쪽에서 경찰 하나가 걸어왔다. 유이치는 재빨리 전봇대 뒤로 몸을 숨겼다. 경찰은 길 건너편에 있는 게시판에 뭔가를 붙이더니 다시 버스 정류장 쪽으로 돌아갔다.

한동안 상황을 살피다가 다시 큰길로 나가려는 순간이었다. 이번에는 사이렌을 울리며 경찰차가 달려왔다. 유이치는 또다시 허겁지겁 전봇대 뒤로 숨었다.

5분이 지나도 10분이 지나도 미쓰요는 돌아오지 않았다. 어쩌면 미쓰요가 경찰차를 보고 신사 쪽 길로 돌아갔을지 모른다는 생각이 들었다. 유이치는 잡초를 헤치며 산을 올라갔다. 그러나 아무리 기다려도 미쓰요는 돌아오지 않았다.

유이치는 미쓰요가 베니어판에 늘어놓은 작은 돌들을 손가락으로 퉁겼다. 무슨 의미가 있는지 크기도 색도 다른, 작은 돌멩이들이 일직선으로 늘어서 있었다. 유이치는 돌을 모두 집어 손바닥에 올렸다. 있는 힘껏 움켜쥐자 손 안에서 오도독오도독 돌 으깨지는 소리가 났다.

미쓰요······.

유이치는 작은 돌들을 으깨며 미쓰요의 이름을 불렀다. 달리 떠오르는 말도 없었다.

산기슭 쪽이 소란스러워진 것은 바로 그때였다. 평소 산기슭 기척이 이곳 정상에 있는 등대까지 느껴지는 일은 없는데 불길한 소란스러움이 산 표면을 타고 전해졌다.

유이치는 작은 돌을 움켜쥔 채 밖으로 뛰어나갔다. 이미 해는 졌고 어둠은 바다와 산 경계를 없앴다. 어렴풋이 보이는 산기슭 마을의 불빛 속에서 경찰차의 빨간 라이트가 달렸다. 한 대가 아니었다. 여기저기서 빨간 라이트들이 산기슭 마을을 향해 모여들었다. 파도 같은 사이렌 소리가 산 밑에 울려 퍼졌다.

산기슭의 소란 때문일까, 산속의 정적은 더욱 두드러졌다. 유이치는 소란스러운 산기슭에서 눈을 돌려 등 뒤에 우뚝 솟은 등대를 올려다봤다. 버려진 등대는 밤하늘을 지탱하듯 높다랗게 치솟아 있었다.

불현듯 어릴 적 어머니가 떠나버린 후 물끄러미 바라보던 대안의 등대가 떠올랐다.

그때 어머니는 "금방 올게"라며 모습을 감췄다. 유이치는 그 말을 믿었다. 그런데 아무리 기다려도 엄마는 돌아오지 않았다. 분명 자기가 무슨 나쁜 짓을 했을 거라 생각했다. 그게 뭘까 필사적으로 생각했다. 그러나 아무리 생각해봐도 어머니를 화나게 한 이유를 알 수 없었다.

마지막 페리가 떠날 무렵이었다. 기다리다 지쳐 부둣가를 혼자 걷고 있는데 주차장에서 여자애 하나가 뛰어왔다. 걷기 시작한 지 얼마 안 돼서 속도가 붙은 자기 발을 어떻게 조절해야 좋을지 모르는 듯했다. 유이치가 달려온 여자애를 안아서 멈춰주었다. 그제야 마음을 놓은 여자애의 얼굴을 유이치는 아직도 또렷이 기억한다. 뒤따라온 아빠가 딸을 안아 올리려 하자, 여자애가 손에 든 어묵을 유이치에게 내밀었다. 유이치는 거절했지만, 아이 아빠가 "지금 금방 산 거니까 괜찮아, 먹어"라며 건네주었다. 유이치는 고맙다고 인사하며 어묵을 받아들었다.

생각해보면 어머니가 사라진 후 다음 날 페리 선착장 직원에게 발견될 때까지 유이치가 유일하게 입에 넣은 음식은 그 어묵뿐이었다.

유이치는 올려다보던 등대를 향해 손에 움켜쥐고 있던 돌들을 내던졌다. 미쓰요……라고 또다시 이름을 불렀다. 작은 돌멩이들은 이리저리 날아갔고, 제일 큰 돌멩이 하나만 등대 밑동에 맞았다.

아까 본 경찰차에 미쓰요가 타고 있었을지도 모른다. 미쓰요가 체포되었을지도 모른다. 붙잡혔다면 당장 구하러 가야 한다. 당장 달려가서 "미쓰요는 내가 강제로 끌고 다닌 겁니다. 내가 협박해서 끌고 다녔을 뿐입니다"라고 말해야 한다. ……아니, 그럴 리가 없다. 미쓰요는 돌아온다. 경찰이 체포할 이유가 없다. 편의점에서 먹을 것을 잔뜩 사들고 "늦어서 미안해"라며 웃는 얼굴로 돌아올 것이다. "금방 올게"라고 말했다. 그렇게 말하 며 웃는 얼굴로 헤어졌다.

유이치는 발밑의 돌을 집어 등대를 향해 있는 힘껏 던졌다.

미쓰요의 부재가 가슴을 도려낼 듯 고통스러웠다. 미쓰요 역시 지금 어딘가에 홀로 있는 것이다. 미쓰요에게는 그런 기분을 맛보게 하고 싶지 않았다. 그런 기분은 자기 혼자만으로도 충분했다.

* * *

붙잡은 나무껍질이 벗겨지며 손톱 밑으로 파고들었다. 미쓰요는 고통을 참아가며 가느다란 가지를 다시 부여잡고 바위에 발을 디뎠다.

숲속은 컴컴했고 발을 디디는 곳마다 마른 나무가 짓밟혔다. 마른 나무는 그나마 나았지만, 이끼 낀 바위에 발이 미끄러지는 바람에 벌써 수도 없이 축축한 땅바닥에 나뒹굴었다.

파출소 창으로 도망쳐 나온 후 등대가 있는 산 정상만을 향해 뛰었다. 도중에 민가 정원을 빠져나올 때 툇마루에 앉아 있던 할머니가 뭐라고 말을 걸었지만, 뒤도 돌아보지 않고 울타리를 넘어 컴컴한 산속으로 뛰어들었다.

나뭇가지와 잎에 쌓인 눈 덕분에 그나마 어렴풋하게 시야가 밝아졌다. 그러나 바로 그 눈 때문에 손가락에 감각이 사라진 지 오래였다.

고개를 들면 나무들 사이로 하늘이 보였다. 저기까지만 가면 유이치가 기다리는 등대가 있다. 움켜쥔 풀에 가시가 돋아 있었다. 작은 가지들이 휘어져 퉁기며 수없이 얼굴을 때렸다. 그런데도 미쓰요는 바위에 손을 짚고 낭떠러지를 올라갔다. 잠시라도 걸음을 멈추면 경찰차에 탔을 때의 슬픔이 밑에서 쫓아올라올 것만 같았다. 자기가 무슨 일을 하는지, 자기가 무슨 일을 했는지 더 이상 생각할 기력조차 없었다. 오로지 단 한 번만이라도 더 유이치를 만나고 싶은 마음뿐이었다. 지금 곁에 유이치가 없다는 게 괴로웠다. 등대에서 자기를 기다리고 있을 유이치에게 더 이상 외로움을 느끼게 하고 싶지 않았다.

자기에게 그런 힘이 있는 줄은 몰랐다. 자기에게 이토록 누군가를 사랑하는 힘이 있었는지 몰랐다.

"유이치……."

차가운 가지와 잎이 얼굴을 때릴 때마다 미쓰요는 입술을 깨물며 유이치의 이름을 불렀다.

유이치는 등대에서 날 기다린다. 반드시 기다린다. 이제까지 내 인생에 그런 장소가 있었던가? 나를 기다리는 사람이 있다. 그곳에 가면…… 그곳에만 가면 날 사랑하는 사람이 기다린다. 그런 장소가 이제껏 있었던가? 30년을 살아온 내 삶에 그런 장소가 있었던가? 나는 그곳을 발견해낸 것이다. 나는 그곳을 향해 가는 것이다.

미쓰요는 감각조차 사라진 손으로 차가운 가지를 움켜쥐며 축축한 낭떠러지를 기어올랐다.

· · ·

그날, 규슈 북부의 기온은 섭씨 영하로 내려갔다. 규슈 자동차 도로는 오후 다섯 시를 기해 전면적인 제한속도 재검토를 단행했다. 산간 지역에는 체인 규제가 내려지고, 도시 지역에서도 서리가 내리는 곳이 있었다. 저녁 뉴스에서는 야간 대설주의보가 보도되었고, 도심부의 교통마비도 우려되었다. 후쿠오카와 사가 현 경계에 위치한 미쓰세 고개에 통행금지가 내려진 것은 오후 다섯 시 반을 지날 무렵이었다. 그 정보는 연예계 뉴스를 전하는 텔레비전 화면에 텔롭으로 잠시 나타났다 금세 사라졌다.

바로 그 무렵, 노파 한 사람이 마을 파출소를 찾아왔다. 20분 전쯤 자기 집 뜰을 지나 뒷산 쪽으로 급히 들어가는 젊은 여자를 보았다고 했다. 노파 이야기를 듣고 시퍼렇게 질린 경찰관은 허겁지겁 지도를 펼쳤다. 평소 한산한 항구마을 파출소에 그날은 웬일로 많은 경찰관이 모여 있었다.

노파의 집에서 뒷산으로 올라가면 지금은 쓰지 않는 등대가 있다. 모여 있던 경찰관들의 손가락이 지도 위의 한 점으로 모였다.

"어디 가냐고 물어도 뒤도 안 돌아보고 산으로 들어가더라고."

한가로운 노파의 설명은 파출소를 박차고 나가는 경찰관들의 귀에는 들리지 않았다.

그 시각, 산을 내려갈 결심을 한 유이치는 등대 오두막에서 침낭을 정리하고 있었다. 산을 내려가면 체포될 테고 침낭 같은 건 쓸 기회도 없을 테지만, 무의식적으로 침낭을 등에 졌다. 초가 없는 오두막은 컴컴했지만, 뿜어내는 숨결만은 하얗게 퍼졌다.

관리인 오두막을 나서자, 산기슭 마을의 소란은 더욱 커졌다. 조금 전까지 마을 안 여기저기를 달리던 경찰차의 빨간 라이트가 일렬로 늘어서서 산 밑에서 등대 쪽을 향해 올라오는 모습이 보였다.

유이치는 온몸에서 힘이 빠졌다. 가까스로 서 있을 정도였다.

그때였다. 컴컴한 덤불 속에서 나뭇가지가 흔들리더니 자기 이름을 부르는 미쓰요의 목소리가 들렸다. "미쓰요!"라고 큰 목소리로 부르자 "유이치!"라고 외치는 미쓰요의 목소리가 들렸다. 가지가 흔들리고 잎에 쌓인 눈이 떨어져 내렸다. 유이치는 울타리를 넘어 컴컴한 덤불 속으로 달려갔다.

미쓰요의 머리에는 마른 나뭇잎과 부러진 가지들이 붙어 있었고, 손끝은 온통 피투성이에다 눈가는 눈물과 눈으로 흠뻑 젖어 있었다.

유이치는 "나 왔어……"라며 희미하게 미소 짓는 미쓰요를 안아 올리듯 울타리 안으로 넘겨주었다.

"……이대로 유이치와 헤어질 순 없어서."

나지막이 중얼거리는 미쓰요의 손가락에 유이치가 황급히 입김을 불어주었다.

"도망쳤어……. 이대로 유이치와 헤어지는 건……."

유이치는 차갑게 얼어붙은 미쓰요의 몸을 힘껏 끌어안고 어루만졌다. 곱은 자기 손이 따뜻하게 느껴질 만큼 미쓰요의 볼은 냉랭하게 얼어 있었다.

미쓰요의 어깨를 안고 오두막으로 들어가려는 순간, 걸음을 멈춘 미쓰요가 산기슭에서 일렬로 올라오는 경찰차의 빨간 라이트를 알아챘다. 빨간 라이트 행렬은 등대를 향해 올라오는 게 분명했다. 사이렌 소리 서너 개가 번갈아 울려 퍼졌다. 유이치는 미쓰요의 등을 밀었다.

오두막으로 들어간 유이치는 등에 멘 침낭을 펼쳤다. 지친 미쓰요를 자리에 앉히자 미쓰요가 유이치의 목에 매달렸다. 사이렌 소리는 점점 더 가까워졌다.

"……미안해, 아무것도 못 해줘서 미안해."

목에 매달린 미쓰요는 소리를 내며 울었다.

"결국 붙잡힐 걸, 내가 너무 철없는 소릴 했어…… 내가 같이 도망치자는 말만 안 했어도……."

유이치는 흐느껴 우는 미쓰요를 힘껏 끌어안았다.

"유이치를 위해 아무것도 해줄 수 없는 주제에 함께 있고 싶다니…… 이런 바보 같은 여자를 따뜻하게 안아주고…… 아무 말 없이 안아주고…… 나, 너무 괴로워. 유이치가 따뜻하게 대해줘서 너무 괴로워. 아무것도 해줄 수 없는 내 자신이 한심해. 내가 나빠. ……내 잘못이야. 그때 유이치가 경찰서에 가겠다고 했는데……. 다 내 잘못이야. ……유이치를 말린 내가 나빠."

유이치는 흐느껴 우는 미쓰요의 말을 조용히 듣고 있었다. 미쓰요의 울음소리가 커질수록 사이렌 소리도 커졌다. 일렬로 늘어선 경찰차가 두 사람이 있는 등대로 다가왔다.

유이치가 목에 매달린 미쓰요의 팔을 강제로 풀었다. 놀란 미쓰요가 유이치의 가슴에 다시 얼굴을 파묻으려 했다. 그러나 유이치는 미쓰요를 밀어냈다. 밀어내고 미쓰요의 젖은 눈동자를 똑바로 응시했다.

관리인 오두막 유리창으로 붉은 불빛이 스며들어 눈물로 젖은 미쓰요의 뺨을 물들였다. 불빛을 알아차린 미쓰요가 유이치에게 달라붙으려 했다. 경찰들의 발소리가 다가왔다.

"난…… 네가 생각하는 그런 남자가 아니야!"

유이치가 매달리는 미쓰요의 몸을 난폭하게 밀어내며 베니어판 위에 쓰러뜨렸다. 미쓰요가 짧은 비명을 질렀다. 경찰관의 손전등 불빛이 유리창 너머에서 교차했다. 그 순간 유이치가 갑자기 미쓰요의 몸에 올라타더니 차가운 목으로 손을 뻗었다.

눈을 휘둥그레 든 미쓰요가 뭐라고 소리치려 했다. 유이치는 눈을 감았다. 미쓰요의 목에 댄 손에 힘을 넣었다. 등 뒤에서 문이 열렸다. 손전등 몇 개가 그런 두 사람의 모습을 비췄다.

* * *

그게 언제였더라? 그 사람이 싸오는 도시락을 기대하며 기다릴 때니까 만난 지 얼마 안 됐을 때였을 거예요. 아무튼 평소처럼 룸 침대에 앉아 그 사람이 만들어온 도시락을 먹으며 얘기를 나누다가 우연히 서로 엄마 얘기를 하게 됐어요.

전 그런 얘기를 나눈 것조차 까맣게 잊었는데, 그 사람이 체포된 직후에 와이드쇼 같은 데서 다시 크게 다뤘잖아요. 그때 텔레비전에 나온 그 사람 어머니가 서슬 퍼렇게 "난 나대로 충분히 벌 받았어요!"라며 덤벼드는 장면을 보니까 문득 떠오르더군요, 그때 일이.

이런 일 하면서 말하긴 부끄럽지만, 전 외동딸이고 엄마와 단둘이 살아서 그런지 엄마에게만은 걱정 끼치고 싶지 않다는 말을 그 사람에게 했던 것 같아요. 그랬더니 갑자기 그 사람 표정이 심각해지더니 "우리끼리 하는 얘긴데 난 어머니 만나면 돈 뜯어내"라는 거예요.

별로 대수로운 일도 아니라서 저는 "흐음"하고 건성으로 대답해버렸죠. 심각한 표정으로 얘기를 꺼낸 건 자기 행동을 후회한다는 뜻일 테고, 그 다음은 반성하는 말이라도 하겠지 싶었죠. 솔직히 들어보나마나 따분한 얘기일 게 뻔하다는 생각이 들었어요.

그런데 그 사람, 제 예상과는 달리 "원치 않는 돈을 뜯어내는 것도 괴로워"라는 거예요. 그래서 제가 "그럼 안 뜯어내면 되잖아"라며 웃었어요. 그랬더니 그 사람, 잠시 생각에 잠기더니 "……그렇지만 양쪽 다 피해자가 되고 싶어 하니까"라고 하더라고요.

순간 무슨 뜻인지 이해가 안 가서 물어보려 했는데, 때마침 제한 시간이 다 되어서 전화벨이 울렸죠.

그 얘긴 그때뿐이었어요. 그 후에도 여러 번 도시락을 들고 왔지만, 어머니 얘기는 안 꺼냈던 것 같아요.

최근 텔레비전이나 잡지에서 그 사람과 마지막까지 같이 있다 살해당할 뻔했다는 여자의 진술을 크게 다뤘잖아요. 그런 걸 보거나 읽을 때마다 왠지 자꾸만 마음에 걸려요. "⋯⋯그렇지만 양쪽 다 피해자가 되고 싶어 하니까"라고 말하던 그 사람 표정이.

그래서일까요, 그 사람에게 마지막까지 끌려 다녔다는 사가에 산다는 여자를 만나보고 싶은 생각도 들어요. 자꾸만 그때 그 표정이 떠올라서⋯⋯.

물론 저 같은 게 만나서 얘기해봤자 아무것도 안 변한다는 건 알아요. 아님, 그 사람한테 편지라도 보내볼까⋯⋯. 아냐, 역시 저 같은 사람이 주제넘게 나설 일은 아니겠죠⋯⋯.

물론 그 사람 진술대로 미쓰세 고개에서나 등대에서나 충동적으로 살의를 느꼈다는 게 사실일지도 모르죠. 실제로 그런 남자일지도 모르고⋯⋯.

결국, 어렵게 오픈한 가게는 지난달에 닫았어요. 오픈하자마자 몸이 아팠으니 운도 지지리도 없죠. ⋯⋯그래서 지금은 또다시 옛날 일을 해요. 가게 내느라 저축해둔 돈은 몽땅 써버렸는데, 생활비는 가게를 닫은 날부터 필요하니까⋯⋯. 나이 생각하면 두렵지만, 지금은 그것 말고 달리 할 수 있는 일도 없고⋯⋯.

● ● ●

 지난번에 말씀드린 그대로입니다. 달리 덧붙일 것도 정정할 것도 없습니다.
 여자를 궁지에 몰아넣으면서 쾌감을 느꼈습니다. 궁지에 몰린 여자가 괴로워하는 모습을 보면 성적으로 흥분되었습니다.
 저 자신은 알아차리지 못했지만, 제 안에 그런 마음이 있었던 것 같습니다. 아마 이런 심경을 맨 처음 진술한 내용이 신문이나 잡지에 커다랗게 보도되었을 겁니다. 그건 분명 제가 한 말입니다. 저는 그런 놈입니다.
 처음부터 이시바시 요시노를 죽일 생각으로 쫓아갔던 건 아닙니다. 약속을 해놓고도 "오늘은 시간 없어"라고 말했고, 게다가 내 눈앞에서 다른 남자 차에 올라탔으니 한마디쯤 사과해주길 바랐을 뿐입니다. 그래서 쫓아갔는데……. 그런데 고개에서 요시노 씨가 차에서 쫓겨났어요……. 도와주려고 했을 뿐인데 요시노 씨가 거절하면서 경찰에 신고하겠다고 해서……. 정신을 차려보니 목을 조이고 있었습니다.
 어쩌면 형사님들이 말씀하신 대로 그때 처음으로 고통당하는 여자에게 성적 흥분을 느끼는 스스로를 발견했는지도 모릅니다. 그래서 자수도 안 하고 또 다른 여자를 찾았고, 우연히 연락이 닿은 마고메 미쓰요 씨와 만날 약속을 한 겁니다.
 체포되었을 당시, 마고메 씨가 자기 의사로 날 따라다녔다고 증언한 모양인데 그건 제가 마고메 씨를 위협했기 때문에 정신적으로 쫓겨서 한 말일 겁니다. 마고메 씨에게 요시노 씨를 죽였다고 고백한 건, 나라는 인간은 흉악한 남자고 간단히 도망칠 수 없다는 생각을 주입시켜서 복종시킬 목적이었습니다.

실제로 마고메 씨는 내가 시키는 대로 했고, 돈도 없었으니 마고메 씨와 같이 도망치는 게 제 상황에도 도움이 되었습니다. 마고메 씨가 내 편을 들면서 "위협하거나 난폭하게 대한 적은 없다"고 증언했지만, 뒤집어 말하면 제가 그만큼 공포스럽게 마고메 씨를 지배했던 겁니다.

같이 있을 때, 마고메 씨는 늘 흠칫흠칫 떨었습니다. 요시노 씨를 살해했다고 이야기했을 때도, 강제로 러브호텔에 끌고 갔을 때도, 차 안 조수석에서도, 등대에 도착한 후에도 늘 흠칫흠칫 떨었고, 저는 궁지에 몰린 마고메 씨를 보고 흥분했습니다.

체포된 다음 날 아침 할아버지가 돌아가셨다는 말은 형사에게 들었습니다. 힘들게 키워주셨는데 마지막 순간까지 이런 몹쓸 일을 당하게 해서 너무나 죄송스럽습니다.

물론 할머니에게도 똑같은 심정입니다. 할머니가 이시바시 씨 댁과 마고메 씨 댁에 사죄하러 갔다는 건 알고 있습니다. 양쪽 다 아직 만나주지 않는다는 것도……. 할머니는 혼자서는 아무것도 못하는 마음 약한 분인데, 그 생각만 하면…….

할아버지와 할머니에게는 아무 죄도 없습니다. 아무 죄도 없는데…….

요시노 씨 부모님에게 편지를 썼습니다. 답장은 없습니다. 물론 답장 같은 걸 받을 리도 없고, 저 같은 놈은 편지 쓸 자격도 없습니다. 아무리 빌어도 용서받지 못할 일입니다. 이유가 어떻든 간에 저는 돌이킬 수 없는 일을 저질렀습니다. 죽음으로 용서를 빌어야 할 일이라고 생각합니다. 그것 말고는 저 같은 인간이 할 수 있는 일이 없다는 것도 잘 알고 있습니다. 그러나 그렇게 되는 순간까지는 오로지 두 손 모아 용서를 빌 수밖에 없습니다.

물론 마고메 씨에게도 몹쓸 짓을 저질렀고, 경찰이 조금만 늦게 왔으면 요시노 씨와 똑같은 일을 당했을 겁니다. 틀림없습니다. 아니, 처음 만났을 때부터 줄곧 그런 장면과 감촉을 상상했을지도 모릅니다.

반복해 말씀드리지만, 저는 처음부터 마고메 씨를 전혀 좋아하지 않았습니다. 다만 도망칠 때 돈줄로 쓰려고 그런 척을 한 적은 있습니다. 그런 척을 하는 사이에 스스로도 착각에 빠져 그것이 자기 본심인 것 같은 생각이 들었습니다.

그러나 지금 돌이켜 생각해보면 마고메 씨가 아니었대도 상관없습니다. 마고메 씨가 아니었더라도…….

그렇지만 마고메 씨를 만나지 않았더라면…….

만약 그 사람을 만나지 않았더라면…….

그날 밤, 이시바시 요시노 씨가 "경찰에 신고할 거야!"라고 소리쳤을 때, 내가 아무리 거짓말이라고 주장해도 아무도 믿어 주지 않을 것 같았습니다. 내가 하는 말은 이 세상 누구도 믿어 주지 않을 것 같았습니다. 그게 두려워서 저도 모르게 그만, 그런 짓을 저지르고 말았습니다. 그래서 제가 한 일을 마음속 한구석에서는 순순히 인정할 수가 없었습니다……. 그래서 도망치려는 비겁한 행동을 하고 만 거죠…….

그렇지만 지금은 다릅니다! 내 말을 믿어주는 사람이 있습니다. 그걸 알게 됐습니다. 그래서 이젠 말할 수 있습니다, 내가 살인범이라고. 요시노 씨를 죽이고 마고메 씨를 데리고 도망친 살인범이라고 ……당당하게 말할 수 있습니다.

마지막으로 하나만 묻고 싶습니다.

마고메 씨가 전 직장으로 돌아갔다고 들었는데, 정말인가요? 나중에 마고메 씨를 만나실 거죠?

제가 이런 말을 할 입장은 아니지만, 하루빨리 사건을 잊고…… 마고메 씨의 행복을 찾길 바란다고…… 그녀에게 전해 주셨으면 합니다. 이제 두 번 다시 만날 순 없겠지만, 그 말만은 꼭 전해주십시오.

날 미워하겠지만, 내 말 따윈 듣고 싶어 하지도 않을 테지만, 그 말은, 그 말만은 꼭 전해주십시오…….

◆ ◆ ◆

최근 다시 여동생과 아파트 생활을 시작했습니다. 직장 사람들의 아낌없는 노력으로 이번 달부터 매장에도 출근합니다.

옛날과 똑같아요. 그 사람을 만나기 전의 생활 그대로죠.

사건 직후에는 텔레비전과 잡지사 사람들이 부모님 댁으로 몰려들어서 저도 많이 혼란스러웠는데, 지금은 아침 여덟 시에 일어나서 자전거로 직장으로 향하고, 저녁에는 아파트로 돌아와 여동생과 먹을 저녁밥을 짓고…….

지난번 휴일에는 근처 쇼핑센터에서 오랜만에 좋아하는 가수 CD 한 장을 샀습니다. 제가 생각하기에도 요즘은 좀 안정된 것 같아요.

그 사람이 사건에 대해 어떻게 말했는지는 체포된 직후부터 형사에게 많은 이야기를 들어서 알고 있습니다. 물론 처음에는 믿을 수가 없었어요. "여자를 궁지에 몰아넣고 괴로워하는 모습을 보고 싶었다" "여자를 데리고 도망친 것은 돈을 빼내기 위한 목적이었다"라는 말들…….

몇 번을 들어도 도무지 믿을 수가 없었습니다. 그러나 차츰 나 혼자만 들떠 있었던 건 아니었을까 하는 생각이 들었습니다. 그 사람이 바보처럼 들떠 있는 날 이용했다는 말이 사실일지도 모르죠.

그러나 그 사람의 증언이 텔레비전과 잡지에 크게 다뤄진 덕분에 부모님댁 창문에 돌을 던지는 일도 사라졌고, 아직은 직장에서 호기심 어린 시선으로 절 쳐다보는 사람이 있긴 하지만, 그래도 전처럼 스쳐 지나가기만 해도 불쾌한 표정을 짓는 일은 사라졌습니다.

같이 도망친 여자가 아니라, 강제로 끌려 다닌 피해자가 되었으니까요…….

동생들은 다른 곳에서 살아보면 어떻겠냐고 권하는데, 그 사람과 도망치려고 했을 때조차 이곳을 벗어나지 못한 여잡니다. 달리 갈 곳도 없어요.

요즘은 잡지에서 사건 기사를 읽을 때도 있습니다. 그런데 아무리 읽어봐도 내가 아닌 다른 여자 이야기가 씌어 있는 것 같아요…….

현실 도피를 하려는 게 아닙니다. 아무리 기억해내려고 해도 역시 내가 아닌 다른 여자가 그곳에서 움직이고 있었다는 생각밖에 안 들어요.

내가 어떤 여자인지, 그 사건 내내 잊고 지낸 것 같습니다. 아무것도 못 하는 여자인 주제에 뭔가를 할 수 있다고 믿었죠……. 그때까지 줄곧 아무것도 할 수 없었던 주제에…….

지난번 처음으로 이시바시 요시노 씨가 사망한 미쓰세 고개로 꽃을 들고 찾아갔습니다. 줄곧 갈 용기가 안 났지만, 저에게는 그곳에 찾아가야 할 의무가 있는 것 같아서…….

여동생은 "너도 똑같은 피해자인데 무리해서 갈 필요없어"라고 하지만, 그때 요부코의 오징어 요리집에서 그 사람에게 사건 이야기를 들었을 때, 저, 용서했거든요. 사정이야 어떻든 간에 내 생각만 하고…… 그 사람이 요시노 씨의 인생을 폭력으로 끊어버린 걸 그때 용서해버렸으니까요.

저에게는 평생 동안 요시노 씨에게 잘못을 빌어야 할 의무가 있다고 생각합니다.

요시노 씨가 사망한 장소는 대낮에도 어스름한 외진 커브 길이었습니다. 누군가 놓고 간 꽃은 시들어 있었지만, 누가 두고 갔는지 마치 표시처럼 가드레일에 오렌지색 스카프가 묶여 있었어요. 앞으로 매달 기일마다 사죄하러 갈 생각입니다. 물론 그런 다고 용서받을 순 없겠지요…….

그 사람 할머님은 아직 한 번도 만나지 않았습니다. 부모님 댁으로 찾아오신 모양인데, 솔직히 어떻게 얼굴을 마주해야 좋을지 몰라서요. 할머님에게는 아무 책임도 없습니다. 그 말만은 꼭 전하고 싶은데…….

그 사람 재판 경위 같은 건 되도록 안 들으려고 애씁니다. 물론 처음에는 그 사람이 거짓말을 하는 것이고…… 그 사람에게 협박을 당하지도 않았고, 마인드컨트롤 당한 것도 아니라고…… 우린 정말 사랑했던 거라고 반박했어요. 그러나 세상 사람들이 하나같이 입을 모아 하는 말처럼 만남 사이트에서 갓 만난 여자를 진심으로 사랑하는 남자는 없겠죠. 사랑했다면 내 목을 조르 진 않았겠죠.

그런데 도망만 치던 하루하루가……, 등대 오두막에 숨어 떨던 하루하루가……, 눈이 내려 두 사람이 얼어붙었던 하루하루가 아직도 그리워요. 정말이지 바보처럼 아직도 그 생각만 떠올리면 가슴이 아파요.

분명 저 혼자만, 혼자서만 들떠 있었던 거겠죠?
요시노 씨를 죽인 사람인데요. 나를 죽이려 했던 사람인데요. 세상에서 하는 말이 맞는 거죠? 그 사람은 악인이었던 거죠? 그런 악인을, 저 혼자 들떠서 좋아했던 것뿐이죠. 네? 그런 거죠?

옮긴이의 말

인간에게만 존재하는 선과 악, 그것은 대상보다는 사유 속에 있다는 견해가 있다. 이 견해를 취하자면, 《악인》은 작가가 어떠한 판단도 제시하지 않은 채 사태의 전개와 대상을 있는 그대로 묘사함으로써 읽는 이에게 그것에 대해 사유할 기회와 과제를 동시에 부여하는 작품이라 할 수 있겠다. 때문에 인간의 부조리와 선악 분별 문제를 제기하며 작품을 마무리 짓는 마지막 물음표는 오래도록 무거운 여운을 남긴다. 독자의 사유가 선과 악을 판별하도록 남겨두는 것이다.

"지금까지는 폭력도 연애도 뭔가가 일어나기 일보 직전까지 묘사하는 일이 많았다. 그러나 한 번쯤 박차고 나가 브레이크를 풀고 쓰고 싶었다"는 작가의 인터뷰 내용처럼 이번 작품은 살인 사건이라는 자극적인 서두로 파문을 일으키기 시작한다. 그러나 그것은 규슈 북부의 외딴 고갯길에서 벌어진, 만남 사이트를 통해 이성을 찾는 경박한 욕정에서 비롯된 흔한 범죄라고 치부해버릴 수도 있는 사건이다. 가해자와 피해자는 어찌 보면 변두리에 사는 철없고 허황된 젊은이들일 뿐이다. 그들은 일용직에 가까운 직업에 종사하면서도 몇 년 할부로 비싼 자동차를 구입하고, 유명 브랜드 지갑 안에는 단돈 천 엔뿐이다. 작품은 살인사건의 범인이 누구인지 처음부터 밝히고 그 전모를 파헤쳐나가는 추리소설 기법을 쓰지만, 여기에는 사건의 트릭도 매력적인 수수께끼도 독특한 등장인물도 없다. 그것은 이 작품의 본래 의도가 사건이 아니라 인간을 묘사하는 데 있기 때문이다. 추리소설적 긴장감 속에 사회적, 철학적 요소를 집어넣음으로써 혁신적 기법이나 강렬한 문체 없이도 인간의 내면을 건드리는 새로운 차원으로 승화시킨다.

피해자의 죽음은 피라미드 밑바닥의 돌 하나가 사라지는 설정이다. 그로 인해 주위의 돌들은 크고 작은 요동을 거쳐 다시 자리를 찾아가거나 끝내는 굴러 떨어진다. 따라서 작품의 주요 뼈대는 피해자와 가해자를 둘러싼 인간관계, 사건이 발생하기까지의 경위, 당사자와 주위 사람들의 근심과 솔직한 감정으로 구성된다. 그리고 이러한 엇갈림과 뒤섞임은 작가가 기존 작품에서도 많이 사용했던 다각적인 시선과 시점을 활용함으로써 웅장한 화음을 이뤄낸다. 평범한 사람들의 심성과 행위를 통해 인간 내부에 숨겨진 또 다른 인간을 탐색하는 과정을 밟음으로써 보편적 의미를 부여해가는 것이다. 그러면서도 작가는 대상을 전달하는 입장에 머물 뿐, 자신의 감정을 철저하게 배제시키고 불필요한 참견을 하지 않으려 세심한 주의를 기울인다. 작가 자신조차 발을 들여놓지 않는 이유는 대상을 있는 그대로 세밀하게 탐구할 수 있는 토대를 제시하여 독자 스스로 가시적이고 일시적인 가상 속에 내재된 본질과 보편을 찾아내게 하려는 의도 때문일 것이다.

그리고 그러한 세밀한 통찰과 객관성은 논픽션이 아닐까 하는 생각이 들 정도로 현장감이 느껴지는 공간 묘사와 도마 위 생선의 비린내부터 인간의 체온, 감정의 냄새에 이르는 오감을 자극하는 묘사와 리얼리티가 확보해준다. 책을 읽는 사이 불현듯 그들과 같이 앉아 만두를 먹거나 뒤섞이는 남녀의 체온이 느껴지는 듯한 착각에 빠져들곤 한다. 흔히 훌륭한 문학 작품의 특징으로 휴머니티의 빛과 그림자, 즉 인생의 행복과 적막(寂寞) 양면을 두루 살피며 인간관을 형성하는 시각, 그리고 언어예술에 머무르지 않고 음악, 회화, 연극 등의 다른 예술적 요소를 포함시키는 것을 드는데, 《악인》은 이러한 요소들을 고루 만족시킨다 할 수 있겠다.

작품의 또 다른 축을 형성하는 미쓰요를 통해 어쩌면 악의 근원이라 할 수 있을 외로움과 진정한 사랑에 대한 갈구를 표현한다. 희망도 없고 필요로 하는 사람도 없이 그저 무의미한 하루하루를 살아가는 현실에서 벗어나기 위해 유이치와 미쓰요는 누군가에게 문자를 보내고 만나고 서로에게서 자신의 모습을 발견한다. 두 사람은 완전한 행복을 실현하는 데 없어서는 안 될 타자가 되어주지만, 끝내 행복해지길 원하는 것과 행복해지는 것의 절망적인 거리감을 체험한다. 비극이 예견된 그들의 만남은 그러나, 작품 전반부에 드러난 인간의 천박함과 추함을 인간 영혼의 순수함과 아름다움의 찬가로 전환시키는 역할을 해낸다. 그들은 사람이란 얼마나 약하고, 악하고, 외롭고, 강하고 그리고 우아한 존재인가를 새삼 깨닫게 해주며, 우리는 그들에게서 고귀함과 나약함이 공존하는 인간의 모습을 엿본다. 《악인》은 이렇듯 하찮은 것, 천박한 것, 그래서 차마 남에게 드러낼 수 없는 인간의 감춰진 모습들을 품위와 우아함으로 녹여내며 독자의 마음에 자연스럽게 배어들게 한다. 그동안 작가에게 감지되던 강력한 힘이 유감없이 발휘된 걸작이라 할 수 있다.

요시다 슈이치는 어느새 이런 대단한 작품을 쓰게 되었을까? 작가에게는 창작의 원동력이 되는 자양분이 필요하다고 한다. 괴팍한 성격, 개인적 고뇌, 외적 체험 등 자양분이 될 수 있는 수많은 경우의 수에서 이 작품을 완성하게 해준 원동력은 어디에서 비롯되었을까? 그를 아끼고 지켜봐온 독자의 한 사람으로서 궁금하고 놀라울 뿐이다. 끝으로 원작의 리얼리티와 독특함을 더욱 부각시켜주는 규슈 북부의 방언을 번역서에서 적절히 표현할 방법을 찾지 못한 역자의 부족함을 사과드리며 독자의 너른 양해를 구한다.

이영미

악인

1판 1쇄 발행 2008년 1월 15일
1판 23쇄 발행 2025년 12월 26일

지은이 · 요시다 슈이치
옮긴이 · 이영미
펴낸이 · 주연선

책임편집 · 최형연
편집 · 이진희 이신혜 강소라 이외숙 이효선
디자인 · 정혜욱
마케팅 · 김호 장병수 이정희 이효선
관리 · 구진아

(주)은행나무
04035 서울특별시 마포구 양화로11길 54
전화 · 02)3143-0651~3 | 팩스 · 02)3143-0654
신고번호 · 제 1997—000168호.(1997. 12. 12)
www.ehbook.co.kr
ehbook@ehbook.co.kr

ISBN 978-89-5660-215-8 (03830)

• 이 책의 판권은 지은이와 은행나무에 있습니다. 이 책 내용의 일부 또는 전부를 재사용하려면 반드시 양측의 서면 동의를 받아야 합니다.

• 잘못된 책은 구입처에서 바꿔드립니다.